『自転時公転的都小姐』
原作封面摄影
摄影师：コハラタケル

# 自转时公转的都小姐

自転しながら公転する

〔日〕**山本文绪** 著

汪诗琪 译

天津出版传媒集团

天津人民出版社

**图书在版编目（CIP）数据**

自转时公转的都小姐 / (日) 山本文绪著；汪诗琪
译 . — 天津：天津人民出版社，2021.9
ISBN 978-7-201-17595-9

Ⅰ.①自… Ⅱ.①山… ②汪… Ⅲ.①中篇小说 – 日
本 – 现代 Ⅳ.① I313.45

中国版本图书馆 CIP 数据核字 (2021) 第 178729 号

JITEN SHINAGARA KOTEN SURU by Fumio YAMAMOTO
Copyright©Fumio YAMAMOTO 2020
All rights reserved.
Original Japanese edition published in 2020 by SHINCHOSHA Publishing Co., Ltd.,Tokyo
Simplified Chinese translation rights arranged with SHINCHOSHA Publishing Co., Ltd. through
BARDON CHINESE CREATIVE AGENCY, Hongkong.
Simplified Chinese translation copyrights ©2021 by Fengxuan Culture Media Co., Ltd., Shanghai

合同版权登记号：图字 02-2021-105

**自转时公转的都小姐**
ZIZHUANSHI GONGZHUAN DE DUXIAOJIE
[ 日 ] 山本文绪 著　　　汪诗琪 译

| 出　　版 | 天津人民出版社 |
| --- | --- |
| 出 版 人 | 刘　庆 |
| 地　　址 | 天津市和平区西康路 35 号康岳大厦 |
| 邮政编码 | 300051 |
| 邮购电话 | （022）23332469 |
| 电子信箱 | reader@tjrmcbs.com |
| 责任编辑 | 玮丽斯 |
| 装帧设计 | 仙境工作室 |
| 印　　刷 | 上海盛通时代印刷有限公司 |
| 经　　销 | 新华书店 |
| 开　　本 | 880 毫米 ×1230 毫米　1/32 |
| 印　　张 | 12.5 |
| 字　　数 | 343 千字 |
| 版次印次 | 2021 年 9 月第 1 版　2021 年 9 月第 1 次印刷 |
| 定　　价 | 48.00 元 |

# 目录

# 序章

今天我要结婚了。

虽然领结婚证还需烦琐的手续，但一会儿就要举行婚礼，今晚开始我就要住在他家了。

我并不是没有不安，反而越想心中似乎越是被不安所占据。然而，纵身跃进新旋涡的决心，犹如蓝色的火焰静静燃烧着。

我从没向往过穿婚纱。

可是现在，我身上穿着的正是从旅行箱里取出的洁白婚纱。化妆师给我化完妆，为我的发间戴上装饰花后，我几乎认不出镜子里的自己了。此时，我才领悟到婚纱在这世间存在的意义。

这套礼服是从服装租赁网站上借来的，很便宜。在家试穿的时候就像在玩小孩子过家家，感到很好笑。可在五星级酒店的化妆室，这礼服穿在身上忽然就显得高档起来。不过这也许还是得益于妈妈送给我的头纱漂亮。

化妆师是男性，当地人。他对我白皙的肌肤赞不绝口，夸赞它透明得如同清晨初放的莲花，不化妆都很漂亮。大概因为他是外国人的缘故吧，虽然我从小就为自己的容貌感到自卑，可还是接受了他那不太真实的赞美。

正在这时，一名男青年微微推开了化妆室的门，看着像是化妆师的助手，正慌慌张张地说着什么。化妆师咂了咂舌头："抱歉，我去去就回。"说完便快步离开了。

我就这么一个人被留在了化妆室。

房间内既没有播放背景音乐，也听不见外面的声音。好久都没有被这样的寂静包围了，镜中的我露出了困惑的表情，甚至显得有些可怜兮兮的。

我就这么注视着镜中的自己，注视着这凝滞的空气中独坐着的身影。

自从决定和越南恋人结婚的那天起，每天都是手忙脚乱的。终于迎来了婚礼这天，可我仍然怀疑这些都是不是真的。

三天前，我和父母一道从日本出发。

我这人在哪里都睡得着，从没有在往返于日本和越南的航班上失眠过。可这次，明明是自己再熟悉不过的航线，却怎么也无法入眠，或许是过于紧张了吧。

机舱内很昏暗，我按了一下按钮，将座椅边的舷窗调至透明[1]模式，无边无际的深蓝色天空就映入了眼帘——这是宇宙的蓝。远方的地平线带着微微的弧度，薄薄的云层看似紧紧地贴在地面上，从那罅隙之间可以窥见斑驳的陆地。

我来了——我低语道。

我离开了生我养我的热土，抛弃了习以为常的生活，向你奔赴而来。

请多关照，请多关照——我在心中反反复复地默念着。

我没从日本带多少东西来。只有护照、装有应用软件的手机、牛仔服、衬衫、连衣裙、几套内衣、旅游鞋和凉鞋，除此以外的必需品打算今后再备齐，但我还是喜欢一身轻松，不太想再增加什么随身物品了。

一面对新生活抱有许多期待，而另一面却怀揣着同样多的不安。

在婚礼开始前我忽然被这么一个人抛在屋子里，眼见着镜中的自己脸色越来越苍白。我感到自己犹如置身于悬崖断壁那狭窄的山脊上，一股强烈的不安涌上心头。

我禁不住站起身来到窗边，费了好大的劲才把这老式门窗的扳手打开，

---

1.部分日本民航客舱内的舷窗没有遮光板，而是以电子模式调节明暗。——译者注，以下同。

微启的缝隙中立刻涌入一股热浪。

远处传来汽车喇叭的鸣叫声，空气中散发着淡淡的汽车尾气的气味。眼前是殖民地风格的中庭，而建筑的另一边就是被喧嚣和艳丽色彩淹没的胡志明市的街道。

听说今天最高气温超过四十摄氏度。这种天放在东京是谁也不会出门的，而这里的街头却依旧人声鼎沸，行人个个镇定自若。

这时，我感到身后的门被打开了。回头一看，发现母亲站在那里。

"哎呀，你开窗做什么？"

今天，母亲穿的是祖母留给她的黑留袖[1]和式礼服。下摆处只点缀少许松竹梅的刺绣，显得有些低调。不过和平时过于年轻的打扮相比，这套礼服看着和她的年龄更相称。

我含含糊糊地摇着头关上了窗。母亲一言不发地将我从头到尾打量一遍。

从小到大，我无数次地暴露在她这样的视线之下。母亲几乎每天都要审查一遍我的着装，即便是T恤和牛仔裤这样简单的搭配，也要就尺寸是否合身、款式是否流行进行一番指手画脚。

"你这身真是太漂亮了！"

本以为又会被她指摘一番，却没想到她这么评价。

"头纱不刚好合适嘛。哎呀，托人从法国带来真是太明智了！妈妈说得没错吧，这古典蕾丝花边可漂亮了……"

看她陶醉的样子，我都忍不住笑出了声。

也多亏这一笑，驱散了那步步逼近的无名恐惧。

我穿着洁白的婚纱，抬头仰望着教堂的彩绘玻璃。

我的越南恋人笑眯眯地站在身边。

---

1. "黑留袖"是日本已婚女性在庆典中穿的正式礼服，黑底，印有五处家徽，下摆绣有花色纹样。

他永远带着这般愉快的笑容。无论是工作辛苦的时候，还是历经悲伤之时，他都能静静地微笑。这与其说是开朗，不如说是由于某些原因，使他比实际年龄显得老成。

他在日本打工，和他相遇后两人不知不觉就交往了起来。趁着他回国探亲，我第一次到越南游玩。那次我坐在他摩托车的后座，在乡间道路上驰骋。

自那以后，一切都改变了。此前一直摇摆不定的人生，似乎就此有了前进的方向。

宽敞的摩托载着我们两人，在灼热的空气中风驰电掣。他喜欢这些未被开发的土地，那里的风景和胡志明市有着天壤之别。国道两侧，浓重的绿意肆意伸展；国道中间，横穿的牛悠然踱步而过。

这里有类似日本乡间的田园，也有南国风情的棕榈树。道路处处斑驳，在日本已难得一见的铁塔和电缆也随处可见。摩托车时不时会途经小小的村落，村落里的老人还戴着斗笠，老旧的公共汽车在道路上穿梭，扬起阵阵尘埃。

我从未见过这般景致，心中不由得翻腾起一股强烈的怀恋，让我有些眩晕。这湿润的空气和浓厚的氧气，跟生我养我的关东平原上那干燥的空气截然不同。

他说有家店东西特别美味。被带去一看，却发现是个简易小屋，让人误以为是个临时的简易棚，桌上铺着的塑料桌布简陋得让人不敢恭维。

端上来的绿叶炒菜就简简单单地盛在一个普通盘子里，也不讲究什么装盘。然而，那钻进鼻孔的香料气味却唤醒了我强烈的食欲。面前的这位越南恋人收起了在日本时的矜持，张大嘴巴就嘎吱嘎吱地狼吞虎咽起来。在他的带动之下，我也尝了一口，美妙的滋味在口中瞬间迸发。

这和在日本吃到的越南菜完全不同，或许是蔬菜和肉都很新鲜，也或许是因为放入了好几种香草料和香辛料的缘故，当然也可能是因为添加了少许化学调味料。这食物颠覆了我的常识，将我从过往的牢笼中解放了出来。

我们兴致盎然地一连点了好几盘。嘴里赞不绝口，胃都撑满了可舌头牙齿却依旧不满足。"怎么能有这么丰富的味道呢？"我独自喃喃道。"因为调味汁不一样。"他稀松平常地回答，"调味汁的配方每家店都不一样，鱼露呀盐呀虾酱也都是当地现做的，都是些日本没有的东西。"他笑着说。

把甜得发腻的甜点都一扫而光后，我们结了账。店里打工的竟都是些年轻人，让我有些意外。他们一个个都打扮得干净利落，待客也很直率。敞开式的厨房那边，一名年轻女性正挥舞着煎盘。

他正和店主攀谈，我就先出了店门。

刚才吃饭的时候，T恤衫的胸口部位蹭到了些油污。

我看着那点污渍发着呆，这从未有过的感官体验令我浑身酥麻。

我心中冒出一个念头——要是在这里生活会如何呢？

我想在这里生活，不必穿得漂漂亮亮，也不用化妆。在这里工作，吃这里的食物。

因而没过多久，我们就谈论起结婚的话题来。

作为伴侣生活的方式多种多样，不只有结婚一条道路。但我和他却选择了结婚。

我还无法对父母和身边的人说明白如此选择的缘由。之所以做出这个决定，也不完全是出于自断退路的决心，或许是因为自己想要试着跳出终日只考虑左右权衡和规避风险的生活方式吧。

这家酒店有些历史了，坐落于其中的礼拜堂虽然小，却很庄严。

在越南，据说也有很多人和日本人一样举办西式婚礼。

照着婚礼的流程，我们进行了宣誓和交换戒指。我一直觉得没有戴婚戒的必要，他也表示赞同，可妈妈觉得这不像样，自作主张地为我们买了一对。

"而且还是这么过时的款式……"我有些生气。"算了算了，"恋人笑着安抚我道，"父母送礼物还是很值得高兴的。"按照东南亚地区的习俗，他们还是很尊重父母意见的。虽然我还是有些无法接受，但看他那大大方方的态度，也不再表示反对。

沉甸甸的古典白金戒指、长长的复古蕾丝花边拖地头纱，这两样都是妈妈自己向往的吧，我心想。

最后的立誓之吻标志着整个仪式圆满结束。新郎新娘退场前要转身向到场来宾致意，我回过头，正好和坐在最前排的母亲的目光相遇。

她眼睛红红的，眼眶里噙着泪花，正拿着一块小手绢擦拭着眼角。

她为什么流泪呢？我心想，好像自己是个置身事外的旁观者。

她是喜悦？是悲伤？还是愠怒？抑或是因为最终没和父亲办过西式婚礼，而在女儿的身上幻想着自己的身影？她这是欣慰，还是嫉妒呢？母亲的内心真让人捉摸不透。

虽然母亲最后似乎妥协了，但直到前阵子她还坚持反对这桩婚事。

当我告诉她自己要和越南恋人结婚时，她表现得异常慌乱。"居然要和一个外国人结婚，你连那国的语言都不懂！"她唉声叹气道。

她竟然如此震惊？这有些出乎我的意料。

从小，除了对我的穿着打扮，其他方面母亲都不甚关心，她从来都不对我的升学或打零工之类的事情发表意见。要说反对这桩婚事的话，倒是父亲更有可能，可他却只是笑笑说一句"恭喜你"。

如此漠不关心的人，这次却突然如此坚决，让我无法理解。

我注视着哭泣的母亲，思忖着"她这是怎么了"，而一边坐着的父亲则露出一脸困惑的笑容。

父亲看着我耸了耸肩，好像在说我明白你在想什么。

我挽着刚成为丈夫的恋人的胳膊，在李斯特钢琴曲的伴奏中迈上了红毯。

到场嘉宾不多。

　　我们没有邀请日本的朋友，因而礼拜堂长椅上坐着的全是他那边的亲戚。

　　婚礼结束后，大家都将移步到他伯父经营的饭店参加结婚派对。那里会来很多人吧。

　　现在只是喧嚣前的宁静。

　　打开礼拜堂的那扇门，外面延伸着嘈杂的街道。

　　马路上汽车虽然比以前多了些，可依旧摩托成群，它们高鸣着喇叭，在街道汇成一股浊流奔涌着向前。

　　有集市和摊贩的喧嚣、常年日晒下皮肤黝黑的人们明媚的笑容、色彩艳丽的花卉果实和铝制餐具的清脆碰撞声。

　　而我，即将投身其中。

# 第一章

　　小都每天早上都会望见牛久大佛[1]。今天因为睡了懒觉，把车停在停车场后就匆匆化了个妆，然后边透过车前风挡玻璃望着大佛，边用吸管吸着豆奶。从家中冰箱取出的豆奶现在已变得微温，纸袋子被泡得有些发软了。

　　直至两年前，她还习惯早上光顾一下车站咖啡馆。坐在肩挨着肩的拥挤吧台桌前，望着都市里步履匆匆的往来人群，喝着豆奶拿铁。她喜欢这样淹没在杂沓的人群中，看着人们的服装随着寒暖变化，时而单薄时而厚重，却从未想到不久的将来，她会日复一日地在车中望着耸立在杂树林另一边的大佛。

　　牛久大佛是小都儿时建造起来的。这大佛出奇地高，连基座总高120米，支撑高压电缆的铁塔跟它比简直小巫见大巫。据说这高度是美国自由女神像的三倍。

　　乡间只有一马平川的水田和旱地，而一座大佛兀立于其中。面对这让比例尺都快失灵的高度，无论大人还是孩子，不是觉得可笑就是频频皱眉。外地来的人见了这大佛也无不张口结舌。在众人的困惑中依然能泰然自立，这大佛也真不知趣，小都心想。一开始小都觉得这大佛太刺眼，视线一直刻意回避，后来终于对它的存在习以为常了。

　　然而，结束了在大城市的独居生活回到家乡后，不知为何，每当大佛出现在眼前，她都会看得出神——啊，大佛。

---

1.牛久大佛位于日本茨城县牛久市，建成于1992年，高120米，是世界上最大的青铜大佛立像。

住在东京的时候，她每次见到东京塔都会驻足观望。这两种心情有些类似，却又不尽相同。不管怎样，大佛永远以一副优雅的姿态矗立在那里，一脸众口嚣嚣与我无关的淡定。

小都熄灭了引擎，扬声器中播放的新鲍萨舞曲和冷气也随之中断，她拿起包钻出了车。虽然时间已进9月，可猛烈的阳光和盛夏别无二致，她不由举起手挡在额头处遮阳。

走了几步，就进入了一条新建的街道，和牛久大佛一样突兀。

在巨大的平面停车场对面，是被浅色围墙包围的奥特莱斯购物中心。正门前种着棕榈树，还设有喷泉，好似国外的游乐园。这家奥特莱斯是小都在东京生活期间建造的。一家家平房店铺鳞次栉比，在地面上匍匐延展，和那直刺云霄的大佛形成了鲜明对比。大佛偌大的体积，让两者的比例都显得失衡了。

这就是小都的家乡——一马平川的关东平原上蔓生着的杂树林和耕地，还有这杂树林和耕地中陡然冒出的大佛与光彩炫目的购物中心。

虽说是乡下，乘电车到市中心实际也就一小时左右。

小都就在这样有失和谐的地方工作、生活着。


员工专用停车场和顾客停车点相隔一段距离。购物中心的围墙看似就在眼前，走起来却出人意料地远。开店前，通往员工专用门的狭窄通道上，排成一列的员工队伍慢慢吞吞地移动着。这通道风吹日晒的，连个遮风挡雨的地方都没有。

烈日下缓缓走了好一阵子，终于到了店门口。员工中最年轻的杏奈正在用吸尘器打扫，她穿着无袖上衣和短裤，仍是一副夏季的装束。

"小都，早上好。今天真热呀！"她抬起头热情地笑着。

"早上好。真是太热了，光停车场到这儿的这点路就汗流浃背了。"

"我把空调开到最高挡位了，你来凉快一下。"

小都站到天井式空调正下方，冷气裹挟着尘埃扑面而来。她解开胸口的一颗扣子，扇动起了衣领。她今天穿了件秋冬季的厚针织衫，热得大汗淋漓。店铺是平房，受天气变化的直接影响，和员工通道一样夏季闷热、冬季湿冷。曾经工作过的商场大楼室内处处都是恒温的，所以初到这里时，小都着实吃了一惊。

早班的员工到齐后，大家有的打开收银柜，有的打扫卫生，不知不觉进货的人来了。大家戴上劳动手套，用小刀将纸箱一个个打开。今天是周初，量还不多。店员们一边确认货单一边麻利地将货品摆放整齐，终于在开始营业之前把店铺打理得整整齐齐。

小都想在店外确认一下橱窗玻璃是否干净，就拿起擦布走出了店门。左右排列着的店铺前没见到一位顾客的身影，白灿灿的烈日将仿石板路面照得发亮，对面店铺的女店员正踩在梯子上拆去装饰店面的人造向日葵。

孟兰盆节的繁忙期结束后，直至秋冬季的商品正式到货之前是淡季。购物中心像是进入了短暂的休眠，今天看样子也会是清闲的一天。

那天午饭前，公司总部的一名女员工忽然到访。

"长谷部！太意外了！有什么事吗？"

杏奈惊呼道，都忘了先打招呼。长谷部是总公司的购销员，为了传达周末至下周的销售计划，一直都在周四或周五来店里。这是她第一次在周初的午饭前出现，连小都都感到有些惊讶。不过相比而言，杏奈对总公司购销员那口无遮拦的态度更让她冒冷汗。

"我去筑波店办事，顺道就过来了。给，这是慰劳你们的。"

"哇，太感谢了！"杏奈接过了装西点的纸袋。

"店长今天休息吗？"长谷部小声问小都。

"哦，她刚才打电话来，说孩子好像出了水痘，要去医院。今天店里应该不太忙，她也许就请假了。"

"……是嘛，她孩子啊……"

长谷部露出失望的表情。

"你有什么事吗？需要我打电话联系她吗？"

"不用不用，没什么要紧事。我有她的手机号码。真的，我只是顺便来看看，不用联系她。"

被她这么一说，小都越发怀疑长谷部有要事，却不知接下来该说什么，气氛有些尴尬。

"与野，你中午吃便当吗？"

小都摇摇头，不明白她这么问的用意。

"今天不吃。不过我偶尔也会做了带过来……"

"那我们午饭一起吧？这里有家回转寿司店是吧。天很热，有点想吃醋饭寿司了。"

长谷部热情得有些不自然。

"嗯，可是……"

在场的其他员工听见后忙说："反正店里也没事，你们慢慢吃。"小都就跟随长谷部出了店，心中很是纳闷。

到了中午，购物中心依旧没多少顾客。只有些带着狗的人和上了年纪的夫妻，个个神色悠然地散着步，不像是专程来购物的。盂兰盆节期间那摩肩接踵的热闹场景宛如一场梦。

寿司店也没什么生意，两人被引导至一张大桌，这里挤一挤至少能坐六个人。

小都还是第一次来这家店。店内的空间比门面大得多，寿司制作台处有几名厨师，再往里似乎还有其他的料理台，还有数名女招待。看了一下桌上的菜单，价格不便宜，和街边将菜单写在展板上的家常回转寿司店相比要高档些。两人各要了一份当日午市特惠。

购物中心没有特别规定工作人员不得在内部餐饮店用餐。顾客特别多的时候大家忙碌得没有时间去，即便不是旺季，购物中心的餐饮店价格又比普通的餐馆贵，所以也不太去光顾。有时小都也会去那里的饮食天地去吃，但也仅限于今天这种总公司来人的场合，或是当地的朋友来买东西趁休息时间一起去一下。

小都还是头一次和长谷部一起吃饭。一般她来传达工作的时候，店长或其他同事也在场。这回单独和她相处，小都都不知该聊些什么，只能无所事事地看着桌边转过的寿司。

"与野，你来店里有一年了吧？"

长谷部突然开口说道。

"是的，我去年六月来这儿的，大约干了一年又三个月了。"

"都完全适应了吗？"

"适应些了，不过感觉有的地方还有些欠缺。"

小都斟酌一番后谨慎地做了回答。她一想到这有可能是在对自己进行考核，就紧张了起来。长谷部接着就陷入了沉默。小都喝着粉末状茶叶的绿茶，一边搜肠刮肚地寻找着话题。

"今年夏天，荷叶边针织衫卖得很好，马卡龙色系列全色到货的那天就卖完了……"

"是啊，补货也很快销售一空，超出预期了。设计师说明年想做法国系列。"

"哇，我也想要。"

她们聊起了几年前热卖的春夏款针织衫，这些服装今年依然卖得很好。

"久等了。"

这时，两人面前忽然插进了一盘寿司。抬头一看，是一名年轻的店员，不知为何边看着别处，边等着小都她们接过盘子。

这人怎么这样，小都本能地想。虽然没规定寿司店的厨师必须对着顾客微笑，但这态度也太不友好了。不知是害羞还是厌倦了工作，那人一直没把脸正过来。

无奈地接过盘子后，那人又接连递来了几盘寿司。和长谷部分好了各自的那份后，小都就用一次性筷子夹起一个放入嘴中，慢慢地嚼了起来。小都很久都没吃寿司了，这么热的天，醋饭寿司的确很合胃口。饭团很大，配的食材也算厚实。

特惠套餐除了十贯寿司之外还配有寿司卷和味噌汤，这分量对于男人来说也够吃了。只是这口味太令人失望，和超市的副食品专柜卖的寿司没什么区别。

忽然，小都回味起了东京青山那高级寿司的味道。虽然难以称得上是幸福的回忆，不过那宝石般晶莹的寿司还是令人难以忘怀。

今天怎么常常回想起在东京的事情来呢，小都想着，用手掩住嘴，嚼起了大块的饭团。能回忆得起来也许是件好事。刚回这里的时候，出于精神防卫的本能，她一直不去回想在东京的一切，包括自己工作过的店铺。

饥饿感稍稍缓解后，小都的情绪也有所缓和，安慰自己说毕竟是回转寿司，这些也算过得去。

长谷部着装总是很入时，穿衣风格无可挑剔，可今天她就穿一件带垂感的米色束腰衬衫，搭配一条黑色修身裤，脚上穿的芭蕾舞式单鞋仍是黑的，这身搭配与其说是简洁，不如说是过于随意了些。不知听谁说过她已经四十出头了。平日里她一直打扮得很年轻，而今天头发却缺少光泽，鼻翼周围的粉底也不均匀，暴露出了实际年龄。小都怎么看都觉得她状态不佳。可即便如此她还耗上两个多小时专程来这交通不便的奥特莱斯，甚至邀请平时并不熟络的自己一起吃饭，肯定是有事想说，小都暗自思忖。

"你找店长有什么事？"

小都试着再次询问了一遍。长谷部将茫然而涣散的眼神集中到小都脸上。她微微笑了一下。

"……我有些事想跟店长说……"

"可以的话我帮你转达吧。"

"其实我……我怀孕了。"

"啊？"

"你能不能先不告诉大家？我打算工作到生产前，产假结束立刻回来工作。"

"那真是恭喜你了。"

小都没听说长谷部是否结了婚，所以一时间有些语无伦次。

"谢谢。可这件事到底值不值得高兴呢……"

"这肯定是件值得庆贺的事啊。"

"要是像龟泽店长那样，今后孩子发个烧什么的，计划大概会被一一打乱吧。"长谷部神色凝重地说道。她看上去并不是害羞，而是真的不太喜悦，小都不知该如何回答了。

"你身体还好吧？妊娠反应严重吗？"

"我是想说自己没事，可就在上周还休息了两天。"

"这样啊，那今天你也要注意身体。"

"谢谢，与野你真好。"

就在这时，耳边传来了一声冷冰冰的"久等了"，接着眼前又戳进一盘寿司。抬头一看，那厨师仍然看向一边，只有胳膊将盛有金枪鱼的盘子草草地塞了过来。

这回小都没有接过盘子。无端端地，她感到从胃底升腾起一团巨大的愤怒。

虽然平时有些店员的态度会让小都感到不快，但多年销售员的经历使她多了一份理解，因而从没有对他们发怒或是抱怨。

但这次她却意外地怒火中烧。小都并没有接下盘子，而是狠狠瞪着那名厨师。这让长谷部有些不知所措，她来回打量着厨师和小都。就在长谷部想要自己伸手去接过盘子时，只听见小都毫不客气地厉声说道：

"你刚才都在往哪里看呢！"

厨师吃了一惊，把脸转了过来。小都这才看到那男人的正脸，他比自己想象的要年轻。马脸——这是小都头脑中浮现的第一印象。他个子很高，背有些弓，厚厚的嘴唇无聊地抿着，嘴巴很大。他有双大眼睛，可眼睑却略显沉重。鼻梁很挺，有着一副左右对称的端正脸庞，但却给人留下一种闹别扭的印象。

"你这样不管怎么说都很没礼貌，是打零工的吗？"

邻桌的顾客偷偷瞥了小都一眼。只见厨师略显消瘦的脸颊渐渐红了起来，一直红到了耳边。终于，他含糊糊地嘟囔了一句"对不起"，将盘子放到小都面前，接着逃也似的转过身向料理台走去。

"与野，你没事吧？"

长谷部安抚似的说道。小都一听，意识到自己的脸也变得灼热起来，红得和那名厨师差不多。她心脏怦怦直跳，为自己无端地发火感到心慌意乱，羞愧得都快喊出声了。

自己居然控制不了情绪。羞耻和屈辱交织在一起，真想哭一场。可碍于面前坐着上司，她才勉勉强强忍了回去。

"那个，太对不起了。看这午餐的气氛让我给弄的……"

小都低下头，勉强挤出一丝笑容想要掩饰尴尬。"没事，没事，别介意。"长谷部忙在眼前摆摆手。

"奥特莱斯里的餐厅就是这样的。"

她用安慰的语气说道。小都一下愣住了。

要是她自家的店铺也有什么不周到的地方，别人或许也会用一句"奥特莱斯店嘛"进行自我安慰吧。想到这儿，小都放下了筷子，完全没了食欲。

下了班后，小都开车回家。这辆小型二手车是小都回家乡找到奥特莱斯的工作后，父亲出一半资买下的。

虽然到家只有二十分钟的车程，但下班后开车一直让人心情沉重。毕竟路上街灯稀少，临近电车站前的一段路程都是一片漆黑。这和在东京挤地铁回家相比又是另一种压力。东京下班时地铁像沙丁鱼罐头，小都在里面总是被挤得几乎动弹不得，还得被迫一路闻着陌生男子的酒气。

路上，父亲发来短信，列出了要她捎带回家的东西，小都就顺路去了一下沿途的大型商场。这商场没奥特莱斯大，但也同样灯火通明，里面汇集了各式各样的店铺，多少让小都的心情舒展了一些。

白天发生的事在内心造成的扰动尚未趋于平静。这要是告诉别人，一定会让人不解——是你抱怨别人，又不是被他人抱怨，犯不着这么闷闷不乐吧。小都也明白，是自己有些理亏才导致了现在的阴郁情绪。只是最近她越来越深切地体会到，即便说出了自己想说的话，心情也不见得会舒畅。许多情况下，将想法埋藏在内心反倒还轻松些。

她想去杂货店或是书店逛逛散散心，但又怕一去忘了时间耽误正事，就还是径直去了超市，买完东西直接离开了。汽车驶过常磐线，穿过大型公寓楼林立的街道就到了小都的家。这里是新开发的住宅区，周围的房子都很新。到家后小都缓缓把车停到父亲的小轿车边。

打开正门上了二楼，见系着围裙的父亲把头探出走廊。

"我回来啦，还买了梨，我记得妈妈喜欢吃梨。妈妈呢？"

小都把购物袋递给父亲问道。

"她已经睡了。"

"这么早？还不舒服吗？"

"没有，今天天热，她在外面散步了好久，像是累了。医生也说能睡的时候最好就去睡，这样也好。"

"是嘛，那我先去换身衣服。"

在自己房间换衣服的时候，小都心想，反正明天也休息，早知妈妈要是睡着了的话，自己刚才就去书店什么的逛逛了。现在既然到了家，就没兴致再出门了。再说开夜路有些心慌，父亲也不会给自己好脸色。

小都坐在父亲对面，边吃着晚饭，边看着音量调低的电视画面。

"啊，这个味道不错呀。"

小都称赞道。黄油煎鸡肉别有一番风味。

"我用酸奶腌制了一下，好吃吧。"

"行啊，爸爸，你从哪儿学会的？"

"早上从电视里学的。还剩一些，你明天早晨可以把它装在便当盒里带去上班。"

父亲脸上露出了得意的笑容。

"我明天休息。陪妈妈去医院。"

"哦，对呀，太好了。"

爸爸已经五十多岁了，最近适应了休闲装的打扮，看上去比过去年轻了不少，甚至有几次和父亲一起外出时被人误以为是老夫少妻。

小都感到和父亲的关系比以前融洽多了。最近因为一起照顾母亲，两人间龃龉的气氛逐渐消解，转变为了伙伴般的情感，互相之间还能打趣。

"爸爸，盘子我会收拾的，你先去泡个澡吧。"

"嗯，那剩下的就交给你啦。"

父亲离开后，厨房一下子显得冷冰冰的，于是小都快速地把盘子厨余收拾干净。

正想去关厨房的灯，小都注意到水果篮里放着的梨。她看了一会儿，就拿起一个，用水果刀将梨切成了半月形，去皮后放入了保鲜盒中。接着，她在冰箱门上的磁吸式小白板上给母亲写了留言——妈妈，粉色盖子的保鲜盒里有削好的梨，你记得吃。咪丫[1]。

在签名旁她还画上了个圆脸代表自己，又画了颗爱心。

抬头看看墙上的时钟，还不到10点。关上电视和电灯后，厨房和深夜

---

1.咪丫是小都的小名。因为"都"在日语中发音为"miyako"，和"咪丫"发音接近。下文中小都也对自己小名的由来做了解释。

一般寂然无声。回到卧室见到床的那一刻，小都就像被它吸附过去一般，一头栽了进去。

小都家有三层，她的卧室在一楼，面朝庭院，原本被设计为夫妻的卧室，是除了客厅之外最大的一间屋子。但母亲却更喜欢三楼的阁楼小屋，就把那里作为自己的卧室，而父亲则在二楼客厅边的和室坐卧起居。

一楼卧室的可步入式衣柜非常宽敞，可以将小都大量的衣服全部收纳其中，这让小都最初欢欣不已。房间里放上自己独居时用的单人床和小型电视机，再摆上单人沙发后，空间依然绰绰有余。

这屋子比东京住的地方宽敞得多，置身其中，小都不知该如何打发那漫漫长夜。现在，她感到白天寿司店经历的坏情绪终于淡去，于是连床罩都没掀，就进入了梦乡。

第二天是母亲去医院复诊的日子，两人出门前往邻市的综合医院。家里到医院的直线距离虽不算远，但中途有电车和公共汽车的换乘，一路上费时费力。母亲又不会开车，所以一直都是小都或父亲开车陪她去医院。

小都在县道上行驶，外加抄田间小道，就是去医院的最佳路径。田间稻穗开始变得金黄，头顶白鹭翩然飞过。

虽然已事先预约，但候诊时间依然漫长。反正至少也要等上一个多小时，小都就想邀请母亲去喝茶，但母亲却担心没准一会儿就会叫到她，坐在能看见诊室的长椅上一动也不肯动。

"我去小卖部买本杂志回来。妈妈，你要饮料什么的吗？"

小都顺便问了一句，母亲却摇摇头。小都正要沿着走廊去电梯，习惯性地回过头时，只见母亲低头呆坐着。

和日显年轻的父亲相反，母亲苍老了许多。虽然称不上发福，但全身浮肿，嘴角也下垂了，添了许多皱纹。她很少去理发染发，头发密密丛丛，白发也格外显眼。小都很无奈，毕竟她是病人，却也不忍直视，将视线转向一边。

母亲没生病的时候，就是一名普普通通的中年女性。总而言之就是家庭主妇，但因为会给人穿和服和简单的和服剪裁，所以在成人仪式或是七五三之贺[1]的日子里，附近美容院会请她去帮忙给人穿和服。她性格直率、心地善良，是位比较开朗的母亲。

可因为生病，母亲像变了个人似的。她的病简而言之就是更年期综合征。小都是从父亲来的电话中初次听说母亲病情的，那时小都每天的日程都被工作和娱乐排得满满当当，完全忘了父母的存在，因而对她来说相当突然。工作后，那是她第一次接到父亲打来的电话。母亲要接受仔细检查的消息犹如晴天霹雳，小都感到脸像是被突然扇了一巴掌。

母亲没有来听电话。

"妈妈说今天没力气和别人说话。"父亲说。

别人？小都都不敢相信自己的耳朵。自己从母腹中生下，和她的关系应该是世上最亲密的，怎么就成了"别人"？两人什么时候变得这么疏远了呢？

检查结果也是父亲通过电话告知的，是更年期综合征。当时小都大大松了口气，还笑着说"什么呀，原来是更年期综合征啊，那就是说没事"。对于二十多岁的小都而言，更年期综合征就像麻疹一样，是中年以上女性的常见病。以为不用治疗，不久就会自愈。

然而，事态并未照此发展。母亲一直称身体不适，却查不出原因，情绪也极不稳定，病情持续恶化。尝试了各种治疗手段也未见改善，妇科医生就建议她同时去精神科接受治疗。

小都有生以来第一次主动查找了更年期综合征的相关资料，终于明白这种病的症状因人而异，有些人要花上十年以上才能治愈，和抑郁症的界线也很模糊。母亲的身体病症和精神症状复杂地交织在一起，事态比家人想象的

---

1.日本男孩三岁、五岁，女孩三岁、七岁时会于11月15日举行庆祝孩子成长的仪式。

要严重许多。

父亲因为母亲的病暂时停了职，小都也最终辞去了工作回到了父母家。小都辞职并不单单是因为母亲的病情，但母亲的病的确成了她辞职的一大诱因。父亲虽然最近复了职，但申请调到了加班少请假容易的部门。虽然他没有明说，但小都也明白那就是个闲职。

小都完全不知道家人生病究竟意味着什么。毕竟最痛苦的是病人自己，而且她也很清楚父亲比自己辛苦得多。但因为这件事，自己真的就好像是被突然抛掷到了久久不离去的台风之中。

这日子太过难受，太过压抑，完全不是什么可拿来说笑的，因而小都还从未对人详说过这件事。

小都不知还要等多久，母亲能回到过去的样子，自己也能回到只需考虑自己的日子。一想到这样的生活也许再也回不去了，她就不寒而栗。她并不讨厌母亲，但考虑到这些，心情就像铅一样沉重。

小都买了本时尚杂志，想要拂去心头的阴霾。回到母亲那里时，眼前这不同寻常的景象让她怔住了。

等候室的沙发上，母亲仍坐在原来的那个位置，正低头看着可能是她自己带来的文库本。小都还是第一次看到母亲在候诊时阅读。

"妈妈？"

听到小都怯生生地喊自己，母亲抬起头，表示不解。

"怎么了？发生什么事了？"

小都还没来得及回答，负责接待的女性喊到了母亲的名字。

进入诊室，母亲坐到了医生的对面，小都则坐到了她身后的座位上。

主治医生是名壮年男子，体格健壮，神情严肃。白色短发修剪得十分利落，宛如降了霜的草坪。比起白大褂，似乎柔道服才更适合他。以前负责诊治母亲病情的另一名医师去了别的医院，因此从春天开始，母亲的病便由这名壮年男医生负责。

　　无论去看妇科还是精神科，父亲和小都中的一个都会陪她同去。因为母亲常常透露不安："我不明白医生说的意思，问了也记不住。"的确，即便医生自认为解释得通俗易懂了，但毕竟其中混杂着些术语，若是不集中注意力，有时自己也很难理解。

　　问诊结束后，医生露出个灿烂的笑容。

　　"嗯，你的病情基本好转，趋于稳定了。"

　　小都坐在母亲身后，看不出此刻她是什么表情，只能屏息凝神地盯着母亲的下巴，见她微微点了点头。

　　"从这次开始，我们逐步减少用药剂量吧。"

　　比起母亲，一定是小都神情更为惊讶。医生面向小都温柔地说："下次令爱不陪同也没问题了。"

　　母亲好起来了，小都从心底涌起一阵喜悦。既想握住母亲的手一起欢笑，又想立刻打电话给父亲报喜。但是，小都又怕最终是空欢喜一场，只能竭力克制，装作面无表情。

　　真的吗？这是真的吗？我们真的就从忧郁的日子里解脱出来了？

　　结了医药费去领药处的路上，小都一直在内心喃喃自问。母亲也是同样的心情吧，一脸平静，没露出丝毫喜悦。

　　出了医院，两人去了星巴克。从医院回家途中，母亲若是状态不错，小都都习惯驾车兜兜风，带她去咖啡馆坐坐。小都买了蛋糕和饮料，在母亲对面坐下，只见她和出门时相比像换了个人似的开朗了许多。这时，小都已难掩心中的喜悦了。

　　"妈妈，能减药了，真是恭喜你！"

　　母亲有些难为情地点点头。

　　"嗯，谢谢。从上周开始就一直感觉不错，早晨也起得了床了。"

　　母亲一直把叉子握在手中，似乎都忘了吃蛋糕，继续道：

"今天的这位医生给我调整了许多药，还认真听我说话。"

"是呀，他是个好医生。"

"此前那个医生太糟了，说话声音尖得刺耳，一点都不细致。"

"嗯，那医生是精神十足呢。"

从前的主治医师是名年轻的女医生，和母亲的确不太合得来，不过小都却不觉得她有多坏。母亲表面看上去人很和善，其实内里有些方面真的挺难伺候。

母亲调整了一下呼吸，一脸郑重。

"小都啊，妈妈呢……"

小都心里咯噔一下。每当母亲一脸深思熟虑的表情准备开口说话时，都不会是什么好事。

"妈妈已经感觉没事了。"

"……真的？"

"妈妈真的一直觉得抱歉，让你和爸爸都操心了，占用了你们的时间。"

"没有的事！"

小都强调。

"所以，你现在可以全职工作了，不必再打零工了。我也打算跟你爸爸说。让你辞职真是太对不住了，谢谢你这段时间一直照顾我。"

这些话本该听了高兴才对，可不知为何，小都却感到内心一阵刺痛，一时语塞。为了不让母亲看出自己内心的动摇，她噘起了嘴。

"我可不是为了妈妈才辞职的。而且现在的工作也不是什么一般的零工，而是签订过短时劳动合同[1]的，好歹也算得上是员工了，也有社会保险。"

---

[1]在日本，短时劳动者被纳入社会保险范畴。一般规定一周工作时间为正式员工四分之三以上，或一个月工作天数为正式员工四分之三以上的从业人员为短时劳动者。

"是嘛，妈妈没见过世面，对不起啊。"

小都慌了，忙摇摇头。

"不是这意思，都是我没跟你说明白。不过你也别着急，还是先慢慢治疗，我和爸爸都陪着你。快，一起吃蛋糕吧！"

母亲微笑着点点头，小都也对她笑笑。喜悦和痛心交织在一起，就像盘子里那块大理石蛋糕。

9月的连休，购物中心策划了大型促销活动，小都所在的店铺也为了将夏装清仓，进了大量的库存夏装。

这家奥特莱斯没什么高档品牌，和那些有名的大型奥特莱斯购物中心相比不值一提。不过，因为有片巨大的免费停车场，休息日里附近的居民会在休闲之余来这里买些日用品，所以那几天也很热闹。

长假期间天公作美，购物中心似乎又回到了夏季人山人海的景象，小都每天都忙得精疲力竭。然而，长假最后一天却很不幸地遇上了台风的正面袭击。

虽然店铺外都延伸出了宽大的屋檐，在店铺间来回转悠时不必打伞，但毕竟天气恶劣，奥特莱斯当日门可罗雀。

开始营业了也不见顾客的踪影，小都和店长就决定将刚到货的秋款服装给模特穿上。因为长假的日销售目标在昨天已经完成，所以店长心情不错。

"对了，听说长谷部有孩子了是吧。"

店长把脸凑近说道。

"啊，是啊，我听说了。"

"好像说是身体不太舒服，可能要提前休产假了。"

"是吗。"

"听说是和男友急急忙忙登记结婚的，对方是纤维制造商的经理。如果是经理的话应该年岁挺大了吧，可能是有妇之夫。不过毕竟经济上有依靠，所以她应该能安心生产吧。"

"那就太好了。"小都尽量避开店长的视线回答道。

店长很年轻就结婚了，已经有了两个女儿。虽然她工作积极，但因为丈夫是总公司员工，就常常向他和他周围的人打听公司内部消息，还悄悄来告诉小都，这让小都有时感到很为难。小都并不是对流言蜚语不感兴趣，但她的话语里一般都包含着某种意图或是牢骚，让小都每次都不得不格外小心谨慎地回答。

"总公司要是不趁早确定接替人，事情可就难办了，小都你说是吧。"

小都听后只能模棱两可地点点头："是啊……"

长谷部身体欠佳，已经连续两周没来店里了。代为办事的年轻人虽然一直来传达销售计划，周末也来帮忙，但店长为了应付这些，已经放弃了排班表上的休息日，长假也是全勤上班。幸而店长和父母住在一起，所以即便突然有工作上的安排也能应付得过来。

"下个月不还有个临时工要辞职吗？总公司也说过会给我们增派人手，但八字还没一撇。"

当店长在自言自语时，小都则给模特假人戴上长披肩，也没把店长的话当回事。

"喂，与野，你一周工作五天还是很困难吗？"

听到店长明确在问自己，小都才将脸转向她。

"抱歉，在这种情况下问你。毕竟你做短时工是事出有因的。不过，什么事交给你做都很让人放心，要是你能全勤上班的话就太好了。你能把我今天说的暂且记在心里吗？不行的话也不勉强。"

"嗯——"

小都转过身来。

"或许我的排班表上还能增加些工作时间。"

"真的吗？"

店长的脸上瞬间绽放出了神采。小都急忙摆摆手。

“虽然现在无法马上给你答复，但其实我是因为家人身体不好才一周上四天班的。不过她身体快恢复了……”

“原来如此，这件事还是和家人好好商量为妙。不过我还是希望你能尽早考虑一下。”

店长亲密地拍了拍小都的胳膊，就往收银台那里去了。

小都将目光停留在被店长碰过的胳膊上，有些后悔，觉得自己对上司说这些似乎太早了，母亲虽然说过自己没事了，但自己也应该再观察一段时间，确认这话并不是出于一时兴起。可是，自己还是忍不住说出了口。

那天小都是晚班，她最后轮到午休。

奥特莱斯占地面积很大，店铺众多，因而员工休息室不止一处。离小都所在店铺最近的休息室是最宽敞的一个，设有自动售货机，除饮料外还卖方便面、点心等多种食品，许多人会在这里吃顿简餐。

早已过了午饭时间，休息室里只有一伙人摊开文件坐在一起开会。

小都远离那些人，在窗边坐了下来，打开手机看看是否有未读消息，发现有高中时期的朋友来邀请自己参加聚会。正好那天休息，就毫不犹豫地回复说自己会参加。最近她都不太有机会出去玩，因而内心满怀期待。

这时，小都听见窗户上雨点的敲击声忽然变大，吓了一跳。看样子台风中心已经离这里很近了。在一片凄风苦雨中开车回家实在让人心事重重。小都在考虑若是天气太糟的话，是不是叫父亲来接一下。

她打开包裹便当的大方巾。若是父亲做的晚餐有剩余，她就会自己再煎一个卖相难看的煎蛋加在其中，作为第二天的便当。小都不擅长做饭，煎个鸡蛋都嫌麻烦，可若是每天在便利店买午饭的话又是一笔不小的开支。

店长说她每天都会为两个孩子做便当。虽然自己的婚事八字都没一撇，但现在一想到这些，心里就不禁忧郁起来。自己要是结婚的话一定会选一个会做饭的男人，而且要是像店长那样，住在父母附近的话或许还能请他们帮帮忙——小都就这样任由一个个想法掠过脑海。

若是一周工作五天的话，能从短时工转为正式员工吗？如果那样，每月的工资就会增加，还能拿奖金，甚至有机会晋升。

小都轻轻咬着筷子尖，思索着这些是否真是自己想要的。

小都现在所在的店铺目标人群是年轻的职业女性，售卖的服装偏重女人味。设计风格走成熟女性路线，适合职场和约会等场合，面料也便于打理。而小都曾经工作过的店铺则主推棉麻制品的服装，二者的顾客层次有着质的区别。

小都十八岁的时候成为那家天然面料品牌的忠实粉丝。那品牌乍一看很朴素，但设计精美，售价不菲。小都盘算着自己若是作为普通的顾客，一个月只买它一件也够呛，于是就在高中毕业后去东京那家品牌店打零工。那自然纹路的连衣裙，还有那质感毛糙的粗针毛衣，可爱的风格让小都爱不释手。能在开季就穿上自己挚爱品牌的服装，小都感到很幸福。她毫不犹豫地省下饭钱，为的就是能多买一件该品牌的新款。最终，努力有了回报，小都被录用为正式员工。

然而现在的小都却和那时大为不同，对自己店铺买的服装提不起多大兴趣，只是出于工作需要把它们当制服来穿。但穿上之后就发现了这衣服的诸多优点，比如这化纤的布料很挺括，也不起皱，洗涤方便，还有那轻薄的质地也是麻纤维衣服所望尘莫及的。而且由于价格低廉，就可以轻而易举地将当季流行款收入囊中。另外，因为奥特莱斯没有正价门店来得严格，只要在开季那几天挑选好尺寸合适的基本款式，在下一季仍可以继续穿。

可是，要是成为正式员工自己又会怎么办呢，小都边吃便当边思忖着。卖的又不是自己心仪的服装，自己能坚持做下去吗？就是喜欢的品牌，自己不也最终退缩了吗？

不对，也许现在已经不是计较喜不喜欢这个品牌的时候了，而是有份工作就谢天谢地了。即便现在没问题，可过了若干年，自己就不再适合做店面销售员了。但要是成为正式员工，就是上了年纪也可以调去做内勤，或者转到集团内的高龄品牌继续干。

小都考虑着来年也能穿的服装呀、成为正式员工后的晋升之类的问题，可另一方面，她连半年后自己会是什么样都无法想象。更不用说结婚了，简直同宇宙旅行一般虚无缥缈。

就在这时，休息室的门开了，进来一名穿白色服装的高个男子，气质明显和服装店的店员不一样，小都立刻认出他就是那名寿司店的店员。

小都条件反射似的埋下了头。那名男子没往小都那里看，而是走向了自动售货机所在的角落。

她忐忑不安地窥视着那名寿司店员。只见他在自动售货机上买了份章鱼烧，在和小都呈对角线的位置坐下，侧脸对着她，就着塑料瓶里的茶饮吃了起来。小都发现自己进不了他的视线，就稍稍放心了些，开始对他观察起来。他头发剪得很短，发型朴素，穿着薄薄的白色工作衣。从脖子到手臂的线条竟意外地好看。此前他给小都留下了纤瘦的印象，但经这次的重新观察，发现其胸部和手臂处的肌肉还是挺发达的。

他吃完章鱼烧后，就从裤子后袋里抽出一本书读了起来。还读书，从外表完全看不出是个会读书的，小都心想。

突然，他向小都这边转过头来。小都赶忙低下头，包好了便当盒，起了身。

小都正准备去开休息室的门，这时门被外面的人推开了，进来一名戴眼镜的男子。他低着头和她擦肩而过。那副眼镜过分追求设计感，怎么看都像是从事服装行业的男人。

"哦，阿贯，好久不见。"

那人在跟什么人打招呼。小都回过头去，见那眼镜男走向了寿司店员。

本以为受台风影响，购物中心会提早关门，可结果还是正常时间下班。

店长说要去接孩子，就提早下班了。小都则让打零工的女孩儿先行回家，自己一个人关了店门后，才急急忙忙冲向停车场。

一出购物中心，硕大的雨点迎面扑来。虽打着伞，可一眨眼的工夫，脚和裙摆就湿得透透的，呼啸而过的狂风把纤细的树干都吹弯了腰。

员工们一个个瑟缩着身子，步履艰难地向停车场陆陆续续地移动。浅口鞋的鞋垫都被水泡涨了，穿着很不舒服。小都只能沉默不语，埋头将注意力集中到前面人的脚后跟，努力不去在意脚上的感觉。

好容易走到自己的车边，刚准备收起伞钻入车中，一瞬间的工夫，从肩到背就被淋了个透。怎么就没想到穿件雨衣来呢，小都郁闷地想。

她将淋得起了水斑的皮包扔到了副驾位子后，就插进了车钥匙。可和平时一样转动了车钥匙，也不见车有任何动静。咦？小都觉得奇怪，又拔出车钥匙重新试了一下，还是没有任何反应。她反复转动着车钥匙，任由湿漉漉的刘海粘在前额上，可就是发动不了引擎。

"讨厌！这是怎么了！"

小都一头埋进了方向盘。风雨逐渐加强，车前风挡玻璃上的雨水像瀑布一般哗哗地往下淌，小都冻得背上直哆嗦。

她想不出任何办法，只能取出手机给父亲打电话。这时他早该到家了，可电话就是打不通，家里的固定电话和母亲的手机同样无人接听。这期间，周围的车一辆辆地开走了。小都走投无路，只能呆呆望着远处雨幕中朦胧的路灯。

此时她头脑一片空白，这种时候联系谁好呢？或许叫辆牵引车是个不错的主意，可又感觉有些小题大做。这会儿，她脑中闪过了在东京时的恋人，可联络方式早已被自己删除，小都为自己在这种时候想到他感到生气。

她大大叹了口气，口中不停重复着"冷静！冷静！"

看了看表，突然想起了从购物中心到地铁有接驳巴士。要是抓紧的话，应该还赶得上末班车。

小都下定决心冲出车外。停车场也好购物的通道中心也罢，室外灯光稀少，周围极其昏暗。唯独购物中心内店铺的灯光在雨中模糊可见，好像从天而降的巨大UFO（不明飞行物）。

　　一路的冷雨再度浇透了小都的脊背和肩，当她紧赶慢赶终于到达接驳巴士车站入口时，只见四角闪着灯光的巴士已驶离了远处的环岛。唉，跑也没用了。想到这里，小都两腿立刻软了下来。而就在她驻足的瞬间，一阵狂风吹过，只听见"啪"的一声，小都的伞骨折断了。她不由得一松手，伞就被风轻易地带到了身后数十米开外。沉重的雨滴铺天盖地地打到了她的脸上。

　　这时，身边像是有个巨大的塑料袋经过，让小都吓一跳。定神一看，原来是一个人，这样的天只穿件单薄的雨披骑在自行车上。那人转身面向小都。

　　"你怎么了？"

　　小都以为是警卫，却没想到原来是那长着马脸、一直睡眼惺忪的寿司店员。

　　"你为什么哭？"

　　小都没想哭，她想说是雨水打湿了脸，可却一句话也说不出来。

# 第二章

秋天不期而至。就在上周，还穿着秋冬季的衣服在店门口汗如雨下，今天早晨就气温骤降。小都用开水壶泡了杯红茶，茶杯中升腾起的蒸汽熏热了脸庞。

她在镜子前换了好几身衣服。

今晚要和高中时期的朋友一起聚会，原本计划穿双层棉纱衬衫的，可这骤降的气温让小都没了兴致，只得四处翻起了手头的衣服。

小都暗地里将自己店铺品牌的服装称为"制服"，而现在，衣橱中"制服"的数量渐渐增加，开始逐步威胁到"私服"的空间。

最近的休息日，她不是陪母亲去医院，就是去附近的超市，都没机会精心打扮，因而买的也尽是些工作时穿的衣服，便衣的空间被挤占也是理所当然，可这让小都产生了一种身价大跌的焦躁感。

小都套上了百褶法兰绒连衣裙，这条裙子是去年秋天开季之时在网上看到的，实在喜欢就买了下来。连衣裙外再搭一件粗呢背心，针织瘦腿裤外再套上几何花纹的羊毛保暖袜套。穿戴完毕后小都站在镜子前端详了一番，觉得脚上穿踝靴比较般配。

小都瞥了一眼镜子里的自己，为该不该把头发散开而犹豫不决。

她细软的头发本是自然卷曲，要是烫了头发就会呈现松松软软的效果。但由于和现在的工作服不搭，只能把头发编起来或是扎成一束。可这次穿上了轮廓线条柔和的衣服，就希望把发型弄得可爱些了。

最近她无心烫染头发，就找出了烫发钳卷了卷发梢。又顺带在已经化完妆的脸颊正中再刷上层腮红，两腮就呈现圆嘟嘟的玫瑰粉色红晕。

小都退后了几步想看看镜子中的整体效果。既觉得可爱，又感到些许酸楚，毕竟这打扮对已经三十二岁的年龄来说稍嫩了些。她无法客观评价这装扮是否得体。

小都凝视着自己的脸，算不上美，但不乏个性。圆圆的脸，两眼分得有些开，鼻子虽小却有些上翘，脸上四处长着淡淡的雀斑。她也希望自己能再漂亮些，但从另一角度看这脸也不失可爱。

她抬头看了看钟，马上要出门了。

今天这装束还过得去，可是——小都边想边在胸口处别上胸针，这古典珍珠胸针带有手工艺风格，价格贵得离谱。

和那寿司店员一起出去的话，到底是穿私服好，还是穿制服好呢?

要不要问问今晚聚会的朋友们呢。不过已经可以想象得出她们会怎么说自己了。小都想着，在镜子前噘起了嘴。

聚会地点在最近刚开张的越南餐厅。

女同胞们聚会一般都会选意大利餐厅或是西式小酒馆，这次倒挺特别。小都边想边按图索骥地寻找，这时，眼前出现了一家咖啡馆般别致的餐吧，不由得吃了一惊。打开门，发现土墙全被刷成了蓝色，四处镶嵌着瓷砖，墙上还绘有大象和老虎的图案。小都还从未在这一带见过如此别致又惹人喜爱的餐饮店。

今天听说包括小都在内，来聚餐的有五人。她被店员引导至里桌，是个半包厢，发现那里已经坐了两个人。

“咪丫，好久不见！”

绘里举起一只手示意，她总是主动充当聚会召集人。

“绘里，你好吗？这店看起来很棒啊！”

在绘里对面坐着的短发姑娘正微笑着向自己点头。

"啊！早阳花！"

"小都，好久不见了。"

"呀——原来是早阳！怎么样？太让我意外了！"

"是绘里叫上我的。"

"真没想到，我太高兴了！"

小都和早阳花握着对方的手欢呼着，绘里在一边满意地点头。

"前阵子我们在常磐线偶然碰上的，结果她说今年春天开始被调到筑波上班，就要回这里了。我猜咪丫你肯定会很开心的，就把她也叫上了。"

"原来如此啊，我真是太开心了！"

"小都你没什么变化呀。"

"是嘛，早阳你看上去成熟了许多呢。"

早阳花是小都从小的玩伴，比小都小一岁。两人住一个小区，从小学到高中都在同一个学校，高中还在同一个社团。两人的家长也有交往，但后来小都离家工作，家里也搬到现在这个地方，两家就不知不觉地没了往来。

小都曾经的高中有个离奇的校规，就是所有学生必须参加一个体育社团。小都觉得乒乓球看上去挺轻松的，就加入了乒乓球社，但事实上远比想象得要严格，她只能和抱着同样想法的社员们相互安慰，咬牙坚持。那时的社员们到现在关系依然很好，今天聚会的就是这些人。

不久，另外两人也到了，大家就一起干杯。因为是多人的聚会，就点了套餐，上的每一道菜都很美味，所有人都啧啧称赞"好吃，好吃"。

小都很久都没参加这些人的聚会了，很自然地就成为大家关注的中心。

"不过咪丫你看上去仍旧那么年轻，或者说是轻柔吧。"

"你这身像是幼儿园小朋友的罩衣，好可爱呀。"

"还保持着森女的风格嘛。"

在大家你一言我一语的谈论中，小都只是不加反驳地耸耸肩——她早已习惯了她们直来直去地评论自己了。很久以前小都就是众人中最与众不同的一个。其他人都是刚下班，所以穿得较为端庄。想当年这都是一群衣着朴素的女孩儿，现在各自都打扮得很靓丽。在这一群人中，唯独小都似乎倒退回了少女时代。

"森女"是个流行语，指像是在童话中出现的森林里的女孩儿，有着梦幻般的少女风格，带些揶揄的成分。小都没想到会被人描述成这种风格，但当她初次听别人这么形容自己时，觉得这词用得十分贴切，暗地里佩服不已。

"不过现在你是在一家普通的服装店工作吧。"

绘里笑着，似乎一直在关注她。

"是的，在一家奥特莱斯店卖些保守风格的服装，仅仅当份工作而已。大家都来买啊。"

"前阵子我去偷偷看过一回，这孩子居然穿着雪纺衬衫和紧身短裙，一开始都没认出来。咪丫，你要是一直这身打扮的话会更受男人欢迎的。"

"不受男人欢迎也无所谓。毕竟打扮都是为了自己。"

此后，话题就转到了男女联谊、婚活[1]、谁结婚了之类的八卦上。

小都所在的女子乒乓球社团同期有八名社员，其中四人都在二十五岁前结婚生子，很少参加聚会了。有孩子的妈妈则会自己形成一个圈子，聚在一起吃个午餐。

今天聚在一起的四人中，只有绘里在两年前结了婚，但由于夫妻是双职工，还没有孩子，所以看上去和单身时没什么区别。

在开始婚活的时候，绘里节食、留长发，变得很漂亮。那修身的服装配上高跟鞋，是四人里最不像人妻的。

或许是因为小都所居住的地方离东京不太远的缘故，说什么也必须在

---

1. "婚活"一词最早起源于日本社会学家山田昌弘和记者白河桃子合著的《"婚活"时代》一书。这两名作者把日语"婚姻"和"活动"两词合成"婚活"一词，意为一切与结婚相关的活动。

三十岁之前结婚的观念并不浓厚。只是若一直保持单身，就无法融入有孩子的朋友圈子，交友圈就会日渐狭窄，因而也有许多人急于结婚。这里，和当地朋友的亲密度成为了结婚意愿的测量表，和东京大为不同。

正当绘里她们饶有兴致地谈论和恋爱有关的话题时，小都却和邻座的早阳花聊了起来。

"早阳你现在还是单身吧？"

"当然了，连男朋友都没呢。"

"我也是。"

"小都你长得这么可爱都没有？"

"谢谢你的夸奖，但就像刚才说的，穿成这样根本没人喜欢。"

"男人不都喜欢轻轻柔柔的女孩吗？"

"据说那只是都市传说，一般男人可都喜欢前凸后翘的小蛮腰。"

早阳花被小都这话逗得哈哈大笑。

"早阳，你现在住在这儿？在父母家？"

"是的，和父母住一起。可是我好想一个人住。"

早阳说她在去东京上大学时离开了家，工作后就在东京住下了，这次因为工作调动暂时回了自己家。

"我也是！我之前在东京工作，可因为种种原因回了自己家。"

"和父母住是轻松一些，但很多时候不太自由。"

"可不是。经济上是宽裕些，但有时觉得没有自己的空间，唉，毕竟是尝过了自由滋味的人……"

发现有着相似的境遇，两人聊得更投机了。小都从小就很喜欢早阳，她情绪稳定，和她在一起很放松。

"早阳，下次我们两人再聚。"

"一定！小都，过几天我能去你那里买衣服吗？"

"随便什么时候都行，你来呀！"

"我对穿衣打扮一窍不通，你能帮我参谋参谋不？"

的确，早阳穿得就像在找工作的学生，上身白衬衫，下身灰裤子。

"没问题！是上班穿的？"

"穿去上班，或者去玩……"

她有些支支吾吾。

"啊，穿去约会？"

"不是，不是，还算不上约会。"

"还算不上，就是说有些眉目？"

"你们说谁和谁约会？"

酒一杯接一杯下肚的绘里她们，这时兴奋地打断了两人的谈话。在她们的追问下，早阳花只能含含混混地解释起来。

最近公司有个前辈开始在加班后邀请她一起去吃饭。两人聊得投趣，口味也相似，就决定今后假期也一起出去。本以为是想和她约会，仔细一问，才知道是一起去看其他制造商的展览会。

"到底是出于工作目的还是出于私心，我完全摸不着头脑。"

"休息日还谈工作……不有些奇怪吗？"

小都皱着眉说，可声音却淹没在了大家的一片起哄声中。"他只是害羞罢了""休息日邀请你是对你有意思"……绘里她们兴奋地你一言我一语。

在众人一片笑声中，只有小都沉默不语，一口一口地嘬着酒。绘里发现了，在一边窥探着她。

"咪丫，怎么了？因为说到不擅长的恋爱话题就不高兴了？"

绘里像是哄小孩一般对小都说。小都歪了歪头，注视着绘里的脸说道："喂，那我也说一下自己的遭遇？"

这一句话，让那些举着酒杯的手和夹着春卷的筷子都定格在了原地。

"前不久，我也被一个男人邀请去喝酒了。你们帮我参谋参谋？"

大家齐刷刷地看着小都的脸，一双双眼睛里闪烁着好奇的光芒，而小都却清醒地看着她们，将那台风之夜发生的事娓娓道来。

　　那夜，寿司店的店员从自行车上一跃而下，去追那把被狂风卷走的伞。这期间，小都用手背擦拭着脸，却被他误当作在哭，感觉既羞愧又屈辱。

　　"台风天怎么就打一把折叠伞呢？"

　　他追回了伞，把翻成喇叭状的伞骨"啪啪"地掰回了原状后递给小都，说话语气里带着责备，把小都惹怒了。

　　"什么怎么，因为我开车了……"

　　"那你还不回去？"

　　"可是汽车引擎怎么也发动不了，我就打算乘接驳大巴回去。"

　　"接驳车不开走了吗？"

　　"那我就打车。"

　　"这种天打车车来得了吗？"

　　小都的话被他一一反驳，不由得焦躁起来。

　　"那我就等到它来。再见。"

　　正准备转过身去，只听见他对自己喊道："是电池？"

　　"啊？我不懂。"

　　"我帮去你看看。"

　　他把车停在员工通道的一边，上了锁，快步走了起来。

　　"不用了，没关系。我打电话叫我爸爸来接我。"

　　小都大声说道，可那寿司店员仍大步流星地越走越远。小都握着折叠伞，奋力去追赶那塑料雨披的背影。与其说他步速快，不如说他步伐大，致使他在这狂风暴雨中依旧显得步态悠然。

　　宽阔的停车场上包括小都的车在内，只剩下了四五辆。他问也不问就径直走到一辆赤豆色的小型汽车前停了下来，等在原地。

　　小都好容易追上了他，递给他车钥匙。他开了锁，脱下塑料雨披塞进车后座，接着就坐到了驾驶座上。见小都站在原地不动，就喊道："你都淋湿了，快进来！"小都就收起伞，钻到了副驾座上。为什么用这命令的口吻跟我说话呢，她皱着眉心想。

驾驶座上的他一会儿转转车钥匙，一会儿看看仪表盘。接着点点头，又突然取出手机和什么人打起了电话。

"喂，是我。还在店里那？哪儿啊，这不见你小子的车，还在停车场停着嘛。不好意思，能来下停车场不？朋友的车电池没电了。你那儿电缆一堆堆的吧。啥？行了行了，快拿来！"

他粗鲁地说完后将电话随手一扔。

这人绝对是个混混。

小都把手按住额头，无力地垂下了脑袋。最让她难以面对的，就是乡下泛滥的混混文化。与其说是讨厌，不如说是觉得羞耻，避之不及。可既然在这乡下生活，说他们坏话怕会惹大麻烦，就一直忍着，对此保持沉默。

他们喜欢对汽车进行重新改装和喷漆，把家庭餐馆和购物中心也当作是自家的延长线，穿着运动衫在那里昂首阔步，脚上总套着形似高端品牌的长筒靴，其实都是些廉价的山寨货——对于这些，小都一直就像牛久大佛那样，眼不见，心不烦。

除非他们来店购物只能硬着头皮接待，小都总是尽量避免和他们产生瓜葛。可这回，小都后悔自己大意了。在电话里被他说成是"朋友"也让她愤愤不平。

他打完电话就钻出了车外，打开了车前引擎盖。小都也急忙跟着爬出车外想给他打伞，却被他一句"坐回去"给厉声拒绝了。

"干吗这么自以为是，讨厌——"

垂头丧气地回到车座后，小都独自嘟囔道。他的身影被车前引擎盖挡住了，小都也不知他在做什么。上完驾校以后，她就再也没自己打开过引擎盖。

不久，一个打着塑料伞的男子从购物中心那里走了过来，他向寿司店员挥了挥手。仔细一看，发现他戴着圆框眼镜，就是傍晚在休息室看到的那名戴时髦眼镜的男子。圆眼镜和寿司店员交谈了三言两语后就走向停车场里面，把自己的车开来，面向小都的车停了下来。小都没看清是什么品牌的汽车，但不是那种不入流的混混们开的车，而是辆普通的小轿车。刺眼的车前灯让小都睁不开眼。

圆眼镜同样打开了自己汽车的引擎盖，好像在用一根类似电缆的东西把两处引擎连接了起来。

不久，小都感到车身摇晃了一下，圆眼镜坐到了驾驶座上，他的镜片和长长的刘海都被雨淋湿了。

"晚上好，你这回真够呛哈哈。"

他笑着对小都说道。圆眼镜皮肤白皙，肩膀纤瘦，是时下典型的富有女性化特征的美男子，那轻浮的姿态让人无法想象是那个混混寿司店员的朋友。

"嗯，好像事情有些失去控制了，真是抱歉。"

"没事没事，我从小就对阿贯言听计从的。话说回来，今天在休息室，我们俩擦肩而过的吧。"

"……是的。"

"阿贯一直说那女孩真可爱。我很少听他这么评论别的女孩儿，就对你多看了两眼。你是哪家店的？特吕弗？"

"嗯，是的。"

他居然说那女孩儿真可爱，小都心里念叨着。太出人意料了，她一时都不敢相信。他真这么说吗？小都很想这么问，但又怕招人厌，就把这问题咽回了肚子里。

"我在蓝船，是今年春天到这里工作的，这乡下地方不容易。"

他所在的精品店离正门很近，把女装算在内的话是这里面积最大的服装店，可以称得上是这购物中心的明星品牌了。

"你和寿司店员是朋友吗？"

"我们是初中同学。"

"同学？"

"我没想到会和他在同一家购物中心工作。"

这时，寿司店员在风挡玻璃前向圆眼镜挥手示意。圆眼镜转了几下车钥匙，这下感到引擎发动了起来。

"哇，太厉害了，启动了！"

车修好了，小都对寿司店员多管闲事的反感瞬间烟消云散。

她跑出车外，对两人一个劲儿地点头致谢。雨势更加大了，两人说了声"再见"，就向购物中心的方向走去。

"那个，不好意思！"

小都忽然感到不安，急忙叫住了二人。

"现在这情况，就这么开回去不要紧吧，会不会半路上熄火呢？"

见小都走投无路的样子，两人面面相觑。好容易帮她启动了引擎，可她还是心神不宁。要是在半路上车子熄火了，那才叫两眼一抹黑。圆眼镜于是用胳膊肘戳了戳寿司店员说道："阿贯，你就开车送送她吧。"

"这……不用了，太不好意思了。"

小都急忙谢绝。而寿司店员稍稍考虑后，嘴里念叨了一声"那好吧"。

"不了，真的不用！对不起，刚才真是太感谢你们了。"

"没事，要不我也不放心。"

说完，他又回到了驾驶座上，而圆眼镜则扬长而去。小都怯生生地坐到了副驾座上。说实话，比起为难，这时庆幸的心情倒是占了上风。

"到头来让你帮忙开回家，真过意不去。"

"别介意，我理解，家在哪儿？"

小都对自己就这么受人恩惠有些过意不去，就小声报了地址，哪知他竟笑着说："离我那儿还挺近。"啊，头一回见他笑，小都心想。

　　汽车行驶在夜色中。风雨越来越大，风挡玻璃的雨刷一刻不停地摆动着。由于是不分左右座位的小型汽车，驾驶座和副驾位子相连，两人挨得很近。陌生男子肌肉的气息近在咫尺，这让小都感到很局促。想来最近不论是工作还是其他事情，净和女性打交道，很久都没和父亲以外的男性如此贴近了。

　　"这车是二手的？"

　　寿司店员注视着前方问道。

　　"嗯？啊，是的。"

　　"就上班开？"

　　"没错。"

　　"最近有没有引擎发动不了的情况？"

　　"有，早上有时一次还启动不了。"

　　"偶尔不跑跑长途的话电池容易没电，老款车还是要多加注意。先联系车行或修理厂，让他们看看，反正也快要车检了。"

　　"你怎么知道要车检了？"

　　"那儿贴着呢。"

　　他指了指贴在风挡玻璃一角的一张纸。"车检标志。"他说道。"哈啊。"小都回答。他面无表情的侧脸上，似乎写着"这女人大概什么也不懂"几个字。

　　"你一直骑自行车上班吗？"

　　小都问道。话说回来，我还不知道他叫什么呢，她心想。

　　"嗯。"

　　"要是住我家附近的话，骑车到购物中心要很久吧。"

　　"是不近，不过也花不了一小时。"

　　"这台风天还骑自行车，太厉害了！光是撑折叠伞根本挡不住啊。"

他瞥了一眼小都，挑了挑一侧的眉毛。

虽然挖苦了他一番，但小都也没觉得心里畅快多少，二人也不再说话，这让她心情更糟了。这一带是旱田，其中只有零零星星几户人家，所以路灯很少，也难得有车从边上驶过，除了被车前灯照亮的道路中心线以外，周围一片漆黑。被水淋湿的脚和肩膀越来越冷，小都不由得搓起了胳膊。他或许注意到了这点，就打开了空调。

"开暖气不要紧吧？"

"只要引擎发动着就没事。"

"原来如此。"

"女人好像对这方面不太了解嘛，或者说不太感兴趣。"

"不了解就不能开车了吗？"

"没说不能开。"

"男人为什么对交通工具感兴趣呢？男孩子从小不就对电车呀汽车之类的如数家珍吗？究竟是什么样的性别差异导致的呢？"

不知怎么的，小都停不下来。明明说些无关痛痒的就行了，自己到底都在说些什么呢？小都都有些错乱了。

"这个嘛，应该是大脑结构差异导致的吧。"

"你是想说女人傻吗？"

"我没这么说，倒是觉得女人更聪明些，比较现实。"

虽然小都有些无理取闹，但寿司店员仍一脸满不在乎地做着回答。

"为什么偏偏今天电池就没电了呢？"

"你是不是没关车内照明？"

"啊！"

要这么说，因为今早睡过了头，小都是在车里化的妆。她记得那时周围很暗，自己好像是开了照明。

"车内照明呀双闪灯什么的比你想象得要耗电。这和手机是一回事，有什么应用在运作的话就会渐渐消耗电池。然后呢，要是用旧了的话，即便充满电，电池的电量也会很快就耗尽了。"

　　尽管小都态度恶劣，但寿司店员依旧耐心解释，心情似乎并未受影响。小都默默地点点头，她都猜不出这人在想些什么，反倒觉得像圆眼镜那样轻浮的人还好相处些。

　　寿司店员在一边打了个大大的哈欠。他一定很累吧。小都于是鼓起了勇气。

　　"嗯，我叫与野都。谢谢你帮我这么大忙。虽然我每天开车，可对车一窍不通。"

　　"你的名字叫'宫'[1]？"

　　他有些吃惊地回问道，也不知为什么这么惊讶。

　　"不是'宫'，是'都'。可你为什么这么惊讶呢？"

　　"因为我叫贯一，羽岛贯一。"

　　"嗯——"

　　"贯一和阿宫不都是《金色夜叉》里的人物嘛。"

　　"金色夜叉又是什么？"

　　"就是在热海海岸边散步，被钻石鬼迷心窍，有那样情节的。[2]"

　　小都越发摸不着头脑了。

　　"是小说吗？"

　　"是的，应该是明治时期的小说。我也没读过，但很有名。"

　　"哦——"

　　虽然小都隐隐约约在哪儿听说过这部小说，可她对此不甚了解，贯一说

---

1.日语中"都"（miyako）和"宫"（miya）都有"miya"的发音。

2.尾崎红叶的小说《金色夜叉》中，原本贯一（间贯一）和阿宫（鸭泽宫）有婚约，但阿宫又为另一求婚者——富豪唯继的金钱所动，毁了婚约。贯一和阿宫就在热海边诀别。

了自己也没什么反应。他真是个不太正常的人。

"我的名字倒也不是出自这部小说。因为是寿司店老板的儿子，才叫的贯一[1]。是不是很过分？因为和小说主人公间贯一就差一个音[2]，小时候总被那些来店里的年长顾客取笑。"

原来他家里是做寿司的呀。那这样说来在回转寿司店的工作是修习吗？可在回转寿司店这种地方能学到点什么呢？刚想到这儿，小都忽然记起自己前些日子还在寿司店抱怨过他。而这次事情进展得太突然，都没让她有回想的工夫，完全忘了这件事。

这人还记得那天的事吗？但要是记得的话应该不会说我可爱了。真希望他仅仅把我当作是在休息室偶遇的人。

"此前你来过我们店吧。"

果然还记得——小都一听人都僵硬了。

"那天真抱歉，我那天宿醉，态度不好。"

小都没想到他竟然和自己赔不是。

"……不，是我那天态度傲慢，真对不起。"

"不是你态度傲慢。"

"是。"

"我自己感觉也不好。"

"啊，也许是啊。"

他再次把嘴张得圆圆的看向小都，接着又窃笑了起来。笑什么呢，小都感觉有些瘆人。

沿街大型店铺的灯光逐渐增多，道路变得明亮起来，再行驶一会儿就要到轨交站了。

---

1.日本寿司常用"贯"做数量词。

2.间贯一的读音为"hazamakanichi"，而羽岛贯一的读音为"hasimakanichi"。

"我家过了铁道后没多久就到了，贯一你家在哪边？这么大的雨回得去吗？我送你到家吧。"

"我把你送到家门口。"

"这车看上去不会有事，不用了。"

"是吗？那我们在车站换个座吧。我家从那里步行就能到。"

他把车停在常磐线轨交站的环岛处。下了车后，他取出后座上的塑料雨披套在身上，在汽车站的遮蔽处面向小都。从正面看，他显得很高大。

"真的太感谢你了，怎样才能再次表达我的谢意呢？"

"不必这样。"

"可是——"

"那要是行的话咱们啥时候一起喝一杯。"

贯一出其不意的话让小都张口结舌。他取出手机，生硬地问道："能告诉我联系方式吗？"

那腼腆的样子就像是个初中生。小都体会到些许优越感。交换了联系方式后，贯一就在雨幕中轻松地跑开了。

他说去喝一杯……

那我那天该穿什么衣服去呢？小都脑海中最先浮现的，就是这个疑问。

　

小都说完后，大家先是一片沉寂，接着你看看我，我看看你，像是在推诿着让对方先发话。

"你这说的什么呀。"

绘里第一个打破了沉默。她话音刚落，所有人都爆发出一阵哄笑。

"是啊，你都在说什么，咪丫！"

"太好笑了吧！"

大家你一言我一语地调侃着，按着一侧肚子笑出了眼泪。本也不是什么特别好笑的事，可很早以前就是如此，小都说得越认真，大家笑得越厉害。

只有一边坐着的早阳花一脸为难。

"咪丫，你还是这么奇葩呀。"

"那家伙很帅吗？"

"只要说你可爱，即便对方是个小混混你也接受。"

小都一言不发地等待这波笑声收场。

"咪丫，你跟那寿司店员抱怨什么了？"

听绘里这么一问，小都就将那天对态度恶劣的店员提意见的始末复述了一番。大家专心听完后，一个个瞪大眼睛面面相觑。

"毫无干劲的回转寿司店员！"

其中一人大声说道，大家接着又是一阵哄笑。

"喂喂，咪丫，别人对你友好了一点而已，没必要和那种人去喝酒吧，那只不过是熟悉汽车的小混混的自恋罢了。"

"要是个有正当职业的寿司工也就罢了，可他只是个回转寿司店的打工仔！"

"我觉得咪丫应该配得上更好的，可不能跟那种人屈就。贯一、阿宫又是个什么鬼，那家伙应该只是想和你做那种事吧。"

不出她所料，大家对寿司店员的态度都很挑剔。

"咪丫，从根本上来说那种人符合你的理想吗？你有喜欢上他的可能吗？"

绘里把脸直接凑到小都耳边问。

"嗯，也不是什么理想的类型……"

他对自己的热情帮助让小都很高兴，而且他比想象的要可靠一些，也不知为何觉得和他说话没有负担。不过小都毕竟看到了他带着怨气工作的一面，那混混般的腔调也让小都讨厌，只不过两人的突然邂逅让小都对他关注起来。

"咪丫看男人真是没眼光啊。"

也不知是谁说了一句，让小都心里咯噔一下。

"就是，高二的时候她还喜欢上了教物理的堤老师，送了他巧克力不是。"

"对对，那个阿筒[1]！简直让人绝倒——"

"咪丫你真让人难以理解啊。"

大家像炸了锅一般议论纷纷。小都点着头，她想起来了。那个堤老师像是套了个卡通人偶服一般，身材微胖，相貌平平。看上去像个大叔，但其实很年轻，一直穿着件熨得笔挺却土里土气的旧衬衫。他常兴致勃勃地和园艺部的女孩儿们一起打理花坛。整个人像是个吉祥物，却让小都不知怎么的心生爱慕。然而，老师喜欢的类型却是性感女星。

小都自认为自己对服装的品位不错，没想到对男人却那么缺乏鉴赏力。

"那你会和他去喝酒吗？"

小都缓缓地点点头。"结果你还和他去呀！"绘里说完，又引来众人爆笑。

最近小都一直乘接驳巴士去上班。

台风之后，她和父亲说汽车好像车况不佳，父亲就联系了修理厂，汽车很快就被拉去点检。"光凭外观选车就是这个结果！"——小都被父亲讽刺了一番。

小都的这款汽车已经停止销售了。当初买车的时候，觉得反正是给自己买车，太高级的也买不下手，索性就在网上挑了一辆造型可爱的旧车。可她从来没考虑过临近车检或是电池老化之类的问题。

又要车检，修理厂也很繁忙，整个过程据说要花上近一周。于是这期间

---

1. "阿筒"是日本流行漫画《三次元女友》中男主人公筒井光的绰号，超级宅男，不擅长和异性相处。筒井在日语中读为"tsutsui"，和堤"tsutsumi"发音相近，因而堤老师得此绰号。

小都就在附近的车站乘坐一站电车后，再换乘接驳车去购物中心上班。

从家到最近的车站步行也要15分钟，电车和大城市相比班次稀少，所以比起开车要多花不少时间，致使小都出门时间也提早了。不过精神上倒是轻松了不少，上了车自己还能看看手机打打盹。小都甚至还考虑汽车修好后仍旧继续乘接驳巴士上班，同时把汽车转手卖了得了。没了车是有些不方便，但可以省下保养费和税费。

早班的巴士上虽然有很多员工，但还不至于没有空座。小都在车上茫然地望着秋色渐浓的车窗外景：澄清的天空在树丛上方无尽地延展，透明得像是要把人深深吸引到它的深渊；远方的牛久大佛最近也显得有些睡眼惺忪。

被大巴车晃得睡意蒙眬时，突然手机震了一下，屏幕上提示有短信，是贯一发来的。

——今天早班？晚班？我晚班。有东西要给你，休息时间能去你店里吗？

小都读了吓了一跳，来店里还是免了吧。

——今天早班，我休息时间或下班后去你那儿吧。

——那下班后来我店里好了。

——要给我什么东西？

——不是什么大不了的玩意儿。

我又没问是不是大不了的玩意儿，小都皱着眉想，嘟囔了句"怪人"，就关了屏幕。

一起喝酒的时间还没定，两人已经为此互发了好几通短信，可他那边似乎也有自己的安排，日程怎么也凑不到一块儿。

反正也无所谓，小都心想，又不是什么跨越千难万险也非得见上一面的关系，自己也并非喜欢他——小都并没把这事放心上。

那天，店里来了一名新的购销员。

听说长谷部并没休产假，而是离职了。或许原因正如店长所说的，靠丈夫的收入足以维持生计了吧。不过长谷部那么优秀，也或许是打算借生产这个契机跳到其他公司。虽然小都很想直接打电话问问，但两人的关系并没有亲密到这地步。

新上任的购销员是名男性，此前就听说是个帅哥，但在店里见到本人，发现比传说的还要英俊。

他身材修长，比前任购销员长谷部年轻许多。或许因为今天只是来照个面的，身上穿的西装略显低调。他五官立体，下巴处丛生着粗犷的胡须，刘海轻盈地垂在额前，和整张脸的比例十分协调。从袖子估测出衬衫和裤子的尺寸极为合身，还有那恰到好处的笑容，从上到下简直无懈可击。

可对这样的美男子，小都却提不起兴趣，这让她自己也百思不得其解。为什么自己偏偏会关注那吉祥物类型或是混混风格的男人呢？难怪朋友们不是嘲笑就是惊讶呢。

那天早班结束后，小都就跑到寿司店门口向里张望。

见状，店里一个身穿白色工作衣的学生模样的男子为她开了门："欢迎光临，您一位吗？"他问小都。从外表上看像是日本人，但语调听着有些异样。最近，购物中心里东南亚地区和中国的员工渐渐多了起来。小都不动声色地瞥了一眼他的胸牌，上面写着"任"。任？小都歪着头注视着那块胸牌上的名字。

"吧台座可以吗？"

那名服务生问道，笑得极为灿烂。小都急忙摆摆手。

"不，我不是来吃饭的——"

这时，店里的贯一注意到了小都，在柜台内向她招手，并用下巴指了指店外，仍旧一副居高临下的神态。小都站到店外，没一会儿，贯一就出来了。

"还在营业你出来行吗？"

"没关系，两顿饭的中间，又没客人。"

小都被他催促着来到这排店铺的尽头。天色将暗，冷风阵阵吹过，小都已经把羊毛围巾一圈圈缠在脖子上了，可贯一还只穿一件薄薄的工作衣，而且看上去没有丝毫的寒意。

"那打工的男孩是哪国人？"

"越南人，据说是筑波大学的留学生。"

"那很优秀啊。"

"跟我们不一样啊。"

"别把我和你混为一谈。"

"阿宫你是什么学历？"

"高中毕业。"

"很好啦。"

贯一背靠着一扇写有"员工专用"的不锈钢门，从裤子后袋里抽出一本文库本。

"这个我已经读完了，给你了。"

小都接过书，厚厚的文库本上写着"金色夜叉"的标题。

"出于好奇读了一下，发现还挺有趣。"

也许是在后裤兜放久了的缘故，书有些弯折，还保留着体温。

"这是什么，想给我的就是这个？"

"可能你不太感兴趣，但有时间的话随便翻翻吧。不必还我。"

这种东西即便拿回去也……小都边想边收下了书。

"……谢谢。你喜欢看书吗？"

"嗯，还行吧。"

"我可不喜欢。"

虽然小都明显不太高兴，他却仍毫不在意地笑了笑。笑的时候眼角挤出了皱纹，完全是另一张脸。混混还喜欢书，真是无法理解。小都准备把文库本装进包里，低头的一瞬间瞥见了他的脚，穿着旅游鞋的脚好大，没穿袜子，脚踝粗壮得就像树疖子。

"阿宫常上早班吗？"

小都正看得出神，被贯一这么一问，抬起了头。

"我？除周六以外大多都是早班。"

"那去喝一杯吧，下周一或周四怎样？"

"下周一我休息。"

"有什么安排吗？"

"没有，白天去医院，傍晚开始就没事了。"

"医院？哪里不舒服？"

"哦，不是我，是陪我母亲。"

"这样啊，那就周一吧？我换到早班。"

"啊？"

"那再联系，辛苦啦。"

贯一说完，轻轻拍了拍小都的肩就往寿司店那里去了。这触碰的方式感觉并不是对异性的，而是带着上司勉励部下的味道。

突然被一个人留在那里，小都有些理不清头绪，呆呆地在原地站了许久。

两人敲定了喝酒的具体日期，这对小都来说既期待又困扰。这还是自己回到乡下以后第一次和异性单独外出。

下班的巴士上小都打开了文库本，她还从没读过这么厚的书。稍稍读了一下开头，发现文字和现代日语不同，明明写的是日语，可就是读不进去。

"妈妈，你起来了吗？马上吃午饭了，你想吃些什么？"

休息日那天，临近中午了母亲还没起床的迹象，小都就用手机给她发了条短信。

　　等了一会儿还没见回信，小都只得爬上通往三楼的陡峭楼梯。其实刚才就可以直接去她房间，但小都不太习惯进母亲的房间，能避则避。

　　她故意放大了脚步声，上楼后敲了敲门，见没有回音，就蹑手蹑脚地推开了门。

　　只见母亲一个人坐在床边的单人沙发上正看着电视，从门口能窥见她戴着耳机的后脑勺。电视屏幕上播放的像是韩剧，她身边的床铺凌乱，衣服和杂志堆积如山。

　　母亲房间的屋顶倾斜成一定坡度，就是所谓的阁楼间。从参观这栋刚建成出售的房子开始，母亲就对这间屋子情有独钟，给它贴上了花纹墙纸，将双开的小窗和天窗的窗框都刷成了白色。刚开始，她还开玩笑地称母亲为"小公主阿姨"[1]，可后来母亲却在这梦寐以求的卧室内闭门不出。每每见此景象，小都都不知该说什么好。把屋子收拾得干干净净，可爱温馨的日子仅限刚住进去的那几天。后来越堆越乱，屋子的角落，那棉絮状的尘埃清晰可见。可她自己从来不去打扫，也不让别人来打扫。

　　"妈妈，你起床了呀。"

　　听见小都的声音，母亲转过了头。见到小都，才懒洋洋地把耳机摘了下来。

　　"什么事？"

　　"你要吃些什么？"

　　母亲指着电视说："这个还有10分钟左右就结束了，这就来。"小都就下到二楼去做饭了，可没过5分钟，母亲就下了楼。

　　"电视剧看完了？"

---

1."小公主阿姨"的称呼应当出自动画《小公主撒拉》，该动画改编自伯内特夫人的英文原著《小公主》(A Little Princess)，其中女主角撒拉在女子学院寄宿，被人称为小公主，后因父亲破产被赶到屋顶阁楼居住。小都母亲的绰号由此而来。

"没，太无聊了，就不看了。樫山说这部剧很有趣，把影碟借给了我，可我根本看不出好在哪里。"

樫山是母亲的旧相识，母亲身体状况还不错的时候，会和她一起喝喝茶打打电话。最近母亲心情不好，常常说她的不是。

见小都沉默不语，母亲就把手肘支在桌上，长长地叹了口气，身上披着的开衫毛线睡衣都起了球。

母亲的身体状况随着入秋每况愈下。9月份去医院时，她还对自己说："妈妈没事了"，小都以为她就此会一路好转，现在她难掩失望的情绪。

"炒饭行吗？我加了昨天的烤猪肉。"

"洋葱少加些。"

小都把父亲昨天买的烤猪肉和蔬菜切成丁，和冷饭混在一起炒。也不知哪里不对劲了，就是做不出以前母亲做的样子，饭黏黏糊糊的坨在一起。自己做完后觉得不太好吃，就把炒饭和汤一起端给了母亲。

"这是什么味噌汤，怎么浑浑的？"

母亲把碗从嘴边挪开问道。

"加了些山药糊，在网上看到的。"

"我不怎么喜欢。"

"网上说山药可以调节激素平衡。"

小都尽量想用柔和的语气说话，可不知怎么的口吻中就带着责备了。母亲焦躁不安的情绪似乎也影响到了自己。小都说完后，母亲就陷入了沉默。

吃完饭后，小都给母亲泡了茶。虽然她不想在这样的氛围中提那件事，但店长那儿又等着回复，所以还是尽量保持温柔的语调开了口。

"妈妈，我12月以后可以一周上五天班吗？"

母亲侧着脸，用生硬的语气回答：

"为什么要问我呢？是你自己的工作，随你好了。"

"妈妈，你一个人去医院行吗？"

"可以啊。"

"刚开始可以打车去。下周我们试试一起乘电车换公交车去如何？我觉得提早30分钟出门的话应该没问题。"

本以为母亲会回答些什么，她却低下了头。长长的头发挡住了侧脸，像是故意在让小都为难似的。

小都洗起了碗。这时，吧台另一边的母亲开口说道："那个，小都啊……"语气中已经没有了刚才的尖锐。

"昨天我看了杂志，上面说激素疗法不仅会提高患癌风险，还容易引发心绞痛。"

"……什么杂志？"

"一本健康杂志。要不还是改用汉方治疗吧？"

又提这事了，小都咬着嘴唇想。激素治疗开始前，父亲查找了多方资料向她做解释，母亲也同意了。按主治医生的话来说，就是这类说法目前还没有明确的证据加以佐证，但也尚不能断言就无此类风险。母亲的这种情况，通过激素治疗，很有效地缓解了她剧烈的潮热和倦怠的症状。医生说激素治疗还必须再坚持一段时间，可母亲却极为不安。小都也很担心，怕她因此面临罹患重病的风险。所以也常宽慰她说实在不放心的话就放弃好了，可母亲却难以下定决心。

"下次再问问妇科医生好了。我陪你去。"

"可反复问同一个问题，恐怕大夫会嫌烦。"

反复问女儿同一个问题她就不嫌烦了吗？小都感觉怒气快上头了，就一个劲提醒自己——最痛苦的还是病人，自己要是遇到什么麻烦，不也会向朋友抱怨嘛。

母亲眼角边泛出了泪花，小都只能装作没看见。

和贯一去喝酒的那天，小都纠结了许久，还是决定穿"私服"去。

她去了久违的美容院烫了头发，做了保养。前一天晚上，她还敷了面膜，重新涂了一遍指甲油，那本《金色夜叉》也读了大约四分之一。

在两人约定碰面的便利店，贯一见到小都时明显吃了一惊。

"你和平时感觉不一样啊。"

"因为今天休息。"

小都若无其事地回答。贯一却打扮得很平常，格子花纹的棉衬衫配上条牛仔裤，外头再罩一件旧的皮夹克。虽然有些土，但至少不太像小混混，这让小都松了口气。

"我们去哪儿？去附近的店吗？"

小都问道，也没指望他做过规划。"好像这附近新开了家店。"他回答。

"啊，你还研究过啊。"

"问了我店里的同事，据说很火爆，就事先订了位子。"

"哦，很不错嘛。"

正因为不抱什么希望，小都对他有些另眼相看了。

"听说是越南餐厅，好特别呀。"

"不就是那家会安餐吧吗？"

"哦，你知道？还是说你想去别的店？到我知道的餐厅可能会碰上熟人，我倒不要紧，阿宫你大概不喜欢吧。"

"就那家店好了，他家味道不错，我挺想去的。还有，不要再叫我阿宫了。"

两人就边溜达边往餐厅去了。虽然是周一的晚上，可餐桌边的座位已经全被占满了，两人就在吧台那里坐了下来。小都舒了口气，她觉得和不太熟的人一起吃饭，还是选择坐吧台边更加轻松。

贯一说自己不太懂风味料理，点菜任务就交给了小都。小都就点了春卷、炒绿叶菜和越式煎饼。两人举着虎牌啤酒干了杯。

贯一开口就问："这是你平时的打扮吗？"小都苦笑了一下。

"好像不太合你心意啊。"

今天这身森女打扮连自己也觉得过了些。双层连衣裙的裙摆处，露出了层层叠叠的蕾丝边。

"上班穿得还挺正常的，可休息日为什么穿成这样？"

"这就是我平常的样子。"

"可你难得腰这么细。台风那天，你穿的衣服被打湿了，稍稍透出点文胸很性感啊。"

"你怎么突然讲起色情的话来！"

小都狠狠瞪了他一眼，贯一就大笑起来。因为笑得太开心了，引得小都也笑了起来。

菜上来了，贯一刚吃上一口，就大声赞叹道："这是什么，这么好吃！"前几天因为是聚会，所以小都也没仔细品尝，这次，小都再度领略了这家餐厅的独特风味。配的香菜很鲜嫩，可见都选用了优质的食材。

"阿宫你一直在服装行业做吗？"

"嗯，高中毕业就一直做。因为想买很多自己心仪品牌的服装，觉得索性就在那里工作还能早些买到手，就在那家品牌店打零工。后来还成为正式员工，但干了十年就辞了职。现在工作的服装店卖的都是些保守的职业装，我就只当工作来做了。"

"从打零工做起还成为正式员工了啊，很厉害呀！"

"贯一你呢？"

"我？我就只个是打工仔而已。"

"你说你家是做寿司的……"

"以前是，现在店关门了。"

贯一的语气听上去很生硬，小都只能嘟囔一句"哦，是嘛"敷衍过去，心想也许他不愿被人问及此事，就转移了话题。

"对了，贯一你几岁了？"

"刚三十。"

"欸？三十？怎么搞的，我三十二岁了……"

"不是吧，阿宫你比我大？"

"原来我不比你小！"

小都不禁将玻璃杯啪地一搁。

"那一直都对你用敬语真是太亏了！气死了！"

"是你自说自话用敬语的吧。"

他又笑了起来，觉得很奇怪。

"简直……太气人了！我得再喝点儿！"

"噢！喝吧喝吧。"

贯一向经过身边的服务员又点了份酒后，忽然站起身，说了句"我去抽支烟"，就向店外走去。

小都叹了口气，环视着周围。满客的餐厅十分喧闹，但这并不影响心情，大家都在欢畅地吃吃喝喝。我自己也很高兴吧，小都心想。

"晚上好。"

突然，小都听见有人和自己说话，转过头一看，一名年轻的男孩儿正笑容可掬地俯视着自己。

他穿着围裙，一看就是店里的服务员，但似乎并不是来送酒和菜的，而且那脸也似曾相识。

"菜还好吃吗？"

"啊？好……好吃。"

"你记得我吗？"

是谁呢？小都有些摸不着头脑。

"前些天你来过寿司店吧，是贯一的女朋友吧？"

"啊，小任！"

前几天，小都去回转寿司店找贯一时，碰到的服务员就是他——那名打工的越南男孩。

小任一听，脸上突然绽放出了神采。

"是的，我就是小任！你应该是看到了我胸前的姓名牌吧。"

"是的。我的小名叫咪丫，所以印象很深。"

"咪呀——？猫的叫声？"

"因为我的名字叫'都'，小时候一直把自己叫咪呀、咪呀，就这样小名变成了咪丫。"

刚说完，小都就觉得自己说了些很幼稚的内容，心里泛起一阵羞愧。

"日本人都很喜欢猫呀。我就因为自己的名字获益不少[1]。又好记，大家还觉得亲切。咪丫，既然我们同是猫，就做好朋友吧。"

小任说着伸出了右手，这让小都不知所措。但又觉得仅仅是握个手而已，就畏畏缩缩地伸出了手。两人手刚接触的那一瞬间，小任又把自己的左手也搭了上来，两手紧紧握住小都的手。小都很久都没碰过别人的手了，心中不免有些触动。

"你、你也在这儿打工吗？"

小都边问边试图把手抽回去，可手被小任握得紧紧的，怎么也不松开。

"这是我哥哥开的餐厅，所以忙的时候会过来帮忙。"

"噢——，原来如此！我前几天还和一大伙人来这里呢。大家一个个都称赞说好吃，兴奋得不行。店面布置也很别致，真不错。"

"太好了！我哥哥知道了也一定很开心。"

"喂！"

是贯一回来了，他几乎是撞上来一般戳了戳小任的肩。小任这才松了手，让小都如释重负。

"你干吗握她的手！"

---

1. "任"越南语读作"nhan"，日语读作"nyan"，和日语中形容猫叫的拟声词同音。

"贯一，女朋友很可爱呀！"

小任直言不讳地说。

"不是女朋友哦。"

"那握个手没关系吧。"

这时，小任听见其他桌招呼，就笑着离开了。贯一咂着舌头，拉开椅子坐了下来。

"是小任和你打的招呼吗？"

"没错，我吓了一跳，听他说这家店是他哥哥经营的。"

"好像是哦，还听说太太是个日本人。小任家很有钱，据说在日本做各种生意。"

"是嘛，还挺厉害的嘛。"

"算是吧。"贯一平淡地说。接着，他注视着小都的脸，突然问道："喂，为什么现在有那么多卖衣服的店呢？"话题转变得过于唐突，让小都不知该如何回答。

"为什么……"

"我抽烟的时候想到的，不光是奥特莱斯，要是新开了家什么购物中心的话，服装店都至少要占七成不是？卖衣服有那么赚钱吗？那些真的全卖得掉？"

贯一又问了一遍，可小都就是想不出合适的回答。她想说，买了新衣服就好比打开了新的一扇门，在门的另一边也不是什么坏东西，可贯一估计不会理解这种说法。

"没那么多钱可赚，毕竟每一季的衣服也并不都卖得掉。"

"喏——，是吧！"

"不过卖寿司的也不一定能把购进的鱼肉都卖掉吧，服装也一样，是有新鲜度的。虽然也有一部分不受流行左右的基本款式，但生产线每年都会有微调。"

"我怎么觉得哪家店卖的都差不多呢？"

"没错哟，因为店家们都会一窝蜂地销售流行款式。流行这东西，都是刻意打造出来的。"

"是吗？"

"两年前就会定下那一年全世界的流行色，各个国家的造型工作室就会确定面料和版型，并告知该国服装的相关行业。然后各公司会决定用什么纤维和原材料进行制作，流程都大同小异。"

"欸——，真有趣啊！"

"是吗？"

"也就是说不是各公司都希望推出式样迥异的商品喽？"

"仔细看，产品还是有些许区别的，高端品牌也会赋予设计师独立创造的空间，但大众品牌若是做得标新立异的话就无法取得稳定的销售业绩，毕竟日本人一般不喜欢穿得与众不同。"

"可所谓漂亮不就应该和别人不一样嘛？"

"不引人瞩目才是头等大事，重要的是同款的服装加上不同的细节。"

"既然这样，那岂不是没必要开那么多家服装店了吗？"

"可你想过没，汽车之类的在我看来款式也都差不多哟。全都是一副尖脸吊梢眼，可还是有许多公司想要销售细节不同的汽车呀，这不就是做生意嘛，买衣服也是这个道理。"

"难怪呢！太有趣了！"

贯一夸张的感叹，让小都有些难为情。

"那么，阿宫是因为厌烦了千篇一律的服装世界才辞的职吗？"

"嗯——，也有这部分原因吧，不过我也没有别的可干的。"

"啊，我也是，能谋生的手艺只有做寿司了。哦，也不是只能做寿司。我曾在日料店打过下手，日料的话还能勉强做一些。"

"好厉害。我就不喜欢做菜。"

"工作而已，没什么了不起的，我不也对服装呀流行什么的一窍不通嘛。阿宫你真有意思，能对自己的工作抱有如此见解的女孩还真不多见。"

"你这说的什么话，工作又不分什么男女，你周边尽是那种女孩儿吗？"

小都感到无话可说，她啪地打了下贯一的头。

"抱歉，我瞎说的。我的意思是阿宫你很努力。"

"哼——，你傻呀！"

贯一把胳膊肘支在吧台上，笑嘻嘻地看着小都的脸。

"你怎么知道我这人努力呢？对我来说，工作只是次要的事了。因为真要是工作起来，我就不想做其他任……何事情了呀。"

"那不挺好，不做就不做了呗。"

"可我不能啊，就因为我是女孩儿，必须得承担家里的事。家里就我一个孩子，不是我干还能有谁干？那啥，几年前我妈妈又生病了。"

对这刚认识不久的人自己都在说些什么呢，虽这么想，可小都就是控制不了自己的嘴。

"虽说是病，但就是更年期综合征。啊，更年期综合征也很要命。她是重症，连着好几天都卧床不起，什么家务也干不了。放任不管的话，她就会把浴袍的腰带打成个圈挂在房间里，一直盯着看，害得我们一刻也不能走开。"

听到这儿，贯一也不得不收起了不正经的笑容，表情严肃起来。

"爸爸说自己不能辞去工作，家里还有房屋贷款没还清，另外还想为我和妈妈再多挣些钱。所以他虽然觉得有些歉疚，但还是要我辞掉工作。也的确是这个理，因为我的收入或许连爸爸的一半都没有。我自己也为妈妈担心得不行，希望她好起来，不愿看见她死去。"

"是这样啊。"

"不过，妈妈最近身体好些了，她自己提出我可以全职工作了。我很高兴，感觉终于看到了希望的曙光。可是呢……真要是做了全职，我就不想再操心妈妈的病情或是家中的事了。我心里的怨气都快要爆发了，凭什么自己得照顾得这么周全呢！一边要做家务，一边要照顾家人的身体，一边还要开足马力地去工作，我可没这么大能耐。可是看看别人，比如家里有孩子的，不都是这么三头六臂的么。这日子就好比是玩杂耍，同时将四五个保龄球瓶在空中抛来接去，就这样日复一日。可我就这么点精力，真是头都晕了……"

"是嘛，一边自转一边还要公转。"

"啊？"

贯一又向吧台对面的服务员要了两份酒。

"阿宫啊，"他把头凑近小都悄声说道，"你知道地球是以多快的速度自转和公转的吗？"

"这我哪知道。"

"地球以每秒465米的速度自转，同时还要以每秒30千米的速度公转。"

小都一脸茫然。

"地球呢，边以飞快的速度自转的同时，还要围着太阳转。不过这公转不光是画个圆，而是像这样螺旋式地在宇宙中飞奔。"

贯一边说边用牙签插起菜盘中剩着的鹌鹑蛋，在眼前一圈圈比画。

"太阳也不是静止不动的，而是银河系两千亿颗恒星中的一员，呈旋涡状地盘旋，所以我们没有一刻能回到同一个轨道上。"

"你刚才都在说些啥？"

"没什么，只是觉得很有趣。总之就是我们都在以惊人的速度边旋转，边奔向宇宙的某个尽头。"

小都窥视着贯一的脸。他眼神有些涣散，虽然脸上看不出，但他也许已经烂醉了。

"而且你知道吗，地轴还是稍稍倾斜的。"

他突然把插着牙签的鹌鹑蛋举到小都眼前。

"据说地球刚形成时地轴还是竖直的。可是有一天,有个火星般大小的巨型小行星'当'的一声撞到了地球上,这冲击使地轴倾斜了23度。巨大的冲击[1]。就像这样……"

贯一说着就把牙签倾向一边转动了起来。

"那时受撞击而飞向宇宙的碎片飘散到了地球周围,围绕地球旋转的过程中凝聚到了一起形成了月球。寒暖气候和生命遍布这星球也是拜这巨大冲击造成的倾斜所赐。一边倾斜一边还要自转公转,也就产生了四季变化,夏天T恤热卖,冬天大衣畅销。于是,也就有了钱能支付阿宫你的工资。"

"你这是想说些什么呢?是不是喝多了?"

"我也不知道……"贯一突然就这么老老实实地承认了。他把鹌鹑蛋丢回盘子里,就闭上了眼,垂下了头。小都也感觉到了一股不可抗拒的睡意,她不知道自己究竟喝了多少杯——好久都没这么喝了。

"阿宫,我们回去吧?"

"嗯。"

小都举起放在一边的小票,交给服务员结账。她向餐厅四处张望了一圈,没见到小任的身影。

"你明天上班?"

"是啊。"

"早班?晚班?"

"嗯——,哦,明天晚班,店长和我换了排班。"

"阿宫,一会儿去我家喝吧。"

贯一闭着眼说。小都注视着他。

"不,不去。"

---

1.关于月球起源一般有四种假说——分裂说、俘获说、同源说和碰撞说。这里贯一指的是碰撞说。

"为啥，来嘛。"

"又不是男女朋友，我才不去你家。"

贯一慢慢抬起头，张开眼——他的睫毛竟出乎意外的长。

"那么咱们谈恋爱吧。"

"'那么'是什么话？"

"别再让小任和你握手了哦。"

小都感到头脑阵阵发麻。"嗯。"她点了点头。

# 第三章

新的一年开始了，正月热闹的节日气氛渐渐从街上退去，早阳花和小都就约在这时候一起去购物。

两人一直说要见面、见面的，却怎么也没定下时间。12月以来，有圣诞节促销、年终甩卖，接着又是为开年第一波销售准备福袋，都没有喘息的机会，一直都是早班上完接着晚班。个别能早下班的几天小都都去见贯一了，因而接连多日都是深夜才到家。

1月份过了一半，终于在周六迎来了久违的假期，小都才总算和早阳花见上了面。早阳花说要让小都为她挑选衣服，但说实话奥特莱斯只有些卖剩的衣服了，于是小都就建议到东京市里的服装店去购买春季正价服装。早阳花却说不必大老远去东京，柏市[1]就可以，那里对她来说正合适。

柏市位于小都她们所在的街镇和东京的中间，是一个大型的交通枢纽站，那里购物大厦和百货商店林立，小都在高中毕业前还常去那里购物。但成年以后，柏市对她而言就只是一个中途经过的城镇了。

小都给适合早阳花的几款品牌都做了标记，两人就来到了车站大楼内的百货商店。无论哪家店的橱窗里都贴着大大的红色特卖标签，打折力度让人难以置信。前往购物的顾客人山人海，但优惠活动已进入尾声，让人一眼相中的衣服已所剩无几。

"这件怎么样呢，小都？"

---

1.柏市位于千叶县北部。

　　早阳花悄悄掀开试衣间的帘子探出头来问。

　　"这件好这件好，特别适合你，早阳。"

　　"真的吗，胸口这边是不是太空了？"

　　"这根本不是问题。来，把这戴上看看，配上项链的话，胸前的空白就不会那么引人注意了。"

　　"裤子这个长度行吗？"

　　"高卓牧人裤[1]当然是个高的人穿最合适啦。"

　　早阳花身材纤长，肩部较宽，深V领的高级针织衫搭配上流行的牧人裤再适合不过了。半价的棉质仿珍珠项链衬托了面部的神采，接待她们的年轻女店员也拍手称赞"太漂亮了"。镜子前，早阳花有些不好意思地把手搭在腰部。人一般都会无意识地把手放在自己比较在意的身体部位，腰部的确显得有些紧，但也不用太介意。

　　"这条裤子也不错，但要是再宽松些的话或许更合适。"

　　小都不动声色地说道。店员一听，立刻说："啊，有条同样面料但打了褶缝的裤子，我给您拿来。"早阳花换上后在镜子前看了看自己的背影，脸上终于露出了满意的神情。

　　早阳花买完衣服后，两人又决定再随便逛逛。

　　小都外套里穿了件普普通通的针织连衣裙。她今天买东西的兴致不太高，就在过道上无所事事地瞎逛。百货商店里的店铺已不是小都记忆中的模样，和东京市中心的百货商店没多大区别。甚至觉得这里到家交通便利，比起奥特莱斯，或许在这儿工作会更好。

　　然而，想到这儿，她突然意识到自己之所以选择在乡下工作，就是因为从前工作过的公司品牌不可能进驻奥特莱斯购物中心。但在这云集了国内主要品牌的百货商场，仍然有小部分概率会遇到曾经的职场熟人。虽然碰上了

---

1.高卓牧人裤，因形似南美高卓牧民穿的裤子而得名，阔腿，裤长垂至小腿。

也不必在意，但现在的小都却不太愿意和他们有交集。

两人进了一家内衣店，小都拿起一件降价了的人造皮毛居家服，婴儿粉色，不算高档，但为了忘却那些方才复苏的回忆，就买下了这件衣服。

为了感谢小都替自己挑选衣服，早阳花说想请小都吃晚饭，两人就去了街上。小都被带到了小巷深处一家原木屋风格的汤菜馆，早阳花说她常常光顾这里。

"好可爱的餐馆呀！"

"不错吧，特别好吃。不过前阵子把男朋友带来，他却说来这种地方太难为情了，不会再来了。"

也难怪，毕竟这里的服务员和顾客大多是年轻女性。汤菜套餐中包含了一份酒品，小都就要了杯白葡萄酒。

"小都，你酒量很大吗？"

"以前不太喝，最近受人影响，也习惯喝酒了。"

"不挺好的吗，两人一起喝酒。"

"早阳，你怎么样？"

"我不太能喝。但他喜欢酒，常常也会去类似葡萄酒吧的店里。虽然他说我没必要刻意打扮，但我身边除了套装就是T恤呀连帽运动衫之类的衣服，所以觉得怎样也得穿得再有女人味一些。"

"你男朋友挺成熟的吧？"

"就是个大叔。"

"如果比你年龄大的话，一定是他来定约会的餐厅吧。"

早阳花的男友比她大五岁，离过一次婚。小都的前男友比她大一轮，约会的时候一直带她去成熟风格的餐厅。一开始，小都为那些餐厅的豪华兴奋不已，可不知不觉就感到去那里是一种负担。他是个美食家，即使时间很紧或者想简单对付一下的时候，也绝不会去连锁店或是网上口碑不佳的餐厅将就。早阳花的男友听起来不像是这种人，但小都还是有些担心。

小都和早阳花都谈到了两人同时开始的恋爱。如果和绘里她们说这些，她们不是惊讶就是取笑她。而最近和在东京时的朋友见面机会也少了，所以有早阳花这样的朋友可以倾诉让小都很欣慰。

早阳花在文具制造企业做营销。两个人在一起交流了各自的工作，高中毕业后失去联系的那几年的经历，还有各自的新男友，相谈甚欢。和女伴们一起品尝美味佳肴，放松紧绷的神经天南海北地聊天，这让小都从心底里感到轻松。和贯一开始交往已经过了约三个月，的确也有不少快乐，但小都总觉得这快乐中伴随着些许阴霾。可和女伴们在一起的时光却总是一片晴朗，没有丝毫的遗憾。

"对了，我马上要开始一个人住了哟。"

"是嘛！真好真好，我也想这样！"

"那就快搬出去！"

"嗯——"

小都犹豫着要不要说出母亲生病的事。可早阳花那么善解人意，说一些应该不会引起她的反感吧。

"想是想啊，但其实我妈妈她身体不太好……"

"啊？阿姨她……"

早阳花和小都从小就住在一个小区，小时候常来家里玩，和小都母亲见了好几次了。

"哦，没事没事，不是什么特别严重的疾病。"

"……真的吗？"

"就是更年期综合征而已。"

"这样啊。"

"不过等她稳定了我还是打算一个人住。我都三十多了，回家晚了还要看父母的脸色。"

"噢，我明白。"

"早阳花会和男友一起生活或结婚吗？"

"嗯——，我和他才刚开始呢！他又是个离过婚的……"

"这样啊……"

"也许我应该慎重考虑才对，可是就是没法想得太具体。要是想要孩子的话应该趁早打算才对，可我连这点都没考虑清楚。"

"嗯，我也是这样。"

正当两人边吃甜点边喝茶的时候，桌上放着的手机振动起来。低头一看，屏幕上提示有短信。

——我下了班，现在在澡堂，你一会儿来吗？

小都本打算今天见完早阳花后早些回家的，可她却没法回信说"今天我回家"。早阳花轻轻问了句："是贯一吗？"小都看着短信点点头。

出了老家的电车站检票口，向西是自己家，向东就是贯一的住所。晚上检票口的人寥寥无几，小都出站后毫不犹豫地就下了东出口的楼梯。在街上凛冽的寒风中，小都瑟缩着肩膀，把脸埋进围巾里快步走着，秋风吹起了刘海直击脑门。

想见到贯一的心情让自己的脚步都快跟不上，她渐渐跑了起来。"怎么？我就这么喜欢他吗？"小都的头脑恢复了清醒，可脚步就是缓不下来。

公寓楼边停着贯一的自行车，进了门就是一个陡峭的楼梯直通二楼。小都在昏暗寒冷的大门口脱了靴子，一口气上了楼，穿着紧身裤的脚趾因此冻得冰凉。

小都敲了敲门，听见里面有人喊"门开着"。推开单薄的木门，瞬间就被高汤的香气和热气包围，贯一正对着灶台做着什么吃的。

进门后，小都并没有放慢脚步，径直冲到贯一身后将他一把抱住。"危险！"贯一转过头，像戳小狗的脑袋一样用手指敲着小都的头，只见锅里炖的是关东煮。

"这是朋友给我的。"

贯一朝小都递过来的袋子里张望了一下，"是德国面包啊"。这面包是即将告别的时候，早阳花送给小都作为答谢的。

"关东煮和这面包不太搭呀。"

"这有什么关系，关东煮看着好诱人啊。"

最近，小都完全适应了贯一的屋子。在这里没必要刻意打扮得漂亮，也不必正襟危坐。此前她来这儿一直借穿贯一的运动衫，不过今天她换上了刚买的人造毛居家服。将头发扎成两个松松的马尾，摇身一变，煞有混混情侣的感觉。

被炉上放着一锅关东煮、德国面包和两个盛放兑水烧酒的玻璃杯。这耐热玻璃杯是小都之前买来当礼物送给贯一的。在那以前，他们一直用的是贯一家开寿司店时留下的旧茶碗。

和贯一碰了杯后，小都抿了一口烧酒。因为嫌红薯烧酒的味儿太大，小都以前一口不沾的。但今天屋子实在太冷，小都就小口小口地啜起来，渐渐地喝习惯了，也还不错。方才冻僵了的脚趾在被炉里一会儿工夫就暖了，煤油炉上的水壶突突地冒着热气。厨房的窗户没装窗帘，玻璃被熏得白乎乎一片。

虽然小都刚和早阳花吃过晚饭，但这萝卜煮得实在太诱人了，就吃了几口。不愧是贯一，萝卜被削得圆润没有棱角。小都因为吃得太急，嘴里差点烫出了泡。

"噢，这面包太好吃了。"

早阳花给的面包里，干果和坚果用料十足，贯一咬了一口后赞不绝口。

小都前阵子工作虽然繁忙，可一周仍然往贯一家去个两三次。好几回还带上了第二天要换的衣服在他家留宿，早上直接从贯一家去上班。虽然这屋子既没空调也没浴缸，但小都不知怎么的就是住得很舒心。

"你今晚住这儿吗？"

"今晚得回去。"

"那我一会儿送你。"

"不用，我打车，坐自行车太冷了。"

贯一伸出手摸着小都的脸颊，又凑上去吻了一下她的嘴唇。去过澡堂的贯一脖子上散发着肥皂的气味。

两人去越南餐吧的那天晚上，小都就直接去了贯一的屋子。出了餐厅后也不知是谁先主动的，两人就牵起了手，接了吻。吻得并不深，感觉就像是两只猫碰碰鼻子互相打个招呼。可经过这一吻，贯一和小都的手像是产生了磁力一般怎么也分不开了。

小都不擅长恋爱，此前一直比周围人都要谨慎。不管是高中毕业后就交的男朋友，还是后来交往很久的比自己年长的恋人，小都都不会急于和他们发生肉体关系。这并不是为了保持自己的身价，而是始终没有勇气跨出这不可挽回的一步。然而那天，小都却毫不畏惧，这让她感到不可思议。

初到贯一的住处时，她不由吓了一大跳。

他的住所在寂静无人的商店街尽头，一楼是五金店，已经拉上了卷帘门。二楼就是贯一的屋子。打开楼房背面的木门，一踏上地板就是一段很陡的楼梯向二楼延伸，比起公寓更像是宿舍。

房间却比想象的要宽敞。厨房有四张半榻榻米大小，铺着木地板，外加一间六张半榻榻米大小的和式屋子。没有浴缸和洗衣机，贯一上早班的话就去澡堂洗澡，顺便用投币式洗衣机洗洗衣服。澡堂不营业的时间段如果想冲澡的话，就去附近的网吧。

屋子里几乎没有一件像样的家具。厨房只有个电冰箱，没有碗架，和室里就铺条被子，角落里有三个收纳箱，里面胡乱地塞着书。

那夜小都喝醉了，可见了这屋子竟然并不感到讨厌，反倒觉得这里的生活似乎开销不大。从某方面来说，他有属于自己的充实空间，然而自己尚未和他步入恋爱就和他产生瓜葛，小都暗地里有些入侵者的罪恶感。

小都就在那条一年四季都铺着的被褥上和贯一发生了关系。也许就是因为喝醉了，被他干燥的躯体包围着的时候，她竟也不再介意两人冲没冲澡，或是身下的垫被有多久没洗了。

和他睡下后，小都心中的罪恶感又转变为了渴望接近他的冲动，犹如一股焦躁感迅猛地涌上心头。

小都怎么也抑制不了这种冲动，第二天、第三天，她下了班后就跑去见贯一。因为工作忙得没时间，就索性开车去见他。

从刚开始交往到现在，对于是否喜欢对方，两人都闭口不提。小都前任男友很善言辞，小都也曾被他的花言巧语说得心花怒放。听惯了这些后，她觉得贯一相对就沉默许多，和实际年龄相比更稳重些。

小都来了，贯一也并不太介意。有一天晚上下了班后，一进他房间，发现那里多了台小小的液晶电视，贯一笑着说是为了小都在旧货市场上买的。就这样，小都在贯一屋子里看电视，而贯一则靠着墙看书。

贯一常在车站前开的新开的二手书店买些书。除了小说，还买些纪实类和科学类的书。看完了就往收纳箱里一塞，堆得太多了就捆起来，在收垃圾的那天处理掉。

即使外面天很冷，他也会跑去室外抽烟。他抽烟的地方在走廊尽头的一扇拉门外，那里有个狭小的空间，称不上是阳台，可以晾晒衣物。

小都要是困了，就会在被炉那里迷迷糊糊地打个盹。虽然电视开着，但那里很安静。

"阿宫，要回去了吧。"

贯一边说边摇醒小都，在汗衫外套上毛衣和牛仔裤，外面披上件皮夹克。

"我说了你不必送我的。"

"行啦，快换衣服。"

"啊，不想回家！"

一出门，顷刻间寒气就沁透了肌骨，从胃底开始就打起了寒战。小都坐在贯一自行车后座上，大声喊着："好冷啊！"

小都紧紧搂住贯一后背，贯一就蹬起了自行车。上了县道，贯一嘴里就模仿起暴走族的摩托喇叭声。小都也笑了，在后面附和着。

忽然她感觉有什么东西掉在脸上，抬头一看，只见雪片纷纷扬扬地飘然而下。

"下雪啦！"

"下雪了！"

"雪啊，别捣乱啊！"

小都兴奋地大声喊道。

小都在家的时间越发少了。自己卧室所在的一层既有浴室也有洗衣机，她楼也不用上，就这么复一日地在一层度过。休息日，她为了补觉睡到中午，到了傍晚又开车去贯一家。因为不想和母亲照面，她就用手机给她留条短信说自己去见个朋友，便出门了。

此后，母亲好像就自己去医院了，还做起了饭干起了家务。

这不，试一试也就能做了——小都心想。

没有人帮忙做家务的话，自己还是会做的。

仔细想想自己好歹也是一度离家独立生活的女孩。每月还给家里打点钱过去，虽然数量不多，权当是交房租了。现在只不过是机缘巧合和父母同住罢了，自己的时间用在哪里是自己的自由，所以没必要为此有负罪感。

小都一个劲地这么自我安慰。

到了2月份，购物中心正式进入淡季。

正价店到了这个季节，就会将轻薄亮丽的春装摆上柜台，但奥特莱斯店的春季还远未到来。街头卖剩的毛衣外套被寒风裹挟着一路运送到这田野间的购物中心。

冬日的淡季很长，不同于夏天。虽然也举办一些情人节、新春集市之类的活动，但在4月末开始的黄金周到来之前，即便周末，顾客也是零零散散。一年到头从不间断的忙碌戛然而止，突然到来的空闲让人有些倦怠。

"请问，这件只有S号吗？"

也不知是何时进店的顾客，正当小都强忍着睡意，机械地排着货架之时，忽然听见有人询问，就一个激灵地直起身子转身接待。

"啊，您好！欢迎光临！"

"……这件毛衣有L号吗？"

这名女顾客递上一件堆领针织套头衫，神色稍显不悦地问道。这款衣服在冬季进了很多，是各店卖剩的存货。

"抱歉，黑色L号已经售罄，但这个尺寸其他颜色的还有。"

"嗯，有没有不太鲜艳的颜色？"

女顾客模样在三十五到四十五岁之间，看着像这一带的家庭主妇，没化妆，衣着也很随意。小都所在的店铺针对的是二十多岁的女性，但因为是奥特莱斯，来店的客人分布在各个年龄层，一些朴素的式样也会被母亲那个年龄段的人买去。

"橘色的L号还有，颜色和暗黄接近，还挺稳重的。另外，米黄色的有M号。"

小都取出叠在货架下方的服装递给那女顾客，她就在镜子前把衣服在身上比画了一下。就这一试，小都立刻看出橘色的合适，也就心定了。

"米色的应该保险些吧。"

"橘色的很显肤色，您可以试穿一下。"

"不过米色是M号啊。"

"您打算下身搭什么呢？"

"牛仔裤，或者粗呢短裙吧。"

"粗呢短裙的话橘色的好像更搭。"

"嗯……"

"现在买两件可以再享九折优惠，两件都买下来如何？工作休闲场合都能穿，自家洗衣机就能洗。"

"这样啊。"

"您只是试穿一下也没问题的，穿上身感觉又会不一样的哦。"

"嗯……"

客人犹豫着。小都虽然想保持平静，可心里还是不免焦躁起来，心想又不是什么特别贵的东西，没必要这么犹犹豫豫的。

最后，她竟犯起了倔，苦口婆心地把顾客劝到了更衣室，还递给她另两件类似款式的针织衫让她试穿。可最终那名女顾客一件都没买，说了句"再上别处看看"就离开了。白忙了半天，小都只能叹着气将套头衫叠好收起来。

昨晚她又在贯一的屋子待到很晚，回到家已是深夜。只睡了四小时，身体重得像铅一样。身体不在状态的时候，和顾客打交道有时就没了分寸。

这时，收银台那里传来的男性声音让她吓了一跳，原来是新来的购销员东马正和其他员工讲话。他大概是从后面仓库进来的，一想到刚才那一幕也许被他撞见了，小都心脏就跳个不停。

旺季结束后，东马就开始和员工进行逐一面谈。今天轮到小都了。

小都对这名新来的购销员还不甚了解，虽然他说不上不友好，但总让人有种居高临下的感觉。

也许前任购销员长谷部是名女性吧，有她在，大家总能感受到一种共同努力、一起为店铺出力的氛围。而东马则相反，凛然一副上司的做派，毫不客气地指摘员工的缺点错误。一开始，员工们还为来了个帅哥而兴奋，可现在却对他反感起来，不知该如何是好。最近，大家聚在一起就纷纷说起他的坏话。

小都总是尽量避免掺和进这类议论，但也不去否定年轻员工的牢骚，可就这打哈哈的日子也让她筋疲力尽。不知为何店长对这东马却很上心，对他百般讨好，献媚的声音让人听了都觉得难为情。这让一股低落的情绪在员工间蔓延开来，甚至有人背地里说起了店长的坏话。

东马常常会对店内的布局和模特假人的造型指手画脚，要求调整，可自己却从不来搭把手。

奥特莱斯和东京市中心的出租门店相比，店面更宽敞，橱窗的面积尤其大。这就需要许多物件做装饰，但总部那里却总是迟迟不送来装饰物品。长谷部在的时候，常常会亲自从正价门店收集来一些他们不要的装饰摆件，带到奥特莱斯。大家就会一起用这些规划店面，虽然有时很忙碌，但店里总洋溢着一种准备学校游园会般欢乐的氛围。然而东马一到，店里的气氛骤然冷却。

在休息室和东马面对面坐下后，东马就开始介绍起下个月的销售计划。说是今年在网店开展了春季外套和礼服套装的预约销售活动，深受消费者好评，于是就计划在奥特莱斯门店也进行限时特卖。小都听说这块销售区域交由自己负责，不禁喊出了声。正在看文件的东马抬起头瞥了一眼小都，什么也没说。

既然交给小都销售，就意味着附带销售指标。虽然销售指标并不是非完成不可的，但若是完不成，这就有可能成为考评时的减分项。这个任务对一名非正式员工来说太重了些，但若是有一定成果，没准就有希望在事业上有所发展，压力和期待在小都心中交织着。

东马把电脑屏幕转向小都，给她看了春季服装的商品一览。小都在笔记本上记下了进货日期和东马强调的几个注意事项。

桌上除了东马的文件，同时还摊着好几本笔记本，那上面密密麻麻地分布着数字和草图。传言说东马是前不久刚从其他公司跳槽过来的，以前做的是营销。购销员大多有做店长的经历，也有少部分人做过设计师或者营销。营销出身的购销员据说满脑子都是数字，对服饰并不在行，但即便如此，小都也不得不承认这个东马很勤奋。

小都凑到屏幕前看商品一览的时候，偷偷瞟了下一旁东马的脸。这时，他冷不防地转过头来，两人的眼神就在这近在咫尺的距离相遇了。小都慌忙移开身体，刚才她闻到了东马身上淡淡的古龙水的气味。东马长着浓浓的眉毛和胡须，五官立体，古龙水用在他身上再合适不过了。小都心里暗自思忖，这香水是他自己挑的吗？还是他女朋友帮他选的？

"最近我一直在关注你们店铺。我能说几点问题吗？"

"好的。"

"先是刚才，没买套头衫的那名顾客……"

果然还是被他看到了，小都心里提防起来。

"你觉得是什么原因导致她试穿了还不买吗？"

"……很抱歉。"

"我不是想让你道歉，我是在问你知不知道其中的原因。"

小都心里恼火了，是想说我待客方式有问题吗？可即便是这样，他这说话方式太讨人厌了。明明只是个奥特莱斯，待客标准弄得和正价门店一样……

"我觉得并不是颜色不合适，而是设计不太符合那名顾客的体形。那款衣服胸部以下有条接缝，使胸部显得过于突出。挂在衣架上挺可爱的，看似能掩盖体形缺陷，可除非很苗条的人，一般人都穿得不太合身，也许因此就滞销了。"

"原来如此。"

东马缓缓地点着头，摸了摸下巴，再度点了点头。

"没错啊，被你这么一说或许的确如此。我原本就是弄不明白为什么都打三折了，还去试穿了，可她就是不买。"

莫名地被他这么一称赞，小都有些摸不着头脑了。

"我觉得很少有女性喜欢胸部太显眼的设计，尤其是奥特莱斯，很多顾客都是为了买些适合日常穿搭的衣服来这里购物的。比起时尚，他们更注重实用。"

东马再一次点点头。小都意识到他的视线不在自己的脸上，而是移到了脖子以下的部位，就一边假装整理头发一边向后缩回了身体。东马于是又把目光移回了文件上。

"我再说说另外几点问题。"

"好。"

"这点我和龟泽店长也说过，就是店后仓库堆得太乱，要尽早整顿。乱成那样，即使电脑上库存维护做得再好也是徒劳。"

"……明白。"

"小林和大久保好像特别爱交头接耳，待客也不太专业。"

"好的，我明白了。"

小都上个月就被提醒要对两名临时工加强监督。她们年轻，打工经验不足。小都平时虽一直委婉地提醒过她们，可似乎未见改善。

不过这里可是奥特莱斯门店，并不像正价门店那样有入职培训，所以即便批评她们，她们也无法完全理解那些待客技巧。这家门店培养销售员的意识淡薄，反倒是更担心她们因为受了批评，心里委屈就请假不来上班。小都又不是正式员工，坦白来说并不愿意做这些不讨好的事情。

"还有那个中井杏奈，你和她关系不错吧？"

被东马这么一问，小都一时语塞。她和杏奈是交谈得挺多，但毕竟两人年龄相差十岁，她又是正式员工，因此两人总保持着若即若离的关系。

"你知道她在博客上提到了店里的事情吗？"

"啊？是在博客上吗？"

"我上周发现的，她好像对店铺非常不满，把这里写得很糟。"

"……这样啊，我根本不知道这事。"

"把工作上的牢骚写在博客上也是常有的，但既然能被我发现，而且别人一看也能锁定是哪家店铺，这就不太好了。你尽快让她收手吧。"

"让她收手"这句话让小都听了浑身不舒服。

"看，就是这个。"

东马把电脑屏幕转向小都，小都本能地把手遮住脸拒绝去看。

"不，我不看。东马先生还是亲自提醒她吧。"

"她要是知道被我看到的话，会受到很大打击的吧。"

"那您和店长说。"

也许东马也没料到小都会如此坚决，神情颇有些不悦。

"与野。"

"什么事？"

"最后还有一件事，就是你在店里穿的衣服。"

小都一下子吓得脸色发白。今天早上她睡过了头，随便穿了件身边放着的羊毛开衫就赶来上班了，这是她的"私服"，和店里卖的衣服完全不是一个风格。

"你身上穿的不是我们品牌的吧。不光是今天，感觉你最近的着装和化妆发型都有些马虎嘛。"

的确，最近小都对穿着不太上心。在贯一住所留宿的第二天，她就只换身上衣，头发随意地在脑后扎成一束就赶去上班了。

"你是不是觉得这只不过是家奥特莱斯门店，没必要这么啰唆？如果是私人场合，我无意对女性的着装打扮说三道四，但这是工作，我不得不说。听说你以前做过店长，所以应该明白我在说什么。我们公司确实没有统一的着装要求，但员工代表着公司的理念，理应比正价门店更一丝不苟才行。你是不是觉得这里是奥特莱斯，所以无所谓？是不是觉得自己不是正式员工所以没关系？"

小都被说得哑口无言，膝盖上放着的双手紧紧握在一起，低头说了句"实在抱歉，我下次注意"，再也不敢直视东马了。

那是寒冷彻骨的一晚。整个购物中心就像在冷冻库里一般被寒气包围。步行至停车场的那段路，寒气砭人肌骨，内脏都打起了寒战。星星却也比平日更耀眼，在夜色中化为剪影的牛久大佛上方，汇成了烟霭般的银河。

钻进车中，打开暖气，吹来的风却怎么也暖不起来。小都不想回家，却也不能一直待在这里，她无奈启动了汽车。

开车时，小都努力想要集中注意力，可东马的那张脸就在眼前挥之不去。他说得句句在理，语气也并不那么强硬，可小都却总觉得自己已经被骂得体无完肤了。而且，不知是不是自己的错觉，她总觉得东马一直盯着她的胸部。

小都想见见贯一放松一下心绪，可今晚他却说在朋友家过夜。

冻僵的双手握着方向盘，心里总觉得可疑，这朋友到底是什么人呢？这样想来，和贯一见面的时候一直只有他们两人，小都完全不知道他有些什么样的朋友。当然自己也不感兴趣，觉得无非就是些混混罢了。

车子里逐渐有了暖意，强烈的饥饿感向小都袭来。她于是就将车停在沿街的大型超市边，想去吃点东西，只要是热乎乎的，随便什么都行。超市本身是24小时营业的，但美食广场还有半小时就关门了。或许是因为这个原因，顾客寥寥无几。小都就在那里要了碗乌冬面。一次性筷子被她掰偏了，拿起来很不方便，但她也将就着吃了起来。明明周围灯火通明，桌面也干净明亮，可小都的内心却被一种无名的孤寂笼罩着。

填饱了肚子，小都就取出手机，读起了上班时没读的短信。早阳花向她汇报了近况和搬家后的地址，绘里邀请她再去一起喝酒，在东京工作时的女性朋友告知她有个展览会。而小都发给贯一的短信他似乎连看也没看。小都心里堵得慌，无奈只能有意无意地滚动着手机屏幕。

"啊呀，咪丫！"

忽然听见有人叫自己，小都抬起头，发现有个男孩正满面笑容地俯视着自己。

"……啊，小任。"

"好巧啊！你在这儿做什么？"

"做什么……我刚才在吃乌冬面。"

"一个人？"

小任问道，显得十分惊讶。这让小都很恼火。

这时，小任一边的男性同伴和小任说了些什么，听着不像英语，然后就向卖场方向去了。

"那位莫非是你的哥哥？"

"对，他说去买些东西。"小任说着就坐到了小都对面。他的发型和之前在越南餐厅遇见时不太一样，剪了个刘海稍厚的蘑菇发型，看着就像当下流行的偶像。不过比起这发型，更吸引小都注意的是他身上穿着的大衣。

"贯一呢？"

"今天说是在朋友家。对了，你这身大衣……"

小任穿的是件黄褐色的长毛皮大衣，一看就是高级货。是那种漫画中的阔太太穿的类型。

"不好看吗？这大衣怎么了？"

惊讶之余，小都感到一阵想笑的冲动，最终实在忍不住噗地大笑起来。这大衣怎么看都不应该穿在单眼皮的男孩身上。

"什么事这么好笑？"

"没有，没有，这件毛皮大衣不错啊！松松软软的。"

"不错吧，可暖和了。"

"你怎么会穿成这样？是谁给你的？"

"在旧货商店买的，说是俄国黑貂。"

"买的！黑貂！我还头一次见到，能摸摸吗？"

"行啊，摸摸看，摸摸看。"

见小都笑个不停，小任也被引得笑了起来。

"真棒啊，软软的，还滑溜溜的！"

"嗯，越南特别热，没机会穿，可我做梦都想穿这种大衣。"

"做梦都想！太厉害了！看着得花上百万日元了吧。"

"没这么贵，一半左右。"

"就是五十万喽？太有意思了！小任你好有钱哦！"

小都像是被点了笑穴似的，按着一侧肚子笑得不能自已，眼角都笑出了眼泪。

"你这么喜欢的话我就把它送给你啦。"

小任看上去没有丝毫不快，把胳膊肘支在桌子上笑眯眯地看着小都。

"我可不能收！更确切地说是我不需要啊！"

"我马上要回越南了，也就没必要穿它了。"

"咦，是吗？"

"嗯，我二哥在越南的生意太忙了，需要我帮忙。"

"是这样啊。"

好容易止住了笑，小都忽然不好意思起来，觉得自己刚才没必要傻笑成那样，心想或许是因为自己情绪不太稳定的缘故。

"我还要在日本待一段时间，在回国前请你和我约会吧。"

"啊？约会？"

小都大惊失色地问道，声音在空空荡荡的美食广场中回响着。她根本弄不明白小任想要说什么，怎么看两人都相差十多岁。

"请告诉我联系方式。"

小任取出手机说道。

"啊？"

"不愿意吗？"

"不是不愿意，你对我这样的感兴趣？"

"咪丫，你这么可爱，是我喜欢的类型。"

听到他说自己可爱，小都愣愣地眨巴眨巴眼睛。

"下次你一个人吃饭的时候一定要叫上我。"

"一定？"

"啊，我日语说错了吗？"

"没错，哈哈哈哈……"

原本那天小都的心情像只泄了气的皮球，可因为小任的出现稍稍恢复了元气。"我得回去了。"小都说着站起了身。小任说时间不早了不安全，就陪小都走到停车场，挥手目送小都开车回家。

回到家时，小都心情还不算太差，可家里等着的父亲却神色不悦。

见父亲的车不在车库，小都还松了口气，比起母亲，她更难面对的是父亲。自己有好几天没去二楼了，想想以前买的烧酒苏打应该还在冰箱里，就打算悠闲地泡个澡，喝喝烧酒，放空大脑再好好睡一觉。

客厅的门缝中透着光。小都以为母亲还没睡，推开门却发现是父亲坐在餐桌边，吓了一跳。父亲穿着白衬衫，解下的领带被随意地放在桌上。暖气开得特别大，房间甚至有些闷热。父亲缓缓转向小都，他手中拿着一罐饮料，眼皮沉重，像是有些醉了，但脸色却白得不见血色，浑身上下透着疲惫。

"回来啦，很晚嘛。"

父亲说着微微笑了一下，这微笑让人有种不好的预感。小都对上楼的决定后悔万分。

"回来了！没见到爸爸你的车，还以为你没到家呢。"

小都故作自然地说。她走到厨房，伸手准备去开冰箱，想拿到饮料后就立即撤退。

"车门被蹭得很厉害，拉去修了。"

"欸？很少发生这种情况啊。受伤了吗？没事吧？"

"倒是没受伤，大概是因为慌乱了。"

"爸爸，你车开得很稳，怎么还会发生这样的事呢？"

"偶尔也有吧。你工作还很忙吗？"

"优惠活动结束了，所以没那么忙了，不过这两天还要准备春季集市。"

小都刚一打开冰箱门，父亲就说：

"哦——，小都你的这罐饮料，因为啤酒喝完了，我就自说自话拿来喝了。抱歉啊。"

父亲向她举了举放在桌上的易拉罐。这是果味烧酒苏打，小都买了后就一直放在冰箱里。

"没关系的，不过爸爸你不觉得太甜了吗？"

"没啊，很好喝。至少还有一罐吧？你也喝一罐吧。"

"嗯，我泡完澡去喝。爸爸，你不泡澡吗？我能先去泡吗？"

小都正若无其事地准备走出客厅时，父亲开口了。

"今天你妈妈她……"

父亲用平淡的口吻说道。小都停下了脚步，回过头见父亲把胳膊支在桌上面无表情地看着小都。

"妈妈？她怎么了？"

"你对你妈妈的事没兴趣吗？"

"不是没兴趣，就是觉得奇怪。妈妈她怎么了？身体又不舒服了？"

为了掩饰自己的担心，小都故作开朗地问，可背脊却一阵阵地发紧。

"大约是过了中午吧，突然打来电话说感觉难受站不起来了，就在她一个人去完医院回家的路上。"

"啊？"

"她说她一直在车站的长椅上坐着。我就叫她周围随便喊个人带她去出租车扬招点，可她那时只顾着自己哭了。"

小都感觉像是被当头泼了桶冷水。

又来了，又开始了吗，小都呆呆地站在原地。

自从回到家乡后，母亲好几次在外出时突感不适，打电话来说自己走不了了。出门在外，母亲只要身体不舒服就会精神崩溃，惊慌失措。小都有两次上班时跑出去接她。

"她哭着说自己难受得想死，我只能会开到一半跑出去接她。也许我也慌了吧，车子在公司的停车场发生了碰擦。"

"……她现在怎样？"

"吃了镇定剂睡了，明天一大早打算带她去医院。"

"爸爸，你工作怎么办？"

"没关系，明天我应该能请出半天假。"

小都低着头，不知还能说些什么，父亲也陷入了沉默，两人僵持了许久。暖气开得太热，令人呼吸困难。小都真恨不得马上跑下楼冲到屋外。

终于小都再也无法忍受，先行打破了沉默。

"可妈妈明明最近看着挺好的呀……"

"最近？最近妈妈的状况你应该不了解吧。"

父亲冷笑道。

"从年终开始这可是第三次了。有几次凌晨跑出家门，害得我到处找，那几次你都没在家。身体不舒服的话在家一直躺着不挺好吗？可这种情况，让我都怀疑这不是更年期综合征，而是认知障碍症了。"

父亲毫不掩饰烦躁的情绪。

"喂，你当时承诺和我一起照看你妈妈都是骗人的吗？哭着喊'妈妈、妈妈'的，也只是一时的情绪吗？你到底还是嫌麻烦了。"

"爸爸，不是的。"

"你是为的什么才把工作辞了呢？是为在家白白住着，然后打扮得漂漂亮亮的，到处玩吗？"

母亲第一次做出自杀举动时，小都大受打击，在医院的走廊抓着爸爸的袖子大哭。看着喝下所有的处方药被送去洗胃的母亲，再看着放下工作全身心地付出，却还遭遇这样局面的父亲，小都感到心痛不已，当时就下决心要为自己父母做些什么。

那时，母亲由于身心都不稳定，就住院了一段时间。在出院的前一晚，小都和父亲在筑波最高级的一家酒店的餐厅开了个只有他们二人的家庭会议。就在那里，父亲说希望她辞去在东京的工作回家。他一脸苦涩的表情，说自己一个人照看的话，对类似母亲自己偷偷喝药的情况防不胜防，可要是自己也辞了工作，那夫妻二人就都没了收入来源。虽然父亲的建议称不上是"顺水推舟"，但对小都来说也算一个契机，于是欣然同意了。小都早就想辞去工作了，这下有了辞职的正当理由，心里感觉一块石头落地。

"你若是觉得今后的人生不需要家人的话，那行，以后你就一个人过一辈子。即使你出了这个家门，结婚成了家，一旦发生了什么，你仍然会选择逃避吧。"

没有这回事——这句话到了喉咙口却不知为何又被小都咽回了肚里。她自信不会如此薄情寡义，却惊讶于自己居然说不出口。

见小都一直保持沉默，父亲就长长地叹了口气。

"你有男朋友了吧。"

小都犹豫了一会儿，点了点头。

"你也不小了，有就有了吧。可是别一得意而忘了自己该做的事。"

"……"

"你准备和他结婚吗？想结婚的话也不错。带来瞧瞧。"

"我还没想过自己要不要结婚。"

"是嘛。"

父亲面无表情地继续说道：

"别把时间浪费在没有未来的男人身上啊。"

小都为自己最近一直不在家向母亲道了歉，而母亲却淡淡地说"没什么可道歉的"。

在那以后，父亲立刻找了可以把晚饭食材配送到家的服务。每天傍晚，已经切配好的蔬菜鱼肉就会送到家，自己只要根据附在包装上的步骤，炒炒菜，煮一煮，一顿美味佳肴就做好了。不用再为菜谱发愁，也不必出去买菜，十分方便。

休息日或是早班的那几天，小都就会用这些切配好的食材做饭。母亲身体状况不错的时候也会自己做。

母亲最近话很少，小都询问她感觉如何时，她只是说没事，也不愿多说。父亲若是回家早，有时也会三人一起共进晚餐。父亲打那以后也不再对小都说那些沉重的话题，家中看似又回到了从前的状态。然而，虽然一些无关紧要的话题会带来些许笑声，但依然难以驱散那故作轻松的尴尬。

待在家让小都浑身不自在，但自己的父母也没有不可理喻到让小都想要抛弃他们。她告诉自己，母亲生病了，生病不是她的错。

周日的晚上，贯一和小都都是早班，就从购物中心一起去了贯一的住所。

晚饭在附近的餐馆吃了套餐后，两人拿着换洗衣服去了澡堂。把衣服放到隔壁投币式洗衣机清洗后，就在澡堂入口的接待处分开了。就在前不久，小都把一套泡澡用品放在了贯一家。

小都泡完澡去投币式洗衣房的时候，贯一还没出来。他好像很喜欢泡澡，能慢慢悠悠在水里待上好久。若是晚班，他肯定会在网吧冲个澡再去上班，衣服也洗得很勤，小都没想到他居然这么爱干净。不过，小都觉得这澡堂费、网吧淋浴费、投币式洗衣机费用，七七八八的加起来兴许还不如租一间带浴缸、能放得下洗衣机的公寓来得划算。

小都趁泡完澡身上的热气还未散去，就套上了抓绒衫，穿上了厚厚的袜子，再披一件问贯一借来的毛领的防寒工作服。但水泥地还是让脚渐渐变冷，她只得把脚抬到椅子上抱着膝盖。她盯着洗衣机中滚动着的衣服，看着自己粉色的居家服和贯一的衬衫内衣一起打着转。而近期遇到的烦恼也跟着在眼前一圈圈地打转，不禁头晕起来，就把视线挪开了。

"哦，还没干呐。"

贯一说着走了进来。他一手端着装有毛巾和肥皂的脸盆，一手拿着两罐加冰威士忌苏打。小都正感叹他双大手，却见那手伸了过来，"给你"，贯一说道。小都摇了摇头，"我不喝"。

"你好像没精神啊，阿宫，还在自转公转吗？"

"没有。"

小都禁不住冷冷地回了句。可贯一似乎并没放在心上，哼着小曲拉开了易拉盖。

"不喝吗？"

"我开车。"

"哦，对呀。"

贯一耸了耸肩。这时，贯一的手机响了起来。他接通了电话后，嘴里说着"哦，没事，你等等"，就要从圆凳上站起来。小都下意识地拉住了他的袖子。

"还是在这儿说吧，外面很冷。"

贯一一时间表情有些畏怯，但他似乎感受到了小都话语里不容争辩的语气，只能把刚抬起的上身又坐回了圆凳上，背过身去和电话那头的人聊了起来。

"哦哦，你辛苦。啊，忘了什么东西？哦哦，那个我扔了。嗯，嗯，下个月啊，没问题，能请假，能请假，工作很清闲。"

听了一会儿，小都听出电话那头是名男性。不知对方说了些什么，只听见贯一随意地附和着。小都没想到男人之间打电话也能这么拉拉杂杂说个没完。

她望着贯一蜷着的背影，独自思索着最近自己低迷的运势。

她既不想上班，也不想回家。新男友虽然还算温柔，但他对人生似乎没有任何打算，用父亲的话来说就是个没有未来的男人吧。

见贯一和电话那头的人傻笑着的模样，小都有些恨铁不成钢，心想他就不能在一家正规些的寿司店工作吗？或者再有出息一点做个店长或是地区负责人之类的，去总公司工作。就这样带回家的话，父亲也会嗤笑他，而贯一也许又会因为这无端端的嘲笑而恼怒。这样一来，自己也会受到伤害，最终落个不欢而散。小都想起父亲曾经好几次带自己去浅草的一家天妇罗店，对那家店的老板赞不绝口，这样的话也许父亲不太会轻看贯一的工作，但回转寿司也太……

想到这儿，小都为这以自我为中心的思考方式感到惊讶，不禁叹了口气。自己不也就是个没前途的奥特莱斯店售货员嘛，有什么了不起的。

若是不考虑结婚的话，小都觉得贯一还是个不错的男友，但她认为自己不可能完全不去考虑结婚的事。虽然她也设想过自己一辈子不结婚的生活，但其实内心还是对这样的日子充满了恐惧。若是不成家，待双亲百年之后自己又没有兄弟姐妹，身边一个亲人都没有，就只能这么孤独终老了。一想到这儿，小都发现从内心来说，与其单身一辈子，自己宁愿找个人凑合着过日子。

这时，父亲诅咒一般的话语又在耳边回响起来——你即便成了家，也必定会选择逃避的。那么以自我为中心，既没有耐性，也不会为他人着想，没准就真会干出那样的事来，小都不由得浑身起了鸡皮疙瘩。

　　小都厌倦了贯一没完没了的电话，就取出放在装有泡澡用具的环保袋里的手机，打开了自己一直关注的占星网站。她看到自己下周的运势上写着"也许会遇到命定之人"，这样说来，自己面前的男人就不是自己的命定之人喽——她真想问一问。

　　小都没把手机放回包里，而是习惯性地想要塞进上衣口袋中。这时，她摸到那口袋里好像放着什么东西，抽出来一看，发现是个画着幼稚卡通人物图案的信封。也许是一直放在这口袋里的缘故，那信封的四个角都被蹭得弯折了起来。

　　捏在手上时，凭直觉小都立刻猜到里面放着的是照片。信封没封口，小都下意识地先瞟了一眼贯一的背影，接着就取出了里面的东西，果然是一沓照片。小都看了看最上面的那张，上面有六个人并排站着，最靠边的是贯一。照片里的人都穿着作业服，头上缠着毛巾，脚上的长靴沾满泥污，看着像是为土木工程打工的。中间的两人蹲着，这样子常常在暴走族的照片里可以看到，典型的混混模样。贯一身边站着的人个子很矮，仔细一看是名女性，和大家一样穿着作业服，妆很浓。

　　"明白，那就下月啊——，我挂啦。"贯一背对小都说道。小都一听急忙把照片装回了信封里，再把信封塞回了上衣口袋。

　　"喂，衣服烘干了。咱们回吧。"

　　"……嗯。"

　　"怎么啦？你看着真的精神不好。"

　　"啊，嗯，我妈妈的情况不太乐观……"

　　贯一正从干燥机取出衣服，听到这，就停下了手，转过头来。

　　"是嘛，你很担心吧。"

　　"嗯，是有点。今后可能不能常来你这儿了。"

"这也没关系啦，回家不更好？"

"不，今天我想住你这儿。妈妈今天还挺稳定，而且今天有爸爸在家。"

"别勉强。"

"不勉强。"

贯一笑了，正要把洗好的衣服团成一团，被小都一把夺过，麻利地叠放整齐。

"噢，不愧是专业叠衣服的手势。"

两人手牵手出了洗衣房，坐进了停在停车场的汽车。小都刚发动引擎，贯一就一把打开了小都没喝的那罐加冰威士忌苏打喝了起来。贯一自从台风那天驾过车后，就再也没坐过驾驶座。小都踩下了油门，试图转移注意力，不再去关注自己对贯一与日俱增的猜忌。

那晚，当贯一睡熟后，小都起身，悄悄地把他上衣口袋中的信封取了出来。


淡季，服装店的排班相对容易调整，小都就配合着日历上母亲的复诊日期安排下一次的休息。可母亲却说要和朋友樫山一起去医院，这让小都很惊讶。更让她吃惊的是，母亲居然说樫山会开车，去完医院后两人要一起看电影。小都纳闷起来，前阵子她还在对哈韩的樫山说三道四，现在这是怎么了。

要说是不是精神恢复了也未尽然，因为和她说话依然没太大反应，脸部仍旧浮肿，表情麻木。但在这样的状态下，母亲还是换衣服化妆出了门。

小都没想到，到头来会是自己一个人留在家里，就决定打扫房间。想到之前父亲对自己说过的话，她决定用行动表明自己对这个家的重视。她清洁了厨卫的水槽，还用抹布认真地把楼梯台阶擦了一遍。把一栋三层小楼打扫一个遍比想象的要累人得多，到了黄昏，小都已是精疲力竭，一头栽倒在客厅沙发上。今天，父亲也说会晚些回家。难得一个人独自在家，小都感到有些空虚无聊。

父母买的这套房子据说是一名年轻建筑师设计的，非常别致。但坦白说，小都并没太把这儿当成自己的家。她一直在想，哪一天能拥有属于自己的家。

正当她下楼想要打扫自己的房间时，看到了在床头柜上放着的信封，忍不住又拿了起来。这是前几天从贯一上衣口袋里拿出的照片，虽然已经看过好多遍了，但这次禁不住又把照片抽了出来。

五张照片好像是在同一天拍摄的，除最早看到的那张外，其他都是在多人参加的酒会上拍的。贯一比现在稍年轻些，头发也比现在长，刘海遮住了前额。无论哪张照片，身边都有同一名女性。

小都后悔自己为什么不当场问问贯一有关这照片的事，要不然现在自己也不会在这儿胡乱猜测。

这时，牛仔裤后袋里的手机响了，小都一下抬起了头。本以为是贯一发来的短信，却不料是店长发来的，不由得皱起了眉——休息天发消息来一般都不是什么好事。

消息上说有事想找小都谈谈，让她先看看一个网页，还附了一个链接。小都以为是关于什么服装的链接，就打开看了。

可一看却发现是个人博客。最新的一篇博文中，有张被放大的烤薄饼的照片。小都正不明所以地纳闷着，忽然意识到这就是东马所说的杏奈的博客。虽然她不想被卷入这件事，也不想去读，可好奇心却对抗着理智，让她迫切地想知道里面到底写了什么。

博客的记事一览中，排列着一个个标题："今天同样是郁闷的一天""真想辞了这工作"……读了一篇以后，小都就再也停不下来了，于是一篇接一篇地读了下去。

虽然里面出现的人物名字都用首字母的大写代替，但毕竟写的是自己工作的地方，所以很快就能对号入座，当时发生的一幕幕也再次浮现到了眼前。提到小都时，出现了"她总是一脸不相干的表情""八面玲珑"等描写。杏奈好像对自己不太感兴趣，有关自己的内容很少。工作上受吐槽最多的就是店长了，另外就是对被分配到奥特莱斯门店、对公司的诸多不满。

最后，小都几乎把所有的博客记事都看了一遍，连晚饭都忘了吃。关掉手机屏幕时，小都内心已是一片黯淡。

她没想到杏奈的文笔竟然这么出色，虽然多含讽刺，但不乏畅快的幽默感。要是这博文出自陌生人之手，小都一定会饶有兴致地把里面记录的事当作业内的家常便饭来欣赏。除工作之外，博客里还有贴了和朋友去游乐场的照片，还有不少是她购买的其他品牌的服装搭配。看样子，她也不是成天满脑子净纠结工作上的不满。

杏奈平时看上去并不是个爱发牢骚的人。其他同事倒是经常会说店长和购销员的坏话。对待小都，她也总是笑眯眯的，所以全然没有意识到她竟然暗地里有如此多的不满。

在服装行业，不把工作内幕公布在网上是条不成文的规定，员工也不能抱着没人知道、不会被人发现的心态。若是被公司知道了，应该会受到相应的惩罚吧。

第二天，店长邀请小都一起吃午饭。那天一大早开始就雨雪交加，购物中心空空荡荡，没有一名顾客。为了更新春季菜谱，美食广场的餐饮店也关了大约三分之一，大白天仍旧冷冷清清的。

店长对杏奈的博客内容好像并不那么生气。比起里面说的坏话，她更介意的是这件事给自己添了不少麻烦，令她颇感不快。

"真是，没比这更棘手的事了。"

店长愁眉不展。

"我若是当面斥责她，想必那姑娘只会跟我顶撞吧。"

"嗯，有这可能啊。"

"真想索性叫她辞职，但又不能这么说，毕竟不是打零工的。"

"……也是啊。"

小都心想，正式员工果然还是会受到保护的。也的确，就这点事应该不至于被开除。

"与野，还是你去不露声色地提醒一下吧。"

"啊？"

"东马也这么对你说了吧，他好像对你非常信赖。"

"可是，我要是对她说些什么，事情不会越弄越糟吗？"

"不会的，如果是同事之间悄悄提醒的话，那姑娘应该不会把事情闹大的。"

"这事还真难办。"

"东马也叮嘱，让我们不要把事态扩大。"

店长向上翻着眼珠，这表情印证了小都之前隐约的直觉——店长似乎真的对东马有意思，小都本能地感到一阵烦。

"可东马是地区负责人，这不应该是他的职责吗？"

"嗯——，但是东马现在好像真的很忙，还是在店内解决更妥一些。"

"前任购销员不是连店内同事间的纠纷都会来帮忙协调的吗？"

"没错啊，不过你看东马是精英，事务繁忙，还要负责筑波店的重装，参加的会议也比前任多。好像他还要和董事一起去打高尔夫什么的，看样子很快就要飞黄腾达了。"

这牛头不对马嘴的回答让小都哑口无言。而此时店长的脸颊已泛起了红晕，扭捏作态得像个十几岁的女孩子。

小都不确定那两人是否已确立了关系，她感觉是店长自作多情了，但不管事实如何，这东马估计是利用了店长喜爱八卦又感情用事的性格，故意摆出一副有意于她的姿态，实则是为了将她操纵于股掌之间。

"小都，求你了，能不能就对她提醒几句？要是这事圆满平息了，这功劳我一定记在心里。你要是想成为正式员工的话，我会给你介绍在人事部工作的人，还会给你写推荐信。"

这算什么，小都心想，这难道不是权力骚扰吗？她被一种无力感包围，知道无论自己说什么都是徒劳。

到了久违的东京，小都的心情依旧郁郁寡欢。

她以前工作过的店铺的一名女同事跳了槽，邀请小都去参加他们公司新品牌的展览会。最近一段时间，小都情绪低落，好容易有机会去东京尽情呼吸大城市的空气，本打算打扮得漂漂亮亮的，可在临出门时受了挫。

最近都买些自家店的"制服"，根本没机会更新自己喜欢的天然面料服装。她试着用衣柜里的衣服变着法子地穿搭，却怎么也找不到灵感，无奈只得一身黑色地出了门。折价购买的黑色高档连衣裙配上脑后的垂髻，这打扮看着就像是服装业的人忙里偷闲跑出来似的。

坐了无数站电车，经过了几次换乘，从地铁表参道站走到地面的一瞬间，小都立刻就被曾经熟悉的街道气氛包围了。展览会场位于小巷中一座旧的综合办公楼的三层，没有电梯，小都沿着楼梯向上走着，正巧和开门出来迎接的朋友撞个正着。

"小都！"

她满面笑容地向小都跑来。

"你来啦，谢谢！谢谢你专门赶过来！"

"凛子，好久不见，谢谢你邀请我来。"

"抱歉让你忙里抽空，我太高兴了。"

回想起自己和凛子曾从早到晚地一起工作，比家人和恋人一同相处的时间还长，一股亲切感油然而生。

"过一个小时左右我就能跑出来了，一起喝个茶吧。有时间吗？"

"有，有，今天休息嘛。"

"现在正好人都散去了，你慢慢看吧。"

凛子牵着小都的手进了会场。展览的房间并不大，不加装饰的毛面混凝土、裸露在外的管道，再加上历经岁月洗礼的旧窗框，三者共同营造出了时尚的气氛。架子上，色彩亮丽的衣服悬挂得非常舒朗。因为不是服装店，陈列算不上精致，但展览方式异常别致。见惯了奥特莱斯店挂得挤挤挨挨的衣服，这样的陈列让小都看得心醉神迷。

"这衣服很有成熟的韵味，光泽很有内涵。"

"嗯，因为面料里真丝占了一半。"

既没有掺金银线，也没有镶嵌亮片和宝石，可这衣服却极具观赏性，柔和的阳光透过大大的窗户投射进来，将衣服照耀得闪闪发亮，衣服的里里外外没有一处低廉的痕迹。

这时，小凛被同事招呼，去了仓库。除小都之外会场里还有三名顾客，个个衣着精致。

小都一个人慢悠悠地欣赏着展陈的服装，那些一丝不苟精心制作的服装宛如一件件艺术品。忽然，她瞥见一款和自己身材气质都合适的连衣裙，心想再贵也想要一件，可吊牌上的价格让她一怔——比自家店铺卖的要多出一位数。

凛子说自己一会儿就到，让小都先走。小都就来到附近的便利店翻翻杂志，却迟迟不见凛子出现，心想她一定很忙，正打算自己先回去，只见便利店透明的自动门开了，凛子跑了进来。

"抱歉抱歉。"

"没关系，你肯定很忙吧，我才觉得不好意思呢。我这就回去了，别介意。"

"我有三十分钟休息时间，没事的，我能在这儿吃点什么吗？"

"当然可以！"

两人就在用餐区坐了下来。凛子在服装上的开销大得令小都咋舌，所以一直缺钱，连星巴克她都望而却步。

"现在不吃的话也不知什么时候能吃上饭了，真对不住。"

"真辛苦啊。"

"是呀。刚刚换工作，也没办法，毕竟资历最浅。"

凛子上身穿一件黑毛衣，下身穿条黑色修身牛仔裤，和小都都是一身黑，但却洋溢着对工作的热情。

"你是宣传促销专员吧。"

凛子大口嚼着饭团摇了摇头。

"宣传促销只是个名头！毕竟是个小公司，全是些杂务和体力劳动！"

虽然嘴上发着牢骚，但难掩她高昂的精神状态。

"这次的品牌比较成熟啊。"

"没错，是针对四十岁左右的女性的。"

凛子在小都做店长的时候跳槽来的店里，还不到两年又跳槽走了。明明是受雇的一方，却能抱着一种"替你干活"的心态，丝毫没有仰人鼻息的卑怯。也或许是因为和小都同龄，对小都这名店长也是有什么说什么。但话语里没有丝毫恶意，纯粹只是率直而已。小都很快就和她亲密起来，对她也非常信赖。

"你刚才一直盯着那件红色的夏裙看吧。"

"哦，差一点就买了。"

"毕竟价格不便宜啊，要是想要的话你就打我电话。是埃及长绒棉，既有弹力又不失柔软。不过小都你居然想买礼服真是太出乎我意料了。有男朋友了？"

"咦？你为什么这么想？"

"要说为什么，这种衣服不是约会的时候穿的吗？"

的确，自己要是买下那件衣服的话，又打算在什么时候、什么场合穿呢。小都眼神游移着，忽然想到也就是和前男友约会的时候才有穿的必要了，比如去高级餐厅或是高档度假区。

"对了，听说渡边回到东京了。"

凛子开口道，大概她也不约而同地想到了小都曾经的恋人了吧。小都没接话茬。

"哦，你大概不想听关于他的消息吧，对不起啊。"

"啊，没关系，我也正纳闷他到底怎么样了。"

小都不自然地笑了笑。

"是吗？听说他辞了那边的工作，又回到先前的公司做总务了。有门道的人就是不一样啊。也不知道他以什么样的脸面回去的，脸皮真厚。"

"是啊。"

"听说他在关西拼命吃好吃的，胖了一大圈。"

"整个人胖了？"

"腰围。"

小都笑了。

"小都你最近如何？听说你在奥特莱斯？"

"嗯，尽是些头疼的事。"

"是吧，我也是。"

凛子低头看了一眼手表，开始心神不定地准备起身离开了。

小都原本觉得好容易到了青山[1]，打算四处逛逛商店，在家乡难得一见的咖啡餐吧吃顿晚饭再回去，可现在完全没了那兴致。

她乘坐地铁到上野站下车，赶在下班高峰前乘上了空空荡荡的常磐线。

车上，小都神情恍惚地看着车窗。

---

1.青山位于东京都港区，为高层建筑的商业街和住宅区，青山大街深受年轻人喜爱。

好久都没听说前男友渡边的消息了。虽然小都并不反感凛子说到他，但他回东京的消息依然让她感到有些虚乏无力。

渡边身材微胖，看着像个老好人，表面上也很开朗，和小都初恋的高中老师有些相像。

另外，他还是个家境优渥的公子哥。

有钱人当然过着高消费的生活，小都和他交往时也早有心理准备。

虽他单身，但从没有表现出任何要和小都结婚的意思。他一个劲地说自己不受女孩儿欢迎，可除小都之外，他还同时和别的女孩儿交往。

大地震后，他异常恐惧，辞职去了关西，都没问一声小都是否同去。

从车窗往外看，原本只是一大片住宅和公寓，不知不觉间绿意浓了起来。不久，被夕阳染成茜红色的巨大方便面造型的烟囱从眼前一闪而过。每当电车驶过这有名的食品工厂[1]，小都就知道自己已经回到了茨城。

今天，自己留意到的那条连衣裙，也许符合渡边的口味吧。

对于现在的自己来说，除了职业装外，只要牛仔裤和衬衫就够了。

不同的服装各有其穿着的必要场合。如果喜欢并且想穿漂亮衣服的话，就只有过上有此类需求的生活。要么像凛子一样投身于高级时装界，要么就找一个配得上漂亮衣服的恋人。

强烈的倦怠感向小都袭来，她闭上双眼叹了口气。

那天晚上，小都整理了自己的橱柜。

若从必要性出发来审视，这一橱柜里塞得满满当当的衣服全都黯然失色了。当初明明是自己喜欢，经仔细斟酌后买下的，这回忽然都显得无用武之地了。

小都强忍着想要全部扔掉的冲动，暂时把工作必需的服装单独分了出

---

1.这里指的是日清在茨城县取手市的工厂，因烟囱采用桶装方便面的造型而闻名。

来，其他的就全一股脑儿地塞进了大纸袋里。

昂贵的衣服、因特别中意而常穿的衣服，还有那能勾起人某些回忆的衣服，都叠也不叠地被塞了进去。小都还从厨房找来了塑料垃圾袋，将那些一看就很廉价的服装，还有各式各样的披肩紧身裤团作一堆塞了进去。

这断舍离的开关一开就停不下来了，小都像是要将所有的郁闷都迁怒于这些衣服上一般，一连装了好几个袋子。

床下还放着许多装不进鞋柜的鞋子，这些也被小都装进了垃圾袋，正在这时，屋子里的手机响了。

小都吓了一跳，抬起头去拿手机，一看是贯一发来的消息。

——还没睡呀？

咦，还没到睡觉时间呢，小都有些纳闷。一看时间，发现早已过了半夜。紧接着，又响起了一阵短信提示音。

——阿宫，你打开窗看看。

小都疑惑地掀开窗帘，将窗子微微开了条缝，一下子一股冷风吹进来打在小都脸上。小都眯起双眼，发现了门柱对面坐在自行车上的贯一的身影，惊讶得目瞪口呆。

贯一正笑嘻嘻地向她招着手，看样子是烂醉如泥了。

"喂，你这是干什么！"

小都用怒吼般的语气压低着嗓门问道。贯一将自行车随意一靠，轻盈地越过了大门，然后像一只厚颜无耻的野猫一般穿过庭院，向小都房间走来。

"阿宫，放我进去！"

"开玩笑。"

"声音这么大会吵醒我爸妈的！"

"要是被我爸发现，你就死定了！"

贯一走过来，跃上了落地窗外的小露台，一脚蹬掉鞋子，哧溜一下从小都身边擦过，像变魔术一般站到了小都屋子里。他身上的酒气和鲜活的荷尔蒙昧味道对小都产生了某种压迫感。

"这里就是阿宫的房间啊——"

"声音，声音小些！"

"我想见你了。"

小都被贯一一把抱住，内心感到又惊讶又困惑，但更多的是被内心升腾起的喜悦所包围。脸颊贴着贯一冰冷的皮衣的时候，她也同样深切地感到自己是多么渴望见到他。

"与其说是想见你，不如说是想和你做那种事。"

"蠢货！"

"哎呀，阿宫你要搬家？"

贯一指着床上堆满的袋子问道。

"没有，我在断舍离。"

"呵呵。"

小都关掉电灯，把贯一拖到一边让他蹲下，再用羽绒被将他从头到脚罩住。

"哦，咱们这样做一次？"

"什么呀！被我爸妈发现真就要命了。"

两人一同抱着膝盖缩成一团，闷在被子里肩挨着肩。

"你喝得真多啊。"

"没，已经醒了。"

"瞎说。"

两人说着悄悄话，不久被子里就暖和了起来，充满了贯一的气息。

"阿宫，咱们去什么地方玩吧。"

"啊？现在？"

"没有，是4月以后。"

"我3月份倒是有空。"

"我们店3月过后就要关门了。"

"啊？"

"4月份开始我就没工作了，也就有空了。"

小都无法领会贯一在说什么，在伸手不见五指的被子里，她瞪大着双眼。

"啊？你说什么？"

"就是说店没了。"

"那你工作呢？"

"解雇呗，算是拿到了些退职金，过几天就去找工作。不过呀，我这个初中毕业生估计是怎么也找不到工作的吧……"

就听见贯一"哈哈哈"地轻轻笑了几声，接着小都感到自己肩膀上的分量越来越沉重。他好像开始犯迷糊了。

他初中毕业，没工作。

啊，原来如此啊，小都喃喃自语道，一边的贯一已经呼呼大睡了。

# 第四章

更年期综合征到底是不是病呢?

当医生把桃枝身体上的不适诊断为更年期综合征的时候,丈夫和女儿都说"太好了没什么病,这下放心了"。虽然嘴上没说什么,这句话却让桃枝耿耿于怀。

他们本意是要安慰她吧,却总让她觉得这是在把她的身体症状归结为心理作用,虽然桃枝每天难受得想死。

现在,桃枝明白那两人都已经改变了当初的看法,但她也清楚家人多少有点不把自己的病当回事。

更年期综合征迁延不愈。

桃枝自认为在女性中她算有些知识的。这种病有人症状严重些,有人症状轻些,也有人完全没症状。但她没想到自己的病居然给生活造成如此多影响。

到底什么时候是个头呢?

丈夫也好女儿也罢,脸上似乎始终写着这几个字。

桃枝自己也每天盼着症状早些消失。虽然她安慰自己,这病不可能持续一辈子,但当她看到杂志上说,更年期综合征所伴发的抑郁在有些人身上会直接发展成老年性抑郁症,就感到不寒而栗。

桃枝也有感觉状态不错的时候。可每当她安下心来以为看到一丝曙光时,却往往在下一周就因身体的极度不适而卧床不起,如此这般反复无常。

她甚至连简单的家务都做不了。要是现在自己有工作的话,肯定是做不下去了。桃枝庆幸自己没工作，可又一转念，觉得自己要是有份工作，能自己赚钱就好了。

如果自己有工资积蓄，就可以专心去接受治疗，也就不必像现在这样对家人心怀歉疚了。然而，都到了这个年纪，再怎么后悔也是无补于事了。

即使内心再焦灼迷茫，时光还是如白驹过隙，匆匆而过，不知不觉就到了春天。

桃枝坐在女儿汽车的副驾驶座上，抬头看着路边一排排樱树。花飘零得差不多了，枝上已满是叶子。

今天自己说好要一个人去医院的，可女儿坚持要送她，说特地把休息日安排在妈妈复查的那天，语气里带着施舍。不过能有人开车接送的确轻松不少，毕竟这季节交替的时候容易受热和头晕，乘坐出租车又容易晕车。

桃枝没有驾照。在念短期大学的时候，自己也想和同学一样去考驾照，可被父亲以不安全为理由阻止了。父亲出生在昭和初年，在他的观念里开车是男人的事。没有了父母的资金支持，又被禁止去打工，桃枝也就没钱去上驾校了。

结婚时，丈夫对桃枝没有驾照这件事也没有什么看法。桃枝只能像自己母亲那样，平日里乘公交车外出，要买什么重东西就在休息天让丈夫开车。乡下的公交班次稀少还绕远，而丈夫陪同买东西时也不一定给好脸色看，但这些还不至于让她为难。于是，桃枝习惯了这种坐在别人汽车副驾驶座上的日子。

可自从身体出现状况以后，她却不能像以前一样乐意仰仗家人了。过去那些太平无事的日子，自己反而能心安理得地拜托他们做这做那。

桃枝瞟了一眼驾驶座上的女儿，她拉着个脸握着方向盘。确实，陪妈妈去医院也不是什么开心的事情，可不光是这件事，最近她好像都很消沉。

遇到红灯停了车，她就不耐烦地摇着头，遇到左转时就叹着气。

近几天，休息日公司那边打来电话的频次增加不少，和去年交的男友见面的频率也减少了。

明明春光明媚，可母女二人都闷闷不乐，想到这儿，桃枝苦笑起来。

桃枝很早就注意到女儿有了男朋友。

那些天她明显很得意，晚回家的天数也越来越多，最终发展到在外留宿的地步。

高中时，女儿说喜欢物理老师，情人节时桃枝还帮她一起做巧克力蛋糕。可一看那物理老师的照片，却惊讶地发现是个头发乱蓬蓬的男人，微微发胖，长得也不帅。这孩子对自己的穿着那么讲究，可对恋人却要求这么低，这让桃枝又惊讶又好笑。

后来，小都就离家工作了，也就再没听她说过自己喜欢谁，和什么人交往了。虽然桃枝能嗅出她恋爱的迹象，但女儿从没给他们介绍过自己的恋人。

2月的一天，桃枝第一次见到女儿的恋人。

那阵子半夜常听到家周围有自行车的声音，桃枝透过窗帘缝隙，好几次都看见家门前有个年轻男子骑在自行车上。

是什么可疑的人吗？桃枝犹豫是不是应该告诉丈夫。

那天夜里，桃枝在床上辗转反侧，又隐约听见窗下自行车的刹车声。她起身，悄悄打开了小窗。在外面街灯的照射下，清清楚楚地看见正下方的家门口处有个人影。

这个身材纤长的年轻男子她以前也见过。那名男子把自行车靠在一边后，突然身轻如燕地跃过大门，让桃枝吓了一跳。她慌忙地找起了手机准备拨打110报警。就在这时，她听见了女儿的声音。

"要是被我爸发现，你就死定了！"

虽然女儿压低了嗓音，但桃枝依然听得真切。接着，那名男子好像进了女儿的房间，周遭一片寂静。

寒气从打开的窗口钻进了屋子，桃枝意识到这男子就是女儿的恋人。

桃枝想用自己下楼的脚步声把他吓跑，却还是关了窗，钻到床上闭上了眼。丈夫是那种一旦入睡就不易被吵醒的类型，桃枝觉得他应该不会察觉。

不久，女儿或许又会离开这个家吧，桃枝心想。这就和老了以后荷尔蒙失去了平衡一样，都是生物不可阻挡的发展趋势。

但丈夫未必会这么想。

精神科的候诊时间依旧很长。也许是到了季节交替的当口，桃枝感到患者比往日多了。

自己身体刚出现状况时，她去看过内科、耳鼻科、汉方专科和不计其数的诊所，现在她则专看另一家医院的妇科和这里的精神科两个科室。

一边的女儿则一直摆弄着手机，也不知在看些什么。等了将近两个小时，终于叫到了自己。桃枝进了诊室，身后跟着的女儿却和医生说了声"拜托您了"，就走了出去。

桃枝和医生目送着女儿的背影。主治医生摸了摸剃成了和尚头般的白发，说道："你女儿好像心情不太好嘛。"

桃枝耸了耸肩笑了笑，医生也微微一笑，似乎两人是共犯。

"是啊，恋爱和工作好像都不太顺利。"

"大概是那种喜欢大包大揽的人吧。"

"嗯，就像今天，我说了可以一个人来的，可她还是坚持送我。"

"都说了不必来的啊，大概就是想赖在妈妈身边吧。"

桃枝感到疑惑，她倒觉得是自己一直想依赖女儿。

"那你最近感觉如何，能睡上一会儿了吗？"

"入睡还是很困难，不过早醒的情况减少了，反倒是觉得睡到中午都起不来。"

医生"嗯、嗯"地点着头。

"胃口呢？"

"时好时坏。"

"其他症状如何？"

"倦怠感还是老样子，还是会头疼和恶心。最近天气暖和多了，还会潮红。出了汗以后又会冷得发抖，低热一直不退。还有焦躁的情绪和这身体不适一样，怎么也控制不了。还有就是总感觉下腹疼痛……"

医生面不改色地听着桃枝絮絮叨叨地讲述着自己的症状。

桃枝之所以对这名医生抱有好感，就是因为他不会打断自己说话。她也清楚其实他并没有听得那么认真，他既给不出什么有用的建议，用药也不见起色。但能把病人说的话从头到尾听完的医生并不多见，这也是那么多人都拥到他这里看诊的原因吧。

"原来如此原来如此。"医生边说边在病历本上沙沙地做记录。桌上明明放着台电脑，可这医生依然喜欢手写病例。

"这个月的药还是保持不变。"

医生平静地笑着说道。

看完诊领完药，在女儿的提议下，两人开车去了星巴克。

女儿买了甜饮料和蛋糕，坐到了自己对面。虽然刚才自己和医生没完没了地说了那么多症状，但今天身体感觉还行。能在咖啡店椅子上待得住，对桃枝来说已经算相当不错的了。

去年和女儿来这家店的时候，自己的身体还奇迹般地好，甚至还心情舒畅地误以为就此会趋于好转。可在那之后身体状况一落千丈，自己和小都当时都极其沮丧。

桃枝和女儿分着吃了粉色的蛋糕。

"樱花戚风蛋糕就是加入了樱花吗？"

小都一脸认真的样子让桃枝发笑。

"樱花是没味道的吧，而且也不是这样的粉色。"

小都噘着嘴马上查起了手机。

"啊，上面写着这蛋糕用了真的樱花和樱花叶哦。"

"哦，是嘛。"

"据说蛋糕上的花瓣是腌渍的。"

"咦，让我尝尝。"

又起一小块粉色的蛋糕放进嘴里，那是一种久违的咸味。

"好久都没见过腌渍樱花了，我记得婚礼的时候在化妆室喝过樱花茶[1]。"

"是妈妈的婚礼?"

"对。"

桃枝不习惯同别人分享食物，但和自己女儿却毫不介意。她曾经在自己腹中发育，出生后连她的口水和排泄物都毫不嫌弃。但是反过来会怎么样呢? 自己要是再老些，得了认知障碍症或是卧床不起了，女儿会不嫌脏地如此照顾自己吗?

女儿仍旧是唉声叹气，眼神忧郁地望着窗外。

在陪自己去医院时她总穿身牛仔裤，都不怎么刻意打扮，这也无可厚非。只是头上这顶绒线帽太引人注目，上面装饰着大大的橘色荧光绒球，和她的年龄似乎不太匹配。

小都二十出头的时候，她总是一身森女风格的装束，给人一种软绵绵的梦幻感，说她可爱可绝不是出于父母对自己女儿的偏爱。圆圆的脸，双眼分得略开，淡淡的雀斑星星点点地分布，还有那肉嘟嘟的脸颊和嘴唇。再加上她软软的鬈发和洋装相得益彰，就像是绘本里跳出来的一样。算不上美人的相貌反而让她显得招人喜爱，甚至那些杂志上登着的街头抓拍照片都几次出现过她的身影。

---

1.将半开的樱花用盐腌渍后放入开水中的饮品，多在节庆场合出现。

　　然而到了三十来岁，那种洋娃娃似的可爱感觉就渐渐淡去了。虽然她现在也常常打扮得和童话中的少女一般出门，却没有了曾经的协调感，反倒是上班穿的职业装更能衬托出她这年龄所特有的风姿。

　　"最近怎么样？"

　　这是女儿常常对自己说的话，现在桃枝反拿来问起了女儿。女儿有些吃惊地瞪大眼睛。

　　"怎么样，是指哪方面？"

　　"比如工作。"

　　"嗯——，也就这样吧。"

　　女儿一副说了你也不懂的表情。

　　"忽然想起来了，妈妈，你还记得早阳花吗？就是我小时候的玩伴……"

　　"噢，就是小岛家的女儿？"

　　"对，去年我偶然碰见她，最近我们俩又经常一起出去逛了。"

　　"哦，是嘛。"

　　"是这样，下周想和她一起去泡温泉……"

　　这时，女儿停顿了一下，不自然地看向了别处。桃枝装作没注意。

　　"温泉好呀，在哪儿的？"

　　"在那须。"

　　"啊呀，真棒啊。"

　　直觉告诉桃枝，女儿其实是要和男友去。这哪是什么"忽然想起"，分明是一开始就在寻找说的机会。

　　"这不挺好呀，去吧。"

　　女儿终于露出了舒心的笑容。

　　桃枝是个明事理的母亲，她从不一上来就反对女儿想做的事。高中毕业就工作也好，搬出去一个人住也罢，不同于丈夫，她从不出来干预。因为自己的母亲非常严厉，自己不想变成她那样的人。可事到如今，她开始怀疑自己这样做对不对。

也许自己只是为了引起女儿关注，想依靠她不是？所以因此才会和自己的亲生女儿产生疏离吧。医生说是女儿想赖着母亲，但事实难道不是恰恰相反吗？

“妈妈。”

“嗯？”

“你结婚的时候……”

女儿欲言又止，她直勾勾地注视着桃枝的眼睛。桃枝有些紧张，不知她要说什么。

“你结婚的时候犹豫过吗？”

桃枝想了想。

“犹豫？”

“比如想过这个人是否合适之类的问题吗？”

“没怎么犹豫啊。”

“这样啊。”

女儿失望地把叉子戳进了剩余的蛋糕里。

女儿去温泉旅行的那天，丈夫发短信来说会按时回家，桃枝只能不情不愿地去了厨房准备晚饭。

丈夫在网上为自己找的半加工食材都已经切配处理，自己只要炒炒煮煮，省去了规划菜谱、买菜和切配的麻烦，同时不乏自己做菜的成就感，所以起初还挺感动。但过了段时间，自己对这一成不变的菜谱味道就犯腻了。虽然丈夫也没说什么，但他一定也是同样的感受。

“小都还在上班吗？”

餐桌上，坐在对面边看电视边吃饭的丈夫问了起来。

"说是和朋友去温泉旅行了。"

丈夫的眼皮微微抽动了一下，他或许也猜出那所谓的朋友应该是名男性了吧。

"好久都没去泡温泉了呀。"

"是啊。"

"说去泡就去泡了，她还真是有空啊。"

"是呀。"

丈夫喝完了碗里剩下的味噌汤，就起身收拾起了自己的碗筷，接着坐到沙发上打开了报纸。桃枝望着他渐渐稀疏的后脑勺，他也老了啊，桃枝感慨。至少在衰老的节奏上，两人是平等的。

桃枝是在亲戚的介绍下和他认识的，他在制药公司工作，一副精英的模样，穿着傻呆呆的西装，好像当时经济腾飞、欣欣向荣的社会氛围同他没有半点关系。那时，书生样的青涩尚未从他身上褪去。

"我不招女孩子喜欢，也不懂得怎么和女人说话……"

他挠着头说道，接着还含蓄地赞扬了桃枝穿的和服。

那时，桃枝心里想的并不是"和这人结婚不错"，而是觉得今后不会再有这样绝佳的机会了。桃枝也不擅长恋爱，在那以前几乎都没怎么和男人交往过。上了短期大学以后，也参加过当时流行起来的男女联谊。试着同向自己示好的男性接触了一段时间，但那段关系持续还不到三个月。

桃枝想要结婚，也想要有孩子。正当她为结婚前所必须跨越的恋爱这道门槛一筹莫展时，正好在亲戚的介绍下有了近似相亲的这段邂逅，心里暗自庆幸可以省却婚前的那段恋爱经历。

接着，两人就结婚了，顺利得超乎想象。桃枝也就成了全职主妇，很快就有了孩子。

对于桃枝来说，这样的经历与其说是司空见惯，不如说是万分幸运。

然而，几年之内，桃枝就领会到初遇丈夫时，他的那句"我不招女孩子喜欢"绝非谦逊之辞。这样子的确不招人喜欢，桃枝心想。

最近桃枝在电视上听到了"精神暴力"这个词汇，说一个人若处处表现得自以为是，恰恰就能证明他的自卑。他们对对方居高临下的同时却还会对她任性依赖。这类人把女性当成是B级生物，却还想讨女人喜欢。她当时就觉得这词用在自己丈夫身上再贴切不过了。

当然，丈夫也有许多优点。放下工作，陪自己看病，现在自己要是卧床不起，他也会替自己做饭做家务，连妻子的内衣都叠得整整齐齐——虽然态度依然居高临下。

桃枝真想和其他的什么人结婚，虽好几次冒出这样的念头，但事到如今又没有什么非离婚不可的理由，就将就地挨到今天。


桃枝从小就睡眠不好，入睡很困难，一旦睡着了又起不了床。

医生开给她的安眠药没什么效果，但那天桃枝却顺利捕捉到了睡意。

然而，就在她刚要睡着时，突然响起了一阵刺耳的手机铃声，让桃枝猛然惊醒。

她伸手去够在床边充电的手机。

——妈妈，你身体如何？温泉太棒了，等你身体好了我们一起去啊。

这条短信伴随着代表女儿的小猫头像出现在屏幕上。

好容易迷迷糊糊地快睡着了——桃枝坐起身子狂乱地挠着头。虽然自己不希望被女儿冷落，但女儿这种关心方式常常让她焦躁不安。

桃枝再次蒙上被子，紧闭双眼。可方才捕捉到的睡眠的尾巴已经遁逃得无影无踪。在常年疏于打扫的屋子的凝滞空气里，桃枝感到自己被睡眠遗弃的身体无处安放。

身体越来越热，桃枝踢掉了被子。不知不觉，她呻吟起来。

怎么这么热，还没到5月份，这样子到夏天该怎么办。桃枝躺在床上，摸索着冬天开始就一直放在枕头底下的空调遥控器。

和丈夫同睡一间屋子的漫长岁月里，都不能自由地调节室温，这让她非常难受。现在，她终于可以随意开空调，至少这点还值得庆幸。

正想着，烦热之气如潮水般步步向上涌来，不一会儿工夫，额头、腋下、脊背就直冒汗。

潮热又来了。

桃枝猛地起身，脸上的汗水就顺着下巴滴了下来，她浑身都被汗水浸透了，不仅是睡衣湿了，还殃及了床单。明明就这么躺着，可就是像在被什么东西紧追不舍，一路狂奔得上气不接下气一般。

桃枝想大声地喊叫。

焦躁像是要把身体撑破了似的，真恨不得尖叫着爆发一通。

但要是被丈夫发现的话就麻烦了，桃枝只能咬着嘴唇抓起枕头用尽浑身力气往墙上扔——装饰架上的人偶伴随着巨响掉落了下来。

接着她又猛地扯下床单和枕巾，胡乱地团作一团，顾不上压低脚步声，蹬蹬蹬地跑下了台阶。她脱下睡衣和内衣，把它们和床单一起扔进滚筒式洗衣机后按了启动按钮。

虽然这个时间吹头发很费事，但头上已是大汗淋漓，于是她调热了淋浴的水温从头到脚冲了个遍。此前，她甚至还认真地考虑过索性剪个和尚头。

一直冲到自己心情平静下来，她才走出了浴室。在洗手池边的镜子里看到了自己的面容后，桃枝吃了一惊。

镜子里的女人头发稀疏，湿答答的贴在头皮上。脸上长着显眼的老人斑，面部皮肤松弛，血色全无。喉头和肩部都是赘肉，皮肤很白，也有脂肪，可就是显得十分憔悴。她急忙将目光避开，披上了挂在墙上的浴袍。正准备把腰带系到腰上时，她停下了手。

洗衣机上设有临时挂换洗衣服的杆子，桃枝试着将腰带挂在上面，接着又将腰带打成了宽松的圆环。她并没有真的想到要把头伸进圆环中，可还是对着圆环端详了半晌。看着看着，也就心安了些。

　　她想离开家人一个人待着，丈夫和女儿的担心对自己而言反倒成了沉重的压力。

　　这时，她忽然想起明天是周六，自己和樫山时子约好了吃午饭的。虽然不知心情能否因此得到放松，但除了去医院还有别的事可做让她感到些许安慰。

　　第二天，当桃枝对在客厅看电视的丈夫说要去和朋友吃午饭时，丈夫当场就表示要开车送她。桃枝说交通方便，不必开车送，可丈夫却已经迅速地拿上钥匙出了门。

　　最近丈夫脾气突然变得急躁了，催促着桃枝早早地出了门，到餐厅时比约定时间提前了不少。

　　那里曾经是个葡萄酒酿酒基地，面积很大，有个庭院。餐厅、咖啡吧、土特产店进驻其中，成了这一带有名的观光景点。

　　桃枝在老酿酒厂中散着步。蔚蓝的天空清澄透明，拂面的春风带着新绿的气息让人心旷神怡。

　　快到约定时间的时候，桃枝就走进餐厅先行入席。她曾和邻居的太太们来过一次，那时并没有定下心来好好欣赏这里的内部装潢。这次一个人坐在这里，发现这家改造自葡萄酒窖的餐厅比印象中大得多。高高的天花板让空间显得很宽敞，古色古香的砖砌墙面营造出一种沉静雅致的氛围，给人以舒心的感觉。

　　不久时子出现了。

　　"不好意思，你等很久了吗？"

　　"没有，是我来得太早了。今天是丈夫送我过来的。"

　　"是吗，你丈夫真体贴啊。我家那位现在还穿着睡衣懒洋洋的呢，嘴里还发着牢骚说我怎么又一个人跑出去吃好吃的了。桃枝，你今天气色不错呀。"

时子唠唠叨叨地坐了下来，而桃枝只是一言不发地耸耸肩，身体成这样怎么可能气色好呢。丈夫送自己来也不是因为体贴，只是年纪大了变得黏人了而已。桃枝心里满是反驳的话，但说了也无济于事。

两人点了午市套餐，时子还要了杯白葡萄酒。桃枝体质不宜喝酒，就要了份苏打水。

"时子，祝你生日快乐。"

"谢谢！虽然不是什么值得庆贺的年岁了，但有你这位朋友的祝福还是好幸福啊！"

我们又不是什么朋友——桃枝脸上微笑着，内心却在否认时子的话。

上次遇到时子的时候，她说自己马上要过生日了。时子平时又是借给自己DVD，又是开车送自己去医院，对此桃枝发自内心地想送件礼物表达谢意，就问时子想要什么。时子一听，竟高兴地欢呼起来："不要什么东西，就想去雅致些的餐厅吃顿饭！"

最近这附近多了许多位置隐秘、装潢别致的餐厅。但桃枝对它们完全不了解，要说比较适合庆生的，也只能想到这家了。

"抱歉带你来这么老旧的餐厅。"

"有什么好抱歉的？"

"本想请你去当下更时髦的地方的，但实在不会找。"

"你说什么呢，这家店挺好的，特别有情调，要是知道有这么好的餐厅我早就来了，多安静，多舒心呀。我也到了这年纪了，还是这里好。"

服务生端上前菜来的时候，时子又接着对他赞叹道："这家店真别致啊，下次结婚纪念日还要来这里。"原本面无表情的服务生听后也喜笑颜开。

喝了一口冷制番茄汤，桃枝尝到了浓浓的蔬菜的味道。最近她净吃些配送到家的半成品菜肴，已觉单调乏味，而这像是激活了她舌头上那部分沉睡的味蕾，让她十分惊喜。

"真好吃。"

桃枝不由得低声感叹了一句。

"是吧！真的是太美味了！真激动！这味道在家可尝不到！"

时子大声地表示赞同，这让桃枝不禁笑了起来。

时子脸部轮廓分明，嘴巴也很大，表情丰富，浑身散发着愉悦的气息，在她面前，桃枝为自己的沉闷感到可笑。

最初和她在一起的时候，桃枝还觉得有些焦躁，但过了约十分钟就习惯了，整个人突然轻松起来。时子健谈又单纯，心直口快。虽然这种不太顾及他人想法的直率个性有时会让桃枝恼火，但她从不会试探自己，这让桃枝觉得很放松。

桃枝和时子是在小学家长会上认识的。时子的儿子和小都同年，却早已成家另立门户了。两个孩子在小学低年级时是同班同学，此后和时子也就是在地方性的自治会上偶尔碰碰面，自然而然就疏远了。

可就在几年前，两人又在汉方专病门诊再次偶遇。

那时桃枝正处在久病不愈，在他人的建议下开始汉方治疗的时候。时子也因为更年期综合征去那家医院就诊，就邀请桃枝去家里喝茶。时子一直在详细地搜集更年期综合征的相关资料，告诉了桃枝许多治疗手段。还鼓励桃枝要一起努力，一起快快乐乐的，并和她互留了手机号。

然而，桃枝万万没想到这些都并非时子的社交辞令。

汉方治疗对桃枝几乎没什么效果，可时子却相反，眼见着一点点恢复起来，还常常鼓动桃枝一起去吃午饭、购物、参加兴趣课程。桃枝因为身体不适，几乎都一一拒绝了，但时子的邀请却从未中断过。偶尔，桃枝感到总是拒绝人家不太好意思，才会和她出去几次。桃枝不讨厌时子，但就是弄不明白她这样究竟是出于热情，还是因为太迟钝。

前阵子，当桃枝说起最近因为女儿工作忙，就一个人去医院时，时子当即愉快地表示要和她一起去医院，去完医院再一起去看电影。她把这告诉女儿时，女儿表现得难以置信，她好像一直以为母亲没什么朋友。

　　不，自己的确没有朋友，桃枝转念一想，自己年轻时还和别人一样有些朋友。大家一起玩，一起旅行，互相倾诉烦恼，一起开怀大笑。后来，大家一个个地都结了婚，把家庭放在了第一位，同性朋友就只能退居次席了。桃枝并不觉得这有什么不好，认为大家都是这样的。后来，连朋友到底是什么，朋友的定义是什么这类简单的问题都不知不觉给忘却了。

　　时子用那抹着鲜亮指甲油的手指举起酒杯，愉快地一饮而尽。

　　"哎哎，下周日你有空吗？我有个朋友的花艺教室就要开课了，一起去吗？她说第一次去只要交些材料费就可以了。"

　　桃枝把叉子插在奶油焖鱼里，对她的邀请不置可否。

　　"要是因为身体原因约好了又不去，这就太不好意思了，还是算了吧。"

　　"哎呀别这样，你别这么推三阻四的了，要说身体，我俩不是彼此彼此吗？"

　　"但这阵子状态一直不好。"

　　"不光是身体原因，这个年纪的人，家里突然有个什么事儿也是常有的，临时爽约也没关系的，大家都一样。我家婆婆最近也开始渐渐糊涂了，说不准什么时候就把我叫去！"

　　桃枝虽委婉地拒绝，但对于时子来说"委婉"二字行不通。

　　桃枝觉得自己既没工作，也无法做家务，什么也不做却还去参加过家家一般的课程，实在说不过去。而且她也完全没有兴致去摆弄花艺。

　　就在还剩下一口鱼肉没吃完的时候，不知怎么的，桃枝突然感到脸颊潮热，就放下了刀叉。

　　"你怎么了？脸好像很红。"

　　"好像潮热犯了。"

　　"哎呀，没事吧？有手帕吗？"

　　说着，时子从包里取出了一块毛巾手帕。

　　"不用，我带了。"

"那么薄的可不行，用这个。"

时子说着一把将毛巾手帕递到桃枝面前，桃枝接过来就擦起了汗。后来实在热得不行，脱去了开衫毛衣，就只剩一件短袖衬衫。

"给，这个也拿去。"

时子又从她的大包里拿出一把扇子，打开了就对着桃枝扇了起来。桃枝难为情地直摇头。

"不用，我没事的。"

"别客气。"

"真的不用。"

"别不好意思啦，反正就我们两个阿姨。我也被这潮热困扰很久了，不过绝经了以后一下子就好了！桃枝你也就熬到月经结束吧！不急不急！"

时子说完就笑了起来。这时，桃枝看见时子背后那桌的人回过头来看了这里一眼。时子说话声音很大，他们肯定是听到了什么"月经"啦"绝经"之类的词汇。可桃枝也无可奈何，只任由她一直扇着。

突然，桃枝的眼泪不经意间涌了出来。虽然她告诉自己不能在这种场合哭，可就是控制不住。

"桃枝？你怎么了，不舒服吗？是不是我说了什么不中听的话？对不起啊，对不起。"

桌子对面坐着的时子不知所措了起来。

时子虽然神经大条，但人不坏。自己那么麻烦，她为什么还这么关心呢？桃枝虽流着泪，大脑的某个角落却在出奇冷静地思考着这个疑问。

在那以后，桃枝又在床上躺了一个星期。

这把年纪了还在餐厅哭，这让桃枝觉得特别没面子。时子虽然不停地安慰自己，内心肯定很嫌弃。

一个人在外惊慌失措的情况已经发生过多次，但在外人面前流露情感却是头一回。也许是受了太大的精神打击，也或许是因为激素失调，严重的头痛和倦怠感让桃枝卧床不起。

一周后，桃枝终于感觉自己能起床了，就换了衣服下到客厅，发现那里空无一人。她听见屋外传来了什么声音，透过窗户，发现丈夫正在庭院一头干着活。

桃枝在沙发上坐下，拿起一份随意叠着的晨报，打开夹在里面的广告看了起来。自己已经很多年无法单独外出购物了，但作为常年养成的习惯，桃枝还是顺手看起了超市的广告。

她盯着广告中刊登着的当地的招聘信息。

保洁员、商务酒店的床铺整理员、副食品工厂、营业事务等，好几份工作以桃枝的年龄也能做。不过，无论什么时候，招聘的似乎总是那么几家。

买下现在的住宅时，桃枝的丈夫曾明确表示过希望桃枝能做些工作。桃枝和母亲学过简单的和服剪裁和穿着，婚后还在附近的美容院帮忙给人穿和服。后来，那家美容院关闭了，正准备找另一家需要帮忙的美容院时，丈夫的两位高龄父母相继病了。虽然桃枝没有去陪护，但会陪他们办出入院手续，帮着找养老院，一直马不停蹄，直到几年后两位老人离世。接着桃枝的母亲又去世了，让她忙乎了好一阵子，根本没时间做兼职。

终于一切尘埃落定，自己住的社区又因为日渐陈旧，外籍租客渐渐多了起来。他们因为噪音扰民、垃圾分类投放不规范等问题，同当地居民的冲突日渐增多。桃枝和丈夫觉得很难一辈子在这里住下去，就商量着决定搬家。那时，桃枝已经出现了更年期症状，精神不佳。看房的时候，现在住的房子虽然超出预算很多，但桃枝一眼相中这套干净别致的居室，就对丈夫说要是能住在这里，或许精神会好些，生活节约一点，自己也会去工作帮忙一起偿还贷款。

可结果，桃枝连兼职工作的面试都无法参加。自己对面试有着莫名的恐惧，身体上的不适又火上浇油。

背负着房贷的日子看不到尽头，丈夫即使干到退休也无法还清。要是用退职金补足还能勉强凑合，但那是两人养老的钱，总是希望尽量不去动用。

对工作的恐惧，资金短缺的恐惧，还有那迟迟不见好转的身体状况，这些因素相互作用，使桃枝心中的不安一再膨胀。

桃枝向窗外看去，她觉得有些不对劲。

她感到此时头脑罕见地清晰，内心无比宁静。

更年期综合征开始前，自己并没有像现在这么胆小怕事，人也很随和。自己的情绪也算稳定，并不对自己专职主妇的身份感到任何自卑。

可就在健康崩溃之后，她的价值观开始莫名地动摇了。

她一直以为，随着年龄的增长，人失去了青春但却换来了稳重，可现在发现这种观念并不一定正确。

她年轻时建立起的根基——朽坏，失去平衡，逐渐崩塌。

自己不能乱了方寸，桃枝想着。

时子常挂在嘴边的"不急不急"这几个字在桃枝脑海中回响。

只要觉得自己还有时间，内心就不会感到太焦虑。可当照看过老人，想到自己的岁月也步入了倒计时的时候，就不自觉地慌了起来，她甚至都没意识到自己焦躁了。她告诉自己不能就此沉沦，必须放松紧绷的肌肉让自己浮起来。

这一周内，她几乎都躺在床上，不能为家人做上一星半点的事。桃枝觉得至少该为丈夫做顿午餐，就穿上拖鞋走到了庭院。裙子底下露出的双脚暴露在久违的户外空气中，感觉凉飕飕的。

"孩子她爸，你吃午饭吗？"

丈夫闻声回过头。

"咦，你起来啦。"

"家里没什么东西，只能给你下碗乌冬面。"

"嗯，那就够了。"

隔开自己家和邻居家的栅栏不知什么时候开始斑驳了，丈夫正用毛刷蘸着漆修补。

桃枝默默地在一边望着丈夫的侧脸。

随着他鬓角的白发越来越多，眼神也变得顽固起来。车站的站台上，自己突然惊慌失措，泪流不止地呼唤丈夫的时候，他也是这副表情，又生气又担心。他就带着这样的表情尽着他该尽的义务。

"喂，孩子她妈，你看这个。"

丈夫指着铁门。

"这里有脚印，是谁在恶作剧吗？"

桃枝一看，发现黑色的门上，有一处泥巴干后附着的鞋印。桃枝一下僵住了，脑子里浮现出了半夜进入小都房间的男子的身影。

"太恶劣了，是醉汉还是小偷呢？"

"……不是附近的小学生吗？"

"是孩子的话这尺寸也太大了些，这附近也变得不安全了啊，你也要当心了。"

"是啊。"

"是不是要装个防盗摄像头呢。"

丈夫边自言自语，边用劳动手套把鞋印掸去。白色的印迹淡去了。

要是和丈夫说，半夜有个男孩进了小都的房间，这脚印兴许就是那会儿留下的，那丈夫肯定会勃然大怒，所以无论如何她也不会说出口。

一想到这，桃枝才猛然感到一丝紧张。

她想起自己发现疑似女儿恋人的男子是在2月份，这脚印能在这里保持三个月吗，该不会是在那之后又来了好几次吧，这让桃枝不寒而栗。

虽然自己当时没在意，但女儿的恋人真的靠谱吗？

桃枝不想让丈夫察觉到自己的不安，就装作若无其事地背过身去，开了房门。就在这时，她听见家中一阵巨大的铃声，不由倒吸一口冷气。是家里的固定电话响了。最近一直使用手机，难得听到固定电话的响铃。桃枝手忙脚乱地抓起鞋柜上的子机。

"啊，妈妈？"

听到女儿的声音，桃枝更吃惊了。

"小、小都？"

"是呀，有什么不对吗？"

"有什么不对……你一直是打手机的，发生什么了？"

"是这样的！"

小都大声说道。

"我手机找不到了！我以为放进包里的，可是没有了！今天早晨急急忙忙出门，可能忘在房间里了，你能帮我找吗？"

小都的声音带着哭腔。桃枝想，不就是部手机，有必要这么夸张嘛，可又意识到对于女儿这个年龄的年轻人来说，手机不仅仅是部机器，而是片刻都离不了身的重要伙伴。桃枝手握着子机，来到了女儿房间。床还是起来时那乱糟糟的模样，脱下的衣服胡乱地挂在单人沙发和椅背上。虽然自己房间也很乱，但女儿也没好到哪里去。

在镜子前凌乱的化妆品中，桃枝一眼就看到混在其中的包着粉色保护套的手机。

"找到了。"

"真的啊！太好了！急死我了！"

听到女儿的声音一下子变得激动起来，桃枝微微笑了。

刚拿起来，手机就振动了，翻开保护套一看，只见屏幕上显示了一条消息，是一个名为"贯一"的人发来的短信。桃枝盯着这名字看了良久，小都的女性朋友不可能叫贯一。屏幕上并没有显示内容，桃枝小心翼翼地点击了一下，如她所料，手机设置了密码，无法阅读消息的内容。

"没手机的话很不方便吧？我给你送到奥特莱斯吧。"

"啊？妈妈你送过来？你不是身体不舒服一直躺着吗？"

"我都躺了一周了，已经没事了。"

"不勉强？"

"没有，你没手机肯定不方便吧。"

"是啊，嗯，那真的太不好意思了，要是能给我送过来的话就帮我大忙了！工作上的联系都用到手机，晚上我还约了朋友。"

如果刚才发来短信的贯一就是她的恋人，而晚上见面的人就是他的话，那或许还是不送去为妙，桃枝思索着。不过，她现在真的迫切想要见上女儿一面。虽然电话那头听起来还不错，但见不到本人，桃枝的心就怎么也平静不下来。

"行啊。马上要吃午饭了，吃完午饭我给你送过去。我可以去你店里吗？"

"真的吗？！太好了！妈妈，谢谢你！"

女儿说两点半开始轮到她休息，在美食天地和她会合，说完就挂了电话。

正当桃枝在下乌冬面的时候，丈夫从庭院进了屋，她就把一会儿给女儿送手机的事告诉了他。丈夫始终缄默不语，闷声不响地吃着乌冬面，吃完后，说了句"我开车送你"。

"啊，不用了，我乘公交车去。"

"油漆不够了，我去家庭用品商店买点，正好捎你过去。"

"……这样啊，那谢谢了。难得去一次，正好逛逛奥特莱斯，回来乘接驳巴士。"

桃枝迅速收拾好厨房后，就做起了出门的准备。和丈夫说了时间还早，可依旧被他催着坐进了车里，都没来得及好好化个妆。汽车行驶在熟悉的街道上，天气晴朗，车内甚至有些热，微微摇开车窗，和煦的风拂面而来。

"手机这玩意儿。"

丈夫突然开口了。

"晚上就回家了，为什么还非得给她送去？"

"对现在的孩子来说什么事都离不开手机，可不像我们只是打打电话发发短信，手机不在身边太不方便了，据说工作上的联络也是通过手机。"

"那固定电话又是派什么用的？工作单位不也有电话嘛。"

"所以我说手机不只是个电话嘛，而是一台可以打电话的电脑。"

"那用电脑不就可以了嘛。"

丈夫嗤笑道。桃枝叹了口气不再和他争辩，她感觉像是在和一个老头儿说话。

丈夫在女儿回家后，穿了女儿给挑选的衣服的确显得年轻了些，可思想观念却反而日渐守旧。她感到丈夫四十多岁的时候还残存的那么点儿青年的影子现在已经消失殆尽，虽然自己也没资格对他说三道四。

年轻的时候，丈夫给人印象是精通机械。可现在，无论女儿怎么劝，就是不肯换成智能手机。桃枝换手机后，也一脸嫌恶地说，你这种人要什么智能手机。说不定正是因为他作为理科生的自负，害怕伤了自尊，才使他不愿意去靠近那种自己跟不上的技术。

"小都打算工作到几岁呢？"

牛久大佛出现在道路前端，正当桃枝木然地望着它时，丈夫冷不防地冒出了这句话。

"啊？"

"在奥特莱斯这种地方工作。"

"小都一开始就做的是服装业，这不挺好的。"

"把工作辞了不更好。"

听见丈夫说得这么坚决，桃枝不禁转过头来。见他握着方向盘，一脸严肃地直视前方。

"可她还这么年轻，身体也挺好，总比没工作强吧。再说还能留点必要的积蓄为将来做打算。"

"她真的有在存钱吗？净拿去买衣服了。"

这倒是，桃枝耸了耸肩想着。

"她应该早些结婚。"

"现在的人结了婚也照样工作啊。"

"找个挣钱多的男人来养她不就可以了吗？得趁年轻健康的时候生孩子。"

"……不生又怎么样呢？"

"那就不会幸福吧。"

丈夫毫不犹豫地回答。

桃枝带着近似惊恐的心情看着驾驶座上的丈夫，好像他变了个人似的。她没想到，丈夫的价值观居然和明治时代出生的人差不多。

她和丈夫生了个女儿，两人共同抚养长大。丈夫出人意料地疼爱孩子，小都还是婴儿的时候，给她洗澡换尿布。女儿要是撒个娇，自己再累也会带她去迪士尼乐园之类的地方去玩，所以桃枝从未怀疑过他对女儿的爱。然而，桃枝印象中，似乎并不记得和丈夫深入讨论过女儿的将来。两人只是都模模糊糊地觉得，只要她幸福，平平凡凡的就可以了。

丈夫居然抱着这样的价值观，桃枝惊讶的同时，也领悟到原来正因为如此，丈夫才会选择同自己结婚。

可桃枝想说，我也找了个能挣钱的丈夫，被他养着，趁年轻健康的时候生了孩子，可现在并没感到特别幸福。

但如果真的说出这句话，自己内心死死捍卫着的脆弱的东西也许就会被一击而碎，一想到这，桃枝就犹豫该不该说出口了。

"小都在和什么样的男人交往呢？"

"我也不知道。"

"你是她妈妈居然不知道？"

"你自己问问不就可以了。"

"你不担心女儿吗？"

被戳到了痛处，桃枝膝盖上的双手紧紧地攥在一起。

汽车驶入奥特莱斯前的环岛。这家购物中心杵在广袤农田和建筑用地上，周围被浅色围墙环绕着，现在看着仍然觉得那么不协调。

下了车，丈夫一声不吭地离开了。这次又比约定时间提前了不少。

也许因为是小长假，这里比起上次来的时候人气旺了许多，充满活力。桃枝以前只来过两次，一次是购物中心开张的时候，还有一次就是小都开始在这儿工作的时候。

桃枝在店铺间兜兜转转起来。虽然顾客很多，但还没到嘈杂的地步，感觉自己好像来到了节日庙会，方才车中的交谈所引发的不快也渐渐被愉悦所取代。桃枝走进眼前的一家店，随手拿起运动鞋、厨房用具之类的看上几眼。

看着看着，最初的兴奋感也不知不觉地隐去了踪迹。

桃枝没有什么购物的欲望。以前去购物中心或是百货商店的时候，感觉什么都那么吸引眼球，见什么就想买什么。可现在却没发现一件中意的东西，也不知是因为自己的病，还是因为自己老了。

逛累了，桃枝就在女儿工作店铺对面的长椅上坐下，想在那里等女儿出来。

这时，她忽然注意到店门口有个身材细长的、戴针织帽子的男子。

他在橱窗的一角正小心翼翼地把头探进店里张望。桃枝纳闷，在这家经营年轻女孩服装的店门口，一个男人在看些什么呢？是女朋友在里面买东西吗？

桃枝发现他头上戴的针织帽子和女儿戴的橘色绒线帽很像，上面都有个大大的绒球。

桃枝在脑海中拼凑着记忆的碎片，猛然间，拼图的碎片互相对上了号。眼前这名男子的背影和2月份深夜潜入家中的男子的身影重叠在了一起。桃枝怀疑起了自己的眼睛，可越看越觉得像，不由倒吸一口凉气。

该怎么办？

冷静，冷静。

不急，不急。

口干舌燥的桃枝不停地提醒自己，她做了个深呼吸，站起了身，一步一步走向男子的身后。走到他背后，桃枝停下了脚步。

"嗯，请问……"

桃枝在他耳边开口道。男子吓了一跳，吃惊地转过身。

"抱歉，想问件事。"

男子心神不宁地东张西望。

"嗯，是在叫我吗？"

桃枝惊讶于自己的镇定。男子个子很高，肩膀肌肉紧实，和丈夫比要大了一圈，年轻的骨骼十分壮实。他有着似正非正的奇特五官，眼睑沉重，脸型很长，嘴唇很厚。看起来不到三十岁，但又有些稚气未脱。桃枝微笑了起来。

"要是认错了的话真是抱歉，你是我家小都的朋友吗？"

男子把眼睛睁得圆圆的。

# 第五章

小都很后悔把约定地点选在美食天地。

本以为过了中午人会少些，没想到排满桌椅的美食天地里人满为患，小孩子叫喊着跑来跑去，加之母亲训斥的声音，真是一片嘈杂。

小都在喧闹的店里来来回回找了好几遍，就是没看到母亲的身影。心想也许她不喜欢人挤人的地方，没准又因此引发了身体不适而离开了。正当她站在入口不知该如何是好时，突然感到有人在身后拍了拍自己的肩。

"啊，妈妈——"

"太好了找到你了，因为没位置一直在瞎逛。"

"没想到这里人这么多，对不起啊。"

母亲笑着从包里取出了小都的手机。

"给你。"

"谢谢！真的太好了！我还以为丢了，差点哭出来……"

"找到就好，那我回去喽。"

"咦，这就回去了？"

"长假期间你肯定很忙吧。"

"午休时间没关系的。里面的咖啡店大概比这里要安静些，一起去吧？我也想吃点什么了。"

母亲想了想，点点头。两人结伴走在购物中心，小都发现今天母亲看上去情绪挺高涨，可能是好久都没来购物中心了，比较兴奋吧。两人在最角落的开放式咖啡店面对面坐了下来。

"黄金周不忙吗？"

母亲又把刚才的问题重复了一遍。

"已经是最后一天的下午了，不太忙。长假期间来了好几个总公司的人来帮忙，今天人手还有些富余，反倒轻松了。"

"是嘛。"

"妈妈你身体怎么样？"

"嗯，今天感觉特别好，可能睡得比较熟。"

"嗯——"

虽然母亲看上去心情不错，但小都总觉得哪里不对劲。一般状态好一阵子以后都会反弹，那才叫人担心。

"嗯，小都。"

"什么？"

"你爸爸说，你有男朋友了？"

小都正咬下一口三明治，听到这儿，立刻僵住了。面包还塞在嘴里，张大眼睛盯着母亲的脸。

"下次带回家看看吧，我也会下厨哦。"

"怎么这么突然？"

"我只是好奇你和什么样的人那么亲密。我想你爸爸也是一样的想法。如果你觉得带到家里太大张旗鼓了，在外面见个面也行。你要是不愿意让他和爸爸见面，那就先给妈妈介绍一下，至少让我知道他长什么样。"

"可，可是……"

"不是想催你结婚，我们不会强人所难的。就是喝喝茶，站着聊聊天也没问题。"

这话若是出自父亲之口尚能理解，但小都没想到母亲居然提出这样的要求。从小，母亲就对小都的人际关系并不太关心，最近光身体就把她折腾个够呛，照理应该比任何时候都没精力去关注别人的事。

母亲并没在意一旁不知所措的小都，把红茶一口饮尽后，说了句"我要去赶巴士，先走啦"，就站起身离开了，留下小都一人，呆呆地目送着消失在人群中的母亲的背影。

小都想不通为什么母亲突然说话变得像个母亲了，是不是父亲对他说了些什么呢？总觉得她不太对劲。

小都边纳闷，边打开半天都没看的手机。手机里有几条未读信息，一看是贯一发来的，就迫不及待地点开查看。

——我马上要来购物中心买东西啦。

——中午一起吃个饭？你几点休息？

大约是中午前发来的。

小都急忙回信说自己忘了带手机，没看到消息。

下班后，小都来到了贯一的屋子。

每次小都要来时，贯一都不锁门。小都敲敲门，说句"我来喽"，就开门进了屋。进屋后，小都看到贯一躺在榻榻米上看着电视，以往他一直都是靠着墙看书的，就不免有些惊讶。贯一抬起头看看小都，无力地笑笑。榻榻米上掉落着带绒球的毛线帽，那样子看起来和贯一一样疲惫无力。

"味道好香啊。"

小都打开煤气灶上的锅盖，烧汁油甘鱼萝卜泛着浑浊的金黄色，看起来美味诱人。

"好诱人啊，我肚子都饿了。"

贯一默默地注视着小都的脸。

"你怎么了？看起来好像很累？"

"没，没什么。吃点饭吧，有饭。冰箱里有昨天做的鹿尾菜，你也拿出来吃。"

贯一3月过后就失业了。小都什么都没说，他就主动开始在她早班的那天给她做起了晚饭。煮煮豆子干货，或者煎条鱼当小菜，虽然都是些简单的东西，但比父母做的都好吃。

"今天忘带手机了，没注意到短信真抱歉啊，我妈妈后来给我送来了。"

小都把刚才在手机里发的消息又重复说了一遍，虽然她发出的消息显示已读，但贯一并没有回信。

"嗯，我刚才读了。"

"你来奥特莱斯了吧。都买了些什么？"

"鞋子。"

"什么鞋子？"

"皮鞋，原来的那双太旧了。"

小都想问是不是面试穿的皮鞋，但还是放弃了。

小都从冰箱里拿出放鹿尾菜的小钵摆在桌上，再把米饭盛到碗里，米饭像是煮好没多久，还温热着。贯一则取出水槽下放着的装有糠床[1]的瓶子，从瓶子里倒出了腌菜。

"太诱人了，我开吃啦。"

"嗯，慢慢吃。"

小都一直都没过问贯一找工作的情况，贯一也没问小都要过钱，还给她做晚饭。毕竟两人没订婚，她也不好太干涉经济上的事。

小都能感觉到贯一在找工作，因为墙上挂着的西装常常有被穿过的痕迹，前几天留着的头发也突然被剪成了运动式发型。但贯一理完发后一直喊冷，小都就把自己的绒线帽给了他。贯一虽然嘲笑那顶橘色荧光帽的颜色傻里傻气的，但最近一直戴在头上，看来还挺喜欢。

小桌的被炉已被撤走，小都就坐在桌边边看电视边吃饭。小都就着白米饭，而贯一则就着烧酒吃着油甘鱼萝卜。电视里播放着热闹的知识竞赛节

---

1.用于制作米糠腌菜，主要是由米糠磨成的粉制成的。米糠腌菜，是利用米糠中乳酸菌发酵时所产生的米糠腌床（糠床）腌渍蔬菜等食材制作的一种咸菜。

目，贯一边看节目，边像个东大毕业的名人那样报着正确答案。今天，他也抢在电视中的嘉宾亮出答题板前就报出了答案，基本都答对了。每次答对，小都和他发出"耶"的欢呼声，笑着击拳庆祝。

但比起笑，小都更迫切地想把梗在心里的想法一吐为快。

工作找得如何？有多少存款？我父母想让我把你带到家里看看，该怎么办？是找到工作后再说？还是没工作照样大摇大摆地去？还是压根不想去？

一打开话匣子恐怕就收不住，小都只能不停地往嘴里塞东西，好像这样就能把话咽回去似的。

"你怎么了？脸像个女鬼似的。"

"嗯，贯一啊——"

"嗯？"

"我爸妈说，让我把男朋友带回家看看……"

哎，还是说出来了，小都低头看着桌子想着。她无法直视贯一，不想去看电视机前兴许已是一脸扫兴的表情。有那么一会儿，屋子里只有电视机里的声音在回荡，一直到插播广告时，贯一才开口。

"可以啊，我随便什么时候都可以，空得很。"

这出人意料的回答让小都一下抬起了头。

"啊？啊？你答应了？"

"阿宫你不也见过我父亲了嘛。"

"……噢，嗯。"

4月和贯一去温泉旅行的时候，回程途中小都见到了贯一的父亲，更确切地说是去探望。

两天一夜的温泉旅行，让小都了解到了不为她所知的贯一的过去和现状，给她带来不小的触动。

贯一从熟人那里拿到了一张住宿券，和小都去了那须的一家大型老牌观光酒店。小时候，那家酒店常出现在电视里。

那是家温泉酒店，入住的客人有的是一家几口，有的是老年人，还有的是宴会团体。酒店设有保龄球馆和泳池，晚上还有日本流行歌谣的演唱会，据说那些歌手的粉丝阿姨们从全国各地慕名而来。要是在以前，小都也许会说好不容易出来旅行，不如去个再高级一些的地方住。但和贯一一起时，反倒觉得比起那些轻奢型的酒店，现在住的这家反而更欢乐些，而且也更匹配自己现在的身份。

小都从来没开车出过县，心里没底，就想让贯一来驾驶。可贯一只是呵呵笑着，说"你累了我可以换你"，就是不肯坐到驾驶座上。因为要在高速路上驾驶，出驾校后，小都从未如此紧张。可因为是工作日，高速公路没什么车，驾驶起来很顺畅，那不安也成了多余，不一会儿就到了那须。

因为比原计划提早入住，家庭温泉池还没人来用。露天的池子那里可以远望群山，耳边鸟鸣啁啾，两人得以在池子里悠然地享受。他们互相搓着背，为对方洗头发，贯一还赤身裸体地躺在岩石上放声歌唱起来。

贯一虽然纤瘦，但肌肉结实，浴衣穿在他身上正合适。在池子里疯的时候像个小学生，一披上浴衣，立刻就显出性感的一面。小都看着都不好意思地低下了头。一般都是男人才会被穿浴衣的异性撩拨得悸动不安，怎么自己正好相反，小都对自己的反应感到可气。

回到屋子以后，贯一就一手拿着啤酒看起了书，小都则在一边吹吹头发，抹抹面霜，不知不觉贯一就睡着了。小都从壁橱中找出条毛毯，给贯一盖上的时候，内心交织着欣慰和悲伤。

她曾经和前男友来过那须，住在森林中的一家高档客栈里。那里有着在都市里无法想象的奢侈空间来建造足够宽敞的餐厅，还有房间外的大露台能饱享庭院梦幻般的绿意，精美得令人叹为观止。可小都并不确定自己究竟开不开心。那非比寻常的美妙光景是前男友花大价钱包下的，而小都则为了能成为这美景的一部分，一直努力端着架子。

和那时相比，现在自己从心底里感到放松。然而，不同于当时，小都觉得反倒是这次，自己的心底里盘踞着说不清道不明的异样块垒。

晚上的自助餐豪华得超乎想象。放眼望去，巨大的盘子里美食堆成了一座座小山，西餐、日料、中餐、色拉、鱼肉、甜品，饕餮盛宴应有尽有。

贯一睡足后兴致高涨，一盘接一盘地端来了食物放在桌上。有天妇罗、烤牛肉、刺身和咖喱饭，甚至还大摇大摆地把本该是自己老本行的寿司也端了上来。各类食物混搭在一起，一开始都感到手忙脚乱，不知从何处下口。但看见巨大的餐厅里，那么多人清一色的浴衣装束在大快朵颐，就被那热火朝天的氛围所感染，内心的罪恶感也渐渐变得麻木了。虽然早已有了饱腹感，可在口腹之欲的驱使下，两人还是一个劲地往肚子里塞。

吃累了走出餐厅时，天色尚早。正当两人商量着是否散散步消化消化时，贯一在土特产商店深处发现有个乒乓房，就招呼小都去打乒乓球。两人披着浴衣，踩着拖鞋，在入口处借了乒乓球拍。

估计贯一都没想到小都会打乒乓球，还像教小姑娘一样手把手地向她传授握拍姿势。小都也故意不说什么，老老实实地听他指导。接着，贯一控制好力度发来一个慢球时，小都忽然抡起球拍猛地杀了回去。球"啪"的一声落在离边界近在咫尺的地方，随后高高地弹了起来。贯一惊讶地直眨眼。

"别磨磨蹭蹭的了！快来呀！"

听小都这么一喊，贯一脸上挂着震惊，又用力发来一个球，小都则又一挥拍用力把球扣了回去。

自助餐的酒是无限量供应的，贯一喝得醉醺醺的，只能一遍一遍手忙脚乱地找球，再绵软无力地发球。而每次，小都都瞄准他无力还手的地方进行精准快速的打击，弄得贯一最终忍不住"噗"的一声蹲下身子笑个不停。

还了球拍坐上电梯，贯一还是止不住地笑着，不停地说着"阿宫你太厉害了"，让小都感到无比优越。两人踩着拖鞋，讨论着休息一会儿去大浴场，然后再比试比试保龄球，就在这时，发现房间门口站着个年轻男子。

"贯一！"

那名男子喊着，满面笑容地跑来。他穿着白衬衫，系着领带，衬衫外穿一件印有酒店名称的外褂，看样子应该是酒店的工作人员。

"哦，阿胜！"

"贯一，见到你太好了！"

那男子就像小狗一样仰视着贯一，两眼放光。他看上去约莫二十岁，一头时下流行的小波浪卷得让人咋舌，额头还留有被剃过的痕迹，发型和稚气未脱的脸庞不太协调。

"这就是给我住宿券的阿胜。"

小都赶忙低头致谢，贯一指着小都说"这就是阿宫"。这草率的介绍让小都皱眉，这时阿胜深深鞠了个躬说"你好！"

"你能入住这里我真是太高兴了！我就是贯一一直关照的阿胜。这工作也是贯一替我找的，我从心底里感激！"

阿胜个子很矮，咧嘴笑的时候露出参差不齐的牙齿。从正面看，小都感到这张脸在哪里见到过。

"我可没帮你找工作，只是跟你提过这酒店好像在招聘。"

"话不能这么说，我本来也没心情找工作，又固执地不太想在这外地工作，还好听了贯一的开导来了这里。"

"那可不能说是开导。"

"要不是贯一对我说，如果想继承家业的话绝对应该在外地工作一段时间，我也许就此颓废下去了。当大家都一片茫然，不知该如何是好时，是贯一帮助我们清理满是泥污的房子，还为我们做饭，我爸爸我妈妈还有我姐姐都说他简直是活菩萨。"

"什么活菩萨，小心我宰了你。你姐姐还好吗？"

"好着呢！她打电话来告诉我她有孩子了！"

"咦，是吗？上回见的时候她可什么都没说。"

"她这不是说不出口吗，毕竟你是她的'男神'。"

小都强颜欢笑地听着两人谈笑风生。虽然不知道他们在说什么，但小都看得出这男孩子对贯一崇拜得五体投地。

"我接下来上夜班，早上有空闲。你们要是不嫌弃，我带你们到附近逛逛！"

"不了，明天我顺路去看看父亲后就回去了。"

什么——小都惊讶地看着贯一——去他父亲那里？

"这样啊。难得见上一面，真的太遗憾了。你父亲身体不好吗？"

"不，就是去看看他。你给我住宿券我真的很高兴，还看到你干得这么卖力，这就够了。下次再一起喝一杯。"

"好的！那下次一定带你女朋友一起来我家！"

"哦，明白。加油！"

阿胜边频频回头致意，边顺着走廊离开了。当他消失在转角处时，贯一才像放心了似的捶着肩进了屋，小都紧追在他身后。贯一吟哦般地喊着"有些冷了，去泡温泉喽——"，就拿起了毛巾。

"等等！"

小都追上去拍着贯一的背。

"嗯？"

"你快跟我解释解释。"

"解释什么？"

"刚才那男孩儿跟你什么关系？还有，你刚才说明天去哪儿？"

"嗯，去父亲那儿？"

小都紧逼不放，抓起他胸口的浴衣衣领摇晃了起来。

"父亲是谁？"

"父亲就是父亲啊，父亲。"

"是去见你父亲吗？我也一起？"

贯一歪着头，稍加思索后回答：

"你要不愿意，就我一个人去也可以。"

"不是不愿意，而是我没听你说起过！为什么事先不说！"

"不是，我想过会儿再说的。"

"你得早点说！我还没做好这方面的心理准备呢。既没买伴手礼，还只穿着牛仔裤。"

"别傻了，这些都无所谓。对了，这事儿等泡完汤慢慢跟你说。"

"现在就说！"

"现在不去的话，我就要睡着啦。等泡暖和了再慢慢和你说，好容易来泡一次温泉，阿——宫——"

贯一温柔地摸了摸她的头发，小都也不好继续责问，只能带着疑虑，默默地松开了双手。

两人向大浴场走去，一路无语，随后各自钻进了男女浴室的帘子。回到房间后，贯一已经钻进了被子里，睡得正酣。

小都忍不住朝他背上踢了一脚，可熟睡着的贯一怎么踢就是不醒。


"我觉得自己并没有隐瞒什么。"

早饭席上，小都沉着个脸拌着纳豆。同样的餐厅，同样的自助餐，可眼前摆放的食物就像大梦初醒一般，显得普普通通。

"贯一，你对自己的事只字不提。"

"那是因为阿宫你没问吧。"

"就是说是我不好？"

"我没说是你的错。"

小都自始至终都板着个脸，弄得贯一都似乎有些不快了，粗鲁地把碗里的米饭扒进嘴里。昨晚那样的欢笑像是一场梦。在尴尬的气氛中，两人收拾了行李办了退房手续。

小都迅速地坐到了副驾驶座上，觉得这回总该轮到贯一驾驶了。贯一只能一脸无奈地坐到了驾驶座上。

"你父亲住在哪儿？"

"也不能说得上是住，毕竟那是护理院。因为他有认知障碍，连我都已经不太认得出了。"

"啊，是嘛。"

"在水户，大概要花上两小时。"

贯一驾轻就熟地开着车，连导航也没用。在路边连个店铺都没有的乡间道上，贯一一边平静地开着车，一边将他的事娓娓道来。

贯一出生时，他父亲已经五十岁，也就是说，他父亲今年都八十多岁了。他有一个姐姐，是父亲和前妻生的女儿。

父亲是一名手艺不错的寿司工，可因为是个酒鬼，一喝上就停不下来。喝过了头，常常因此开不了店。又爱逞强好面子，家中明明不宽裕，和朋友一起喝酒的时候，总还把别人的酒肉钱一并包了。私下偷偷借的高利贷像雪球一样越滚越大，催债电话打到店里已是家常便饭。

前妻扔下尚年幼的女儿离家出走了，走投无路的父亲就承担起照顾女儿的重任，竟认真得令周围人刮目相看。可仅凭一个父亲照顾女儿有些力不从心，遇到贯一母亲后就立刻再婚。贯一出生后，父亲暂时收敛了放浪的做派。戒了酒的父亲做出了受人欢迎的美味寿司，令左邻右舍都羡慕不已。贯一也很敬重这样的父亲，并且顺理成章地抱着要继承家业的想法渐渐长大。

然而后来，回转寿司和外卖寿司渐渐抢走了寿司店的生意，父亲的酒量再度增加。多年以后，也许因为长年饮酒过量，父亲的记忆出现了问题，常常在点餐和结账上出错，好几次惹怒了常客。就在这时，贯一的母亲和前妻一样，忍无可忍地离了家。贯一决定自己外出修习一段时间，回来后再继承寿司店，让父亲在那之前先关门歇业。筋疲力尽的父亲老老实实地答应了，可就在寿司店停业后，认知障碍症一下子严重了起来。于是就将带居室的店铺卖了换钱，住进了护理院。

贯一一口气讲完后，停顿了一下，说了句"没了"。小都只是在一边点点头。

她不知该说些什么。没想到贯一的境遇如此残酷，自己母亲的更年期综合征在这面前根本不值一提。眼前，母亲抛下未成年孩子出走这活生生的例子也让小都受到了很大的冲击。贯一之前对这些只字未提，也没给过任何暗示。

"碰到便利店休息一下吧。"小都嘟囔了一句。

看到路边的便利店后，贯一停下了车。小都买了罐咖啡，递给在店门口烟灰缸前吸烟的贯一。接着，又从包里找出放有照片的信封交给他。

昨晚贯一睡着后，小都又把这些照片拿了出来，在里面找到了阿胜。照片上的他比现在更天真一些，那标志性的一口乱牙让小都一眼就认出了他。

"这边上的是昨天那名男孩子吧。"

"噢，真让人怀念啊。咦，阿宫你怎么会有这个？"

"放在之前问你借的上衣兜里了。我觉得好奇，一直藏着。随便拿去很抱歉啊。"

"不，没什么关系。"

"没什么关系？"

"没关系啦。"

贯一嘴角一扬地笑了笑。

"我是不是不太方便打听，这些人，是你什么朋友吧？"

"其实你可以问的。"

"那好，他们和你什么关系？"

"嗯——"

"看，你犹豫了吧！就因为你这样，我才一直不敢问的。"

"明白啦，我说，他们是我的志愿伙伴。"

"鳎鱼？是打渔的朋友？"

"是赈灾志愿者的志。东北大地震的时候，茨城的沿海地区不也遭遇了严重的海啸嘛。阿胜的父亲是我父亲的学弟，在海边经营的一家民宿被海浪破坏得面部全非，我就受托去帮忙清理。照片上的姑娘是阿胜的姐姐。其他都是来当地做志愿者的。"

这意想不到的经历让小都不由得惊呼起来。

"你看吧，阿宫，我就担心你这反应才一直不敢说的。"

"可是——"

"得走了。"

贯一转过身，掐灭了烟头。

两人赶在中午前到了位于水户市的护理院。很普通的护理院，不太大，坐落在住宅区中。水泥墙上只用浅色平假名写着护理院的名字，异样的感觉让小都心神不宁。

小都从未涉足过养老机构，不知在这样的场所该如何表现，心里惶惶不安。小都的祖父祖母都已去世了，小时候她去他们那里玩过，但关系很淡漠。

贯一办完探视手续，也不坐电梯，步履轻盈地跑上了三楼。小都则奋力地紧随其后。

穿过三楼的电梯厅，他们来到了一间类似客厅一样的屋子，好几名老人坐着轮椅围在桌子周围，屋内的装潢和医院别无二致。不知从何处飘来汤汁的味道，估计是快到午饭时间了。

没有一个老人注意到进屋的两个人，一个个都沉默地不知看向何方。贯一向坐在窗边的老人径直走去。

和其他老人相比，他身材显得很大，正弓着大大的背发呆。听到贯一说了声"我来啦"，才缓缓抬起了头，那红黑的面色让小都吓了一跳。这黑不同于日晒后的黝黑，黑黑的脸的中央，圆圆的蒜鼻红得令人忧心。那老人既没回答，也没微笑。贯一蹲在他的轮椅前，轻轻拍了拍他的胳膊。

"爸爸，你好吗？"

他的脸颊肌肉似乎放松了些。

"你看上去不错啊，姐姐最近来过吗？"

虽然老人一句也不回，可贯一仍然像对正常人一样和他说着话。忽然，他站了起来，搬来屋子角落里放着的圆凳搁到小都面前，让小都坐下。小都慢慢地坐下身。

"爸爸，这是阿宫。"

老人向小都微微弯了弯脖子。他的双眼埋没在了皮肤的皱褶里，就像大象一般。

"是贯一阿宫的阿宫，就是金色夜叉里的那个，很不错吧。"

小都笨拙地欠了欠身。这时，一名穿翻领运动衫的男性职员走了过来，对贯一说了些什么。两人好像认识，轻松地寒暄着。

正好到了午饭时间，贯一用勺子将婴儿辅食一般糊状的食物一勺一勺往父亲嘴里送。老人进食时注意力无法集中，像婴儿一样，吃了一半发发呆，有时食物还会从嘴里溢出来。可贯一依旧耐心地和他说话，帮他擦嘴，花了一个多小时，才把碗里的食物喂完。而小都只能紧紧握着双手，旁观着这一切。

就这样，两天一晚的旅行让小都了解到了贯一的过去。

吃完贯一做的晚饭，小都在简陋的厨房清洗了餐具。

不知不觉，贯一又躺在榻榻米上睡着了。刚认识他的时候，小都没想到他这么能睡。稍不留神，就会像猫一样不挑场所地睡着了。

　　小都擦干了手，悄悄地蹲在贯一身边。闭上眼时，他的睫毛看起来是那么的长，随着呼吸上下起伏的胸板似乎比刚认识时要薄一些。

　　也许，他也为没找到下一份工作，还有他父亲的事有着自己的烦恼。可即便背负着这么多烦恼居然还能照睡不误，这让小都有些气不打一处来。

　　如果是自己的话，恋人来家里的时候肯定做不出睡觉这类事。如果自己能像他那样，不过分在意别人的感受，也许就能活得轻松些。

　　可贯一并不是不为他人考虑，相反，比起自己，他更愿意把心思花在别人身上。

　　他不仅仅照料认知障碍症的父亲，还当过赈灾志愿者，为灾民服务。他把自己的时间毫不吝惜地用在别人的身上，却没有一句怨言。

　　上次的旅行让小都知道了贯一不为人知的一面，很受触动。不仅仅是感动，更是被震撼了。小都的前男友有钱却冷血，所以贯一这种不加矫饰的温柔让她大为震惊。

　　这种震惊一开始加深了小都对他的感情，但随着时间的推移，又将对他的爱转化为了对自己的厌恶，一步一步侵蚀自己的内心。

　　小都自认为自己对周围的人照顾得细心周到，可一旦家人生了病，却又对腾出自己的时间去照顾家人感到十分厌倦。对自己家人尚且如此，更不用说对他人不求回报地付出了。在贯一面前，自己的薄情寡义暴露无遗，小都感到内心刺痛，就像蛀牙遇水，刺痛了神经。

　　她伸出手，小心翼翼地触摸着贯一的脸颊，几天没剃的邋遢胡子毛毛糙糙地戳着她的指尖。她弯下腰，想去吻一吻他干燥的嘴唇，他呼出的带有烟草味的气息扑鼻而来，就在两人嘴唇接触的前一秒，小都停住了。

　　小都注意到了倒在桌子另一边的烧酒空瓶，脑海里闪过了他父亲那张发黑的脸庞。

　　在别人有危难的时刻，贯一一定会比任何人都热心吧。

　　可是，漫长的人生中，那"危急时刻"又占据多少长度呢。

"喂，我回去啦。"

小都抓住他的肩摇了起来，他嘴里"嗯"地哼了一声。

"好好盖上被子睡啊。"

"……哦，开车小心。"

贯一翻了个身，蜷起了背，又呼呼大睡起来。最近，他已经不送小都了。

小都独自出了房间，慢慢向附近的投币式停车场走去。她把硬币投入了投币机，在空无一人的停车场中弄出了巨大的动静。

小都钻进车子，拿起了手机。

回家前，她想和谁说说话。和贯一度过的时光本该是愉快的，可那快乐并没留下美妙的回味，这让小都希望能和什么人没心没肺地说笑一阵，然后再结束一天的时光。

早阳花？绘里？时间不早了，两人也许都睡了。这么想着，小都还是给她们发了短信——好久不联系，你好吗？

小都不太愿意和早阳花谈起和贯一的近况，就不太和她联系。发给两人的消息都显示"未读"。小都不再等待，发动了引擎正准备开车，忽然听到一声短信的提示音。以为是谁的回信，可一看却发现是小任发来的信息。

——我的咪丫，你好吗？下周我们约会吧，随便哪天都可以。

黑暗中，小都盯着手机屏幕，目光像是被它深深吸住了似的。

当恋爱进行得不顺利的时候，总希望至少工作能顺心一些，可现实却不尽如人意。

早上到了店里，店长径直走了过来，一把抓住小都的胳膊，说了句"你来下"，就把她拽到了仓库。见她吊梢着眼，小都思忖了半天，没觉得自己做错过什么。

"怎么了？"

"中井去蓝船工作了，你知道吗？"

店长抓着小都的胳膊，低声问她。

"啊？"

"我听隔壁店的人说的，就去看了看，见她正在那里若无其事地摆着货架。"

小都愣住了。

她以为中井杏奈的风波已经过去了。

小都经不住购销员东马和店长的轮番催促，就找到杏奈，向她说了博客的事，结果她只是不动声色地点头说了句"我明白了"，还笑着低头致歉说"让与野你操心了，真对不起"。小都以为她接受了建议，心里一块石头落地。可就在下一周，杏奈突然向总公司递交了辞呈，说是要把假期用完，连个招呼都没好好打，就不来上班了。

这着实出乎小都的意料。在和杏奈谈话时，她尽量注意不伤害她的感情，而杏奈当时也看似理解了小都的用意，应该不会因为这就辞职。小都完全弄不明白杏奈脑子里在想些什么。

店长虽然曾说过，她要是辞了职反倒还好办些。可真到这时候，排班表又被打乱了，自己也没了休息，不悦之情溢于言表。但在服装业，有人突然离职也是常事，小都调整心态想让自己别太介意。

"这是真的吗？"

"与野，你应该是知道的吧。"

"这我可不知道。"

店长叹了口气，低下头。

"现在的孩子都在想些什么呢……"

最后一句有气无力得让小都也没听清在说什么，抓住小都胳膊的那只右手也久久不愿松开。

虽然都在同一家购物中心，但每家店铺都各有其雇主，所以即便跳槽，也并不算违规。但若是这种行为发生在同一行业内，而且是附近店铺，就明显有悖原则了。小都在做店长的时候，也有过同样的遭遇。现在又遇上这种事情，精神上有些难以接受。

"与野，你要是想辞职的话可要趁早说啊。"

"我不会辞职的。"

"其他人怎么说？还有人说要辞职吗？"

"别太当回事，是中井这人比较奇怪罢了。"

长长的头发遮住了店长的脸，但小都感到她的肩在颤抖。

工作的状态并没让小都内心的波动平息下来，她就这样一直心神不宁地忙到了休息时间。

小都本来就和杏奈相处不来，也很清楚两人本性不和。虽然杏奈辞职这件事令她闷闷不乐，但已经与自己无关了，消沉也无补于事。

小都一面安慰自己，一面拿着便当盒来到了休息室。打开门，见自动售货机前有一名高个女子。她背对着自己，弯下腰取完饮料后转过身来，是杏奈。小都本能地关上门，转身回到了走廊。

偌大的购物中心有好几个休息室可以供人随便使用，可杏奈居然还在原来的那个休息室休息，这让小都大为惊讶，难道她不会觉得遇到前同事很尴尬吗？

"与野。"

小都吓了一跳，回头一看，是杏奈笑盈盈地站在身后。

"你为什么见了我就跑呢？"

小都深吸一口气，看着杏奈的脸。

"别一副见了妖怪的表情呀，我这会儿也要吃午饭了，我们俩一起吧？"

小都明知自己可以拒绝她，可还是像方才店长对待自己那样，抓起她的胳膊把她拽到了走廊深处。店长马上也要休息了，小都不想撞见她。

　　她把杏奈带到了离店最远的一间休息室，和她在桌边面对面坐下。小都吃起了便当，杏奈则拆开了便利店买来的三明治包装。

　　"与野你真有意思啊，因为尴尬而躲躲藏藏的应该是我才对呀。"

　　杏奈开朗的语气让小都大为恼火。

　　"既然如此，你就该夹着尾巴躲起来啊。"

　　"可我并没感到尴尬呀，我又没什么错。"

　　虽然小都完全没了食欲，但又觉得浪费了可惜，就将炒香肠和煎蛋一口一口塞进了嘴里。接着，注视着便当开了口。

　　"在哪儿工作是你的自由，可你这招也太过分了。不仅把店长和其他员工弄得不愉快，新的雇主也会认为你这人过河拆桥，担心你会用同样的方法对待自己。"

　　"的确会有许多人这么看我，也多谢你为我跳槽的风险担心。"

　　"店长都哭了。"

　　"咦——，她有什么好哭的？早干吗去了？"

　　小都都坦白到这地步了，杏奈仍旧是满不在乎的态度。发现自己是白费口舌，小都感到有些疲惫。

　　两人就这样一言不发地吃着午饭。不一会儿，杏奈用吸管吸起了果汁，嘴里还哼起了小调。这让小都很不舒服，不由得开口道：

　　"你是不是因为博客的事受警告而怀恨在心？可你是正式员工，不至于辞职吧。"

　　"嗯？你错了。我可不是因为这件事辞职的，虽然是这件事引发的，但我原本就对公司满怀怨恨了。"

　　"你的博客我读过，这些也已经知道了。"

　　"既然被购销员发现了，再怎么样都不会被信任了，申请调动到其他店铺也不一定会被批准。而且我也不喜欢店长和其他员工，干不下去了，或者更确切地说是觉得乏味透顶了。"

"这些难道不都是你自己造成的吗？"

"与野，今天你说话倒是不留情面嘛。平时要是能像这样发表意见不挺好，别总是八面玲珑地打哈哈。"

杏奈嘲弄一般地用手指着小都的脸。都到这时候了，小都却还关注起了她那纤细的手指，觉得很漂亮，指甲油和戒指也很有品位。

"也许正如你所说，但我觉得这话不应该出自中井你的口。"

"也是哈。"杏奈大笑起来。小都觉得她被自己激怒了。

"中井，你不感到羞耻吗？"

"有什么好羞耻的？反倒是与野，你在我看来才让人觉得难为情呢。"

小都注视着杏奈的脸，她虽然嘴角上扬着，但眼神里毫无笑意。

"与野，你也跳到蓝船如何？他们在大量招人呢。据说在蓝船，即使限定在本地区内工作[1]也很快会被录用为正式员工，对员工来说十分有利。可在保尔集团，你若是不同意异地调动，是不会把你录用为正式员工的。"

保尔集团就是小都所在公司的名称。

"啊？"

"你连这都不知道？"

"……被录用的时候，我倒是在合同上看到过。"

"这些限制他们可不会明说，而且对于那些无法升任管理岗位的人，保尔是不会将他们转为正式员工的。这家公司成立于泡沫经济前，所以运营方个个思想保守。即便有人推荐你，可评审的高层几乎都是些穿西装的大爷。除非是有销售业绩、说话有条理的人，否则是通不过面试的。我不知道店长对你说了些什么，那人讲话可根本不负责任。她无非就是用正式员工的推荐

---

1.这种地区内录用的方式是指根据当地的需要进行人才招聘和录用，和员工签订协议时约定不会发生跨区域的调动，因此对于想要在当地工作的人来说十分有利。

作为幌子，实则只是想利用你们这些非正式员工罢了。"

杏奈用长长的指甲敲打着桌面。

"而且与野，你缺乏的是最为关键的干劲呀，这可就不是体制的问题了。虽然你工作没有纰漏，但稍微动脑子想想就该明白，无论什么行业，没人会把缺乏上进心的人录用为正式员工的。"

小都发现里座的几个人回过头来看着她们。杏奈似乎意识到了这点，轻轻咬了咬嘴唇低下头，慢慢地向上捋着头发。

"如果你不想成为正式员工，那就算我话多。我是想说一般而言，现在服装业，在中途成为正式员工的简直凤毛麟角。可你要是想做一辈子合同工那倒也行得通。保尔虽然守旧，但毕竟资本雄厚，合同工还是养得起的。"

"……中井，你是因为喜欢我们店铺的服装才进的公司吗？"

"不那么讨厌，但就这价位，充其量就相当于自选咖啡的规格。星巴克也好，罗多伦[1]也罢，都只是大众型品牌，选哪家都没什么区别。"

"啊？"

"虽然每个人对服装抱有不同的见解，但对我而言，这种服装称不上是时尚，最多就是些日用品。就好比是普通的咖啡、袜子或文具，差不多用就行了。对了，就跟漂亮的笔记本一样。与野，你学生时期用什么样的笔记本呢？我可是一有空就跑去东急[2]寻觅外观可爱的本子。虽然一百来日元的本子也可以用，但这是每天都要用的东西，不找点好看的怎么行。买来了朋友也会夸它好看，服装也是这样。我也知道，真要买高级有品位的笔记本还得去银座。但买了又能在上面写些什么呢，买了两千日元的本子成绩就会变好？只是些日用品而已，花大价钱去买在我看来就很不值。对我而言服装也好笔记本也罢，都是消耗品。正因为是消耗品，才可以廉价抛售，所以我才

---

1.罗多伦是日本国民级咖啡品牌，价格亲民，在日本受欢迎程度不亚于星巴克。

2.东急手创馆，日本一家大型连锁日用品店。

会喜欢奥特莱斯，我可是鼓足干劲地去卖衣服的。"

小都被她说得哑口无言。正因为杏奈把奥特莱斯卖的衣服都能巧妙穿搭得颇具品味，才能把小都说得心服口服。

"与野，你应该不喜欢自家店的服装吧。但这也没什么，反正每家店卖的都差不多。如果你想在餐吧打零工，应该会选择小时工资高又轻松的地方吧。百元店呢？超市收银员呢？但凭什么到了服装行业，品牌什么的就忽然具备了特殊意义了呢？"

说完，杏奈就将剩下的三明治全塞进了口中，注视着小都的眼睛，慢慢咀嚼起来。而小都早已没了吃便当的心思，放下了一直握在手中的筷子。

"抱歉，净说些我想说的了。与野你应该也憋了很多话想对我说吧，说说看。"

小都想了一会儿。

"没什么特别想说的。"

"啊，不会吧。"

"因为中井你说得句句在理，即便有不对的地方，说了也会被你驳倒的。"

"哇，这么快就投降啦。"

小都苦笑起来。

"就像我刚才说的，小都你也跳槽到蓝船吧。我可不是在调侃，而是那里的条件真的很有利。如果你想一直做销售员的话，还是应该选择精品店为妙。一直穿特吕弗的衣服都该腻了吧。"

"嗯，确实是穿腻了。"

"哦，不过东马挺喜欢你，你要是提出来兴许他能给你涨点工资。毕竟他是高层职位的候补人选。此前去喝酒的时候，他还说与野你的胸部很丰满。"

"……什么？"

"他对你有别的想法，你要多加小心。"

这时，小都放在桌上的手机振动了起来。趁小都低头去看手机的当口，杏奈一下站起了身。

"时间到了，我该回去了。抱歉说了很多无礼的话。"

小都目送着杏奈纤细的背影，当她消失在门外后，才慢慢吞吞地打开手机。

——咪丫，好久没联系，谢谢你发短信来。好久不见啦，一起喝一杯吧！

是绘里发来的。小都正准备回信，稍稍思考后，还是直接给她打了电话。

"咦？这么难得打电话给我！"

绘里立刻接了电话，好久都没听到她的声音了。

"你现在方便吗？"

"方便啊，今天周六嘛，咪丫你也休息吗？"

"不，今天上班，现在在休息。"

"你声音好像不太对啊，感冒了？"

"可能有些感冒了。"

"不对，你有事，你是不是哭了？是吧，你是在哭吧。怎么了，发生什么了？是工作不顺心了吗？还是因为男人？"

在绘里的追问下，小都无力地笑了笑。

"我没哭，只是累得不想动了。"

"今天我要去婆婆家。但要是晚些也没问题的话，我可以来找你说说话。"

"不用，我没事的。"

"真的？"

"真的没事，现在不知怎么的感觉好多了。"

"那过几天再约吧。"

"嗯，谢谢你。"

挂了电话，小都从包里拿出纸巾擤起了鼻子。

对于和小任一起出去算不算出轨，小都也曾犹豫过。然而，和贯一之间既然没有许下什么承诺，也就没理由去指责和其他人约会了。

小都接受了小任的邀请，但又为那天穿什么衣服犯了愁。

她在镜子前试了试网购的衬衫，没穿两分钟就脱了下来。质地比想象的要厚实，颜色也不亮丽，明天据说会像夏天一样热，穿这身太闷热了。

最近，小都都是通过网购买衣服。椅子上脱下来的衣服已经堆成了山，其中多数都是从快递盒中刚拆出来的，吊牌还挂在上面。虽然冬天处理了许多衣服，但之后又接二连三地网购了许多，空空的橱柜又慢慢被衣服填满了。小都为自己干的傻事郁闷起来。

这时，她脑海中忽然浮现出杏奈说的话。

杏奈说就因为服装是消耗品才会被廉价抛售的，她一直在干劲十足地拼命卖衣服。

当初还是自己对贯一说服装是有新鲜度的，它们流行的时间极为短暂，随着时间的推移渐渐会过时。

也就是说，如果是抱着赶时髦的心态去买衣服的话，衣服就会和潮流以同样的速度过时，被废弃、堆积起来。小都事到如今才切身感受到这不言而喻的事实，浑身起了鸡皮疙瘩。

小都曾经工作过的公司的品牌虽然被人戏称为森女风格，但其中不少风格独特，不受潮流的左右。因而无论是过了五年还是十年，只要搭配适宜，便可以历久弥新。

而购物中心和轨交站厅量贩的服装则不然，那里堆着的服装都只是先端潮流的低廉仿制品，到了第二年，顾客怎样暂且不论，至少店员是不被允许继续穿着的。

在小都刚踏入服装行业的时候，被告知因为日本天气两周一变，所以店面的布局必须也跟着调整。如果在穿着上既想要顺应天气的变化，又要跟上潮流的步伐，那就会导致自己的衣服堆积如山了。

在服装业工作必须具备多种条件，包括足以在每一季都能更新服装的经济能力，能容纳那些服装的巨大衣柜，不让衣服超出衣柜容量的管理能力，紧跟潮流不断换新并乐在其中的毅力，还有就是无论多么累多么忙，都能通过服装来果断地展现自我的能力。

小都一直以为自己具备做到这些的才能，可现在发现大错特错了。

这时，一阵敲门声叫停了小都飞速运转的大脑，让小都吓得跳了起来。

"小都，你起床了吗？现在方便说话吗？"

母亲将门打开一条缝向屋里张望。只穿一件文胸的小都赶忙套上了扔在一边的T恤衫。

"嗯，没关系。什么事？"

母亲瞟了一眼堆积如山的衣服，也没说什么。

"就是我之前跟你提的，把男朋友带回家的事。"

"哦。"

"你爸爸说就定在你周六或周日休息的那天。"

小都本想把这件事糊弄过去，可看样子是拖不下去了。

"……知道了。我确认一下排班，再问问他什么时候有空。"

"中午晚上都行。那就拜托你啦。"

"妈妈！"母亲正要关门，被小都叫住了。

"嗯？"

"这次应该不算订婚聚餐吧，不需要他做'请把女儿交给我'之类的表态吧？"

"哪有。"

母亲咯咯地笑了起来，小都感到母亲最近的神情变得开朗了。虽然也会有几天不舒服起不了床，但已经很少给人坏脸色看了。

"你们俩已经到了这一步了？"

"倒是没到，就是担心爸爸别误会了。"

"不会的，我会和他说明的，别担心。"

母亲关门离开后，小都再次仰天躺倒在床上，思考着到那天自己又应该穿成什么样呢。虽然需要思考的事情不止这一件，但考虑穿搭已经成了她的习惯。

不——小都撑开快要合上的眼睛，意识到穿衣对自己来说仍是头等大事。

对于小都而言，所谓"穿着"，就是回应他人期待的一门艺术，是表达自己的主张的一种行为，无论是表达得鲜明些，还是含蓄些。

贯一虽然不会为穿什么衣服而烦恼，但他来自己家时，也许会在为数不多的衣服中，选择一件挺括又簇新的衬衫穿上吧。所谓斟酌着装，就是要兼顾他人的感受和自我的主张。

小都难以想象带贯一见父母那天，自己会以怎样的打扮坐在他身边。

虽不情不愿的，但她也不愿坐以待毙。她拿起了排班表，确认好自己休息的那天周六，再把母亲的话原封不动地用短信发送给了贯一。还没过五分钟，贯一就回信说"明白"。

小任说想去看牛久大佛。

听人说佛像中间有电梯可以把游客送至顶部，在那里可以观赏到绝佳的风景。好容易有一天休息，小都对参观就在家门口的大佛并没太大兴致，但在小任的坚持下只能妥协。

小都载着小任来到了大佛脚下的停车场，那里的面积绝不亚于奥特莱斯的停车场。入口处有商店街，土特产店林立，那繁华的景象让人有种在外旅行的错觉。

　　付了参观费后，小都踏入了从未涉足过的大佛内部区域。一进门，一大片绿油油的宽阔的草坪延展在眼前，大佛就立在草坪的正中间。大佛连基座总高120米，相当于30层楼高。但因为周围没有一幢高楼，所以这高度就显得骇人。

　　阳光如盛夏般灼热，天上没有一丝云彩。

　　冬天遇到小任时，他还穿着奇异的毛皮大衣，今天他则穿上了凉快的藏青色T恤和李维斯牛仔裤。小任五官并没有明显的东南亚特征，就像是个普普通通的日本男孩。小都则在百般犹豫之后，最终还是舍弃了美观选择了实用，穿上了普通但清爽的镶边针织衫。这样一来，和小任走在一起不失协调，在这走两步就汗津津的天气里也正合适。

　　宽阔的步道直通大佛，边走边觉得大佛迎面步步逼近，让人感觉很不真实。虽然是工作日，但游客众多，其中有不少是外国人。在大佛脚下抬头仰望，感觉无论是它卷曲的螺发，还是柔和的手掌，都大得震慑人心。即便不是出于宗教上的情感，光它的尺寸就足以让游客感到兴奋。古代人们面对奈良或镰仓的大佛时，或许也像这般大受震撼吧。

　　"好大呀——"

　　"真是太大了。"

　　小都和小任反反复复地赞叹着。

　　两人绕到佛像背面，从造像脚跟处进入内部，向直达电梯走去。

　　望厅前设有展板，展示的是大佛建造过程的照片，还陈列着和实物同等尺寸的佛像大脚趾。光大脚趾就比人大许多，引得小都和小任激动地互相拍照留念。

　　小都将展板上的介绍念给小任听，才知道这座大佛是东本愿寺[1]建造的，

---

1.东本愿寺位于京都市下京区的净土真宗大谷派本山。

是世界最大的铜制佛像，还被载入了吉尼斯纪录，佛像的手掌直接能承载一个奈良大佛[1]。

小都还向小任现学现卖起了从别人那里听来的小知识，告诉他牛久大佛比茨城县最高的25层县厅大楼还要高，小任听后愉快地笑了起来。

正当小任饶有兴致地看着大佛和世界各地高塔的对比图时，小都问了起来。

"越南有高塔或是高楼吗？"

"有啊，最近胡志明市建造的一幢高楼应该有68层高。"

"哇，比茨城县的高多了！"

"是的，胡志明市是个很现代化的都市，尽是高楼，空气也不好，到处灰蒙蒙的。"

小都突然想起来小任家很有钱。比起自己，他也许更能算是城市里长大的孩子。

"越南有很多信仰佛教的人吗？"

"算是吧。不过我周围的人并没有那么虔诚，倒是年纪大的人和中国人去得比较勤。和日本一样，年轻人对这些并不太感兴趣。"

"是这样啊。"

"因为越南国民的平均年龄是二十九岁，所以大家对于从前的事都不甚了解。"

小都傻了眼。

"二十九岁？平均？"

"嗯，日本是四十六岁吧。"

"为什么会差这么多呢？"

"因为战争死了不少人。"

---

1.指日本东大寺金堂之庐舍那大佛像，像高14.9米。

小任淡淡地说道。小都听了一时语塞，可以说她对这件事的了解几乎为零。她突然感受到，一场战争死去的人，居然能对一个国家的平均年龄有如此深刻的影响，而且这还就发生在不远的过去。

"……对不起啊。"

"你干吗道歉呢。"

小任莞尔一笑，不经意地拉起小都的手，两人就这么手牵着手朝瞭望厅走去。小都觉得在这种时候挣脱不太合适，也并不感到反感。小任的手没贯一大，但很厚实。

瞭望厅没想象中的大，虽然东西南北方向都有观景窗，但都很小。窗户并没有开在佛像的头部，而是位于胸部，高约85米。可即便如此，向下看的时候还是觉得高得吓人。不仅霞浦[1]清晰可见，在平地上匍匐延展的奥特莱斯购物中心也尽收眼底。

"好壮观啊。"

"厉害厉害，那边好像能看见富士山哦。"

"在哪儿? 富士山! "

小都正要挨到小任身边向狭长的窗外张望，却冷不防地被小任轻轻吻了一下。她猝不及防地把脸躲开，小任则天真无邪地笑了起来。不知怎么的，小都都没心思去生气，只能默默地苦笑着。

参观完大佛后，两人在大佛脚下的公园长椅上坐了下来。公园被打理得非常漂亮，新绿处处迸发着生机，微风吹过树荫，将小蔷薇的花枝轻轻摇摆。

接着，小任从背包里取出了装有冰红茶的保温杯和他亲手制作的三明治，感觉就像在野餐。据他说这是越南风味三明治。香菜和醋的味道碰撞在

---

1.霞浦位于茨城县东南部，是仅次于琵琶湖的日本第二大湖泊。

一起，别有一番风味。

"小任，你真勤快呀。"

"是嘛，其实这点不算什么，因为我喜欢烹饪。"

"好厉害呀，看样子你会成为名好丈夫。"

正因为小都不擅长做饭，所以特别钦佩那些会烹饪的人。

"其实我本想请你吃晚餐的，但今天晚上要打工。真是对不起。"

"哦，你要打工呀。"

小都听了，心里松口气，她一直担心再这样下去会被小任牵着鼻子走。

"你这么有钱还打工？"

"因为经验是用金钱买不到的嘛，我打算将来经营餐饮店。"

这一本正经的回答让小都羞愧得面红耳赤，不禁低下了头。"很抱歉，等下次时间充裕时，请再和我见面吧。"小任的表情写满了真诚的歉意和留恋。

能受到比自己年轻的男子的青睐，让小都得以重振近期受挫的自尊。但小都早已过了能为此得意忘形的年龄了。

"喂，我感到很意外，你是真喜欢我？"

"喜欢啊。"

小任毫不犹豫地回答。不知为何，这让小都突然感到生气，心中涌起一股猜忌。

"为什么？你还不了解我吧。我比你大，长相也不算好看。"

"不好看？咪丫你很可爱。"

"不，比我年轻可爱的女孩儿多了去了。"

"也许你说得没错，但对我而言咪丫很可爱，这无法用道理说明吧。"

小任把脸凑上来，想要再次吻小都，可小都却避开了。

"可我还在和贯一谈恋爱。"

"我知道，请让我取代他吧。"

"小任，你不是要回越南了吗？"

"我还会再来的，将来应该会在日本和越南间两头跑。我们俩结婚，一起在两地间往来吧。胡志明市并不太远，直飞也就大约六小时，睡一觉就到了。那里有许多咪丫你喜欢的好看衣服和日用百货，还有数不清的好吃的餐厅。你感兴趣吗？"

"想是想去看看……小任，我对你来说可是个外国人，你就不害怕吗？"

"害怕？为什么？"

他瞪着大大的黑眼珠问道。

"我自己就很害怕和价值观差太多的人结婚。"

"就是同一个国家的人，价值观也不尽相同啊。"

小任笑眯眯地说。小都急了，觉得他肯定不是认真的。

"可是，我不能和不了解的人结婚啊。"

"那你很了解贯一吗？"

被这么一问，小都无力反驳了。风飕飕地吹过，摇曳了树梢，也吹乱了小都的头发，遮蔽了她的视线。

小任伸过手来温柔地拂去了小都的头发，又顺势触碰到她的脖子。他的指尖凉凉的，很舒服。他操着生硬的日语，给人留下了淳朴的印象，可小都却觉得他或许是个情场老手。

"我这人可特别爱算计。"

"咦，我可看不出来。"

"不，我就是这种人。比如，和贯一之前的男人谈恋爱时，我就完全抱着算计的心态。那人是我之前工作的公司人事，比我大，还很稳重。当然，我是喜欢他才和他交往的。可那人是公司董事的外甥，我内心当然希望能和他结婚，获得家庭事业的双丰收。如果有了孩子，太辛苦的话，辞职也没问题。我盘算着那样一来，就可以过上轻松的日子，就能幸福。"

小任歪着头，目不转睛地注视着小都的眼睛。

"后来，我渐渐觉得那人并不尊重我的人格。可我没资格说他，我不也是只看准他对我有利的一面吗？东北大地震的时候你已经来日本了吗？那时核电站发生事故，那人害怕辐射污染影响东京，就毫不犹豫地辞职独自去了关西。这太出乎我意料了。虽说每个人都有各自的恐惧，许多家中孩子年幼的也都这么做了，这无可厚非。可他从来没问过我是否同去，把家人、恋人、朋友全部抛弃在自己担心有危险的城市，光顾着自己逃命。当我得知这一消息，真是灰心丧气。可我又没资格对他说三道四。"

小任听着听着，收起了微笑，变得严肃起来。

"我不是个单纯的人。贯一失业后，不知是因为他的初中学历还是别的原因，一直找不到工作，对此我也有很多看法。想着要是和他结了婚，或许会为经济发愁，或许无力抚养孩子。即便勉强生了孩子，我也得一直工作下去，牺牲睡眠和娱乐，疲惫不堪地生活下去。和贯一在一起的确很开心，可我就是这种喜欢盘算的性格，所以被恋人抛弃也是咎由自取。"

小都都弄不清自己到底在说些什么了，也不觉得小任就能明白自己说的意思。可既然话匣子打开，她就再也收不住了。

"我想结婚，最近我一直在考虑这个问题，发现自己是渴望结婚的。领证结婚也好，事实婚姻[1]也罢，总之就是希望能有个固定的伴侣能共同生活。可坦白而言，我并不确定贯一是否就是我期望的那个伴侣。他虽然人品上没话说，但并不意味着人品就能当饭吃。贯一什么都不对我说，我都猜不出他内心的想法。对于他的感觉我也不太有信心，无法下定决心和他共度未来。激情也不够，也许我只是因为寂寞才和贯一交往的。要是有份有价值的工作可以填补没有恋人的空白倒也罢了，可我又没有。"

---

1.指双方虽未领证登记，但客观上已具备婚姻的形式，并在主观上有永久共同生活目的的一种婚姻关系。如今在日本，事实婚姻的比例正逐年增加。

小都很清楚自己正对着声称喜欢自己的男孩说着些支离破碎的话。

"所以，小任，虽然你说我可爱，但我其实并不是你想象的那种人。"

"咪丫，请你不要那么说。"

"不，即便是对自己的亲生父母，我都保持着某种距离。工作也不那么有上进心。所以对任何人，我肯定都无法发自内心地去关心，而只顾着自己轻松快乐。我就是个只顾打扮的卑微者。你该很失望吧。"

小任把手指移到了小都的脸部，擦拭着她湿润的面颊。

不知不觉，日暮西沉，夕阳带着些许橘红的色调照得背脊发热。小都被小任搂着肩，泪流不止，羞愧万分。

5月末，小都的门店开了场欢迎会。

服装业的店铺关门时间都很晚，人员变动也是家常便饭，因而大多不搞什么欢送欢迎的活动。但这次门店一下来了两名正式员工，于是就决定好好举办一场欢迎会。

按理，小都作为合同工，若称有事不去参加，也不太会引人注目。可店长却执意要她参加。自从"杏奈事件"之后，店长似乎对小都变得依赖了。

那天，准备关门的时候来了通询问电话，收银台的核账又出了些问题，导致小都离店时间比预期晚了许多。她从奥特莱斯乘坐接驳巴士到了电车站后，就闷闷不乐地向车站后面的居酒屋走去。

店员把小都引导至包房，一看，里面坐着的人数比想象的要多。不只是正式员工，连打工的几名女孩也来了。距欢迎会开始已经过了一个多小时，大家都已是放下了拘束，看样子酒喝了不少。小都正打算坐到角落的位置，却和店长的目光撞个正着。

"与野，这儿，来这边坐。"

店长站起身高声呼唤小都。再靠里一些的位子上坐着东马，在东马对面坐着一名陌生男子，他身边有个空位。小都摆摆手婉拒了，但见东马也朝自己招了招手，就只能不情不愿地往里走去。

小都刚坐下就来了杯生啤，于是和店长他们礼节性地碰了杯。小都听说东马对面的男子是集团内男性专柜的店长，比东马小三岁，下巴留着胡须，典型的服装业男性。

东马他们好像已经喝了许多。一开始，他们还对小都有所顾忌，对她解释些谈话的内容，但没多久就开始说一些只有他们能明白的流言蜚语。小都则应付着笑笑，权当耳边风。她肚子很饿，但下酒菜已经所剩无几，就只能盛了些剩下的色拉充饥。

话说回来，小都还是第一次见东马笑得那么大声。也许是因为同性后生在场的缘故，他说话的语气比平时要粗鲁。也或许是因为喝醉了的缘故，尾音有些转不过弯了。两个男人无论说些什么，店长总是报以尖锐的大笑。小都好久都没出席过男性参加的酒会了，不由心生厌烦。刚开始小都还弄不清状况，但听着听着，就发现那名男装店店长虽然语气随意，但实则处处在讨好东马。

男人也够辛苦的呀——小都正想着，突然发现邻座的男子用手肘戳了戳自己的胳膊。她纳闷地看了看他，见那男子用下巴指了指东马的手。小都发现东马手头盛放凉酒的猪口杯空了，才意识到这是让自己为东马倒酒，只得心不甘情不愿地拿起了凉酒瓶。这时，店长看向了小都，脸色一下子变得严肃起来。小都觉得很没趣，心想又不是自己想要给他倒酒。

包房很狭小，令人呼吸困难。小都就起身去了洗手间，虽然她其实并不是真心想去。为了拖延时间，她还在镜子前补了个妆，虽然其实也没那必要。她看着镜中自己疲惫的脸，突然想到可以编个理由离开。既然心意已决，小都内心也放松了不少。

小都回包房准备和店长他们打个招呼，正经过吧台座时，一名靠边坐着的男子忽然转过身来伸出了胳膊，阻挡了小都的去路。小都吓了一跳，站住一看，发现是东马。

"你不觉得那间屋子太拥挤了，有点缺氧吗？"

东马笑着问，小都一时语塞。

"您在这儿醒酒吗？"

"嗯，喝多了，而且据说是能抽烟的地方只有吧台座了。与野，你在我身边坐坐嘛。"

东马从一边拖来了椅子。"不了。"小都拒绝道。

"别这么说，就一会儿，我有话想对你说。"

东马在眼前合着掌，夸张地低下头像是在恳求。小都觉得再这么拒绝有些不好意思，就只能慢慢吞吞地坐了下来。

"老板，来两瓶加冰威士忌苏打。"东马对着在吧台内烤鸡的人喊道。

"不，要茶，两份都要乌龙茶。"小都急忙大声纠正道。

"为什么？"

"因为您在醒酒啊。"

"好——好。"

"东马先生，您住在东京吧，错过末班车可就回不去了呀。"

"今天我住商务酒店，因为明早要去筑波店。"

"哦。"

接过吧台那里递过来的乌龙茶，东马点上了烟。从侧面也能看出东马眼圈红红的。小都皱起了眉，心想既然他让自己坐在身边，抽烟好歹也该征求一下自己的意见吧。

"与野你一个人住？"

"不，我和父母住一块儿。"

"哦，对了，因为你就是本地的嘛。不过你说话完全没口音啊。"

"托您的福。"

"店长讲话还常常带着口音呢。"

"是啊。"

"那家伙可一直缠着我。"

小都看着东马，见他的面颊不正经地扭曲着。

"还说什么要离婚，开什么玩笑，她丈夫可在企划部，别逗我了。"

这两人真的有一腿？当然这和我没关系，可他凭什么要告诉我这些呢？——小都心头涌起一阵反感。

"您在和店长谈恋爱吗？"

"怎么可能。"

"您是不是说过或做过什么，导致她误认为您对她有意呢？"

"我？没有的事。要出手，那也应该选择与野你才对。"

东马曝着乌龙茶说道。一直低头看着桌子的小都猛然抬起头看着东马。

"与野你可是店里最可爱的，一开始我就觉得你是我喜欢的类型。"

小都本能地感到恶心。这话听着就像是在讨好夜总会的陪酒女郎，让小都浑身起鸡皮疙瘩。

"胸部又这么丰满。接下来去我房间喝怎么样？"

小都张口结舌地注视着东马。见他厚颜无耻地扬起一边的脸颊，露出猥琐的笑容，她不由心生厌恶，腾地站起了身，俯视着东马，从梗塞的喉头挤出了一句话。

"你这是性骚扰。"

"啊——是啊，真是对不起。"

东马竟爽快地道了歉，这出人意料的举动让小都愣了那么一下。

"喝醉了，请原谅。"

东马也站起了身，同时顺势伸出手来，粗暴地抓住了小都的左胸。

尖锐的刺痛感让小都倒抽一口冷气。她一时半会儿都没弄明白发生了什么，当场就向后退了一步，可受到的冲击又让她在原地动弹不得。东马则不怀好意地笑着。小都感到全身的血液向头顶涌来。上高中时，她在电车中第一次遇到色狼。那时的感觉就跟现在一样，身体因愤怒和恐惧而颤抖不止。

但小都还是奋力地举起了右手，就在她想要扇东马耳光的一瞬间，目光忽然和他身后的女人的眼神相遇——是店长。

这一犹豫，让她错过了下手的机会。因为东马注意到了小都的眼神，向身后看去了。

店长望着小都和东马，神色宛若幽灵。而东马只是耸耸肩，就缓缓地从店长身边擦过，回了包房。

小都一声不吭地出了居酒屋，留下店长默默地站在原地。

她一路小跑地奔向电车站，过了检票口，奔上了通往站台的台阶。一看时刻表，发现电车刚开走。小都在空无一人的长凳那里坐下，团起身子，喘着粗气。被东马抓过的左胸还在一阵阵地刺痛。强烈的懊丧让身体不住地颤抖。

她怎么也无法平息自己的愤怒，但又想方设法试图让自己冷静下来，就用颤抖的手从包里取出手机。

屏幕上显示有短信，小都像是抓住救命稻草一般点开查看，是贯一和早阳花发来的。

小都犹豫着不知该先看谁的。她的心脏狂跳不止，纳闷自己到底在犹豫什么。

现在要是和贯一联系，恐怕自己会无端地迁怒于他。她会把最近遇上的倒霉事全归咎于贯一，将怒气毫无道理地发泄在他身上。

小都于是打开了早阳花的消息——发自一小时前。

——咪丫你好吗？最近都没怎么见面呢。下次我来你店里。最近我买了一个烤炉，迷上了用烤炉烹饪，有空来我家吃饭啊。

不经意的一段消息，让小都反反复复念了好几遍。

她对自己说，有如此关心自己的朋友，有疼爱自己这个独生女儿的父母，还有一个善良的恋人，自己绝不是那么容易被欺负的。她深深吸了口气，一字一字地回了信。

——我在车站站台，准备回家。

立刻就来了回信。

——咦？工作到这么晚吗？

——刚从公司的酒会跑出来。在酒会上被上司摸了胸，气死了。

——啊？这也太过分了！你没事吧？

小都正想回信说没事，早阳花又发来条消息。

——我现在就去车站！正好我男友来了，他有车，我们来接你！

小都读了消息，悄悄地把手机翻转过来放到自己的膝上。

她庆幸自己可以不用一个人回家，不用对今天的事闭口不提，第二天再装作什么都没发生一般醒来去上班。

小都又打开了贯一的短信，上面只写了句"我睡了"。

小都跟着前来迎接的早阳花他们来到了她的屋子。

这是一栋高级公寓，有着华丽的公共空间。房间不大，但因为东西不多，显得非常整洁，间接照明的设计在屋子里营造出温馨宁静的氛围。

早阳花让局促不安的小都坐到沙发上，还给她倒了奶茶。小都虽然曾在照片上见过早阳花的男友，但见了本人后，感觉比照片上好几倍，外貌也比听说的要年轻许多。

两人就像新婚夫妻一样对小都百般关心。早阳花坐在小都身边，跟她拉着无关痛痒的家常，还把昨天烤的戚风蛋糕拿给小都吃。

"小都，你没事吧？那名上司之前也做过类似的事吗？是不是该和公司的人好好说说？"

一听早阳花提起这事，小都急忙摇头。

"别，抱歉把事闹这么大。只是被碰了一下，我刚才因为惊慌失措，不知怎么的在短信里提了句。你们来了，让我平静许多，已经没事了。"

小都笑着说道。早阳花他们听后面面相觑。正当早阳花要开口，她的男友用手制止了她，抢先说道："就算是一次，那也是不折不扣的性骚扰。你最好找个值得信赖的上司好好谈谈。"

"嗯，可是……"

"我理解你不想把事情搞大。但要是隐忍下来当作什么也没发生的话，你的精神创伤在今后很长一段时间都难以愈合。要是你愿意的话，能不能把今天事情的始末告诉我们。要是不想让我听到，我可以离开，只对早阳花说也没问题。"

"啊，没关系。"

小都边回忆，边将酒会上发生的一切如实道来。一打开话匣子，就怎么也收不住了，竟把细节都和盘托出。虽然自己拉拉杂杂说个没完，但两人并没打断她，而是在一边静静地倾听着。待小都说完后，他用柔和而坚定的语气说道："太过分了。比起单纯的性骚扰，这可是赤裸裸的犯罪啊。他自己应该很清楚，小都你会碍于合同工的身份，难以拒绝让你坐到他身边的要求。再加上让你倒酒，这又可以算是权力骚扰了。公司应该有专门机构听取员工的反馈意见吧，你是不是考虑寻求他们的帮助。如果没有的话，公司外也有第三方机构。"

小都一片茫然。

"我们公司也有这样的机构，我去问问他们对这件事的看法。总之你是没有任何过错的。这样伤天害理的事一定让你受了不少委屈，我和早阳花都会帮你想办法的。"

小都注视着早阳花男友的脸。他戴着优雅的薄片眼镜，身穿简约的翻领运动T恤。说话沉稳睿智，焕发着真诚的光芒。他头脑敏捷又善解人意，和早阳花真是般配。

小都咬着嘴唇，只是一言不发地点着头，想哭却哭不出来。她觉得要是在这里哭出来，那就太没面子了。

那天夜里，两人开车把小都送回了家。

回到自己房间，小都猛地把包扔到了床上。

她羡慕得都快发疯了。早阳花能有这样的男友，让她打心眼里羡慕。学历又高，工作又好，既温柔又沉稳，还会冷静地保护女人。

但是自己遇不到那样的人。

自己遇上的，是贯一。


贯一来家的那天，早上开始就细雨蒙蒙。

小都打着伞去家附近的车站接他。按理贯一认识小都家，倒是不必特意去接。要去接的话下雨天也该开车去，但开车的话一眨眼工夫就到家了，小都想用步行来拖延那令她恐惧的时刻的到来。迷蒙的细雨沙沙作响，让人心情舒畅。

小都有段时间没见贯一了。最近一直上晚班，内心又想回避他，就一直拖到今天。

小都在车站通道处等候。虽然淅淅沥沥下着雨，但将近夏至，到了傍晚天依然很亮。

两人没见面的这段时间，小都感到发生了许多事。她有些紧张，不知自己见到贯一会是什么样的心情。

小都在人流中认出了贯一。他上身穿一件白色扣结领衬衫，下身穿一条卡其色棉制薄裤。小都没见过这条裤子，或许是他新买的。他手中还拿着个像是装有点心伴手礼的纸袋。见小都朝他挥手，就不正经地笑了笑。

久未谋面，小都一直紧绷着神经担心自己会是什么样的心情，但现在，她发现自己心中并无异样。走来的就是她熟悉的贯一。

"噢，好久不见。"

"是啊，今天真是有些抱歉。"

"没什么。"

小都穿着件水蓝色七分袖衬衫，下身配条牛仔裤。衬衫是去年在自家门店买的，穿在身上显得很端庄，也经得起机洗。

"我们最终决定做御好烧[1]。"

"咦，御好烧啊。"

"妈妈原计划要做这做那的，后来听说你是厨师，操心过度就崩溃了。爸爸生气了，说与其这样还不如叫外卖，结果两人吵了起来。最后决定用铁板做点什么吃的，气氛还能轻松点。"

"哈哈哈，我来煎。"

见贯一天真的笑容，小都心里凉了半截。

他或许不知道，对于普通家庭而言，女儿把男人带回家见父母是桩多大的事吧。

这男人到底心里是什么打算？

自己又是什么打算？

小都自己也很清楚，两人都已过了三十，可对于将来都还没有明确的打算就去见父母，这本身就不正常。

她有种不好的预感。自从被东马摸了胸的那夜起，她就意识到事情并不一定都会朝着自己希望的方向发展，心头一直笼罩着阴霾。

"这是虎屋的羊羹[2]？"

小都指着纸袋问道。贯一夸张地惊呼起来。

"你怎么知道的？超能力？"

"看这袋子就知道啊，很有名的。"

"好厉害呀。我不太了解土特产，网上搜了一下，就买了头条介绍的那

1.日文写作"お好み焼き"。一种日式煎饼，中国人习惯称其为御好烧，但现代意义的御好烧实则起源于明治时期的东京，战后在大阪经改良后在全日本范围内流行。根据个人喜好，小麦粉用水调匀后加入虾米、墨鱼、肉和蔬菜等，放在铁板上煎制而成。

2.一种豆沙馅的日式点心，其中以点心店虎屋制作的最为有名。

一款。"

"是嘛，谢谢啊，还挺用心的。"

两人就这么有一句没一句地聊着，不知不觉就到了家。

小都似乎对打开那道门抱有恐惧，犹豫了半天，门突然从对面被推开了。见母亲探出了头，笑着把两人迎进了门。小都发现她今天穿了件簇新的薄围裙。

贯一礼貌地鞠了一躬。

上了二楼，父亲从沙发上站起了身。他脸上挂着客客气气的笑容，让小都大为吃惊。她本以为父亲会像昭和时期的顽固老头那样沉着脸一言不发的。

"欢迎，抱歉让你专程来一趟。"父亲点了点头说道。贯一也笑着回答说："休息天来打扰真是抱歉。"

桌上已经摆放好了简单的下酒菜和沙拉，煎御好烧的铁盘也已准备就绪。父亲给贯一倒上了啤酒，贯一则双手捧杯恭敬地接过。

"令爱和我是从去年开始交往的。"贯一对辞令把握得极有分寸。除小都外，三人都保持着微笑，虽然气氛有些不太自然，但还算和谐。

哇，大家都很成熟稳重嘛，小都意识到是自己估计错了。

# 第六章

女儿把男友带回了家，就是桃枝在奥特莱斯偶遇的那名男青年，那时桃枝还和他搭了话。

来家拜访的那天，见到桃枝，他别有意味地微笑着，鞠躬问候了句"您好，初次见面"。接过他递上来的虎屋羊羹后，桃枝弯下腰，把客用的拖鞋递给了他。她感到那男孩像是有意让她对奥特莱斯发生的事保持沉默，心中隐隐有些不快。

也许是因为他这次站在了屋内，空间比不上奥特莱斯宽敞，因而给人感觉比上次见到时还要高。就像是原本无拘无束的家中闯进了外人，感觉很突兀。

话说回来，桃枝搬到这里以后身体就出了状况，因此这个家还没招待过客人。以前住在居民小区的时候，还有附近的熟人来家里喝喝茶，女儿的同学来家中玩玩，偶尔也会有丈夫的同事来家里打打麻将。后来不知不觉，家里就像是闭关锁国了一般，而贯一的出现则像是港口惊现的一艘黑船[1]。

桃枝本以为丈夫会绷着个脸，却没想到他露出了久违的客气的微笑，让她倍感意外。反倒是小都不知为何，看上去不太高兴。桃枝为了不让贯一察觉到自己对他的戒备，一直保持着微笑。

"小都是不是一直都说些任性的话？"丈夫边给贯一倒啤酒边问。

"没有。"贯一摇摇头。

---

1.日本幕末时期，因欧美列强停靠的船只船体涂黑色，被称为黑船。1853年，日本发生"黑船事件"，美国以炮舰威逼日本打开了闭关锁国的大门。

"小都会把心里的想法都原原本本地告诉我，让我感到很轻松。她很认真，帮过我许多忙。"

这回答堪称模板，甚至做作得和他外表不太相称，听了让人肉麻。这时，桃枝注意到小都正一脸惊讶地看着贯一。桃枝猜测，贯一平时也许并不会说出这种话。

此后，就陷入了冷场，丈夫轻轻咳了一声。桃枝就不经意地起身去开电视，把电视台调至晚间新闻，屋子里凝滞的气氛也得以稍稍缓和。御好烧的主意也好，冷场的时候开电视也罢，这些都是时子给支的招。

丈夫瞟着体育新闻，开始讨论起了棒球。贯一似乎对棒球还算了解，在一旁附和着。两个女人就在一边分配着料理，一边紧张地关注着这两个男人探索着共同的话题。

"父亲母亲都是茨城人吗？"贯一问道。从陌生男子口中听到"父亲母亲"的称呼，丈夫感到皮肤上像是通了电，起了一阵鸡皮疙瘩。可他还是尽力保持着微笑，装作若无其事。

"内人是牛久市的，我老家在松户[1]，不过我已经来茨城很久了。贯一你呢？"

"我父亲曾经在土浦市[2]经营寿司店，离开学校前我一直在老家。"

"哦，土浦啊。最近都没去过了，以前和同事有聚会就会去土浦。"

"我常听来店的客人说起那里繁荣的往事。"

"可不是，以前连看电影都要去土浦看。后来因为郊区新建的购物中心和直通筑波的快车，就彻底萧条了。"

好容易找到了话题，丈夫就开始滔滔不绝起来。贯一则边听，边恰到好处地应和着。

桃枝一直关注着贯一的举手投足。

---

1.位于千叶县。

2.位于茨城县中南部。

　　见他把啤酒送到嘴边，用长长的手指拿着筷子夹起了炖菜，对丈夫无聊的玩笑报以微微的笑容，还偶尔会看一眼小都。

　　他的皮肤、耳边到肩部的线条，还有手臂的肌肉都非常紧实。桃枝感到他就像是热带稀树草原上的一头年轻的雄性动物。相形之下，丈夫的确是老了。所谓年轻，就是充满了弹性和水分，宛如刚摘下的蔬菜那般新鲜。

　　而和朴素不造作的外表形成对比的是他得体的应对。一开始，桃枝还庆幸他很为丈夫着想，但后来心头就开始渐渐被不安所占据。担心这沉稳和周到会不会仅仅是他待人接物的本领，想到这里，桃枝就感到脊背一阵发凉。

　　这孩子的真实想法是什么样的呢？桃枝思忖着。她看不透这外表背后的真实面貌。虽然桃枝并不认为自己能理解儿子般年龄的年轻男孩，但她渴望找到他不会伤害女儿的确凿证据。

　　桃枝于是打断了丈夫的话。

　　"马上要准备御好烧了。贯一，很抱歉没请你吃什么美味佳肴。"

　　"不，御好烧是我的最爱。最近都没怎么吃，真的很期待。我来煎吧。"

　　"是嘛。可让客人煎不太好吧。来，小都你来煎吧，别愣在一旁呀。"

　　"啊，我煎？"

　　"还是我煎更加安全些，毕竟我有厨师资格证。"

　　贯一说起了俏皮话，而大家则报以逢场作戏的笑声。

　　他站起身，将切好的蔬菜小麦粉和鸡蛋混合后倒入烤盘，接着麻利地摊好造型，撒上猪五花肉，盖上盖子。虽然不是什么复杂的工序，但那干脆利落的手势让桃枝看得出神。

　　"果然很熟练啊！"

　　桃枝不由得感叹，丈夫听后发出了自嘲的笑声。

　　"我们家的女人做饭真的不在行，实在惭愧。"

　　回过神来，桃枝发现准备好的三瓶啤酒已经只剩下空瓶了。丈夫虽然酒量不错，但不知是不是因为紧张，今天喝得有些急。

"你是为了继承父亲的事业才做的厨师吗？"

"是的，不过我几乎没帮父亲打过下手，我初中毕业后就到东京的日料店工作了。迟早都要继承家业的，我认为还是应该先在外修习，以掌握寿司以外的厨艺。"

贯一的话让桃枝心头一紧。初中毕业后就工作，不就是连高中都没上吗。丈夫的表情也僵硬了起来，女儿则低头一言不发。

"辞了日料店工作后，过了一段时间又到回转寿司店工作，因为父亲的店已经关门了。"

"把日料店工作辞了？"

"是的。"

"那又是为什么？"

"东日本大地震的时候，茨城北部的朋友家遭了灾，我就去帮忙清理，也就顺便成了赈灾志愿者。但因为工作单位不能长期缺勤，就辞了工作。"

听到这里，桃枝和丈夫都目瞪口呆。

"……志愿者是？"桃枝问道。

"茨城北部的朋友家是经营民宿的，我们和相识的志愿者小组就以此为据点，北上至福岛，主要是负责瓦砾清除、木工或烧饭之类的工作。"

"是嘛，真是不容易啊……"

桃枝不知该怎么说，从嘴里挤出这句话。

"没什么，就是顺势而为。"

贯一不好意思地笑笑，揭开了铁板的盖子。确认煎熟了后，就用铲子灵巧地翻了个面。瞬间，屋中香气四溢，可这香气却和屋中的氛围显得有些格格不入。

"嗯，爸爸，你再来点啤酒吗？"

女儿故意用明快的语气问道，像是为了打圆场。丈夫看了一眼女儿，才如梦初醒般回答了句"哦，对啊"。

"欸，爸爸，你脸色不太好啊。"小都突然问道。

"是嘛，你心理作用吧，我已经一肚子啤酒了。贯一，这儿还有点烧酒。"

"好的，那我来点。"

桃枝慌忙地站起身。

"用什么来兑？孩子她爸，你用热水吧。贯一你呢？"

"真不好意思，有冰块的话就加冰好了。"

桃枝在料理台准备起了饮料。开放式厨房吧台的另一边，丈夫、女儿和贯一在桌边都陷入了沉默，各自不知看着何方。

贯一的话让桃枝始料未及。她从冰箱里取出了冰块，正准备放到杯中，却不小心掉在了外面。想要蹲下去捡，却一时起不了身。

厨子，初中毕业，救灾志愿者。

这完全超出了自己的想象，自己该如何与他相处呢？桃枝心烦意乱。

桃枝回到桌边时，贯一起身又去把御好烧翻了个面，并涂上了酱汁和蛋黄酱。接着把御好烧切成四等分，再撒上青海苔和鲣鱼干，分别盛到盘子里。

这陌生男子煎的御好烧明明和桃枝使用的是同一食材，可就是松松软软的，散发着惊人的美味。

既然丈夫一言不发，桃枝只能振作精神把话题转向了小都。

"那小都，你吃过贯一做的寿司吗？"

小都似乎被桃枝这个问题弄得猝不及防。

"没有吧。"

"有啊，在奥特莱斯。"

"啊，是嘛。不过那能称得上是贯一你做的寿司吗？"

"哦，也是啊，米饭和食材毕竟都不是我自己挑的。"

女儿终于在桃枝面下拘束地打开了话匣子。

"那好吃吗？"

"嗯？就是普通的回转寿司啊。"

"阿宫，这种时候你就应该说好吃得让人无法想象是回转寿司呀。"

"阿宫？"

桃枝插了句。贯一发现自己说漏了嘴，一脸尴尬。

"啊，话说回来，你们俩加起来就是贯一和阿宫啊，真巧。"

桃枝不由得击掌说道。贯一一听，不好意思地笑了笑。女儿则不满地噘起了嘴。

"我又不想被叫阿宫。"

"我刚才意识到，就因为是寿司店老板的儿子，你才被取名叫贯一的吧。"

"是的。这名字不太负责呢。"

"不，挺好。"

"小都的名字有什么寓意吗？"

"称不上寓意吧。我和我妈妈在考虑孩子名字的时候，因为母亲的名字叫美都子，就决定把'都'字加到她名字里去。有句谚语不是叫'长久住，美如都'？就是无论住在什么地方，只要住惯了就能感到舒适。听说'都'还有这层意思，觉得用在名字里不错，就是希望她今后无论遇到什么事，都能随机应变，渡过难关。"

"哦，是嘛。妈妈你早该告诉我这些了。"

"还有就是希望你成为一个优雅、美丽[1]的人。"

"优雅啊——"

贯一笑了起来。女儿用手里的御好烧铲子做出要打贯一脑袋的姿势，两

---

1.日文中，"都"和"雅"都包含"miya"的发音，意为优雅。

人像孩子一般地打闹嬉笑，终于暴露出了贯一真实性情的一角，桃枝紧张的心情也算稍稍放松了，心想两人性格没准还挺般配。

回转寿司店员的工作收入不太稳定，初中毕业的学历也让桃枝无法释然。不过能做志愿者，至少说明他人很善良，肯定不会对小都造成无谓的伤害。如果这两人结了婚住在附近的话，那老两口或许还能得到些依靠。

《金色夜叉》都说了些什么呢，我只记得什么被钻石冲昏了头脑这段有名的情节。"

"哦，最近我也读了，那本书没写完。"

"咦，是嘛。"

"作家还没写完就去世了。"

"欸，我还不知道呢。"

"贯一喜欢看书。"小都得意地插嘴道。

"哟，是嘛。"

桃枝有些意外地感叹道。

"你至少两天读一本吧。"

"有吗？"

"真厉害呀。小都只看些漫画。"

这时，丈夫突然把杯子"嘭"的一声搁到桌子上。三人都吓了一跳，看向了他。本以为他会说些什么，可他却一言不发，时间在沉默中一点一滴流逝。他两眼充血，看似是酩酊大醉了。桃枝正想问他是不是喝多了，但丈夫抢先开了口。

"那贯一你现在还在回转寿司店工作吗？"

丈夫问起了和刚才的谈话完全不相干的问题。

"不，现在在找新的寿司店工作。"

"为什么？"

"因为之前工作的店铺关门了，还没找到下一份工作。"

丈夫两眼圆睁，那直勾勾的眼神似乎要把贯一的脸射穿似的。而贯一却似乎并没把这放在心上，一脸泰然自若。

"那就是说你现在处于无业状态喽？"

"是的。"

紧张的空气再度降临到这本已趋于缓和的气氛中。桃枝也很惊讶，来回看着贯一和小都。没工作的话就说没工作好了，她为小都没有事先告知她感到气愤。

"你啊，是不是该对自己的安身之计考虑得再认真点。"

"是啊。"

贯一毫不动摇地点点头。

"'是啊'又是什么回答，你这不是在随便应付我嘛。刚才你说为了当赈灾志愿者还辞去了日料店的工作吧，为身陷困境的人尽一己之力是很了不起，但放着自己的工作不管都是白搭呀。贯一，你对待工作的态度是不是太草率了？"

"那个，孩子她爸，你喝多了。"

桃枝笑着想要救场，正要夺过丈夫手中的玻璃杯。

"你住嘴！"

丈夫的吼声让空气都为之震颤。

"没关系，母亲，父亲说得没错。不好意思，我杯子里的冰块化了，可以再要些吗？"

贯一微笑着说道。虽然语气沉稳，但有种不容抗拒的力量。"哦，好的。"桃枝站起身，走到料理台，打开了冰箱的制冰机。这时，她忽然意识到贯一这是在给自己台阶下。

"贯一，你呀，还真是乐天派。没工作，居然还想娶我家女儿。"

听到父亲这么说，小都开口道：

"爸爸，我们可没说要结婚啊。"

"那这男人干吗来我们家？"

"妈妈，你不是说今天并不是为这事才叫他来我们家的吗？"

女儿回过头，责备地问起了桃枝。

"我对他说过了。"

"可爸爸他……"

"烦死了，你们俩给我住嘴！"

桃枝又一次被丈夫呵斥，感到怒不可遏。正想反驳，可一时半会儿又说不出话来。这时，贯一突然站了起来。三人都怔住了，一齐看着贯一。

"哦，想去关烤盘的电源。阿宫，是在你那边吗？"

"欸？哦，对。"

女儿手忙脚乱地切断了电源，贯一则慢悠悠地将铁板上剩下的焦煳的蔬菜用铲子铲到一边，接着抬头看着其他三人，像是在等他们说话。丈夫窘迫地把头别向一边。话说一半被打断后，丈夫稍稍缓和了些，接着又开始焦躁不安地说了起来。

"接着刚才的话，你就是初中毕业？"

"是的。"

"那应该找不到工作吧。"

贯一只是微微笑笑，没有回答。

"既然你有门手艺，那从连锁快餐店工作做起如何？"

"也是呢。"

"要我帮你介绍份工作吗？我们公司的员工食堂如何？不过他们允不允许你在那里营业呢……"

他像是在自言自语。

"你会做寿司，岗位的话应该还是有的。"

"嗯，也不能随随便便找份工作……"

"也是，如果要和我家女儿结婚的话，不找份正规些的工作可不行。"

"爸爸，你这都在说些什么呀，你在听人讲话吗？"

女儿眼泪汪汪地抗议道。

"小都，你想和这个男人结婚吗？还是不想？"

小都听后张口结舌。

"哎哎，父亲，您在这时候问，让小都怎么回答呢。"

"这种时候不问，那还能有什么时候。喂，小都，你都没搞清楚要不要结婚，就把这男人带回家，你脑子是不是有问题啊。你要我们做父母的怎么面对这个男人！"

丈夫激动地站起了身。

"你们还真心安理得啊。要么不负责任地工作，要么就一直待在家。就我一个人焦头烂额！复职后回到公司，在一个尴尬的职位上多没面子啊，可我还是努力地为家在工作。老婆因为更年期综合征什么家务都干不了，我还得帮她洗裤子。喂，贯一，这就是结婚。结婚不全是好事，但在这个社会，不结婚就生存不下去。"

这时，喋喋不休的丈夫突然说不上话了。

他把右手撑在桌子上，左手按住额头，身体摇晃了一下，突然就扑通一声瘫倒在地上，听上去就像是一捆杂志掉到了地上。

"爸爸！"

女儿惊呼起来。桃枝眼睁睁地看着丈夫跌倒，却浑身动弹不得，说不出一句话，头脑也一片空白。只是感到眼前的一幕难以置信，她就好像在看录播的电视剧一般，傻愣愣地望着女儿摇晃着丈夫。

"阿宫，松开手，还是不动他为妙。"

贯一拉住小都，自己则一会儿将手掌搭在丈夫嘴边，一会儿摸摸他的脉搏。

桃枝照看过四位老人——自己的父母和丈夫的父母。可这回，直到救护车赶到，她都一直像个小孩子一般，只会呆呆站在原地发抖。

"啊？救护车？等等，这么严重？太不可思议了！那后来怎么样了，你先生不要紧吧？"

桃枝把上个月家中的那段风波告诉时子后，时子大声惊呼起来。

"目前没事了，已经去上班了。"

"是嘛，没什么大事就好。发怒的时候晕倒的话，是颅脑充血吗？你先生有高血压？"

"你也是这么想的吧？当时看上去像是血管一下子破裂倒下的。可实际检查了一下，居然是低血压，而且还有些贫血。"

"咦，这不像是年轻女孩子得的病吗？"

"可不是，就像个年轻姑娘似的。"

这时，家中门铃响了。时子盯着可视电话的屏幕说："是快递，抱歉我去去就来。"就走出了客厅。

桃枝长长吁了口气，端起杯子喝了口大麦茶。

今天，桃枝来到了时子家。聊天聊得都没工夫喝口茶，这会儿茶里的冰都化了。

桃枝悠悠地环视着屋子，这是她第一次到时子家。客厅并不大，但因为没多少家具和装饰，感觉非常清爽。据时子说这房子是父母留下的，一直住到三年前，才下定决心翻新了一下。因为离轨交站很远，她每天都要接送丈夫到车站。

时子虽然还是那么啰唆，但桃枝发现她的建议看似简单粗暴，但往往都切中要害，因而最近对她变得依赖起来。

时子回到客厅后，又单刀直入地问了起来。

"那你先生最后怎么样了？哦，我是不是不太方便问？"

"啊，没事。最后好像说是眩晕症。"

"眩晕症！什么呀，真像个小姑娘啊。"

"是像个早会上晕倒的女孩儿吧。"

两人齐声哈哈大笑起来。

"说是直立性低血压。喏，你也有过突然站起来时头晕目眩的情况吧？据说丈夫的比较严重，到了医院已经彻底清醒了，还为大张旗鼓地叫救护车勃然大怒。都到医院了，索性就住了一晚，做了简单的检查。结果说是因为疲劳、脱水和疑似贫血几种因素叠加导致的意识丧失。毕竟到了这个年龄了，还是有各方面的担忧，就决定下次做一下周详的检查。"

"哦哟，不过趁这个机会是该好好检查一下了。"

"没错哦。我倒是常跑医院，但我丈夫不爱去医院，所以正好趁这个机会。哎，也是上了年纪了啊。"

见桃枝笑着说，时子也就放下心来。

虽然桃枝在时子面前对这件事一笑置之，但自从那以后忧虑就一直萦绕在心头，心里像塞着块石头。

丈夫检查期间，值班医生给她列出了一长列可能得的疾病，没一个是桃枝熟悉的，只能慌慌张张地记在纸上。事后她查了一下，不禁毛骨悚然。家里的病人一直就是自己，不知为何她从没想过丈夫也有患重病的可能。

"那你女儿的男朋友呢？"

"哦，嗯，他是个好孩子。"

时子惊讶得瞪大了眼睛。

"那倒是挺不错啊，亏你还疑神疑鬼紧张了半天。"

"还真要谢谢你给我出这么多主意。晚餐选御好烧真是太对了。结果那孩子还就为我们做了。"

"哎呀，这小子不错呀，说来他是个厨师？"

"嗯，是个厨子。"

"会做饭的孩子不挺好。今后孩子结婚后一般都是双职工，男人再不做家务可就说不过去了。家里有个职业厨师真是让人羡慕啊。"

"可还没确定要结婚呢。"

"是嘛，你先生反对？"

"与其说是他反对，不如说是他们俩自己都还没往这方面考虑。"

"对了，桃枝，你当初都对那男孩子说了些什么？"

"啊？"

"喏，就是你在奥特莱斯看到他的时候，毫不客气地对他说的那些，这勇气让我太佩服了。说什么来着——你要是没想和我女儿结婚，别来翻我家围栏！"

听时子这么一说，桃枝惊讶得张大了嘴巴。

"什么呀，别胡说，完全不是！"

"是吗？"

"我说的是你要是想和我家孩子交往，就请从大门进来。"

"啊哈哈，对。这不同一个意思嘛。"时子笑着说。

"是。"桃枝自言自语道。

也的确，如果有一天女朋友的母亲突然出现，对自己说了这些话，很容易理解成时子说的意思。

在奥特莱斯，桃枝想也没想就将那句话脱口而出。那天他戴着女儿的帽子，在隐蔽处偷偷望着女儿工作的身影。因为之前半夜闯入过家中，他那样子在桃枝看来就是个轻浮没有责任感的男孩。

如果他只是抱着玩玩的心态和女儿交往的话，听到对方父母这么说一定会嫌麻烦，避之不及了。但贯一还认认真真地准备了份伴手礼，出现在桃枝家的大门口。

桃枝打心眼里觉得贯一是个好人。他自始至终都笑眯眯的很有礼貌，即便丈夫说了那么不中听的话，也还是那么沉得住气。虽说他比小都小两岁，但或许比在场的任何人都表现得成熟。丈夫倒下叫救护车的时候，也是他在替受到惊吓的桃枝和小都和急救员交涉。

最重要的是，他看小都的眼神那么温柔，一看便知他是喜欢小都的。

但是，桃枝心中仍横亘着顾虑。

因为他是初中毕业的无业者吗？桃枝自问。但紧接着又反省起来，觉得不该凭学历和经济状况来评价他人。可又一转念，觉得作为母亲，她不可能对此视而不见。

不过话说回来，和贯一近乎完美的态度相比，丈夫的幼稚简直让人不忍直视。

"我感觉那男孩不错。你女儿已经过了三十了吧，应该让她快点结婚。"

"可要说让他们结婚吧——那孩子，现在没工作。"

"欸，是吗？"

"说是之前工作的寿司店关门了。"

"不过应该在找工作吧。"

"他说在找了，据说之前在回转寿司店工作。怎么说呢，我担心今后他的收入是否足够养一个家。"

时子听后"哈哈哈哈"地高声大笑起来。

"没想到你竟然还挺古板啊，桃枝。"

桃枝生气了。

"古板？"

"刚才不说了嘛，现在已经不是光靠丈夫的收入养家糊口的时代了，而是夫妻两人携起手来，一起工作，一起育儿。"

"这些我也懂啊。虽然收入高也不指望了，但至少得稳定啊。毕竟生孩子的是女人，生完后又有段时间无法工作。"

"嗯，也许吧。可父母再怎么担心也无济于事呀。"

"也对。"

桃枝有些沮丧，不过不得不承认时子说得没错。

"说到孩子呀，我好像马上要抱孙子了。"

"哎呀！恭喜啊！"

"我终于也要当奶奶啦，也不知是该高兴还是该悲伤呢。不过，我儿子他们决定要回来了。"

"咦？住一起？"

"这房子原本就是为两代人同住而设计的，一楼虽不大，但有厨房和卫浴。"

"是嘛。"

"一开始并不知道儿子他们是不是会回来，我丈夫说要是不回来的话就租出去。原本儿媳并不太想住过来，但有了孩子后似乎也想把租金省下来，贴补今后孩子的教育费用，说不定还想让我帮忙照看孩子。"

"哎呀，不错呀，家里要变得热闹了。"

"哪儿呀，干涉太多会被嫌弃的，我可得小心翼翼地过日子喽。对了，桃枝，你的身体怎么样了？"

"我丈夫这一倒下，受了太大冲击，早把自己的事忘到九霄云外了。"

"那也好，这就是夫妻嘛。"

孙子啊，桃枝想。

她的熟人中也有期待抱孙子的，但桃枝一直以来并没有太热切的期待。有了的确也觉得可爱，但坦白说，万一女儿指望自己帮忙带孩子，自己估计会嫌麻烦。而且现在比起这些，她满脑子装的全是丈夫和自己的健康问题。

8月最后的一周，丈夫住院做了检查。

最开始，丈夫觉得反正就是做些检查，执意不肯住院。但年长的内科医生劝他说"这大夏天的，权当是在凉快的病房里边慢慢检查边休息好了"，才勉强答应。

办完住院手续后，丈夫为第二天的检查开始禁食，再加上在四人间病房的床头呆坐着也闲得无聊，入院第一天，桃枝早早地就回了家。

第二天下午，她又配合着医生面谈时间出门去医院。本以为夏天已接近尾声，可没想到暑热卷土重来，一出门便已是汗流浃背。站在公交车站等车时，沥青马路上蒸腾起了滚滚热浪，感觉脚都要被烤化了，不禁招手拦了辆出租车。

到医院往病房里一看，窗边的病床上并没见丈夫的身影。是去洗手间了吗？还是在做检查？桃枝纳闷着坐到了椅子上，正闲得发慌，只见丈夫坐着轮椅出现在了病房门口，吓了一跳。

"噢，你来啦。"

丈夫看到桃枝无力地笑了笑。

"你这是怎么了？"桃枝问道。

推着轮椅的护士笑着回答："做肠镜用了少量镇静剂，还站不稳，就推着轮椅把他送回来了，平躺一会儿就会好的。"说着，就麻利地把丈夫挪到了床上。

"你没事吧？"

"没事，只是一早开始就做了各种健康体检，真有些累了。"

刚才离开的护士又回了病房，一边预备输液一边说：

"医生一会儿要找您谈话，太太您有时间吗？"

"哦，可以。"

"估计过一个小时会来，请别回家，在这里等候。"

护士说完，就把隔断帘子一把拉上后出了门。色调明亮的本白色帘子围出了桃枝和丈夫单独相处的狭小空间，让桃枝忽然心神不宁起来。

"这是什么点滴？"

"据说要到明天早上才能吃饭，估计是营养液吧。"

"是吗，你一定饿了吧。"

"那倒没有。"

窗子很大，可以将住院楼前的庭院和延伸向远方的国道尽收眼底。开始西坠的落日照射在信号灯上，反射着耀眼的光芒。

丈夫穿着薄薄的病号服，宽松的衣领裸露出了他的部分胸口。桃枝本以为他骨瘦嶙峋的，但仔细一看，还是和中年人一般覆盖着薄薄的脂肪，皮肤已略见松弛。眼前这活生生的肉体让桃枝心生触动。

她从没这么专注地观察过丈夫的身体，岂止是身体，在一起住久了，连脸都不怎么看了。她回想起了自己的父母，她曾经也不太关注父母的脸。直到他们老去开始被病痛折磨的时候，她才开始好好观察他们的脸。脑中闪现过他们卧床时的容颜，在这酷暑中，桃枝感到脊背阵阵地发凉。

"小都说她晚上会来。"

为了驱散这情感，桃枝用明快的声音说道。

"不来也没关系的。"

"那你自己给小都发短信？"

"嗯，一会儿就发。"

丈夫居然变得听话起来。虽然他倔强的时候也令桃枝头疼，但桃枝并不想看到他现在这样子。

"今天是小都的生日啊。"

"是哦，她今年几岁了？"

"三十三了不是？"

"已经三十三了啊。"

"好像她的成人仪式就在眼前的样子。"

"三十三了，应该尽快结婚生孩子了呀。"

"你又说这话，小都会嫌你烦的，你就这么想要外孙？"

"先不提外孙，就觉得没孩子的女人有些可怜。"

"其实也没什么好可怜的，你这偏见不改改，会被年轻人嫌弃的。"

丈夫呵呵一笑。这不是冷笑，而是代表着无力的承认。他抬头望着塑料输液袋说道："生日的话，会和那个男的一起过吧。没必要来我这儿的。"

"那你就这么跟她说呗。"

"知道了，我发个短信。"

"不过这孩子心肠软，没准还是会来。"

"也是。"

丈夫露出了还算温和的笑容。桃枝很久都没和丈夫如此从容地聊天了。

"话说回来，那小子……"

"哪个小子？"

桃枝明知丈夫指的是谁，可就是故意装糊涂。

"那个做寿司的。"

"哦，贯一啊。"

"年纪轻轻却还真是沉稳啊。"

自那以后，丈夫还是第一次提起那天的事。此前丈夫一直表现得好像那天的事没发生过似的，所以桃枝也从不提及。

"他哪儿来这么大的自信呢？初中毕业，还没工作。"

"他可没表现得有那么自信啊。"

丈夫陷入了沉默，接着突然开口说："偶尔住住院也挺好。"

"嗯？怎么突然说起这个？"

"昨晚，我突然想起自己小的时候住院的事来。"

"啊，你小时候还住过院？"

"体育课上摔断了腿。那时竟然觉得离开家还挺新鲜的。又疼又不能动，但能远离啰唆的父亲，比起孤独，反而感到一种自由。护士姐姐又很温柔，亲戚还送来点心和西瓜，那可是我有生以来第一次吃到西瓜啊。"

"哟，是嘛。"

"接着，我就想到父亲了。话说他有句口头禅，就是'人生在世，得经历磨难'。"

"噢。"

"我觉得自己对女儿男友说的也是这个意思。"

桃枝感到惊讶，这似乎是她第一次听到丈夫的语气中带着反省。

"听到父亲这么教训，我就惊呆了，心想老头子说的话又不好直接还嘴，就什么也没说。父亲一定以为我没把这话当回事吧。"

丈夫再次陷入了沉默，似无意再接着说下去。

"你觉得贯一之所以如此沉稳，也是因为同样的原因吗？"

听桃枝这么一说，丈夫微微一笑。

"我可没想妥协，我还是希望小都能和社会上正经点的人结婚。都到了这年龄了，我还是认为这世道是残酷的。"

"……也是啊。"

桃枝茫然地望着窗外的天空，西方开始被渐渐染红。丈夫也闭上了眼睛，迷迷糊糊犯起了瞌睡。

不久，刚才的那名护士进来说医生已经到了，请她去谈话室。

听完医生的话后，桃枝离开了医院。

医院空调开得很凉，自动门一开，桃枝便迎面被一团热气包围了。医院门口的停车点，出租车都排起了队，但桃枝无心打车，而是步行到了公交站。五分钟不到的路程，衬衫就已吸饱了汗水，贴到了皮肤上。

桃枝排在车站队伍的后方。夕阳的一半已沉下了地平线，但依然闷热难耐。额头上流出的汗水顺着下巴滴到了地上。

医生的话在她的头脑中打着旋涡。

丈夫的肠道中有个巨大的肿瘤，恶性的可能性很高，他的贫血也很有可能是肿瘤出血导致的。比起肠镜手术，医生更建议做外科手术。

丈夫听后沉默了半晌，仅仅回答了句"好的"。

桃枝也向医生鞠了一躬。

想来，丈夫的父母都死于癌症。

公交车怎么也没来，站在桃枝前面的年长些的女性一直用扇子不停地扇着头。桃枝本也想从包里取出扇子，但她已心神疲惫得连拿扇子的精神都提不起来。

桃枝盯着自己伸在凉鞋外的脚趾，任由身上的汗水往下淌。

桃枝更年期综合征症状最严重的时候，她其实并不清楚丈夫为何对自己照顾得那么无微不至。但现在，她终于有些明白了。

配偶死亡的阴影和父母的完全不属于同一层面，那种巨大的冲击力足以摧毁自己的人生。

夏蝉"知了知了"的鸣叫声中，从额头渗入眼中的汗水弄得眼睛一阵阵刺痛。可桃枝也顾不上这些，只是呆呆地杵在原地。

# 第七章

父亲的手术顺利结束。

术后恢复良好，比预期提前出了院，还回到了工作岗位上。

有阵子，小都已经做好了最坏的打算，但结果出人意料地顺利，家里很快就恢复到了父亲病情发现前的正常生活。小都也没怎么请假。

然而，这发生在自己身上的种种，却在她内心凿出了一道道肉眼看不见的裂纹。就好比是一个花瓶，虽然表面看上去完好如初，但水从底部一点一滴地往外渗漏，瓶中的水随之越来越少。

手术进行了好几个小时，医院偌大的等候室中，只有小都和母亲二人在那里等着。医生做完手术后把她们叫到一个小房间，给她们看了刚切下来的一段肠子。冷冰冰的房间没有任何装饰，活生生的人体组织就放在那不锈钢容器上。小都看得出神，她还是第一次见到人的内脏，觉得就和超市卖的食用肉没什么区别。

医生就在这段肠子前做了简单的术后说明。

医生讲话的时候，母亲直勾勾地注视着他，而小都虽然也在集中注意地听，但头脑中的某个角落却在思考别的问题。

如果自己不结婚，孤独终老的话，遇上同样的手术，又有谁会替自己去看身上切下的脏器呢，又有谁会为自己去听医生的说明呢？

从小，父母为自己浇灌下了满满的爱，而这时，她忽然意识到这爱的水平线正直线下降。

她惊恐得都快叫了出来。

爱的水快要干涸了，没人浇灌，自己就要死去了。

小都就这么呆呆地站着，比起想哭，她更感到的是在饥渴中挣扎着的孤独。

但即便如此，小都还是若无其事地一周上着五天班。干着干着，时间也就一点点流逝了。地球依旧在转，夏天过去了。

9月的最后一周是贯一的生日。

就在一个月前小都生日的时候，本身工作已经忙得不可开交，偏巧父亲又住了院，根本没心思过生日。现在总算有了时间和闲情，小都就约贯一去吃饭。正好那天贯一有事去东京，他就建议难得在东京，那就一起吃个饭吧。

贯一定的见面地点在上野。虽然去的不是青山或银座，但小都从没想过会在东京和贯一一起去吃饭，所以竟有些莫名的紧张。

小都在中央检票口《翼之像》雕塑下等了约五分钟，贯一就出现了。酷热难耐的天气里，他还穿着西装外套打着领带，让小都目瞪口呆。

小都局促不安地想，他该不会是为了约会才穿得这么正式吧。手里的黑色公文包从没见他拿过，活像个做营销的上班族。

"抱歉，久等了吧，我订好餐厅了。"

说着，贯一就大步流星地走了起来，小都赶忙跟上。出了浅草出口，再步行一会儿，就到了一家酒店。贯一带小都进了那酒店一楼的餐厅。虽然要称它为巴黎的小型法式风格餐馆还有些夸张，但雅致的外观让人不敢相信这是在上野。宽敞的大厅坐了近八成，好不热闹。内部以深茶色为基调，布置得像个西式小酒馆。虽不是什么高档餐厅，但这氛围让人充满了食欲。菜单上说这家店的招牌是烤鸡肉。光看看那烤得焦黄色的鸡肉的照片，就已经垂涎欲滴了。

"哇，好像很好吃的样子。"

"阿宫，你喜欢吃鸡肉吧。"

"嗯。所以你带我来了？你居然找得到这家店。"

"我可不知道，网上查的。"

"是。"

小都想到和贯一第一次出去喝酒的时候，贯一就认真查好了餐吧，还订了位子。

点完菜，贯一脱掉外套，松了松领带，喘了口气放松了下来。

"为什么穿西装？应该不是为了约会吧？今天有面试？"

"嗯，是啊。这身总不会出错。"

"能告诉我是什么工作吗？"

"做寿司。"

"哦，店在东京？"

"有好几家门店，一般都在东京。"

"是嘛，有希望吗？"

"这个嘛。"

看这表情，似乎他不太想说。难得过个生日，小都就不打算再追问下去了。

也许是因为贯一今天穿了西装的缘故，看着就像个正儿八经的上班族。小都也穿着自家品牌的简约连衣裙，在外人看来，两人一定像是下班回家的普通情侣，和周围那些年轻的上班族别无二致。

上了两扎生啤后，两人碰杯。

"生日快乐，三十一岁啦。"

"虽然迟到一个月，还是要祝贺你三十三岁啦。"

"你没必要说我的年龄啊。"

小都咂了咂舌头，贯一开心地笑了起来。周围饭菜香飘四溢，啤酒刺激着喉头，让人都迫不及待地想一品鸡肉鲜美的风味了。但因为鸡肉制作需要费些时间，两人就先慢慢品尝起了馅饼和沙拉。

6月，贯一来见父母的那天成了两人关系的分水岭，小都感到两人从之前的胶着状态似乎又向前迈了一步。

父亲若是没倒下，也许两人间就会一直这么胶着下去了。小都无意去感谢父亲的倒下，但他的病的确成了改变两人关系的契机。

终于，烤鸡端了上来。他们点了半只鸡，但个头却大得惊人，表皮泛着金灿灿的光泽。

"哇，好诱人啊。"

"馋死了。"

贯一拿起了锯齿状的牛排刀，理所当然地为小都切分好。他把吃起来方便的部分都放到了小都盘子里，小都就直接用叉子戳起一块肉送进了嘴里。鸡皮烤得脆脆的，鸡肉鲜嫩多汁，瞬间口中幸福满溢。

"太鲜美了！好吃！"两人边嚼着鸡肉边傻乎乎地重复着同一句话。吃完后，贯一用毛巾擦了擦手，慵懒地将胳膊支在桌子上。小都也吃累了，茫然地望着贯一难得一戴的领带结。

最近，小都一直觉得也许贯一挣不了大钱，但和他应该能安心度日，今天这种感觉再次得到了印证。

和他结婚吧。

也别再对他说三道四的了，就和他结婚吧。小都心想。

父亲的癌症没转移到淋巴，情况还不算糟，但医生也没说已经根治，今后会怎样还是个未知数。母亲的更年期综合征也没完全治愈，也许是因为手术前后高度紧张的缘故，那时母亲看起来还挺精神，但自从父亲出院去上班后，紧绷着的弦一下子松了下来，人显得萎靡不振。

小都不想一个人去面对父母的老去，以及随之而来的疾病和死亡，她渴望有个伴能和她一同分担这份痛苦。

如果不和贯一结婚的话，那自己的年龄必然迫使她尽早斩断这段关系，而去寻觅下一个合适人选。今后再寻找意趣相投的人，恐怕会相当艰难吧。那时，自己不能再坐以待毙，而必须积极地投入婚活。但有了绘里辛苦的先例，让小都一想到婚活就毛骨悚然。

可是，就算小都有意结婚，贯一这边又是什么想法呢。

贯一自从小都父亲倒下那天起，态度可以说一如既往。父亲那样在他耳边唠叨结婚结婚的，他应该不至于完全没有想法，可他在日常的交往中，并没有透露出任何想要结婚的暗示。他对小都父亲抱有反感也无可厚非，但小都也看不出他有任何不快。

不过，贯一自从小都父亲病倒后，就开始打工干起了体力劳动，而且似乎还参加了几场面试。或许他虽然嘴上不说，但心里已经有所打算。今天面试结束后邀请自己去吃饭，是不是说明找工作有了眉目呢？小都猜测，贯一一旦摆脱了无业状态，也许就会向自己求婚。她其实真的很想直接问问清楚，却又不想让贯一看出自己着急，怎么也问不出口。

服务生收拾完餐桌后，小都从包中取出一个包装过的礼物递给贯一。

"给，你的生日礼物。"

贯一露出惊讶的表情。

"真漂亮，可以打开看看吗？"

见小都点头后，他就顺手解开了蝴蝶结。

"噢，钱包。"

"我见你现在用的那个已经很旧了。不过钱包这东西每个人都各有所好，不知道合不合你心意。"

"哪里，我太高兴了。手头这个实在看不下去了。"

小都为是否要给贯一买礼物纠结了很久。买来交给他这事本身没什么大不了的，可那样一来，就显得自己好像也想得到对方的礼物似的。有什么想要的，小都习惯自己去买，而且男人买来的礼物一般都不合自己的品味，说实话这让她很是头疼。而且现在这种情况下，她也不想让贯一做无用的花费。

可是，贯一一直用的那个帆布钱包就和中学生用的差不多，破旧得自己都看不下去。上班族用这个也太幼稚了些。于是，她就在奥特莱斯买了一个不太贵的黑色皮夹。款式普通得不能再普通了，但至少谁见了都不会感觉可笑了。

贯一轻声说了句"谢谢"，就把钱包放进了包里。那是工薪阶层常用的尼龙包，虽然很新，但一看便知是便宜货，应该是为找工作买的。小都想等他找到工作后，再送给他一个更好的包做礼物。他的领带也很廉价，到时也准备给他挑个上档次的。

收起钱包后，贯一顺势从包里取出一个水蓝色的小纸袋。

"这是我的。"

一见那纸袋，小都大跌眼镜，怎么看都是蒂芙尼的纸袋。

"快收下吧，多不好意思。"

"太意外了！真的，我真没想到！"

"别说得这么夸张嘛。"

"太意外了！真高兴，可以打开看看吗？"

拿起那泛着光泽的包装，无意识地被压抑着的期待立刻决了堤。

该不会是戒指吧？该不会是要向我求婚？

小都忐忑忐忑地拆开包装，一条挂着心形吊坠的项链出现在眼前。把它轻轻地挂在手指上，可以隐约听见金属质地的窸窣作响。

"哇！这叫什么来着，心环吊坠？太可爱了！谢谢！"

"喜欢就好。"

"这是你自己去店里买的？"

"嗯，网上稍稍搜了一下，然后去银座买的。"

贯一露出得意的笑容。小都对他的勇气心生佩服，银色和小小的金色两连心环的设计很对小都的口味，她为自己就送个奥特莱斯的廉价皮夹感到有些后悔。

　　吃得心满意足的二人在回家的常磐线上互相依偎着睡着了。小都醒来时正好是快到站的时候，就急忙摇醒了贯一并匆匆忙忙跑下了车。

　　明天小都上晚班，就打算今晚在贯一家留宿。母亲也默许了自己在贯一家过夜，父亲不知心里做何感想，但嘴上也没说什么。

　　小都牵着贯一的手悠悠地走在夜色中，心想要是结了婚，估计也会像现在这样从某个地方回到两人共同的家吧。她沉浸在睡意蒙眬的幸福感中。

　　贯一说要去一下便利店，小都就陪着进去了。

　　胃里的食物消化了一半，小都有些想吃甜食了，就来到了甜品柜台，见新品尝试区域的布丁一个一百日元。刚才的餐厅，两人平摊下来花了四千日元，小都想该省着点用了，但又觉得一百日元也不是什么大数目，就把布丁拿去收银台，正好贯一正在结账。他说了句"我帮你一起结了"，就拿走了布丁。

　　店员从购物篮里拿出商品一个个地扫描，布丁、几瓶气泡酒、小菜、调理面包、纳豆、杂志。贯一又指了指货架要了两盒烟。

　　合计都超过了三千日元，计价器上的数字瞬间驱散了小都的睡意。

　　贯一从破旧的钱包里掏出五千日元纸币，又从收银台那里拿回了一千多日元的找零。小都快乐满满的心像是一下子泄了气，步履沉重地跟着贯一出了便利店。

　　"喂，一盒烟要多少钱？"

　　"我抽的那种要四百六十日元吧。"

　　"啊，这么贵？"

　　那买两盒要近一千日元不是。小都不知道贯一一天要抽多少烟，可即便三天抽一盒，一个月也要花费近五千日元。有固定年收入的工薪阶层也就罢了，可他的日子肯定已经是捉襟见肘了。

"喂，烟要花很多钱吧？还有害健康，不如戒了？"

听小都这么一说，贯一沉吟了一下。

"也是啊，那我就一点点抽。"

我不是说这个！小都恨不得对着夜空大吼一声。可毕竟对一个没有婚约的人在经济上指手画脚也不太合适，就只能保持沉默。

进了屋，贯一脱去西装，说了句"我累了，先睡了"，就钻进了被子。

刚才满满的幸福感就这么溜得一干二净，一种无法言说的不安充斥着整间屋子，让小都难受得透不过气来。她也想过回家，但最终惰性占了上风，就慢慢吞吞地换上了居家服，洗了脸。此时，她注意到水槽边放着的塑料筐里堆满了脏衣服。

买个洗衣机不挺好，或者说，换个带洗浴设施的房间不更好，这样一来自己还能冲个澡。

小都钻到了贯一身边，但一时半会儿又睡不着，就靠在墙边给手机充上了电。昏暗的屋子里，小都把头埋在手机发出的光线中，搜索起了在餐厅收到的项链。

网上说虽然是一流的品牌，但这项链的价格还不太离谱，送人还体面，就在泡沫经济时期流行了起来。但现在这项链已经是出了名的老土了，这让小都看了很不舒服。小都也很清楚，那些单凭想象，觉得女人就是喜欢花和爱心图案而制成的商品的确被人嫌弃。但之所以它能成为这家老牌首饰店的基本款式，还不是因为制作精美，近看就能显出和廉价首饰间的本质区别嘛。

小都查了一下价格，发现这所谓不太离谱的价格也比小都买给贯一的钱包高出不少，心里越发不安了。

接着，她又注意到一个细节，紧紧地盯着屏幕看了起来。

她发现这风靡一时的项链和小都收到的那款似乎不是同一款设计。网上说的那款心环项链只有一个银色的心，但小都的那个却是银色和金色的双连心设计。

小都惴惴不安地搜索起了价格。接着，映入眼帘的数字让她难以置信。她从包里取出项链，反反复复地做着比对，还无数次地确认了价格。

"九万一千八百……"

将近十万日元！

以贯一当前的经济状况，这十万日元的项链让小都怎么也高兴不起来。

收到项链时的喜悦之情已经消失得无影无踪，小都站了起来，不由得用力摇晃着贯一的后背喊："起来呀！"可无论小都怎么摇怎么拍，贯一只是微微动一下，丝毫没有醒来的迹象。她想起之前也有过这样的情况。

小都俯视着沉沉睡着的贯一，忽然意识到也许这个人脑子里什么也不考虑，心里的那份不安变成了无名的恐惧。

"喂，你真给我醒醒呀！"

小都仍旧对着贯一的后背连敲带踢，生怕自己就这么拿着项链回去了，便会错过和他说明白的机会。

贯一果真还是被弄醒了，睡眼惺忪地回过头来问了句"什么事啊"。

"我刚才查了一下，这项链要近十万日元吧！你到底在想什么！"

"啊？"

"你买不起这么贵的东西吧！"

"……怎么了？这话非得现在说明白？"

"贯一，无论我说什么，你是不是都不会认真地听进去啊？"

见小都气势汹汹的样子，贯一只能长长地叹了口气起了身，不安地在被子上盘腿坐好。

小都摇着贯一的膝盖说："项链是很漂亮。可从你那里收到这么贵的礼物，说实话，我实在没法感到高兴！"

他揉着眼睛低下头小声说："别人送的东西，别这么着急地查价格呀。"

小都一下子怒气上头。

"这的确不太礼貌，但现在不是在讨论这个！"

"建筑工地发了工钱，正好手头宽裕。"

"那可是你辛辛苦苦挣的血汗钱啊！为什么用来买这么贵的东西呢？"

"……去店里逛了逛，发现有各种各样的款式，我觉得这个不错，就买下了。"

"你也好好看看标价呀！"

贯一挠着头，打了个大大的哈欠。

"阿宫，你为什么生气呢？"

"我刚才不是说了嘛！"

发现贯一没理解自己的意思，小都焦躁起来，情绪更加激动了。

"很久以前我就对你的用钱习惯有看法。以你现在的经济状况，送人十万日元的礼物不合适吧。"

小都气势汹汹地说着，但贯一依旧睡意蒙眬。

"贯一你有多少储蓄我不知道，但我敢肯定与其买这么贵重的礼物，还不如买台洗衣机来得值当！投币式洗衣机偶尔用一下还不算什么，可一周用上好几次，那绝对不如买个便宜的洗衣机来得划算。澡堂的费用、网咖的淋浴费用，这些你算过一个月要花多少钱吗？租个带洗浴设备的房间绝对更经济实惠！贯一你的花钱习惯太随意了！"

贯一只是默默地听着，他表情麻木，看似惊呆了。这让小都的怒火越烧越旺。

她抓住贯一的双肩摇晃起来，大吼道："吸烟喝酒也太花钱了！有这十万日元，西装、公文包、领带，都可以买更加好的，而不是穿这种便宜货！"

这时，小都感到眼前像是有什么东西啪的一下炸开了。接着她感到左脸渐渐地发热，才意识到自己被扇了一巴掌。虽然感觉只是像拍蚊子一般没有用力，可小都还是惊讶得目瞪口呆。

"烦死啦！"

贯一疲倦地说道。

"那把那个还给我。"

"啊？"

"快，还给我。我去退掉，不能退的话就去旧货店卖掉。盒子和袋子都给我。"

"欸，可是。"

贯一拿起了放在一边的水蓝色小盒子。

"……我不是这个意思。"

"那你什么意思？"

贯一嘲讽地笑了笑，把袋子蝴蝶结一并拿起来放进了小都之前送他的环保布袋里。

接着，他就穿上了脱在房间一角的牛仔裤，套上连帽衫，朝屋子另一边走去，响亮的脚步声在屋里回响。

"这时候你去哪儿？"

贯一一言不发地开门走了，屋子外面传来他粗暴的下楼声。

被一个人留在屋里，小都泪流不止，一个劲地哭。

她弄不明白自己干吗把熟睡的贯一硬生生叫起来，还对他说了那些话。再加上自己被扇了一巴掌，而贯一又无法理解自己的心情，自责、委屈和徒劳感交织在了一起。

虽然之前两人间也发生过轻微的口角，可贯一从没像今天这样怒不可遏。

小都一直等到次日凌晨，以为贯一会回来，可直到窗外天亮了，也不见他回来。不管自己多么悲伤，现在必须止住眼泪回去。必须回到家换身衣服，化个妆再去上班。

　　小都穿上衣服出了贯一房间。因为贯一没给自己备用钥匙，没给门上锁就离开了。

　　小都迈着沉重的步伐走在淡蓝色的晨色中。

　　和恋人吵架也不止一次了。

　　没关系，没什么大不了的。这些都是吵架时说的气话——小都对自己说。昨天晚上在上野吃饭的时候，两人不还是那么开心幸福吗？

　　我没做错，不，都是我的错。

　　错了，没错，错了，没错——清晨的街道中，小都边走边像个花瓣占卜的少女一样在脑海中重复着这两个词。


　　"与野，身体像这样，再倾斜一点。"

　　"嗯，是这样吗？"

　　店门口，小都在新来的正式员工仁科的单反镜头前拗着造型。

　　"表情太严肃啦，再笑一点，再笑一点。"

　　因为穿着秋冬季的衣服，还裹着条人造毛的披肩，小都额头都沁出了汗水。

　　"接下来再摆个双手上举的可爱造型吧，类似'哇'这种感觉。"

　　"太难为情了……"

　　"工作工作，没什么难为情的哦！"

　　因为一直在服装行业工作，小都已习惯了员工之间互相拍写真，可很少会在户外拍摄，见过路人回头看自己，小都感到很窘迫。

　　现在，公开的社交媒体账号已成为各大店铺的必备。此前，这类工作一直交给得心应手的杏奈，但自从她辞职后，只能由全体员工一起考虑服装搭配，互相拍照后上传。如果只是按常规拍摄，那就体现不出和正价门店的区别，于是仁科就建议在户外拍摄，这样一来可以凸显出奥特莱斯店特有的休闲感和活力。

　　拍摄完毕后，小都就和仁科直接去了购物中心内的餐吧，准备吃个早午饭。其实两人都是晚班，但最近店里的销售额常常没达标，店长心情不佳，小都就和仁科商量着提早出门拍照。

　　"拍得真可爱呀，你看你看。"

　　仁科把相机转向小都，给她看了刚才拍的写真。

　　"谢谢。"

　　"话说回来，与野你真年轻呀，看起来只有二十五岁的样子。"

　　"你这是过度抬举我啦。"

　　"暴露了？不过真看不出你已经三十多了。有什么秘诀吗？也告诉我呀。"

　　"这个嘛，一定要说的话，那就是没心没肺吧。"

　　小都用食指抵着下巴，故意做出一副傻呵呵的样子。

　　"哈哈哈哈，真的？"

　　"总想着将来如何，储蓄有多少，就会长皱纹的哟。"

　　仁科大声笑了起来。她很开朗，从不摆架子，非常好相处。店里依旧是各种问题，和贯一吵架后小都也一直很低落，但和仁科说说话，她感到开朗了许多。

　　和贯一的吵架虽然收场了，但就像是不完全燃烧一般，芥蒂并未根除。因争执离开屋子的第二天晚上，贯一就发来短信，为打了小都一巴掌道歉。小都也回了信，说"我也说得有些过分了，对不起"。

　　两人看似和好了，但在以前，虽然没什么要事，贯一也会拍一些照片发给小都，比如自己吃的食物，或路上遇见的猫。可在那之后，贯一的消息就突然中断了。有时小都会发送一些问候的短信，可回过来的只是些索然无味的表情。贯一既没说那项链是退回去了还是卖出去了，小都也问不出口。

　　为什么自己会那么生气呢。自从小都开始具体地考虑和贯一的婚事，她就感到贯一乱花的每一分钱都像是从自己腰包里出去的一样。

如果两人真的要结婚，建立共同的家庭账户的话，那就必须好好谈谈，可小都却感觉这是在强人所难。也许只有让这段关系自然而然地结束，才能让彼此不再互相伤害。

午饭吃得差不多的时候，餐吧的门开了，不经意一抬头，只见进来的是店长，把小都吓了一跳。随后，东马跟着进来了，两人表情都很僵硬。

"啊，店长！东马——"

仁科毫不犹豫地举起了手。东马礼节性地笑了笑，可店长却依旧拉着个脸，两人跟着服务员向里座走去。小都心脏狂跳得喘不过气，只能悄悄做了个深呼吸。

仁科嘴里含着吸管，脸凑近小都并向她挥了挥手。小都把耳朵贴过去，她就对小都说："店长和购销员，越看越觉得可疑。"小都顿时感到胃里一阵刺痛。

"嗯，可能吧。"小都打着哈哈。

"与野啊。"

"嗯？"

"你和店长关系不好？是闹矛盾了？"

"欸？没有啊。你为什么这么认为？"

"抱歉说些莫名其妙的话，只是你们俩看起来不太融洽。"

"没有的事……"

小都心跳得更快了。自从那天欢迎会后，店长几乎就没和小都说过话。虽然她并没有为难小都，但即便小都问她关于工作上的事，店长似乎也在刻意回避她，难怪会引起别人的怀疑。

东马每周虽然只来店里两次，但一见他，小都就紧张得人都僵硬了，愤怒和恐惧一齐涌上心头。本以为随着时间的流逝，这种感觉会渐渐消失，但不论过了多久，被东马骚扰时的痛楚就会再次复苏，令她恶心得浑身起鸡皮疙瘩。

"不过那两人也太露骨了，我原本就不太喜欢她，可这也太让人看不下去了。"

"你是说东马先生吗？"

"不，是龟泽。"

"仁科直呼起了店长的大名。"

"我们俩是同期，那人念的是四年制大学，我是短期大学毕业，店长比我大两岁。"

"哦，原来如此啊。"

"你有没有觉得最近她对打工的几个孩子太苛刻了吗？态度也是那么傲慢。"

这点小都也有同感，也在尽力帮衬着她们。不过她还是觉得和正式员工一起说店长坏话会犯忌讳，就只能模棱两可地歪着脑袋假装思考。

小都真想辞了工作，这种感觉已经发酵到了顶点。

如果贯一在东京找到了工作，小都真想自己也换家店干，和他一起搬到离东京近些的地方。

然而，她和贯一的关系能不能维系下去都是问题。

小都感到自己无依无靠，没有安全感，好像自己半裸着身子在孤独地生存。

下班后，小都回到家中，见父亲正系着围裙做着什么吃的。

"在做什么呢？"

"在做鸡肉丸子。"

"哦，妈妈呢？"

"在房间休息。"

"她不舒服？"

"好像也不是不舒服，说是有些着凉，大概是突然降温了吧。"

父亲揸着肉糜，头也不回地说着。家里看似完全回到了过去的生活，但小都已经明白，其实没有一件东西能回到原来的位置。

她突然想起了第一次和贯一喝酒的时候，谈到地球旋转速度时贯一说过的话。他说，地球不仅仅是在围绕太阳画圆圈，而且是呈螺旋状地在宇宙中飞奔，没有一刻能回到原来的轨道。

小都想象着地球旋转的样子，突然感到头晕目眩，一屁股栽到了沙发上。坐下的一刹那，身体竟像灌了铅似的一点点往下滑，最后几乎躺倒在了沙发上。

"饭都做好啦，你怎么成这样了。"

父亲转过身对小都说道。

"不知怎么的没胃口，我这两天也觉得浑身没力气，不知是不是感冒了。"

"肉丸子放了好多生姜，多少吃些早点睡吧。这个家全是病号啦。"

父亲笑道。可小都却笑不出来。

母亲下了楼，三个人就默默地就着锅吃了起来。

加了生姜的肉丸非常美味。虽然小都并不认为这个家特别和睦美满，但在家一起吃上亲手做的菜肴还是让人感到身心放松。一家三口都爱吃鸡肉，这究竟是遗传，还是源自从小养成的饮食习惯呢，小都茫然地思索着。

包扔在了沙发上，包里的手机振动了好几次，可小都都懒得去看一眼。

那天夜里，小都泡了个热水澡后，喝了杯白开水泡的葛根茶，就钻到了床上。

她隐约听到二楼客厅里，父母正交谈着什么。以前母亲吃完饭后就会立马回到自己房间，像是要躲着父亲似的。可最近，两人每晚似乎都在聊着什么话题。

小都关了灯，盖上了毛毯，查看起了手机。

是小任和早阳花发来的短信，依然没有贯一的消息。

小任好像在越南，发来了许多自拍照片，看上去很开心。还有好几张拍的是精致的咖啡馆，带瞭望台的摩天大楼，还有富有情调的街景，说是小都来了要带她去。

虽然小都早已把小任忘得一干二净，但和贯一间的关系笼罩上了愁云后，小都突然开始想到了他。

小任说下个月会来日本，到时想再和小都约会。就这句话，小都反反复复看了好几遍。

她几乎把这当作了救命稻草，就好比平日里不被当回事的糖球，到了饥肠辘辘的时候就显得格外珍贵一般。小都也清楚，自己对这平平常常的话赋予了太多的意义——我也并不是那么不招人喜爱的。

早阳花是来邀请自己一起去喝一杯的。自从欢迎会那天在早阳花家对她倾诉了自己的遭遇后，两人就没再见过面。小都也知道她在担心自己，但她已经两次以有安排抽不出时间为借口，委婉地拒绝了。

说心里话，现在小都并不想见到早阳花。

虽然早阳花心地善良，让小都很喜欢，但每当想到她的男友，她就会感到一种五味杂陈的羡慕。不仅仅是因为她的男友，她就职的公司和自立的生活也让小都感到了深深的自卑。

但一直无情地拒绝人家，又让小都心怀歉疚。总之，她感觉坐立不安。

对了，小都眼睛一亮。叫上绘里，三个人聚一聚如何？

小都对这个好主意佩服不已，起床打开了桌灯，确认起了打印出来贴在墙上的排班表。

一看排班表上的休息日，小都感到身体莫名地沉重起来，头也晕了，就急急忙忙躺回了床上。虽然闭着眼，可还是感到天旋地转。这是怎么搞的，明天是不是要去看个医生呢，小都担心起来。

她真想休息，真想让大脑放空一下，什么都不去想，哪怕三天也好。可这愿望看样子也是一种奢望。

　　第二天早上起了床，小都感觉好些了，稍稍松了口气。因为即便她想休息，但只要没有什么特别紧要的事，就必须按排班表的安排去上班。

　　来到店铺，打开仓库时，只见堆着货品的阴暗处，有个人正抱着膝盖蹲在那里，让小都吓了一跳。

　　听到小都进来，那人转过头来，两眼通红，皱着眉瞪着她——原来是打工的女孩。

　　"啊，是与野吗，太好了，我还以为是店长呢。"

　　她眼神立刻就柔和了下来。

　　"怎、怎么回事？"

　　"你可要听我说啊，怎么会有这样的店长，太气人了！"

　　那女孩儿也不起身，一直抱着膝盖。小都也蹲到了地上，把手搭在那女孩儿的背上。这下，她像个孩子一样把头埋到小都肩头哭了起来。

　　和店铺宽敞的空间相反，仓库里堆满了装着货品的纸箱和杂七杂八的东西，又狭小又灰蒙蒙的。堆积如山的纸箱把裸露在外的荧光灯都遮住了，就在这昏暗局促的空间内，比小都小一圈的女孩子靠着她哭个不停，让小都不知所措。

　　这孩子一周工作五天，干的活几乎和正式员工没什么区别。年纪轻轻却十分能干，虽说是打工的，却很可靠。

　　"我一大早开始就一直在这里贴价格标签。上周整整两天都被要求在这里干这个，根本进不了店里。"

　　"是吗？是店长让你做的？"

　　"是的。那人不喜欢我，肯定是故意的。我稍稍出去透口气，她就会怒斥说没干完不准出来。好容易做完了进到店里，她又因为玻璃橱窗上粘了手印，命令我去擦。自从那天起，只要橱窗有那么一点不干净，她就骂我，说我偷懒不打扫。可她自己呢，接待完客人后衣服、鞋盒弄得乱七八糟，还大吼着让我收拾，可我那时明明在按她的要求干活。是她自己接待的顾客，收拾那些衣服不该是她分内的事吗！"

她将自己的积怨一吐为快，这气势汹汹的架势让小都都有些招架不住了。小都刚开始在服装店打工的时候，也遇到过这种刁难人的事。所以她就下定决心，自己绝不会这么对待别人。

"……是吗，太过分了。"

"还有，12月的排班表不是出来了嘛。"

"嗯，对。"

"她完全不听我的想法。说好了有两天周日我上不了班的，可她却偏偏安排了这两天让我出勤。"

她的怨气像决了堤一般，一股脑儿地全吐露了出来。

"可店长她自己却一直在周末休息。此前我就觉得不太对劲，现在发现她全都根据自己的时间在排班。"

小都也有这种感觉。最近店长常常在周末休息，即便上了班，也往往以突然有事为由，先行回去了。

"还好我和父母住一块儿，是个没压力的自由职业者。要说有什么要事，顶多也就是约会或出去玩。可我还是头一次碰到这样无视个人意愿的公司，最近要下班的当口被安排工作的情况也越来越多。上次正要回家，她交给我一大堆杂务，回到家都快12点了。而且在休息时间，还命令我做这做那。加班还付加班工资呢，休息时间干活可一分钱都拿不到！"

"喂喂，声太大了，小点声。"

她倒吸一口气，用手遮住了嘴，然后压低嗓音接着说："……不光是我，她对打工的都这样。店长对正式员工和与野你这样的合同工还没这么过分，她肯定是觉得我们打工的都可以随意使唤，不想要就辞退。偶尔她堆着笑走过来，却居然是来让我们把卖剩的衣服买下来。我们拿这么少的小时工资，都干不下去了。"

"欸，她让你们买店里滞销的衣服？"

"她说要是销售额没达到标，我们的小时工资也会受影响，不仅如此，还可能遭解雇，不配合不行。"

小都听了张口结舌，她不敢相信店长居然说出这样的话。

"让我们买滞销货实在太过分。我自认为在打工的人里，自己在开季买的算多的。看到公司商品图册上有想买的款式，要是还没进货的话，我还专门预订购买，甚至有时还跑到其他门店去买。我可是因为钟爱特吕弗的衣服才开始在这里打工的呀！"

"这样啊？"

"千真万确。我高中毕业，直接来这里应聘肯定不会被录用，而且最重要的是也不一定就能被分配到特吕弗工作。原本在这儿打工还挺开心的，心想可以穿着这家店的衣服干活。"

她呜咽着说道。

"店长对我们吆五喝六的，见到东马却温柔得像个小猫黏在他身边，看了真觉得恶心。世上居然还有这种见风使舵的人。东马呢，对我们漠不关心，却还时不时地会动手动脚，我头皮都发麻了。"

"……动手动脚？"

"就摸摸肩，可这也够令人讨厌了。"

小都气得头脑发昏。她在许多服装店干过，可还没遇见过这样恶劣的店长和上司。她为这样的店铺居然还卖得出服装感到不可思议。

"明白了，我去和店长说说看。"

"不，不用了，我决定辞职了。"

"啊？"

"和其他几名打工的姑娘商量过了，我们决定一起辞职。越过店长和东马直接向公司投诉的话，估计情况也不会得到根本的改善。但如果大家一起辞职的话，至少公司就会隐约感到是店长和购销员的问题了。"

"等等！求你了，先别这样！"

小都人凉了半截，抓住那女孩的胳膊。

"这可不行！"

"为什么？反正都是要辞职的，就应该让他们知道这其中的原因。"

"嘿，冷静。你们还没找正式员工谈过吧？"

她不满地点点头。

"总之，我会和店长说的。求你了。我很理解你的心情，可要是打工的人一起辞职的话，那我们店铺会很头疼的。与其说是店铺，不如说是我会很为难。我会尽力想想办法的，请再缓一缓。如果店长还强行把超出额定工作时间的工作量安排给你的话，就先和我说。"

虽然能感觉出她极不情愿，但那姑娘还是点了点头。接着，她斜眼窥视着小都。

"我好像不小心说多了。"

她低下了头，紧接着又仰起脸问："与野，你是站在我们这边的吧。"

她直起身子，瞪着大大的眼睛注视着小都。


小都帮着那名姑娘，以最快的速度把店长交给她的工作完成了。

那姑娘今天上早班，小都让她先行回家后，就找起了店长。问了其他员工，她们只是冷冷地回了句"会不会在休息室"。做到店长这个位子，有许多事务性的工作，在店铺不太忙的时候，有时会在休息室对着电脑办公。可最近店长几乎没在店里出现，大家都感到很惊讶。

虽然小都有很多话想对店长说，却不知该从何说起。可眼看着打工姑娘们的不满爆发在即，已经到了必须采取措施的时候了。

小都一个休息室一个休息室地找了过去，却没见店长的踪影。她甚至硬着头皮打了店长的手机，可最近因为工作上的事，无论打她电话还是发短信，店长都一概不理会。

小都心想她也许会在美食天地或咖啡店，就出了员工通道。

虽然离关门还有段时间，但秋日天暗得早，购物中心已经淹没在了黑暗中，只有橱窗还亮着朦胧的灯光。圣诞节灯光点亮前的这段时间，是购物中心最为昏暗的时节。家家商铺都很朴素，天黑后又很冷，顾客寥寥无几。

冷风吹得小都阵阵发抖，她搓着双臂走着走着，发现前方不太醒目的长椅上有个烟灰缸，那里有个女人正吸着烟。

定睛一看，原来是店长。小都悄悄地向她走去。

她穿着件薄薄的衬衫，右手拿着烟，左手拿着手机。神情严肃地盯着屏幕看了一会儿后，又把手机塞进了裤子后袋里。接着她粗暴地将香烟掐灭在烟灰缸里，踩着高跟鞋，向员工通道走去。

小都追在她身后。折过转角，她停下了脚步。

只见店长背靠着墙，仰望着夜空。小都也跟着抬起了头。

一丝纤云飘过月前。

小都从未见过店长这般表情——她的眼神如此空洞、如此涣散。

店长这人总让人感觉有些粗糙，可此时带着愁容的侧脸却如此之美。风摇曳着她的秀发，隐去了她半张容颜。她缓缓把耳畔的发丝别在耳后，虽然离自己有五米之远，但小都能看得出那毫无血色的双唇正在颤抖。

小都本想对她发泄自己的愤懑，但见到这些，所有的话都卡在了嗓子眼。

她真的很痛苦，即便这是罪有应得。小都感到，现在不是对她发泄情绪的时候。

"店长。"

小都轻轻地喊道。店长只是将头慢慢转向小都。

她不去擦拭脸上的泪痕，也不隐藏自己的情感。也许，她已无力这么做。

小都走上前去，小心翼翼地将手搭到她的背上。

"……发生什么了？"

她低着头，过了一会儿，就像刚才那二十岁的女孩儿一样，把头靠到小都肩上哭了起来。

虽然小都感到该哭的是自己，可还是轻轻抚着店长瘦骨嶙峋的后背。

下一个周五，是小都和绘里、早阳花她们聚会的日子。

大家谈论着选哪家店作为聚会地点时，绘里提议说正好丈夫出差，要不然就在她家好好聚一聚。其他两人就欣然同意了。

小都下班后就在便利店买了点心和饮料去了绘里家。她还是第一次拜访绘里结婚后的新居，虽然公寓楼外观很陈旧，但房间却被翻新得相当宽敞漂亮。

"哇，好大呀！"

进屋后，小都情不自禁地感叹道。带开放式厨房的客厅边，有个八张榻榻米大小的和室，看上去比小都家以前住的小区的房子都大。

"应该还有其他卧室吧？两室一厅？"

"是三室。老房子嘛，除了宽敞没什么优点。"

小都坐在餐桌前环视着屋子。大沙发前有台大电视，暖色系的地毯把房间衬托得很柔和，让人无法想象是同龄人住的房间。小都觉得绘里可以在这里安心生子，构筑家庭了。

"早阳呢？"

"她说今天加了会儿班，现在正往这边赶。"

"哦。啊，我帮你做点什么吧。"

"不用，我就准备些色拉。你坐着好了。"

小都托着腮，看着绘里在厨房料理台忙碌的身影，羡慕得恨不得在地上耍无赖。绘里一结婚就把工作辞了，现在在做小时工。在这样的屋子里过上这样的生活，对小都来说堪称婚姻的范本。可这对小都来说却是多么遥不可及。

这时，门铃响了，早阳花一身套装地出现在门口——去年见到她的时候她也是这样穿一身朴素的套装。

"抱歉来晚了，回了趟家，拿上了做好的菜急急忙忙赶来的。"

绘里从早阳花递出的纸袋子里取出了好几个食品保鲜盒。

"哇，你做了好多啊。这是什么，看上去好好吃。"

"这是沙丁鱼炖番茄，这个是蒸粗麦粉，这个冷冻的是牛肉时雨煮[1]，还有就是烤司康面包。"

"太厉害了，我们有菜了。"

看两人聊得不亦乐乎，小都就感觉自己像是个小孩子，在一旁看大人热烈地讨论着晚饭吃什么。她顿时感到自己带来的袋装点心显得多么幼稚，不由惭愧起来。

桌上摆放得琳琅满目，三人干了杯。绘里原本酒量最大，可今天她却说最近控制饮酒就喝了茶，而早阳花和小都喝起了绘里准备的啤酒。

"我也想搬到一个宽敞些的地方住，哪怕只有这儿一半大小也好。"

"早阳花你公司给的工资住多大都没问题吧。"

"哪有，不过一个人住太大也挺那个的。"

"到底想怎么样啦？"

绘里笑着对早阳花紧追不放。

"和你那位男友结婚，不就可以搬到大房子住了吗？"

"哪里哪里，结婚还早呢。"

"同居也行啊。"

"嗯，也是啊。"

---

1.将鱼、贝类和牛肉用酱油、生姜等煮成的一道菜。

"这一带很便宜，开车上班的话也很方便的。"

小都一言不发地听着两人的谈话。忽然，早阳花看着小都问："小都，你好像没精神？"

"是的，我打不起精神。"小都耸了耸肩回答。

"咦，你没事吧？"

早阳花一脸严肃地皱着眉探过身来。

"该不会是那件事后一直……"

早阳花低声问道，她指的是被东马骚扰的那晚吧。

"没有，不是因为这个。怎么说呢，最近事事都不太顺利。"

"和贯一有什么矛盾了吗？"

"说是闹矛盾，还是说就这样让事情过去了呢。"

绘里笑着说："那今天就当作是倾听小都烦恼的聚会吧。"

"可以吗？那请你们毫不保留地提出意见啊，我都不知该怎么办了。"

"那个初中毕业的回转寿司男，现在还没工作吗？找到下一份工作了吗？"

"好像去面试了，但还不知录没录用。"

"失业是春天的事吧？不已经过了半年了吗，这不奇怪吗？"

绘里这么一说，小都也感到这确实有些奇怪。

小都就把因为项链吵架的经过，指责贯一用钱习惯后被轻轻扇了一巴掌的细节一五一十地说了出来。绘里和早阳花都默默地听着，沉默了一阵后，两人都微微歪着头，露出了微妙的表情。

"他虽然发来了道歉短信，我也道了歉。但自从那以后，我们俩就那么僵持着，没再见过面。"

"我觉得吧……"绘里挠挠脖子开口道，"真的可以直言不讳吗？"

"说嘛说嘛。"

"先声明一下，我不是在贬低咪丫你的人格，也不是在自鸣得意。"

"我知道。"

"我觉得你应该尽快和那男人做个了断。"

绘里毫不客气地说。

"你已经三十三岁啦，别在他身上浪费时间。"

绘里直截了当的态度让小都目瞪口呆。虽然父亲也对自己说过同样的话，但当这话竟然从同龄人口中说出时，她震惊得几乎动摇了。

"我一开始就觉得那家伙不怎样。咪丫你是想要结婚成家的吧？那你还和这种对人生没计划的人混在一起做什么？想要孩子的话，以你现在的年龄已经拖不起了。"

"……嗯。"

"而且那家伙也已经不是贫穷的劳动者了，而是在贫困线徘徊了。我认为所谓贫困，指的就是兜里有零钱可以上投币式洗衣房，却没钱买得起洗衣机的那种人。咪丫，你要是有足够的底气，可以挣很多钱，完全不用指望男人的收入，而让他去负责家务和育儿，那就另当别论。可事实不是这样吧？"

听绘里一口气说了那么多，小都哑口无言。

"你应该尽快和他分手去找对象啦。就是因为你只在那里做着结婚的白日梦，却不付诸实际行动，才会和这种野猫一样的男人纠缠不清的。"

"可是婚活不是很辛苦吗？"

"肯定辛苦啊！如果能那么方便地找到理想对象的话，那谁还费那么大劲呢！"

绘里边说边用拳头敲着桌子，她花了好几年在婚活上，历经了低落和烦恼，才遇到了今天的丈夫，她的话肯定极具说服力。

"我觉得呢……"这时，早阳花微微举起了手。

"我不这么认为。小都对我说了许多贯一的事，我觉得他是个很好的人。"

"欸？你在说什么？"

"我明白绘里的意思，可每个人都可以有不同的看法对吧。"

"话是这么说。"

早阳花把整个人转向小都。

"我并不觉得评判人的标准只有学历和收入，当然半年都没找到工作的确是让人不安……但我记得之前你和我说过，当你父亲对贯一说工作有的是时，贯一回答说并不是随便什么工作都可以的，对吧。听到这，我的反应是贯一这个人很靠谱，他一定是在斟酌。他还做过志愿者，照看在疗养院的父亲，小都你父亲病倒的时候也是他在沉着应对，不是吗？我觉得他在关键时刻能靠得住，是个很有爱心的人。还有刚才听了小都的话，有一点让我听了很不舒服……"

早阳花低下头停顿了一会儿，接着像是下定了决心，抬头继续道："难得他送了你这么精美的礼物，小都你是不是心胸狭窄了些呢？"

"心胸？"

"很抱歉这么说，但我实在看不下去了。你说贯一明明可以拿这十万日元去买更好的领带公文包的。此前我是觉得小都你穿得很漂亮，很有品位……"

早阳花又停了下来，小都等着她继续。

"可我一直觉得会打扮的人在某些方面都比较狭隘。"

"狭隘？"

"贯一买了什么样的领带和公文包暂且不管，小都你对这些指手画脚我就觉得不太对。觉得别人老土当然也是你的自由，可别人又没主动寻求你的意见，你就这么横加指责，这我觉得不应该。领带有领带的用处，公文包有公文包的用处，各自发挥各自的用途就足够了。有了闲钱，当然也可以赋予它们一定的品位。没有的话，那当然就选朴素点的。可他送给小都的礼物并不是仅出于实用的考虑，而是出于它的装饰价值。这样的用心却被你无视了，他当然就会生气。”

这些出乎意料的话让小都怔住了，小都从没觉得自己心胸狭隘，甚至她还觉得自己太注重他人的感受，把许多话都憋在心里。

绘里也愣了一会儿，接着"噗"地笑出了声，说了句"真会讲道理"。早阳花听了，突然面露愠色。

"我倒是觉得绘里你的意见才是在掰扯道理呢，或者说给人感觉精于算计。"

"凭什么，哪点看得出来？"

"你这难道不是为了达到自己的人生目的，把配偶当作物品一样挑三拣四的吗？好比是买窗帘，觉得这件便宜，但是又嫌它单薄，那件遮光性好，却又嫌它贵，纠结着到底哪个性价比高。"

"啊？你在说什么呢？"

"我觉得人和人之间合适与否，不是单凭客观条件来论的。"

"你在说什么梦话，你这想法用在谈恋爱上也就罢了，可这是要生孩子维持家庭运作的呀，再怎么心地善良，没什么本事那都是空话。"

"心地善良的话，无论发生什么都可以渡过难关。"

"哈，你脑子进水了吗？"

小都不禁站起了身。

"等一下！别吵了！"

"没吵架……"

"是的，我们没在吵架。"

在这剑拔弩张的气氛中，小都站在原地惊慌失措。是自己让大家畅所欲言的，可她还是头一次碰到女同胞之间这样不带任何玩笑色彩地发表意见。而且，这针锋相对的意见也让小都彻底没了方向，她甚至怀疑自己是不是在让两个势不两立的人打擂台。

绘里探出身子，向坐在对面的早阳花说道：

"那好，早阳花，你就是认定咪丫和初中毕业的寿司男结婚会幸福喽？"

"准确来讲，我没有这么说。"

"欸，怎么回事，你刚才还不是挺维护他的吗？"

"这世间，难道人们不是被普遍意义上的婚姻束缚得过于狭隘了吗。我也很清楚，两人要是有了孩子，那登记结婚肯定更为方便，但婚姻不是为了孩子而存在的呀。我是觉得，作为可以相伴一生的伴侣，贯一或许是个不错的人选。我认为，正是因为你们太纠结于登记结婚这一项制度，才无法理解贯一为人的优点。比如事实婚姻，不也是一项不错的选择吗？"

"抱歉，我觉得你说得过于简单了。我并不是否认事实婚姻，但你若是认为他们和登记结婚的夫妻有着同样权利，那就大错特错了。两者缴纳的税额也不一样。有一方生了病，或是突然去世，就会产生许多不便，会引发很多纠纷的。而且社会上也对这样的婚姻方式充满了不解，当然有这项不登记的婚姻制度还算好，可如果只是因为下不了结婚的决心而不登记的话，那就和同居男女没什么区别了。当然，如果咪丫不介意同居的话那就另当别论了。"

"可家人间的纽带不能仅凭一纸户籍啊。"

"没错，可事实婚姻这种看似集各种优点于一身的伴侣关系，难道不是对婚姻缺乏决心的表现吗？"

"按我刚才说的，倒是事实婚姻看上去才更需要决心呢。"

"等等，你们俩都停下！"

小都都快哭了，她趴在桌上，伸出双手拦在两人中间。

"对不起！是我太优柔寡断了！都是我的错，什么决心都下不了！"

见小都伏在桌上劝架，绘里和早阳花都住了嘴，感觉有些尴尬。

绘里叹了口气站起了身，说了句"我去把早阳花的菜热一热"，就向厨房走去。小都缓缓抬起头，见早阳花正温柔地朝自己微笑，神情沉稳得就像是长者在看一个少年。

"小都，你好像不习惯这样啊，对不起。"

"……这样是哪样？"

"争论吧。"

小都无力地长吁一口气。

"抱歉争论得太激烈了，没考虑到你的感受。"

"不，别这么道歉。你们能认真为我分析，我真的很欣慰。不过的确，我见人争执就会很难受。我自己也不擅长和别人唱反调。"

"那你和贯一有没有讨论过类似刚才的话题呢？"

"嗯，我觉得他好像也不擅发表什么意见，主要是没勇气提。感觉要是一旦深入讨论起来，就必须得出一个结论，所以两人对此都闭口不谈。真正把不满挑明的也就是为了项链的事。结果一说，他就生气出走了……"

"来啦，热好了。"

绘里端着盘子回到了桌边。沙丁鱼炖番茄配上了蒜香面包，看着很有食欲。此时气氛稍稍缓和，大家就吃了起来。

"嗯，刚才我在厨房想到一个问题。"

绘里舔了舔沾在手指上的番茄汁，看着小都说道：

"咪丫，那十万日元的项链如果换作戒指的话，你会怎么样呢？"

"对呀。你会怎么想呢，小都？"

小都一时语塞，慌忙吞下了嘴里的食物。

"如果贯一边向你求婚边递上十万日元的戒指，你会高兴吗？还是会生气呢？"

小都沉吟了一会儿。

"……大概不会生气吧。"

小都一字一句地说道。

"你看，你还是想和那回转寿司男结婚不是！"

绘里大声对小都说。小都嘟囔着垂下了头。

"小都，也就是说如果这笔钱是为了将来结婚用的，你就不会觉得这是浪费了对吧？"

这直截了当的一句话犹如当头棒喝。小都一直以为自己并不是那种以自我为中心的人，却发现自己也许错了。

"我觉得咪丫还是希望找个能按部就班地和自己恋爱，认真考虑将来后再向自己求婚的男人。那个回转寿司男如果是这样也就罢了，可惜他不是，那家伙绝对不会这么做。"

小都沮丧地垂下了肩。

"你们俩说的我都明白了。真对不起，是我自己没弄清楚，我真的不知道自己究竟要什么。我想结婚，却没想清楚要不要孩子。坦白了说，就是有钱的话就想要孩子，但经济不宽裕的话不要也没关系。我喜欢贯一，但也不是喜欢得非他不可。我唯一清楚的就是自己很羡慕其他人。"

绘里和早阳花面无表情地看着小都。

"我刚才非常羡慕绘里，我也想在这样的房子过上这样的生活。可这是绘里明确了自己的目标后通过努力得来的，不是天上掉下来的馅饼。还有，说实话，对早阳花，我羡慕得都有些嫉妒了。你有个学历又高，脑袋又聪明，还比你年龄大的恋人。可你又不依附于他，从不和他嚷嚷着要结婚，能在这段关系中保持自己的独立性。而我呢，什么都不做，只会羡慕人家，却并没从内心做好准备成为那样的人。"

这时，早阳花突然无力地笑了笑。

"那是小都你凭空想象的，但事实并不是你说的那样。"

早阳花罕见地流露出了自暴自弃的态度。"当然这话仅限我们几个。"她说道。

"我说过他离过婚的，他和前妻有两个孩子，要承担高额的抚养费，根本无法考虑再婚。"

"真的？"

这出乎意料的内情让小都和绘里都惊呼起来。

"孩子、房子、车子都给了前妻，净身出户。因为还要负担房子的贷款和抚养费，他就一个人住在破旧的民居里，想见孩子也不让见。这切肤之痛，让他想到结婚离婚就害怕。"

"啊……"

"你说的是真的？简直是幻灭了……"绘里毫不掩饰失望的情绪。

"嗯，你们就幻灭吧。我还没对任何一个朋友提过，说了也许也没人理解。"

早阳花自嘲地笑笑。

"该不会是因为早阳花你的出现他才离婚的吧？"小都小心翼翼地问道。

"不是，我认识他的时候他已经离婚了。"早阳花回答。

绘里把身体凑了上来。

"这么问不太好，但能告诉我们他离婚的原因吗？"

"估计你们也猜到了，是因为他出轨。在酒馆认识了一个比自己年长的，但交往没三个月就分手了。"

小都和绘里齐声叫起来。

"等一下，那男人没问题吧？会不会以后又出轨了？"

"是啊，我不能断言将来就不会发生这样的事，所以一开始就心怀戒备地和他交往。可是我们喜欢的食物、爱好的书籍和电影都是那么的一致，和他说话真的很开心。我从没遇到过在一起能那么融洽的男人，已经无法自拔了。反正我既不是迫切地渴望孩子，也不是非要结婚组建一个普通意义上的家庭。我已经做好打算了，这辈子只卖力地工作，学想学的知识，去旅行，埋头自己的兴趣爱好。"

"啊……"

小都脑海中浮现出早阳花恋人的脸庞。他看上去很诚实，像亲人一样肯为素不相识的小都着想，怎么看都不像是个会干出出轨这种行为的人。

"那我就问问你这个心意已决的人，如果他没有金钱上的困扰，你会想和他结婚吗？"

听小都这么一问，早阳花沉吟了一会儿。

"假设的情况很难说清的，毕竟认识他的时候他就是这种情况，和他开始交往的时候我就心里有数的。"

"真厉害，你很清楚自己的情感嘛。"

"咪丫你和他开始交往的时候，不也已经知道那家伙是个回转寿司男了吗？"绘里打趣道。

这时早阳花插了一句："绘里你一口一个回转寿司的，难道你不去回转寿司店吃吗？"

"去啊，不回转的寿司店反倒不去了。"

"你看，我也常去吃回转寿司，既便宜又省事，还好吃，就好比是服装里的优衣库，现在看不起优衣库的人难道不是有问题吗？"

"嗯，也对哈。"绘里不情愿地承认道。"哎，这出对台戏唱得有些累了。"她接着伸了个懒腰说。

早阳花说要去一下洗手间，起身离开了。

屋里就剩下绘里和小都二人时，绘里问道："咪丫，你工作怎么样了？"

"哎，别提了，店里的氛围糟糕透了。"

"还是因为那个购销员？"

"算是吧。店长也不太平，打工的孩子们也憋了一肚子气，真的想辞职了。"

"要是辞职的话，应该尽早换个工作吧？"绘里说。

"……"

"我知道这是多管闲事，但要是将来想要有孩子的话，双休日不能休息的工作不太方便吧。不过要是你妈妈能帮忙照看的话还好。"

"哎，我觉得父母是不会帮忙照看的，他们明确说过让我不要指望他们之类的话。"

这时，早阳花回来了，绘里把刚才两人谈论的内容大致告诉了她。早阳花听后若有所思。

"早阳，都到这时候了，想什么就说嘛。"

"嗯——，这么说也许有些失礼。"

"没关系没关系。"

"小都你迷惘的根本原因不就在于缺乏自立的经济实力吗？请别误会，我并不是觉得无论什么人都必须挣足够的钱来养活自己。每个人都有各自的情况和背景，比如要照顾家人之类的。可对你而言，你对贯一的不安仅仅限于经济层面。如果你希望将来和他保持良好关系的话，就得增加自己的收入来弥补这方面的不足。贯一现在一个人生活也过得下去对吧，也就是说，小都你的不安并不针对的是贯一的将来，而是你自己的未来，不是吗？"

小都哑口无言。

"如果你无法靠自己的力量来化解这层不安的话，那我觉得你就该换个人交往了。"

的确如她所言，小都低下了头。即便她不和贯一结婚而是同居的话，那自己就理所当然地要离开父母。现在和父母同住，收入还勉强能维持生计，可自己好像也无意识地把拥有父母这样经济后盾的希望寄托到了贯一身上。

话题就在这里中断了，屋子里陷入了沉默。绘里开始收拾桌面。

"好像今天的话题有些严肃啊。我们来吃早阳花烤的司康面包吧？你们两位喝些什么吧？想喝酒的话我这儿有很多，还有奶酪来下酒。"

"绘里你喝的是什么？看着挺好喝的。"

"这是玉米茶。"

"那我也来点。"

"对了，绘里，你今天怎么不喝酒？"

“嗯，不喝。”

早阳花犹豫再三，开了口。

“嗯，莫非是？”

“是这样，昨天去医院检查，发现的。”

“果然啊！恭喜你了！”

“什么？”

小都有些摸不着头脑。

“她怀孕了。”

“啊！有宝宝啦！这样啊！”

“咪丫，你真是一如既往地迟钝。”

两人大笑起来。

“原来如此啊，祝贺！你早该告诉我们了。”

“也就昨天确定的，想在进入稳定期前先不说的，毕竟之前流过一次产。”

“是嘛。”

“嗯，不过没关系，我当心着呢，别太介意。”

绘里也要做妈妈了啊，小都感慨。一方面，她为朋友怀孕感到高兴。可另一方面，想到比起结婚，有了孩子更意味着绘里将离她们远去，就感到怅然。

“咪丫？你喝酒吗？”

“不，我也喝茶。最近身体状况不太好，今天倒还行，可最近总感到头晕，还低热不退。”

在厨房的绘里转过头来，早阳花也看看向小都。

“对了咪丫，你生理期是什么时候？”

“……什么时候呢……”

屋里一片死寂。

绘里吧嗒吧嗒地踩着拖鞋穿过屋子，拉开电视机边柜子的抽屉，从里面拿出件什么东西走了回来。

"现在马上拿着这个去洗手间！"

这长长的盒子里装的就是验孕棒。

# 第八章

　　小都忐忑不安地在绘里家的洗手间用了验孕棒，结果并没出现阳性的那一条杠。但仔细一看，发现上面出现了一条隐隐约约的竖线，这让她一头雾水。早阳花和绘里看了，小声嘟囔起来。

　　绘里安慰起了心神不宁的小都："我发现怀孕的时候，是一条很清晰的横线，不是这么淡淡的竖线。"早阳花也拿起手机搜索起来，说："这是蒸发线，好像不代表阳性。"

　　不过，验孕棒并没有明确提示阴性，这让小都脸色都白了。但不管怎么说，这次小都生理期的确推迟了，两人都坚持认为小都应该去医院。

　　"我去的那家诊所是名老先生，不过评价都很好，你去看看吧。"

　　听绘里这么一说，小都剧烈地摇起了头。

　　"不行！不行不行！"

　　"怎么不行，咪丫，那可是有名的大夫。"

　　"那个，妇科检查台，我都还没上过呢！还是个男医生，不行！"

　　早阳花和绘里面面相觑。

　　"喂，那可是医生啊。"绘里大惊失色道。早阳花则拉住绘里，用劝导孩子一般的口吻对小都说：

　　"我知道你很不安，也清楚那种检查不是做几次就能习惯的，但今后你也总要做这类检查的。"

　　"可是……"

　　"我上大学的时候，因为月经不调偶尔也去诊所，那里有名女医生很和蔼的。就是在东京，你去吗？"

小都含着泪咬着嘴唇。的确，两人说得没错。

早阳花很担心她，甚至提出要陪她一起去，但小都觉得这也太没颜面了，就自己做了预约。

小都一想到检查就恐惧，只能尽量不去想这些，一直熬到检查那天。可哪怕只有那么一瞬间，脑子里一闪过自己万一怀孕的念头，她都能感到自己在店里叠衣服的双手都在颤抖。

如果自己怀孕的话，那一切都将不受自己控制地改变了。

虽然她知道那是咎由自取，但一想到自己的人生也许就要这么被荒诞地扭曲了，整个人都快被恐惧碾碎了。

如果怀孕的话，按贯一的性格，很可能会和自己结婚。可是，自己和贯一究竟有能力抚养孩子吗？不，正如早阳花说的，这是对于自己的不安。小都觉得以自己现在的状态，根本没法生养孩子。说实话，她连自己都要寻求他人的庇护，哪里有能力去养育其他生命呢？

可话又说回来，如果选择流掉腹中可能存在的孩子，那自己还能若无其事地和贯一继续交往下去吗？小都觉得也许自己做不到。也许那时，没能生下贯一孩子的愧疚和对贯一缺乏经济能力的责备会交织在一起，长久地缠绕在心头，也就无法和他再像从前那样放肆地欢笑了。

当然，小都是采取了避孕措施的。想来和贯一上一次发生关系也是很久以前了，验孕棒的检测结果如果正如早阳花查到的那样，那肯定不会是阳性。

可即便如此，心头的恐惧依旧挥之不去。

小都此时才痛感自己毫无任何心理准备。

她真想让别的什么人来分担一部分这巨大的不安，可怎么想也只有贯一了，所以她内心真的很想联系贯一。但又一转念，觉得在真相没弄清楚前就把情感压力都施加到贯一头上有些太任性了，所以只能咬牙忍着。

小都就这么心烦意乱地迎来了预约就诊的那天，她几乎是抱着奔赴刑场的心情前往了东京的诊所。

早阳花说的那名和蔼的女医生在小都看来就是个沉着脸的中年女人。进行妇科内诊时，小都因为过于紧张，双腿不住地发抖，两腿间难以忍受的异样感觉才让她明白什么叫受刑。

"好像没怀孕。"

女医生话音刚落，小都瞬间泪如泉涌。虽然她不停地告诉自己在这种地方不能哭，都这年纪了哭什么，可就是无法控制自己的泪水。女医生给哽咽的小都递上了纸巾盒。

"被强暴了？"

"啊？"

"是被强迫发生性关系了吗？"

小都这才意识到医生在问自己是不是被强奸了，急忙摇起了头。

"没有！对方是我男友。"

"是被男友强迫的？"

"不是，就是平常的……那样。"

"那就好。"

小都紧咬着牙关，想要强忍住呜咽，她觉得自己简直厚颜无耻。

"你没事吧？"

女医生始终面无表情。

"……没事，就是神经过分紧张了，对不起。"

"没事的。"

女医生的语调稍稍柔和了些。小都轻轻地用纸擤了擤鼻涕。"家离得很远嘛。"女医生看着就诊卡嘟哝道。

"这里是妇科，我可以为你介绍心脏内科和精神科。"

小都抬起头看着女医生。她震惊地想，自己难道看起来有这么严重吗？

她想起母亲去过的心脏内科。小都一直以为自己不会和这种科室沾上边的。

"你脸色相当差呀。"

"……有吗？"

"最近那么不顺心吗，连自己脸色都没注意到？是工作还是恋爱？"

"……都有。说不顺心吧，应该是有许多事不知该如何是好。"

从正面看，小都见那名女医生的发迹露出了几处白发。看样子她和母亲年龄相当吧，可她没有丝毫的疲态。皮肤充满光泽，一身白衣遮掩不了她端正的体态和紧实的肌肉。在服装业做久了，小都都能从外衣推测出他人肌肉的松紧。

"血液报告还没出来，具体情况还不能下结论，不过能看得出你有严重的脱水。"

"是脱水吗？"

"水分不足是肯定有的，你平时摄入足量的非咖啡因液体了吗？"

"应该没怎么喝。"

最近，上班的时候都没有像样的休息过，少得可怜的那点休息时间喝的也就是咖啡和红茶。

"你刚才说工作是销售员？工作时间自由度低的人一般都容易缺水，头晕和倦怠感有很大可能是由这引起的。我知道虽然对你有些困难，但也请你少量多次饮水。毕竟是因为先前的疏忽，也许就要花上好几年才能治愈。"

医生说的话大大出乎小都意料，她从没想过自己会缺水。

"月经不调再观察观察吧。看样子你压力很大，这可能会引起激素水平不稳定。你要注意保证充足的饮水和睡眠，生活规律，当天的疲劳要通过当天的休息来缓解。也许你会觉得这些是老生常谈，但就是因为你没做到，身体才会出状况的。"

"……知道了。"

"虽然你睡眠、食欲都没问题，但还是出现了些抑郁症状，这让我有些担心。”

“抑郁……就是忧郁症状吗？”

“是的。有个办法就是索性休息，包括事业和恋爱。”

“恋爱也要？”

小都又重复了一遍，她感到很意外。

“恋爱可绝不轻松啊，毕竟是人与人之间情感上的碰撞。”

女医生说道，严肃的表情不带任何打趣的色彩。

也许是因为安心了的缘故，那天晚上，小都生理期到了。

虽然放心了，但却遇到了前所未有的痛经。第二天一早上班还不到一个小时，她就蹲在仓库直不起身了。

在晚班的员工到岗之前，店里只有小都和前些天对她诉说不满的打工女孩。可是小都怎么也站不住了，只能和那女孩说明情况后提早去午休。小都对那女孩说还有一个小时晚班的员工就到了，在那以前要是有什么事的话，一个电话自己就立刻赶回来。那女孩听后，就拉着脸点头同意了。虽然她嘴上建议小都先回家，但眉宇间仍难掩内心的不满。

这节骨眼上把店推给她一个人，小都内心很歉疚，但又苦于实在痛得冷汗直冒，只能尽浑身力气给其他员工发信息，希望她们能早些来。

小都吃了止痛片，趴在休息室的桌子上。但越疼越厉害，整个人都在椅子上蜷了起来。其他店的人见了来询问她情况，把她带到救护室，让她平躺下来。小都都不知道购物中心有这样的设施。

所谓救护室，其实就是个没有窗的小屋，连个护士都没有，只有一个罩着塑料布的简易床和两个婴儿换尿布台。还有个拉上帘子就座的空间，看样子还兼具了哺乳室的功能。

简易床边叠放着毛毯，小都就把它裹在身上躺了下来。

闭上眼，小都瞬间就犯起了迷糊。

半睡半醒之中，她感到穿着长筒袜的脚尖冰凉。

她像个胎儿一样蜷着身抱紧自己，身体渐渐变冷变得僵硬，她甚至在大脑的一隅还在思考人死的时候是不是也是这种感觉。

她虽然闭着眼睛，但眼球还在不住地转，浓重的黑暗好似水面漂浮的煤焦油，将自己重重包围起来。

最近遇到的一张张人脸，一幕幕情景，在那股黑色的浊流上时而浮现，时而隐去。

打工女孩充满怨气的双唇，诊室女医生惊讶的表情，绘里幸福的脸颊，早阳花操作手机时敏捷的指尖。

父亲手术时穿着的寒冷的病号服，母亲哭泣的脸庞。

小任的毛皮大衣，黝黑的皮肤和洁白整齐的牙齿。

贯一破旧的运动鞋，灰蓬蓬的自行车，挂在墙上的西装。

我真是个废物！小都忽然在脑海中尖叫起来。

太过幼稚，简直不值一提。

我就是个什么也决定不了的懦弱的孩子。明明是自己的人生，却还指望着谁来为我安排。

谁的忙也帮不上。

只知道一个劲地花钱，毫无节制地囤东西，又傻乎乎地丢弃。

想来自己净考虑些和贯一结婚的优势，可在他看来，和我结婚并没什么好处。

我就是个包袱。

明明就是个包袱，还到处卖乖想要让人收留。

我根本毫无价值。

所以才会被那自信满满的男人骚扰。

毫无价值。

　　就在小都感到自己已深深陷入了泥沼时，却似乎听到在某个地方有个什么东西在叫，一路下沉的意识又渐渐浮了上来。

　　是猫，小都心想。

　　庭院里来了只野猫吗？小都迷迷糊糊地想着。

　　那并不是小猫可爱的叫声，而是发情时"呜哇呜哇"的嚎叫。爸爸对野猫来庭院里小便非常生气，说下次再来就用水泼它，自己得趁野猫被爸爸发现前把它赶走。可是自己真想摸摸小猫，想摸摸它软乎乎的脑袋和竖起来的三角形耳朵，真的好想养猫。可小时候妈妈说住在居民小区里不能养猫。真想抱抱又小又软的生命啊。

　　小都就在半梦半醒中思考着这些。

　　刚才还冷冰冰的脚趾现在感觉暖乎乎的，真想继续在睡梦中赖上一会儿。可自己太想看看小猫了，费了好大的劲终于撑开了沉重的眼皮，映入眼帘的只是一片白惨惨的天花板。这时，小都才突然意识到自己在什么地方。

　　她抬起了头。

　　不知什么时候，房间里多了个女人，背朝小都站着，正对着角落里的换尿布台做着什么。定睛一看，发现她正在给婴儿换尿布，这才意识到刚才听到的猫叫声其实是婴儿的啼哭声，并不宽敞的房间里回荡着婴儿的哭闹声。

　　"对不起，把你吵醒了。"

　　那女子转过身来笑着说，她扎着高高的马尾辫，染着近乎金色的茶色头发，就是个地方上常常能见到的典型的年轻女混混。

　　"哦，没有，真的，真的没关系。"

　　小都慌慌张张地坐起了身，发现身上除了救护室的毛毯之外，下半身还多了条盖毯，上面印着粉色和白色的梦幻般的花纹。

　　"哦，那是我刚才给你盖的，你看上去很冷。"

　　"哦，谢谢你！"

　　"阿姐，你还好吧？"

"哦，嗯……还好。"

"你刚才在梦里喊得可厉害了。"

"欸，是嘛。对不起。"

小都边说边起身，也许是止痛片起了作用，疼痛缓解了许多。

"来，我们把屁屁擦得干干净净哟……"那女孩用歌唱般的语调对婴儿说道。她上身穿着印有迪士尼卡通人物的宽大运动衫，下身穿条牛仔裤，细细的脖子和单薄的背部给人感觉还像个孩子。虽然带着个婴儿，却还穿着细跟的拖鞋。脸上化着浓妆，但怎么看都还带着十几岁少女的稚气。

小都站到她身边，张望起了那名婴儿。

"真可爱呀，几岁了？"

"谢谢，九个月了！"

"是女孩儿吗？"

"哦，穿的是粉色，但是个男孩儿，这衣服是做妈妈的朋友给的。"

小都好久都没这么近距离地观察小婴儿了。他比想象的要大，充满了生机，身上还散发着不可思议的气味。眼泪汪汪的眸子中，眼白的部分泛着蓝色，就像是洋娃娃的眼睛。手和脚小得让人难以置信，这么小的手脚上还都长着指甲，让小都感到很神奇。

绘里马上也要生出这么大的家伙了。从肚子里生出这样一个活生生的人，想想就觉得不可思议。小都连宠物都没养过，对自己能否照顾这样一个什么都不会的小生命缺乏自信。

虽然不知眼前的这位年轻妈妈内心在想什么，但感觉她并不是那么有精神。

"我常常会来这里，带着孩子来真方便。"

她固定好孩子的尿布兜后，突然说道。

"是啊。"

"停车场又大，停车也很方便。"

"是啊，平日里也有很多人带着孩子来这里。"

"公园里尽是一些喜欢夸夸其谈的妈妈，可烦人了。"

那位年轻的妈妈咯咯笑着说。小都不知该如何回答，感到下腹一紧，又隐隐痛了起来。

"阿姐，你身体不舒服吗？没事吧？"

"哦，就是痛经。吃了止痛片睡了一会儿，感觉好多了。"

那年轻的妈妈抱起孩子，把他放到了巨大的婴儿车里，车上挂着许多东西。小都把盖在自己身上的盖毯叠好还给了她，心想，要是自己没醒的话，那年轻母亲肯定毛毯也不拿地就走了。

"真是太感谢你了。"

"没事。啊，阿姐，你电话响了。"

正当小都慌慌张张找起手机的时候，那年轻母亲飘然离开了。

本以为是店里打来的，急急忙忙打开一看，发现屏幕上显示的是贯一，心里咯噔一下。

贯一没发信息，而是打的电话，这让小都坐立不安起来，不知该不该接。正当她纠结的时候，突然铃声中断了。

小都心里一阵失落，后悔为什么没去接。深深的悔恨让她手足无措，就在这时，手机屏幕又亮了起来，上面清清楚楚地显示着"贯一"两个字。小都屏住呼吸按下了通话按钮。

"哦，终于接了。阿宫？是我，是我。"

"啊，嗯。"

"现在方便吗？在上班？"

"在休息。什么事？"

"好久没联系啦。"

"是啊。"

听贯一的口气，好像什么都没发生过一样。小都感到困惑，笨拙地坐到了简易床上。

"我找到工作了。"

"啊,是吗?"

贯一是因为高兴才联系自己的吗?不过也好,他说过不是随便什么工作都能凑合的,那一定是找了份自己满意的工作吧。

"从11月开始,有三个月试用期。"

自己该不该祝贺他呢?可说"恭喜你"会不会太奇怪了呢?小都都感觉头晕了。

"……太好了,是做寿司的工作吗?"

"嗯,是立食寿司。"

"欸——,立食?"

小都还是第一次听说有站着吃寿司的店。

"最近可流行了,原本江户前寿司[1]就是站着吃的。是家连锁店,还没定去哪家门店。离这儿远的话有可能要搬家。"

虽然贯一的语气生硬,但字字句句透着喜悦。想来虽然他话不多,但却是个能直接流露感情的人。

"哦。"

"你好像没什么反应嘛。"他说着笑了笑。

"哎,无所谓。阿宫啊,10月份有两天连休吗?我想在开始上班前一起出去住一晚,泡个温泉。"

"贯一你和我去?"

"不是我们还能是谁和谁去?"

"可是……"

自从项链的事以后,贯一就没再联系过自己,小都以为他肯定非常生

---

1.江户前寿司是诞生于江户时期江户地区乡土文化的饭团寿司,最初是在街边摊位售卖,人们站着食用。

气，对自己的感情也渐渐淡漠了，可这回却突然跟没事人一样邀请自己去泡温泉，着实让小都诧异。

"住宿费我出。"

"为什么？"

"嗯，你看，我把项链退了。"

"真的？"

"去店里和当时接待我的售货员商量了一下，结果就让我退了。正规店铺就是不一样。"

贯一居然去了东京一流的品牌店，去央求人家把买来的商品退了。小都想象着当时的场景，不可思议地快喊出了声。贯一再怎么迟钝，肯定也不会乐意去做这种事，这需要多大的勇气啊。事到如今，小都内心才涌起一阵强烈的负罪感，脸色都白了。

"真的对不起，让你这么难堪，当时我竟说出那种话。"

"别再提它了，我们用这钱去泡温泉吧。"

"不，我的份额我自己承担。或者说，就像我之前说的，这钱还是留着，尽量别动。"

啊呀，自己这么说算是接受他的邀请了嘛——小都突然意识到。

"我知道，现在关键是你能请得出假吗？"

"嗯，等一下。这月最后一周的周一周二我应该是休息的。"

"噢，那我就预订啦。"

"预订？我们去哪儿泡温泉？"

"热海怎么样？我没去过热海，一起去看贯一阿宫的雕像吧。"

"啊？"

"那肯定的喽，就这么定了。"

电话啪的一下挂断了。小都举着手机愣在那里。

她感到嗓子干得冒烟，立刻想起女医生说自己缺水，就拿着钱包起身准备先去买点喝的。

这时，她突然觉得身体轻得有些异样。

悄悄回过头去，发现简易床上只有自己刚才盖过的皱巴巴的毛毯。

虽然下腹还有些沉重，但尖锐的疼痛感已经消失了。小都感觉自己好像睡了很久，可一看时间，却惊讶地发现一个小时都没到。急急忙忙地回到店里，见晚班的员工一个也没到，问了问打工的女孩儿，她说也没来过一个客人。

小都感到身体轻飘飘的，好像是游了很长一段距离，有种惬意的倦怠感。

习以为常的店内此时竟莫名地显得格外清晰，小都不由得揉起了眼睛。

她记得以前杂志上说，要打扫家里的时候，应该先拍张照。她试着照做了，结果大跌眼镜。自以为打扫得还算过得去的房间，不想在照片里竟显得如此杂乱。

现在自己眼中的店面，就和当时照片里的房间一样清晰。衣架上快滑落的套头衫也好，角落里的积灰也罢，都一览无余。她走上前去把衣服挂好，又拖去了灰尘。仔细一看橱窗，发现下半部分很脏。

正准备去擦，却又发现收银台边上的文具散了一桌。以前虽然也一直是这样，但眼睛大脑似乎都熟视无睹了。小都把圆珠笔、剪刀之类的全收到笔架里后，又莫名地感到电话子机有些脏，就用店里常备的湿巾擦了起来。

不仅是眼睛看得清晰，耳朵似乎也变得敏锐了。打工女孩不满的脚步声和一直以来都当作耳边风的背景音乐都听得真切。那音乐好像是什么著名电影的主题曲，但小都记不起是哪部电影了，她甚至不记得上次看电影是什么时候的事了。

小都感到内心出奇地平静，似乎恢复了久违的清醒。

贯一能主动联系让她很开心，和他和好如初也让她心中一块石头落地。

但小都感到的不仅仅只有这些，更多的是绝处逢生后的豁然开朗。

不久，晚班的员工一个个都到了。最后当仁科出现时，小都灵机一动——对呀，为什么不找她谈谈呢？我为什么要把职场上的困扰一个人扛着呢？

小都向仁科走去，对她说想占用她点时间和她聊聊。她稍稍有些惊讶，但确认店里人手充足以后，就立刻答应了。

在休息室的一个角落，小都把最近店里发生的事和盘托出。

包括打工店员对店长和东马的不满濒临爆发的事，店长强迫打工店员购买滞销货的事，甚至包括小都自己被东马性骚扰的事，还有其他员工也遭遇东马咸猪手的情况。仁科听后咬着嘴唇陷入了沉思。

见她沉默了良久，小都忽然紧张起来。

万一她搪塞说先看看情况该怎么办，万一她嫌我这个非正式工给她添麻烦该怎么办？

然而，当小都看着仁科为难的表情时，她感到一股平静的决心从内心涌起——如果是这样的话，那在这里继续工作就没有任何意义了，索性辞职得了。

最后，仁科静静地站起了身，对小都深深鞠了一躬。

"很抱歉，让与野你这位合同工承担了这么多。谢谢你告诉我这些，我会尽快着手处理的。我这就去找店长谈谈。"

小都注视着仁科垂下的头发，感到紧绷的神经一下子松弛了下来。虽然找仁科商量纯属本能的反应，但她还是不住地感到紧张。一想到事情有希望了，她就感到鼻子一酸，用尽最后一点气力强忍住蠢蠢欲动的眼泪。

这天，不知为何，小都感到自己像蜕了层皮一样焕然一新。晚上开车回家时，对夜路也不那么恐惧了，平时不擅长的倒车入库也一次搞定。

小都觉得整个人就好像更新了操作系统，此前的种种不顺似乎一时间都迈上了平稳的坦途。

她心情舒畅地开了门，脱了鞋，正要绕过短小走廊的一角时，黑暗中却一脚踢到一个庞然大物，原本没想到这地方会放东西，因而撞得不轻。

"好疼啊——"

小都不禁蹲下了身，小脚趾异常疼痛，眼泪都出来了。

糟了，该不会小脚趾骨折了吧。小都边担心边忍痛蹲着，呻吟了一会儿后，疼痛渐渐缓和，小都便摸索着墙壁打开了走廊的电灯。

原来转角处放的是一个原本在母亲房间的少女风格的碗橱。仔细一看，见碗橱一角贴着个"大件垃圾"的回收标签。

"真是！怎么回事！"

放在这种地方也太过分了。小都边想边揉着疼痛的脚趾，却发现父亲的高尔夫球包和最近一直放在储藏室的被炉也在那里。这是要断舍离吗？

进了自己房间，打开电灯，疏于打扫的凌乱景象便映入了眼帘。小都咂着舌，像是受到神启般意识到，并不是什么事都能简简单单地变得顺利的。

第二天晚上下班后，小都和仁科来到了街边的家庭餐馆。

时间已近晚上9点半。服务员将吃完的汉堡牛肉双人套餐那沉重的铁盘撤走后，桌上瞬间变得空空荡荡的，两人感到闲得发慌。

"真慢呐，那家伙到底在干什么。"

仁科把胳膊肘撑在桌上说道。

"我发个短信？"

"嗯——再等等吧。与野，你吃些什么甜品吗？其实我好想喝酒，但今天要开车。"

仁科边说边把菜单递过来。小都盯着巨大的芭菲图片看得出神，但一想到昨天的痛经，就决定还是不吃冰的了。

"我来块华夫好了。"

"那我就选这款秋季味觉芭菲吧。"

仁科昨天听了小都的话后立刻联系了休假的店长，说服她今晚一起聚一下。事关敏感话题，不宜在休息室讨论，就约定下班后在外面商量。店长说傍晚实在有事，8点半会来和她们会合，可到现在也没见她出现。

"与野，你身体如何？好些了吗？"

"嗯，已经没事了。"

不知怎么的，小都想说说自己的事了。她开口道：

"最近生理期都会推迟。"

仁科听了一脸困惑。

"还以为是怀了男友的孩子，急得不行。"

"哦。"

她温柔地眯起了眼。

"这的确很焦心，我理解。我和男友同居很久了，有时也会有对怀孕的担忧。"

"嗯，有个问题不知该不该问……长期同居后，是不是就不会发展到结婚了？"

"嗯，正因为如此，有了孩子才可能会急急忙忙地去登记结婚，但同居的人原本就对结婚不太积极的。毕竟继续维持现状，生活也没什么障碍。与野你的婚事怎么样了？你和你男友？"

"呃，我们俩都是贫穷的上班族。"

"是嘛，毕竟结婚很花钱呢……"

"是笔不小的开销啊……"

两人一起冷冷地笑了起来。

"与野你男友是什么样的人？"

"嗯，他做饭手艺不错。"

"嘿，能做饭的男人，很棒啊。那这样一来，你们住一起，把做饭全交给他，你不就可以去找个收入更高的工作了吗？"

仁科说得非常自然，听不出挖苦的语气。

"朋友也对我这么说。"

"是吗？可你现在只是合同工，总觉得有些大材小用了。"

"是吗？"

"你善解人意，又有品味，还特别认真，而且你还做过店长吧？"

"……谢谢你这么说。"

"不过，要是你现在辞职的话，那对店里来说真的很棘手。"

这时，服务员送来了华夫和芭菲，无论哪个都覆盖着厚厚的鲜奶油，看起来就很甜。

"你之前工作过的是哪个品牌？"

小都告诉了她名字。

"森女啊！嘿，和你太相称了。"

仁科笑了起来。

"高中毕业后在那里打工，去了东京好几家门店，后来成了正式员工，最后做到了青山街面店铺的店长。不过那时与其说是森女，不如说就是自然主义风格。"

"很厉害呀，你有在森女时期的照片吗？"

仁科饶有兴致地问。小都从手机图片文件夹里找出照片给她看。

"哟，精灵！这不就是童话里的女孩吗！太可爱了！"

"这可是最传奇的一张。"

"这是专业摄影师拍的吗？"

"是，那时大概二十五岁吧。"

当时有本以森女为主题的时尚杂志，现在已停刊。那时杂志准备编辑一本明星店员特刊，选取了六名采访对象。以前小都曾在街头拍过时尚抓拍写真，还登过杂志，但经过造型设计，在摄影棚拍摄还是头一回，让她无比欢欣雀跃。

"真是青春的回忆啊。"

"你说什么呢，现在不也还年轻吗？"

"年轻——"

"你现在已经不穿天然系列的服装了吗？"

"嗯，我最初之所以选择这种风格的衣服，就是因为自己上围过于丰满，出于想要掩盖缺点的考虑。"

"哦。"

"那时还不太有尺幅宽出一码的服装。偶尔发现一家森女风格的店，进去一试，竟然很合身，也不显得那么丰满了，当时就觉得这就是我要的衣服！"

"真是不错的体验啊。要找到和自己气场相合的衣服很难呢。"

"是啊，所以就毫不犹豫地大把大把掏钱去买了。现在瘦多了，我们店里的衣服勉强也能穿，不过衬衫什么的有时还会扣不上。"

"这样啊，原来还有这层烦恼啊。"

"而且，现在也不太适合穿那类衣服了。女人味浓的衣服穿久了，麻面料的衣服穿着就感觉反而不协调了。"

"哎，不仅是年龄，境遇的变化也会导致穿衣风格改变的。"

仁科点点头。看样子她芭菲已经吃厌了，才吃了一半，就早早地把勺子扔到了一边。

"与野，没人对你提过转正的事吗？"

突然转变到现在职场的话题，小都一时都不知该如何回答。

"……嗯，店长提过一句会帮忙推荐的话，但别人也告诉过我，说没有突出的销售业绩和十足的干劲，是无法成为正式员工的。"

"没错，虽然表面上公司有正式员工录用制度，但没有店长和购销员的推荐，的确很难转正。而这两个人偏偏又这副德行。"

小都苦笑着将华夫塞进口中。

"这的确是自相矛盾，刚才还对你说你辞职会让店里很为难。难道就不能制定更积极的正式员工录用制度吗？"

"是啊……"

"有什么不对吗？"

小都沉吟了一会儿。

"问题是我自己缺乏自信。其实我在做店长的时候，特别受员工的厌恶。"

"啊？"

"和龟泽店长一样没有人喜欢。"

"真的？居然有人会不喜欢与野？你既没什么怪癖，还会察言观色。"

"那是自己努力改变后的样子。"

"原来是这样啊。"仁科张口结舌。

"当我听说打工的几名姑娘都心怀不满时，心里真的很恐慌。因为我在做店长的时候，就被员工集体抵制过。"

"啊？"

"黄金周第一天，准社员和打工的没一个来上班。正式员工也只有我和另一名同事，我是边哭边向公司请求支援的。"

仁科目瞪口呆。

"送来的商品纸箱都没工夫打开，就堆在收银台边上。当然是没时间休息，连公司做会计的姑娘都被派来了，准备去冲绳旅游的员工也被喊了回来，旅行装都没脱下，拉着行李箱就赶来了，我愧疚得如坐针毡。"

"地狱般的经历啊。"

"当时头脑一片空白。我也知道自己不受欢迎，却没想到她们会对我用这一招。"

"为什么会成这样呢？"

小都自嘲地笑了笑，稍稍思索了一下。

"现在想来，应该是我不具备领导的素养，也没有这心理准备。在基层的时候对上头人指手画脚容易，一旦自己坐到了管理人员的位子上，完全没能力处理好员工反映的问题，在公司意愿和门店的协调上也糟糕透顶，还不擅长指挥人做这做那。全都一个人大包大揽，结果自己崩溃了。排班表也制定得一塌糊涂，还有员工之间明明产生了纠纷，却也不善于倾听，总之各方面都不如意。店长干得那么差，还和公司人事部的同事谈恋爱，也给人留下了不好的印象。"

"哈，居然还有这样的事啊。"

"在服装业的门店工作的话，如果不成为店长，就很难再有进一步的发展。可说实话，我很害怕再次成为店长。"

"原来如此啊。"

"我并不是袒护龟泽店长，只是对她的苦处略有些体会吧。"

仁科频频点头。

"可你不要抱着自己会再次失败的想法啊，而是应该觉得既然失败过一次，下次就不会重蹈覆辙了。"

"……也是啊。"

"当然当然。"

小都还是第一次向别人提起这件事。

对父母对朋友对贯一，她都闭口不提。因为一提，自己保不准就会哭，最重要的是她为自己的无能，为遭人嫌弃以致逃回父母家而打心底里感到耻辱。被同性别的人讨厌的日子真的不好过，甚至比被恋人抛弃都难受。小都其实只是把母亲生病作为自己辞职的台阶，那段经历给自己留下了太大的阴影，自己至今都在把这段记忆封存在内心。她万万没想到，居然有一天会如此平静地向职场的前辈讲述那段日子。

这时，店长来了短信。

"啊，店长说还有10分钟左右到。"

仁科长长地舒了口气。她叫住了服务员，让她把吃剩的芭菲撤走。

"龟泽知不知道现在店里的形势呢，还有和东马到底是怎么了？这实在不方便问，但不问又不行啊。"

仁科像是在自言自语。

店长前些天，把自己和东马的事亲口告诉了小都。

果然，两人交往了一段时间。更确切地说，其实只是东马在自己方便的时候把店长叫到自己住的酒店里罢了。

不论什么时候，即使在半夜，心花怒放的店长也会放下一切去赴约，这反常的举动立刻就被丈夫察觉。在丈夫的质问下，她坦白自己有了情人，但终究没透露出那情人就是在同一家公司工作的东马。丈夫深受打击，离家出走了。

丈夫在总公司上班，双休日休息，在那以前周末都由他来负责照看孩子。店长父母的房子可以住下两代人，没了丈夫，周末店长上班时只能托父母代为看管，但自己父母得知了真相后非常愤怒。据说她丈夫现在住在东京的周租公寓内。

孩子们因为父亲出走，外公外婆情绪也不好，却又不明其中的原因，因而情绪非常不稳定。店长走投无路，只能找东马商量，却发现他对自己没抱任何真心，反倒是因为店里的销售业绩未达标而被他训斥了一通。

小都听后，既震惊又气愤。诚然东马的确过分，但店长居然为了这种男人把家庭事业弄得一团糟，这幼稚行径让小都气不打一处来。

不过，虽然这完全是罪有应得，但这种不顾一切的痴心还是让小都有所触动，自己对她怎么也恨不起来。

可这些内情从小都口中透露给仁科毕竟不妥，只能指望由店长亲口坦白给仁科了。

和仁科的谈话中断了，小都担心接下来和店长能否顺利地谈下去，紧张地盯着店门口。不久，玻璃门被推开，店长出现了。

小都立刻向她挥手示意。很快，店长注意到了她们，向两人走来。

她脸色潮红，头发凌乱。小都怀疑她是从停车场步行过来的。

"抱歉晚了。"

她一屁股坐了下来，调整了一下呼吸。仁科一声不吭地叉着双臂，注视着店长。

"你们俩吃过了吗？"店长问道，并没有要脱下夹克衫的意思。

"嗯，吃了。你呢？"

店长摇摇头。

"我没关系，只是……"

她焦急地翻起了包。邻桌四名高中生模样的人不知为何忽然发出一阵哄笑，引得店长不安地瞥了他们一眼。

"很抱歉让你们等这么久，我们能去一个更安静的地方吗？"

"哦，那我们换个桌吧。"

小都伸手要去按呼叫铃，却被店长阻止了。

"不是这里，我们去外面吧。"

"为什么？移到里面那桌不挺好？"

不等仁科说完，店长就站起了身。

"我们还是先找个安静的地方再说。"

她一把拉出夹子里的小票，快步向收银台走去。

小都和仁科面面相觑。虽然店长原本就毛毛躁躁的，但今天这样子也太反常了。仁科好像也觉得奇怪，若有所思地歪着头。


小都和仁科正讨论着接下来去哪里时，店长推开了店门。小都低下头，为她买单表示感谢。店长听后摇了摇头。

"在我车里说怎么样？"

"啊？"

也没等两人回答，店长就大步流星地走了起来。见她不容争辩的态度，两人不明所以地跟了上去。

店长走到停车场角落的一辆商务车前停下了脚步，开了锁。她平时一直开小汽车上班，这辆车肯定是在一家人出门的时候开的。店长拉开移门钻了进去，把三排座椅的中间一排转了个方向，调成面对面的形式。

"对不起车里有些乱，请进吧。"

她像在招呼两人进屋一般催促道，小都和仁科就犹犹豫豫地上了车。车停得离店和路灯都很远，车内只开一盏小灯，非常昏暗。的确，进行秘密谈话的话，这里再合适不过了。

小都注意到车里摆放的毛绒玩具，车后挂着的纸巾套、伞架，都是些有生活气息的物件。不禁感叹，家庭用车就像是个移动的客厅。从这角度看，小都的车就是个移动的单人间。

"需要喝点什么吗？我去买。"

刚坐下，小都又起身说道。

"与野，谢谢你。不过想先让你听样东西。"

店长叫住了小都，她从包里翻出了一个银色的小物件，是个录音笔。

"这是什么？"

仁科问道。

"还记得为你们举办欢迎会的居酒屋吗，刚才我让那里的吉冈店长配合录了音。"

店长按下了播放键。昏暗的车内，小都和仁科凑到录音笔边仔细听了起来。

窸窸窣窣的响动过后，突然听到了店长的声音。

"那吉冈先生，你一直都在观察两人的动静？"

过了一会儿，响起了一个男性沙哑的声音。

"嗯，我一直在看。那个男的一个人坐在吧台的时候，我就觉得有些不对劲。他看上去很焦躁，一直抖着腿，嘴里念念有词。我担心他影响其他客人，就边忙着手头的活边注意着。"

"后来他边上就来了一个姑娘是吗？"

"说是走来，更确切地说是那姑娘经过他身后时，那男的把她半路拦了下来，让她坐到自己身边的。那姑娘的举手投足，看着像是男人的部下。两人聊了有一会儿，我因为手头有活，并没有一直关注，但我知道那姑娘始终拉着个脸。嗯，怎么形容呢，那表情有些厌恶，又好像很为难。"

这时，他停了下来，轻轻咳了一声。

"后来两人站了起来，我原本还松了口气，以为那姑娘终于可以摆脱这醉汉了。就在这时，那男的伸出手，抓住了那姑娘的胸。"

"是抓住了吗？"

"是的，不是碰，是用力拧的那种感觉。我一声'喂！'卡在嗓子眼里没喊出来。"

吉冈沉默了三秒。

"我到现在还后悔为什么当时没有大声制止他。那家伙不怀好意的笑容肯定心里有鬼！对不起……我之前因为提醒过烂醉的客人，结果吵了起来，还因此被老板训得很惨。我家里还有个年幼的儿子，要是现在丢了工作就麻烦了。就因为有这些顾虑，我才不敢出声的。"

吉冈的声音变得伤感起来。

"那姑娘跑出了店，而男的却若无其事地慢慢悠悠回到了包房。我真的很后悔。我也有女儿，真的很想宰了那家伙。此前我只是觉得，喝了酒嘛，总有这类事情发生的。可最近越来越领会到这人啊，是喝醉了才会暴露本性的。不能把责任推到酒身上，而是酒使那混蛋原形毕露。那家伙是不是还惹了别人？我肯定尽力协助调查，也愿意去公司作证。"

这时，店长停止了播放。录音笔微弱的电源灯灭了之后，车内暂时笼罩在了寂静之中。

"龟泽，你是今天录下的？"

仁科吃惊地问道。小都脑子有些跟不上这出人意料的事态节奏，愣着不说话。

"是的，刚才我拜托他说的。我觉得光凭我一个人的证词，公司有可能不会相信。我们把东马干的事报告公司吧。"

店长说着，面向了小都。

"与野，那时我也看到了，却什么都没做，真对不起。除了这件事，我还给你造成了其他困扰，也一并向你道歉。我们把他性骚扰的劣迹报告公司，让公司尽早换一名购销员吧。"

店长深深鞠了一躬。过了一会儿，小都感到眼睛里有股热乎乎的东西慢慢地涌了出来——终于被人理解了，小都赶忙用手帕擦去了溢出的泪花。仁科则把手轻轻抚在她背上点点头，像是在给她打气。

"嗯，干得好，龟泽，谢谢你。"

仁科说道。

"不过，这还没完呢。"

仁科提醒道。店长朝她点点头："我明白。"

"我知道所有员工都对我抱有不满，要重新取得大家的信任也不是件容易的事。"

"听说你还让打工的姑娘买下滞销货，这可大有问题啊。"

"我知道。"

"你真的知道？"

昏暗的车内空气紧张起来。小都曾听仁科说过她不喜欢店长，正犹豫着要不要插话。

"总之，我会尽早向打工的姑娘们亲自道歉的。"

"对呀，我也会向大家解释的。还有一件事，事关隐私，到现在都没问你，你和东马怎么回事？"

店长咬着嘴唇低下头，不一会儿又甩了甩头发抬起来。

"……此前是和他交往过，但现在觉得没戏了。或者说，从一开始就没戏。"

"和他分手了？"

"不能说是分手，而是我暗示要离婚和他在一起，可他却当我在开玩笑，他根本没把我放在眼里。"

"你先生知道了吗？"

"我丈夫还不知道他是谁，离家出走后基本就联系不上了。他在我上班的时候似乎偷偷来过孩子。再这样下去真的有可能会离婚，因为本来夫妻关系就不好，我才会上了东马这种人的钩。"

店长握紧了膝盖上的双手，自言自语般说道。

"本来店里变成这样，可以商量和依靠的就是购销员了，可偏偏遇上东马，我真的太蠢了。"

店长继续道。

"要是离婚的话，我丈夫疼爱孩子，有可能会争夺监护权。我和父母住在可容纳两代人的房子里，这点对我有利。但我公公婆婆也算是有钱人，错也在我，不知结果会如何。可我绝对不愿把孩子交给他。所以我现在不能被工作逼得太紧啊。"

"我怎么感觉，"在一边静静听着的仁科喃喃地开口，"龟泽，你这到底不还是净为自己着想吗？与野可没做错什么呀，却要承受来自他人的异样眼光，说她是'受性骚扰的姑娘'。与野什么都没错，可这世道就是有那么多可恶的人，会同情造恶者，认为他们干坏事也是事出有因。你让与野自己承担全部风险，你干什么去了？让打工的姑娘买滞销货不也是东马指使你这么干的吗？就因为你和东马纠缠不清，才会在忙碌的周末休息，才会给员工带来这么多麻烦。这你就不报告公司了？就因为你不想让你先生知道？你这不是在明哲保身吗？"

"我……"店长欲言又止，默默地低下了头。

"仁科，算了，要是传到了店长的耳朵里，原本能平稳解决的事也许就无法收场了。"

小都忍不住插了句。

"不，我认为这里头不仅仅是与野你的事，而是龟泽应该把所有情况一并报告给公司，不能只当没发生过。"

小都偷偷瞥了一眼店长的侧脸。只见她低着头，缓缓地点了点头。

那天三人的秘密聚会就那么解散了，店长和仁科回去后，小都仍在家庭餐馆的停车场的车里坐着。

虽然身体很疲劳，但也许因为胶着的事态突然有了眉目，小都的头脑因兴奋而异常清醒。

小都不想就这么回家。她取出手机，想要联系贯一，但打开短信菜单，却发现自己现在需要的并不是和他联系。今晚，她想要一个人静静，最好能喝点酒。

但是回到乡下后，她还没一个人去喝过酒。正想着至少去星巴克喝杯茶，突然她头脑中冒出店长今天录音取证的那家店。那家店在车站附近，吧台也很长。车停在车站停车场的话，明天下班后就可以去取。那家店很大，没准反而可以让人感到轻松，而且那店应该会营业到深夜的。虽然因为东马那件事，小都并不太想去那里，但要是为自己作证的男子在的话，小都想对他表示感谢。下定决心后，小都就驱车往居酒屋的方向去了。

她有些紧张地掀开帘子，立刻有服务员来招呼自己。听小都说就她一人，店员就把她带到了吧台座。

长长的吧台坐上，只有正中间的一对中老年夫妻。小都则被带到了L形折角吧台较短的那一边，靠边坐下后，她感到异常平静。

有一名女孩拿来擦手巾，小都向她点了一杯柠檬酸味鸡尾酒，黑板上写着的今日推荐菜品也要了头两种。刚才虽然吃了汉堡牛肉饼套餐和华夫，但因为今晚能量消耗得惊人，小都再次感到腹中空空。

吧台里面正在装着盘的男子有着圆圆的脸和身材，和东马坐在一起的那天，两人眼前的男子和他不像是一个人。那名男子从吧台中把酸味鸡尾酒和小菜递给了小都，他看上去很年轻，还热情地微笑着。小都便询问道："请问，你们店长在吗？"

"是吉冈吗？他今天休息了。"

"哦，是嘛。"

"你找他有什么事吗？需要我给他打电话吗？"

男子连珠炮似的问道。小都慌忙摇摇头。

"没，没什么要紧事，就是想和他打个招呼，下次再来找他。"

小都叹了口气，喝起了鸡尾酒。比起罐装鸡尾酒，这里的酒的碳酸和柠檬味要刺激得多。

小都托着腮望着周围。店里人声嘈杂却不算喧闹，照明既不太亮也不太暗，恰到好处。她感到很久都没享受过这么安静的独处时光了。

父母的病情，和贯一之间的关系，还有工作上的事，这些接下来都该会让自己大伤脑筋吧。尤其是工作上，接下来有可能会因为性骚扰的事接受公司的调查，肯定会遇到不愉快，甚至也有可能对现在的店铺失去希望而跳槽。但不管怎样，至少现在自己很平静。

我今后会怎样呢？我今后会怎么做呢？或者更确切地说，我将被命运的洪流带向何方呢？小都茫然地思索着。

就在她身边四人桌的客人起身准备离开，小都不经意地看着他们披上外套。是一名打扮靓丽的年轻女孩和一名衣冠楚楚的男子，看着像是购物中心的员工。因为没机会和其他店的店员搞好关系，所以工作了几年都没结交上什么熟人。

小都看着看着，就和那名男子的眼神相遇了，只听见他"啊"地喊出了声。

一看他的圆眼镜，小都也"啊"地喊了一声。他就是去年台风之夜，为自己发动了汽车引擎，自称是贯一同学的人。

"此前我们在停车场见过啊，你是贯一的……"

"嗯，是的，那次真的太感谢你了！"

小都慌忙低头致谢。圆眼镜亲切地笑了笑，他看上去还是印象中的那么轻浮。

"你一个人喝酒？"

"嗯，在这儿喝上一杯。"

圆眼镜听见自己准备离店的同伴招呼自己，就对她说："熟人，聊两句再走哦。"

"阿贯还好吗？"

"挺好的。"

"说来购物中心的回转寿司店关门了哈，那现在那家伙在做什么呢？"

"嗯，好像找到下一份工作了。"

"寿司？"

"据说是立食寿司。"

"嘿，立食寿司啊。"

圆眼镜笑眯眯地站着，他是不是已经喝得烂醉了呢。但说话还利索，看不出醉态。

"和你在一起的是蓝船的同事吗？"

"对。我跟你说了我们店的名字了？"

"你去年说的。对了，我们店的中井杏奈跳槽到你们那儿了吧。"

"啊，杏奈啊。对了，她说过自己是从特吕弗过来的，不过那姑娘已经辞职了。"

"什么？"

"是有些人跳槽成瘾哈，现在她在体育用品店。"

"是购物中心的吗？"

"对。"

"太厉害了，佩服佩服。"

"是挺让人佩服的。"

两人笑了起来。他一直站着，似乎没有要在一边坐下来的意思。虽然外表看不出，但也许他是个正人君子。小都边想边脱口而出："嗯，你坐吗？"

他看了看手表，"离电车开车还有20分钟，我就坐会儿吧"。说着，就拉开了小都边上的椅子坐了下来。他的左臂碰到了小都的右臂，这距离近得让小都吓了一跳。小都左边就是墙，她似乎感到自己被挤得无路可躲了。她尽量把身子往墙上靠，想离他远一些。"你没开车？"小都问道。

"是啊，今天车借给我弟弟了。"

刚才的那名店员走来问他喝些什么，他微微一笑说："来杯可乐。"

"哦，我不擅长喝酒，好久都没喝那么多啤酒了，有些头疼。"

他既不拘谨，也没喝醉。那这样说来也许只是他缺乏距离感，小都心想。她庆幸这人只会待上大约15分钟。

"你和阿贯在交往吗？"

"嗯，算是吧。"

"嘿……"

他喝起了送来的可乐。

"是你们其中一方说要谈恋爱的吗？"

"也不是谁先提出来的。"

"呵呵，那和他在一起开心吗？"

"嗯，还好吧。"

"会结婚吗？"

果然是个讨厌的人，小都心想，后悔当初干什么让他坐在自己身边。她自以为现在能看清周围的人和事了，但或许这只是自己的错觉。

"这种事必须向你汇报吗？"

小都稍稍强势起来。他"哦"地笑了笑。

"这不聊些家常嘛。不过啊，和贯一结婚，真是无法想象啊。"

"你离远点行不行？"

"哦，抱歉抱歉。和那种人一直交往下去可不行啊。"

"为什么呢？"

"因为他才初中毕业。"

对于贯一的学历，坦白说小都也曾经纠结过。但别人这么说他，就让她感到愤怒。

"我可不会纠结于这种事情，而且他还比我聪明。"

"头脑聪明？"

"还喜欢读书。"

"我要是个女的，可不喜欢他那么粗鲁的人。头脑灵不灵光和成绩有什么关系，他做人太草率，这才连高中都没考上。"

小都不明白他都在说些什么。

"正因为什么主意也没有，他才会随波逐流的。鼠目寸光，或者说是散漫。"

"你想要说什么呢？"

圆眼镜盯着小都。可当她意识到他眼镜中的黑眼珠空洞得什么都没在看时，顿时起了鸡皮疙瘩。

"你问过他为什么没上高中吗？"

"咦，不是因为去日料店工作了吗？他说是为了继承父亲的寿司店。"

"这个嘛，结果的确是这样。但其实他原计划是要参加高中入学考试的，只是在考试前一天接受了训导，因此没能参加考试。"

"训导？"

"因为他那些混混朋友干了强奸的勾当，据说贯一是帮忙盯梢的。好像他本人并不知情，所以没有受处分，但他肯定因此留下了心理阴影。"

小都笑了出来，她感觉这人在说谎，为的就是伤害自己。

"这种傻话，谁会相信。"

"是啊，就是些谣言。我也不知道有多少是真的。"

他竟莫名地笑得很开心。

"不过那家伙那时的确很恶劣，我都被他殴打恐吓过几次，乡下的混混真叫野蛮。你是本地人，应该知道这些吧？就是关于你，他还一直对我说起你。还真让他成功了，不愧是阿贯啊。你要觉得我在骗人，那你尽管这么想好了。男人一般都关注的是你的身体，而不是你的脸。喂，你应该有所察觉吧？难道你还把这当作是自己有魅力？"

小都听了张口结舌。她想反驳些什么，可却一时语塞。圆眼镜笑着站了起来，从钱包里拿出五百日元硬币放在小都面前。

小都盯着他喝剩的可乐。

她眼里的东西都黯然失色了。

她感到此时，自己遭受的暴力不亚于东马的骚扰。


后来，店长和仁科很快就着手把东马的事报告给公司，还向打工的姑娘们一个个面谈道歉。

但是，她们对店长的不信任似乎比想象的要严重得多，结果，店里的员工几乎有一半都辞了职。

10月份的最后一个周六，那天小都是晚班。早晨被闹铃吵醒了，可还是很困，就在床上窝着，这时电话铃响了。只听见仁科让自己快去店里，声音听上去很生硬。原来那天早晨，店长收到打工姑娘发来的邮件，说是昨晚全体打工的姑娘聚在一起商量后，决定大家不再来上班了。

小都连澡都没来得及冲，就急急忙忙地收拾好去了店里。

周末进了大量的货。小都和休息日被叫出来上班的员工一起，着急慌忙地打开纸箱，做起了营业前的准备。

这次辞职风波就好比是一场集体示威，辞职的不仅有打工的，还有人力派遣公司派来的几名派遣员工。据说人力派遣公司给总公司发来了正式的投诉函，称"员工被店长强迫购买滞销商品"。

店长之前也说过，在这类紧急事态发生时，应该是购销员站出来趁早采取行动，充当公司和店铺间的桥梁来力挽狂澜的。小都以前遭遇员工集体抵制时，也是购销员代替惊慌失措的自己，承担了大部分的烂摊子。可这回，问题的根源就在这购销员身上。

东马突然就隐形了，来的是另一名购销员，光为布置那周的店面就忙得团团转，更别说处理其他事情。店长则几乎每天都被叫去总公司，根本来不了店里，甚至连第二天店里能来多少员工都无法预测，这种状态持续了很久。

总公司轮番派人来支援，但来的那些人，比如做总务的女孩，她们连待客的经验都没有，战斗力并没有得到有效的提升。好好的一个周末，就因为人手不足惹怒了顾客。连叠衣服都顾不上，弄得货架乱糟糟的，整个店面乱作一团。开店前和关门后，还有大量的工作。一直站着的腿都肿了起来，体重一下子就掉了两千克。计划中和贯一两天一夜的旅行也就理所当然地搁置了。

"与野你真厉害啊。"

趁没有客人的间隙，在狭小的仓库默默地剥去商品的塑料包装时，小都突然听到身后有人对自己说话。回过头去，只见仁科站在那里。毕竟是多日的连续作战，一直活力满满的她眼睛下方也熬出了黑眼圈。

"嗯？怎么了？"

"没什么，只是大家一个个都既紧张又不耐烦，就你一个人还那么淡定。"

"才没有呢。"

小都笑着回答，见状，仁科靠在墙上叹了口气。

"你看，你就一直这样笑眯眯的。可其他人都紧绷着神经呢。就你，对顾客也好对同事也罢，都还笑脸相迎。这次我真是重新认识你了，能吃苦耐劳，还心胸宽广。最有资格撂挑子不干的其实是你才对啊。"

小都把脸上的头发拨到脑后，想了想说：

"那是因为我已经经历过一次集体抵制了，所以第二次也就没那么大惊小怪罢了。"

仁科伸手接过小都拆完塑料包装的商品。

"这些我会处理的，你休息休息吧。一早来就没坐过，你还没吃上口东西吧。"

"……好的，那这里拜托你了。"

她拿起了装有钱包的小袋子出了店门。来到员工通道时，发现太阳已经西沉。不知不觉中，白昼竟变得如此之短。

虽然忙得都感觉不到饥饿，但要是不吃点东西的话，到了晚上会胃痛。最近别说是做便当了，连到便利店凑合午饭的工夫都没有。小都只能来到休息室的自动售货机前，按下了之前贯一买过的章鱼烧的按钮。

她在窗前坐下，机械地将章鱼烧送进嘴里。印象中第一次吃的时候酱汁的味道很浓，可这次不知为何感到味同嚼蜡。小都吃了一半就腻了，把它推到桌子边。

她心情很郁闷——下周她必须去东京的总部，为东马性骚扰的事接受调查。

她听说东马是高层眼里的香饽饽，重点提拔的对象，没准人事部门的人还会认为自己这个合同工给公司添麻烦。小都后悔了，觉得与其弄得现在这么压抑，还不如当初别投诉他。

她想到刚才仁科说自己心胸宽广，就苦笑了起来。小都明白仁科并不是在讽刺她，如果自己真的看上去那么若无其事，那也并不是因为自己能吃苦耐劳，而只是因为内心觉得"无所谓，和我没关系"罢了。

小都自认为已尽己所能地去做打工员工的工作了，所以结果弄成这样的确也有些失望。但老实说，自己同时还怀有嗤笑着冷眼旁观的心态。

半数员工都辞职了，在这点上小都并没什么责任。自己是合同工，几乎不会被加薪，但也因此不会被减薪。自己所在的服装店也不是什么个体专营店，而是大型服装企业，所以也用不着小都操心。不久公司就会配置人员，店里又会回到正常轨道。

对这种自己毫无留恋的公司，即使自己为性骚扰申诉，又能怎么样呢。

小都是想在近期辞职的。但毕竟自己做店长的时候遇到过这类抵制，所以现在她还不想逃离这里。况且，现在眼前的事可以让她忙得鸡飞狗跳，根本无暇思考，这对小都来说未尝不是一种解脱。她可以因此不用去考虑那夜圆眼镜对自己说的话。

但是，到了现在这种休息时间，那天晚上的事又砰的一下跳进了脑海，让她感到非常郁闷。

小都并没有把圆眼镜说的完全当真，倒是有好几天，出于对他不怀好意的反感，一直对圆眼镜怀恨在心。但随着时间的推移，小都不安地感到他的话正一步步地压垮自己的情绪。

也许贯一在初中的时候真的比小都想象的要糟糕，但这都是过去的事了，没人能将过去抹去重来。

让小都深受打击的不是这些，而是圆眼镜将小都在男人眼里的印象如此直白地告诉了她。她就像是被泼了一身脏水一般，气愤的同时，心灵还深深受到了伤害。

对于男人关注的不是她的脸，而是她的身体，她也曾隐约有所察觉。

十几岁二十岁的年纪，小都之所以喜欢穿森女风格的衣服，最大的理由就是喜欢这类衣服所蕴含的世界观，但同时也是因为它们代表着性感的对立面。虽然她并没有强烈的自我意识，但总希望避免被人以异样的眼光来对待。小都认为自己的前男友正因为喜欢她这点，所以两人相处得还算顺利。

到了三十岁，她感到年轻女孩的勃勃生气从自己身上渐渐淡去，而且她也意识到世上不全是那样的男人，就觉得穿穿凸显身材的衣服也不要紧。

虽然自己是这么认为的，但贯一呢？

最初小都在寿司店向他抱怨的时候，他肯定觉得自己是个爱生气的女人。那么后来呢？小都把手肘支在桌上，回想起了和贯一走向亲密的过程。

说不定在他眼里，自己就是个随时能满足他欲望的丰满女人呢。自己或许只是把贯一的行为按自己所希望的进行了美化而已，或许只是对他种种的异常视而不见，带着自己理想的滤镜在对他进行观测而已。

小都独自摇着头。

不，不是这样的。

贯一不一直都很温柔吗？他从没做出过把小都当作发泄欲望对象的事。如果只是把自己当泄欲工具的话，他是不会三番五次地给自己做晚饭，还为自己买价值十万日元的项链做礼物的。

正试图驱散这种想法时，小都脑海中又闪过东马蔑笑着侵犯自己的情景。

小都感到毛骨悚然。

贯一的情欲和东马的情欲，究竟有多大的差别呢？

是自己太过较真了吗？

是自己对贯一度量太小了吗？

小都想起早阳花曾经对自己说过，穿着讲究的人一般都有些狭隘。

所谓穿着讲究，就是把自己弄得和人与众不同，所以小都觉得早阳花说得也有道理。想来小都的前男友对美食特别讲究，所以在这方面他也很狭隘。若是踏进的餐饮店上的菜不好吃，他就会像是变了个人似的破口大骂。

在某些方面越是较真，人的度量也越小。

越讲究幸福，人就越会失去宽容的心。

小都自问自答着，最后有些疲倦了，叹了口气。她不想再纠结下去了，虽然为时尚早，她还是决定回去工作。

她从小袋子里掏出了小镜子，想要重新搽一遍口红。照着镜子，小都发现自己左脸颊上爆了颗痘，红红的。她不禁皱起了眉，这太显眼了，额头上也起了一粒一粒的小疙瘩。她太忙了也没办法，但总觉得不清爽。

最近一直睡眠不足，也没好好吃顿饭。小都深切地感受到，与其现在考虑未来的幸福，还不如好好地睡个安稳觉，悠闲地泡个澡。细致认真地保养皮肤，再买些新衣服打扮得漂漂亮亮的。

反正今天也会很晚回家，小都想买些色拉当作晚饭，就起身前往购物中心的咖啡店。


向咖啡店走去的路上，小都看见穿着作业服的人正站在梯子上装着彩灯。进入了11月份，到年终就是一眨眼的工夫。什么都还没有着落，时间却在飞快流逝，小都为此感到很焦躁。通道的前方，可以看见夕阳映照下的牛久大佛，它依旧镇定自若地俯视着街镇。

小都边走边茫然地望着牛久大佛时，只见从眼前穿过的一家人的另一边走来一名男子。

他个子很高，穿着深绿色的翻毛皮夹克，远远地就能看出他身材很好。

小都吃惊地停下脚步——是东马。

她当即就想折回，却又一转念，觉得凭什么自己要躲躲藏藏的呢，就接着径直向前走去。

东马和自己越来越近了，但他还没注意到自己。

他一手拿着包，另一手插在裤兜里信步走来。虽然这一身打扮并不吸引眼球，但从整体的轮廓，绝佳的袖长和裤长，面料和色调，直到鞋子和包，都一丝不苟——他很清楚什么适合自己的体型和气质。

能把自己的仪容打理得如此无懈可击，说明他同样也在用挑剔的眼光审视着别人的着装。一想到这，小都背上就起了一层鸡皮疙瘩。

东马看上去有些憔悴。脸颊都凹陷出了阴影，还长了邋遢胡子，那种倦怠的神态给他平添了份魅力。分明是个对他人漠不关心的人，却有副出众的皮囊。人究竟是为了什么而打扮的呢，小都错乱了起来。

不久，她和东马的眼神相遇了。他也注意到了小都，微微歪了歪嘴唇，似乎在笑，又似乎在咂舌。

他应该对小都向公司投诉他性骚扰的事有所耳闻了吧，他会对自己说些什么呢。小都心脏越跳越快。

东马的视线从小都的脸上移到了小都的脚上，他一定在对自己身上穿着的衣服进行估价。

这女人已经不年轻了，还穿着廉价的衣服。皮肤粗糙，头发凌乱，毫无品位。他心里一定是这么想的。

小都强忍着想要低头向前跑开的冲动，而是注视着他的脸径直向前迈着步子，似乎回避他的眼神，就意味着接受了他的侮辱似的。

东马也没有回避，而且还弯了弯眼角，看似在冷笑。

"你辛苦了。"

东马带着嘲讽的语气在小都耳边轻声说道。小都停下脚步看着他的脸。

东马并没有放慢步速，仍然快步向前走去。

此时，小都脑子里蹦出了一种妄想——自己在石板路上一跃而起，一路助跑至他身后，对着他的腰来一个干脆的旋踢。

但事实上她什么也做不了。东马没有丝毫放慢脚步的迹象。也许，小都对他而言，只是个微不足道的烦人小虫而已。

太懊恼了。

屈辱让体内的血液都沸腾了。

要是自己会武术该多好，要是高中时候加入的不是乒乓球社，而是空手道社该多好。这样一来，至少现在还能对这男人踹上一脚。

小都却只能呆呆地站在原地。而那男人却头也不回地消失在了洋溢着欢乐气氛的客流中，不知所终了。

直到一名人过中年的过路女性惊讶地打量着她，她才回过神来。

她正准备往前走，一抬头又见牛久大佛。

那温柔的曲线和举起的右手让小都心中一转念——以暴制暴又能怎样呢。自己能做的就是勇敢地将东马对自己的所作所为，将他作为购销员扰乱店铺的行径报告公司。

小都走出了购物中心，方才局促的小步现在已变成了悠然的大步，她踏着响亮的足音走了起来。


几天后，小都迎来了久违的休息日。当她起了床，睡眼惺忪地上了二楼客厅时，母亲让她坐下，说有事要和她谈。

"有事？什么事？"

"先别问了，快坐下，喝点咖啡吗？"

"……嗯，谢谢。"

小都穿着睡衣，坐到了餐桌边的椅子上，看着母亲烧开水，用滴滤式咖啡壶倒咖啡。

"咖啡机去哪儿了？"

"扔了。跟那东西相比，手冲咖啡不占地方。"

母亲的话让小都感到哪里不对劲，难道这么早就开始为晚年做打算了？小都纳闷地想。

"……最近你身体怎么样了？"

"最近挺好呀。小都你呢？忙得好些了吗？"

"没有，估计这鸡飞狗跳的状态要持续到明年开年了。"

"够呛啊。"

小都打了个大大的哈欠，向上捋着头发。不管怎样，她都希望父母能健健康康的，如果这时连父母都倒下了，她感到自己实在无力去一个人面对。

母亲拿着两个马克杯坐到小都对面。"你听好啦。"她正了正姿势嘀咕了一句。

"什么事，这么严肃。该不会是爸爸的病？可别告诉我他身体又有什么不对劲了。"

"哪里，就是想告诉你，我们要把这里卖了要搬家了。"

"啊？"

"明年初就搬。新家可能就只有两个卧室了，没有你的房间，就意味着你要到外头租房子了。"

小都拿着杯子，目不转睛地注视着母亲的脸。

"你说要把这房子卖了？"

"是啊，我刚才不说了嘛。"

"为什么？"

"和爸爸商量后决定的，因为现在还能卖个好价钱。"

"为什么？"

"嗯，因为我们背负了一大笔贷款啊。还有就是觉得就夫妻两个人，没必要住这么气派的房子。"

"啊？"

小都听了张口结舌，她没明白母亲在说些什么。

而母亲却若无其事地嘬着咖啡，一副事不关己的表情。

# 第九章

当桃枝把决定卖房的事告诉女儿时，女儿看似完全难以接受，反复地问着"为什么"。

"为什么不和我商量呢？"

"因为你都忙得没在家呀，跟你说话也爱搭不理的。"

"话是这样没错，可你们只要把话说清楚，我还是会听的呀！"

小都探出身体大声嚷嚷起来，看样子她受了不小刺激。

"你不同意？你想住在这里？"

听桃枝这么一问，女儿不知该如何回答。

"也是，冷不防地听说这消息，吃惊也是难怪。抱歉啊。"

"当然吃惊啦！你们已经决定了吗？"

"卖是肯定要卖的，但具体要搬到哪里还没决定，在四处看。如果小都你想和我们住的话，我们也可以找个宽敞些的地方。"

女儿哑口无言地趴在了桌子上，只听她埋着的脑袋那里传出闷闷的说话声。

"为什么你们会这么决定？准备买公寓吗？"

"不，准备租房子。"

女儿猛地抬起头来。

"欸？为什么？上了年纪再租房子不累吗？不应该相反吗？上了年纪有套属于自己的房子不是更安心吗？"

"这就是问题所在。"

女儿张大着嘴巴，看着笑眯眯的母亲。

"我以前也一直是这么认为的，以为无论发生什么，有房子在，就都能挺过去。"

"对呀，而且当初不也是妈妈你说喜欢这房子，想住在这儿的吗？"

"没错，当时的确是这么想的，而且也为能住进这气派的独栋房子感到高兴。可后来渐渐发现事实并不是这样。"

女儿一脸莫名地听着。

"你爸爸一开始也是这么说的，没把我的想法当回事。但在我每天坚持不懈的鼓动下，渐渐就听进去了。我们俩讨论着讨论着，他还开始给我出主意了。我们于是就决定趁现在还有精力的时候开始新的生活。"

女儿沉着脸开口道：

"在这个房子里就不能开始新生活了吗？贷款数额那么大吗？我就不能再贴补点？"

"我不是这个意思。从哪里说起好呢。"

"嗯……"

"这么说吧，爸爸和妈妈都病了，眼见着一点点衰老……若是再上些年纪，比如万一以后腿脚不便了，像我们家这么陡的楼梯走起来就会很吃力，没准连客厅都爬不上去了。"

"噢，没错。"

小都点了点头。

"那既然如此，干吗不把卖房的钱用来买一套有适老龄化设施的公寓呢？"

"……嗯，也是，到时候要是觉得有必要也许也会这么做。"

"啊，太意外了。难怪你们最近都在扔东西。"

小都胡乱地挠着头，又举起胳膊伸了个懒腰，似乎感到释然了。午前的阳光斜切进了客厅。桃枝心头涌起一丝怅然，她明白，很快她就再也见不到这种女儿穿着睡衣的慵懒光景了。虽然这些都是自己决定的。

不过看样子，刚才的那些理由已经足以说服女儿了。事情简单得让她反而有些失望了。毕竟为了得出今天这样的结论，自己进行了前所未有的细心考量，和丈夫也进行了之前从未有过的深入交谈。

“我想说的就是这些，小都你也考虑考虑将来吧。”

“……嗯。”

“你和贯一还没打算结婚吗？”

小都噘着嘴，看样子这两人的婚事还没什么具体的进展。

“我倒是担心妈妈你们不要紧吧？”

“有什么问题吗？”

“你看——”

小都支支吾吾起来。

“我是因为妈妈你身体不好，在爸爸的请求下才回你们身边来帮助你们的。我不在身边你们没问题吗？”

女儿一脸困惑地问。

“原来你担心的是这个啊。这点我也和你爸爸商量过了，我觉得把养老的责任全加在你的身上也许不太公平。”

“啊？”

“你如果不是独生子女的话，现在的境况也许就会不太一样了吧。不过这已经无可改变了。爸爸妈妈都生病了，我们也知道你在我们身边的好处，但我也意识到这意味着你一个人要承担照料我们两个人的责任。当然有个什么事，你在身边会让我们感到有依靠，但我们之前都没意识到你背负的压力。你爸爸觉得孩子照顾父母是天经地义的，但我认为如果因此让你错失了工作或婚姻上的机会，这就得不偿失了。”

小都听了桃枝的话，惊讶地瞪大了眼睛。

“我想着，比如接送去医院，就可以不必总是依赖你，而是花些钱找这类的接送服务。而且万一病情恶化，我们还可以享受看护保险，看护费用低廉。我之前还一直以为这看护保险只适用于高龄老人呢。想着想着，又突然有个主意，觉得我们还可以搬到大医院附近去住。"

"可是——"

"我和你爸爸说了，你已经长大了，该放手了。我想尽量还是靠我和你爸自己。此前你明明在东京一个人好好的，把你叫回来真是对不住。谢谢你啊。"

小都陷入了沉默。手头咖啡已经凉了，她摆弄着马克杯，似乎在沉思着什么。

"你说的我大致明白了……就是说不管我和什么人结婚你们都不干涉了是吗？要是我说想在国外生活你们也会同意？到时即便有个意外，我可不一定就回得来。"

小都突然提到了这个。

"国外？你想去吗？"

"我就是打个比方。"

"这个嘛。"

如果父母反对的话，这孩子难道会放弃一切吗？桃枝内心忽然感到一丝恐惧。

"小都你有什么想做的事吗？"

"想做的？"

"比如想做这样的工作，一定要和贯一结婚，想生孩子，不想生孩子，想住好房子，想去很远的地方，或者想一直待在老家，诸如此类的？"

小都想了一会儿之后，轻轻叹了口气。

"……要是真有这样的愿望，事情也许就会简单些。我好羡慕那些有强烈愿望的人啊，但我却没有特别想干的。"

"这不也挺好？没有过度的欲望就意味着可以权衡取舍了嘛。"

"是嘛——"

女儿有气无力地嘟哝道。

"我还是觉得森女时期幸福啊。"

"嗯？"

"那时想买的衣服多得数不清，用自己的工资一件一件地买回家，从来没想过什么浪不浪费钱，也从没担心过将来。"

"现在你不是森女了吗？"

桃枝半开玩笑地问。女儿听了哭丧着脸点了点头。

"现在已经不是了。"

11月，桃枝和时子一起去筑波山游玩。

前些天，她打电话给时子，把要卖房子的事也告诉了她。

她听后大为震惊，但立刻像往常一样一拍脑袋，提议说在忙乎搬家之前，两人一起去哪里玩玩。她想起现在红叶正当季，就邀请桃枝去登筑波山。

虽然桃枝并没打算搬太远，但想到要是没有时子的邀请，自己也许以后都不会去筑波山，就答应了。

两人决定先从山顶缆车车站出发前往女体山，时子说大约要花15分钟。登山步道的斜坡上排列着原木做成的阶梯，两人边慢悠悠地走着，边欣赏着被秋意染成红色、黄色的枝头。阳光虽然很强烈，但空气却凉爽宜人。秋日的山中弥漫着难以置信的甘甜气息。

走在前面的时子步伐稳健，装备也很专业。

"时子，你平时登山吗？"

时子听了耸耸肩。

"虽然称不上登山，但我加入了朋友组织的徒步旅行小组，所以有时也会爬爬山。就是爬山比较累，只爬些海拔低的。"

"徒步旅行小组……"

"这不最近很时兴吗，叫什么'登山女孩[1]'，不过我们只能叫'登山阿姨'了。"

桃枝渐渐有些喘不上气了，只能把精力集中在脚下向上爬去。等一抬头，只见眼前出现了满是岩石的陡坡，不禁一愣。而时子却毫不犹豫地准备攀上岩石。

"等等，你准备爬这个？"

她回过头来笑着说："是啊，你不是来过吗？"

"我印象里从来没像今天这样爬山。不行了，我上不去。"

"没问题的，爬上这儿，一会儿就到了。"

时子毫不理会桃枝的哀求，只顾不停地向上爬。

桃枝只能不情不愿地跟在她身后，虽然这时她满脑子想的都是自己不行，想要回家。

桃枝一步一步努力让自己不滑倒，额头上已是汗如雨下。当她埋头爬了约五分钟，一回头发现脚下高得吓人，差点都快腰腿瘫软了。她手脚并用地拼命抓住岩石向上攀登。如果身边是丈夫的话，兴许现在自己早已折回了吧，但面对自己的朋友，却不能随随便便地说泄气的话了。

桃枝费了九牛二虎之力爬完了岩石坡道，来到山顶时已累得快趴下了。

山顶上没有任何遮挡，辽阔的关东平原一览无余，天空广袤得令人窒息。桃枝张着嘴，看得出神，太畅快了。

"景色真是太美了！来几次都不厌！"

"太壮观了，关东平原真是一马平川啊。"

据说这里有时还能望见富士山，但今天被遮蔽在了远方的雾霭中。这时

---

1.2009年，"登山女孩"这个词开始见诸日本各大媒体，2010年成为流行语。主要指不同于传统登山者的着装，而是穿着时尚登山装备的女性登山者，也指喜欢登山的女孩。

时子喊道："我看到东京晴空塔了。"顺着她手指的方向，桃枝看见远处的晴空塔小得像根牙签。转过身，又能把霞浦尽收眼底，阳光下，水面波光粼粼。再向远处，还能望见太平洋。

桃枝和时子并排坐在长椅上喝起了水。

"桃枝你要搬家了，我觉得好失落啊。"

听到时子忽然如此直白地感慨，桃枝都有些不好意思了。

"说是搬家，但不会去太远的地方的，估计也就是取手市或柏市这类地方。你要是愿意尽管来玩啊。"

"对，对，桃枝你也加入徒步旅行小组吧？"

"嗯，会不会给人添麻烦呢，我体力不太好。"

"没事的，有许多比你年纪都大。就挑自己不累的时候参加就行了。"

"是嘛，那我也加入看看好了。"

"太好了，桃枝，你状态真的好多了。"

"嗯，多亏了你，时子，谢谢你。"

这可不是客套，桃枝从心底里觉得自己精神得以康复，多归功于时子，心里充满了感激。

最近桃枝的更年期症状比以前大有改善。虽然偶尔也会犯潮热，有时还会突然感觉不适卧床不起。但即使起不了床，她也不会再慌张了。

"说来你卖房还真是下得了决心啊。"

"是啊，刚开始有这个念头的时候，自己都觉得可笑，觉得像是天方夜谭。"

就在之前，桃枝都还根本没考虑过要离开现在住的房子，所以走到今天连她自己都感到不可思议。

转机就在丈夫生病住院的时候，严格地说，是在女儿恋人来家的那天。那日丈夫倒下之前说的话，给桃枝内心带来了难以预料的影响。

——你们还真心安理得啊。要么不负责任地工作，要么就一直待在家。

就我一个人焦头烂额了！复职后回到公司，在一个尴尬的职位上多没面子啊，可还是努力地为家在工作。

初闻这些，桃枝对这自以为是的态度很是反感。但后来，当丈夫查出身患癌症，做了手术，自己便开始重新审视起这些话来。

桃枝觉得丈夫可能比自己想象的要艰难得多。此前，她还从没意识到丈夫一直都在硬撑。

桃枝出生的年代，社会上还残存着男主外，女主内的观念。自从"雇佣机会平等法"[1]实施以来，持有这种守旧观念的人趋于减少，但桃枝仍然在父母的影响下抱着这种价值观长大，而丈夫也有同样的价值观，所以她毫不犹豫地做起了专职主妇。

成为专职主妇并不意味着拥有了闲暇和轻松。女儿小的时候身子弱，让她操了不少心。丈夫也不像现在这样经常干家务，当时连个碗都不会洗，衣服也都是桃枝帮忙挑的。

她自认为理解男人在外工作的辛苦，但却把这看作是天经地义的事，所以当丈夫露出疲态的时候，她也并没太放在心上。所以，桃枝想都没想到丈夫已经疲惫到了极限了。

当时决定搬离居民小区的时候，桃枝一眼相中了这套年轻建筑师设计的别致房屋。虽然大大超出了预算，但觉得总能找到解决的办法。

桃枝虽是这么觉得，但在尽力想办法的却只有丈夫一人。对他而言，这负担是不是太重了些呢？他本人是不是也因为劳累麻痹了感觉，连自己都没意识到身上背负的沉重包袱呢？

丈夫曾经跟桃枝提过让她做兼职，但桃枝并没有当回事。

桃枝虽然管理着日常的生活开销，但存款、保险、贷款这类支出仍然都是丈夫在管。作为专职主妇，桃枝觉得自己不应该对这些指手画脚。不，更

---

1.日本于1986年起开始实施"雇佣机会平等法"。

确切地说，自己一直以为困难的事交给丈夫就可以了。

桃枝净关注丈夫和社会施加给自己的压力，却对自己施加给丈夫的压力毫无察觉。

当丈夫查出癌症时，有那么一瞬间，她想过要逃避。但即便有人能为自己解脱，桃枝却觉得无法放下对丈夫的牵挂，于是打消了这个念头。

既然决定留在他身边，桃枝也就下定了决心。丈夫做完手术出院后，桃枝郑重地提出要丈夫告诉她家庭的财务状况。一开始，丈夫并没搭理她，觉得她没必要知道。但桃枝并没有善罢甘休，说不知道这些，丈夫病情要是突然恶化就难办了；不了解家庭财务状况，一旦发生意外，自己就会山穷水尽。在妻子的坚持下，丈夫只能不情不愿地给她看了家庭账单和存折。

丈夫的家庭账本有几十本，桃枝花了好几天认认真真地看完后，着实吃了一惊。

家里的储蓄比想象的要少得多，每月花在人寿保险上的开支也高得惊人。而相比之下，这十年来丈夫的工资却并没有太大增长，年中年末的奖金连一个月的工资都没到。这大大出乎她的预料，她本以为工资和奖金每年都会稳步上涨的。丈夫每月都会交给桃枝一笔钱，数额从经济最景气的时候开始就没有再变过，因而用作存款的钱自然而然就减少了。

最让桃枝惊讶的还是房贷利息，这利息的数额让她大跌眼镜。当她看到买房时银行制作的还款计划表时，发现要支付的利息要近一千万日元。

桃枝没想到自己竟会这般不谙世事。她曾天真地以为，若是买个四千万日元的房子，自己只要支付四千万日元的费用就可以了，利息少得可以忽略不计。

从那以后，桃枝每夜每夜地在桌上摊开家庭账本和存折，和丈夫谈论家庭财务。

刚开始，没谈五分钟，丈夫就会说句"够了"，便起身离开了，但渐渐地，他在桌边时间越待越长。

丈夫似乎也对这为数不多的存款感到担忧，一脸严肃地说退了休后也必须要找份工作干到七十来岁。他带着凝重的表情说——你我也不知什么时候还会病倒，女儿的将来也是个未知数，毕竟是独生女，总得给她留套房子。但我也清楚，到老了干不动的时候，女儿也不一定能来照料我们。我们可能只能住进护理院。到死，不知道还要花多少钱。

丈夫说这些话时，脸上毫无生气。没有那种想要趁健康一直干到七八十岁的雄心勃勃的干劲，而是满面愁容，对于精疲力竭的同时还要为生计奔波感到心烦意乱。

这时，桃枝第一次冒出要把房子卖了的想法。

现在房子还新，如果能卖上个好价钱，那贷款和利息都将不复存在，还会多出一大笔现金。桃枝说，这样一来精神上也会轻松很多。她虽然也想把房子留给女儿，但她认为若是因此弄得身心俱疲，病倒后让女儿照料，这反而会给她带来沉重的负担。

当她把这想法告诉丈夫时，丈夫嗤之以鼻，并没有当回事。

但桃枝还是坚持思考，思考了之前从未想过的问题。

她每天都在起居室里用电脑查着资料，还去了图书馆让管理员帮忙挑了相关浅显易懂的书籍阅读起来。

桃枝还自作主张地联系了房产中介，让他们做了评估，得知现在房子可以卖个不错的价钱。

桃枝每晚都会找丈夫商量。

丈夫为桃枝自作主张地把房子拿去估价感到生气，也嘲笑过她不谙世事，但后来渐渐也开始认真倾听了起来。

桃枝苦口婆心地劝丈夫摆脱还贷，搬到租金便宜的房子里，以减少家庭的经济负担。

她还提议重新规划家里的固定开支，比如和保险公司解约以省下高额的保险费，车也可以卖了。这样一来就无贷一身轻，可以有余力重新规划晚年

生活了。桃枝说，两人没准就能活到九十多岁，将来的路还很长，她不希望
他们为生计透支自己。

终于，丈夫不再反对桃枝的建议。

而且有一晚，他还喃喃自语地说桃枝的提议未尝不可行。

第二天，他又说："我们也上了年纪了，为了在晚年能实现软着陆，也
许是该逐渐降低生活的标准了。"

见丈夫表情中的戾气退去，桃枝的内心终于得以回归安宁。

丈夫一定很苦闷。她不希望他再这么苦闷了。

"桃枝，你真厉害，我可能从没有这么考虑过问题。"

当桃枝简要述说了家里决定卖房子的经过后，时子惊呼起来。

"坦白说我一开始不太能理解干吗到了这年纪还把自己的房子卖了，但
现在明白了。"

"说这些真不好意思。"

"哪有什么不好意思啊，真的很了不起。"

时子笑着看着桃枝。

"那你女儿什么反应？"

"她好像还一头雾水。"

"也难怪啊。不过你能和孩子说这些真是勇气可嘉，实在佩服。我想到
这些，就觉得现在开始和儿子他们住是不是有些依赖他们呢。"

"这不是两码事嘛，各人有各人的情况，两代人同住也是选择之一呀。"

"也是哈，各有各的情况嘛。"

桃枝觉得女儿小都并没有在精神和经济上都能独立到让人放心的地步，
她对女儿担忧得不行，而且自己也不是完全没有希望女儿留在身边帮衬自己
的想法。但是，担心和束缚中间，其实仅仅隔了一层纸。

"还有，我现在也考虑去工作了。"

"什么！"

时子惊呼起来。

"你这一下子火力全开的，会用力过猛累倒的。"

"是啊，有可能。但我还是想做个兼职，一周三天也好。"

"真乐观积极啊。"

"其实也没有。时子你做过兼职吗？"

"我做过很多哦，干过超市收银，干过副食品柜的售货员。"

"很辛苦吗？"

"没关系的，你就抱着阿姨我来你店里帮帮忙这样的心态去好了。"

"哈哈哈哈。"

"不过你会给人穿和服吧？干干这个怎么样？"

"是啊，我先找些短期工作，比如七五三节和成人仪式之类的时间。"

"你看这个怎么样？此前我在电视上看到的，最近不是很流行给外国观光客穿和服嘛，在东京的话应该有这类工作的吧。"

"不在京都或镰仓吗？"

"好像不在那些地方。"

吃完午餐，两人又起身准备去爬男体山。循着鸟鸣声抬头望去，只见头顶广袤的蓝天透明得似乎能映衬出漆黑的宇宙。

# 第十章

昨天，小都回家后，母亲正式告知她说这套房子的下家已经定了。年终正式签订卖房合同，最迟也要在2月上旬交房。

这意味着小都不得不自立了。

虽然她也常常想离家自立，可当母亲把卖房的事告诉小都时，她还是狼狈得惊慌失措。暂且不提父母百年之后自己会不会住在这里，在她的潜意识里，还是对能够继承这块土地和房屋抱有很大期待的。而当期待落空，她心中不免有些失望。

小都坐着环视着屋子。

这里原本被设计为夫妻的卧室，有十多张榻榻米大小。巨大的步入式衣柜里的衣服自己虽然一度清理过，但现在又被塞得满满当当。刚回家的那段时间，房间明明空空如也，不知不觉中，已被添置的便宜家具弄得拥挤不堪了。

小都必须大幅减少自己的物品。因为自己也许只能租得起一间屋子，宽敞些的最多也就是一间屋子带个有就餐区的厨房。小都现在还能把衣服分成私服和制服等不同风格，但到了出租屋就没法这么奢侈了。

小都伸直了腿，靠在床上，拿起手机打开了最近每天都在翻看的租房网站。由于看得太过投入，等回过神，发现已经过了一个小时。她长长地叹了口气，活动了一下僵硬的脖子。

房子有很多，提供给像小都这样单身人士的出租屋多得超出了需求，配置和房租也相差无几。说不上哪个特别好或者不好，好比无论哪个购物中心都在卖雷同的流行服饰一样。

所以，让小都犹豫不决的并不在于出租屋，而在于根本的大前提——她是否应该利用这个契机，和贯一同住。

找房子的第一步，应该是和贯一见个面商量合租的事。但是小都却一直在拖延。

因为谈论这个话题就意味着两人的关系将进入下一个阶段，也可能意味着两人僵持这么久的关系不得不迎来一个了断。因而小都虽然每晚都想联系贯一，却总是下不了决心。

可是搬家的期限迫在眉睫了。

时间将至晚上10点。贯一第二天要早起，也许这会儿马上要睡了。

她打开短信应用软件，想了想，又将它关闭。转而找到了贯一的电话号码，按下了拨号键。

拨号音"嘟——"地响了一声，立刻就听到贯一"喂"地接了电话。

"这么难得打电话，什么事？"

贯一的声音带着睡意。

第二天上班，小都和仁科说想要和她商量排班表的事。正好她说也有事想找小都，两人就决定一起午休。

从上周开始，店铺似乎摆脱了紧急的状态。因为为了迎接年终商业大战，总公司为店铺配足了人手，不仅有总部来的人，还有具备门店销售经验的人。虽然只是临时帮忙到下次人事变动为止，但也算暂时缓解了人员不足的情况，因而大家终于可以好好休息了。

购物中心开了家旗舰店在东京的中餐馆，两人决定到那里吃辣味的担担面。

端上来的面比照片上的还要红，小心翼翼地尝了一口，很辣但味觉却很丰富奇妙，怎么也停不下筷子。明明已经到了12月份，吃完后两人的额头却都汗津津的，有种运动后的酣畅淋漓之感。

两人又点了杧果布丁换个口味，边吃边缓解刚才的辣劲。

小都带着惶恐的心情向仁科提出想在周末休息一次，作为补偿她会在圣诞节和年终开年之际全勤上班。仁科笑着爽快地答应了。

"店里最艰难的时候，与野你连上了二十天班不是？连休个三天都没问题。许多人都想在圣诞节和年终年初休息，所以你那时能来上班就是帮我大忙了。"

小都松了口气低下了头。接着仁科开口道："现在说说我的事。"

"公司决定现在的代理购销员正式就任购销员了。"

"是嘛。"

小都之前就有所预感。虽然她难以称得上可靠，但毕竟是女性，也没什么怪癖，比东马要强上百倍。

"东马好像回到营销岗位了，那家伙很受高层赏识，感觉公司并没有要开除他的意思，让人有些遗憾。"

小都想起去总公司接受性骚扰调查的事来。那天她面对总部一名上了年纪的女性，讲述了事情的经过。那次面谈就像走程序，从她那里也没听到一句安慰的话，不知因为那是她的工作，还是因为她真的没什么想法。

"嗯，没办法，至少结果还算过得去。"

"还有呢。"仁科探出身来压低了嗓音。

"店长在明年开年也会变动。"

小都看着仁科的脸，稍稍犹豫后点了点头。店长最近几乎没来上班，门店的事都交由副店长仁科来负责。

"听说龟泽递交辞呈了。"

"啊？"

此前店长说过考虑到有离婚的可能性，所以绝对不会辞职的。

"就是说公司把她辞退了吗？"

"没有，我觉得还不至于到那个地步。她好像到其他服装品牌工作了，我也没仔细打听，也许她觉得在这儿待不下去了？"

"……我倒是更希望东马感觉待不下去才好呢。"

"这大概就是为什么脸皮厚的家伙能够出人头地的道理。"

仁科皱着眉把布丁送进了嘴里。

"然后呢，下一任店长听说就是我了。"

"啊！是吗，对呀！"

"也许我不太靠谱，但还请多关照啊。"

"哪里，仁科你做店长让人放心，我真是太高兴了。"

小都一想到接下来店里的氛围会变得融洽，内心就抑制不住地喜悦。

"还有呢，就是如果你想成为正式员工的话，那我就利用这个机会向公司推荐你。"

"啊？"

"有测试和面试，我也不能保证你就一定能通过审核，但这次如此紧要的关头你能努力应对，向高层展现了你的素养，我觉得现在正是时机。"

听到这出乎意料的话，小都怔住了。

"即便成为正式员工，或许也不会有想象的那么好，但我们集团经营业务广泛，还是有希望可以调到其他门店和部门的。"

小都不敢相信耳朵听到的都是真的，只能笨拙地点着头。

"与野，我知道你已经对这里厌倦透顶，想要跳槽了，但成为正式员工后再换工作不更好吗？"

小都正犹豫着该如何回答时，突然仁科举起双手用力将头发向后一捋，把头埋到了桌子上。

"喂，怎么了？你这是怎么了？"

仁科双手抱头说了句"对不起"。

"刚才我啊，其实都在假惺惺地送人情。"

"没有啊。"

"说得好像真的在为你着想似的。"

"……我没觉得你假惺惺啊。"

"不，其实就是……"

仁科猛地抬起了头。

"现在我可说实话了。与野你现在要是辞职了，那会让我很为难的。"

"嗯？"

"你看，我们门店弄成这德行，总公司却没怎么生气，还陆陆续续派人来支援，你知道这是为什么吗？"仁科亢奋地说。

小都不知所措地注视着她。

"是因为我们门店销售额高。不知道的人也许认为在奥特莱斯店工作不算正规军，但其实我们门店的销售额仅次于正价店第一名和网店啊。所以才会把东马分配过来，以为能为销售业绩添砖加瓦。唉，结果却恰恰相反。"

"所以呢……"仁科竖起了食指指着小都。

"所以我的目标不仅仅是店长的候补，而是要在这里大幅提升销售额，然后晋升为购销员，最终回到总公司去。我们公司高层里女性实在太少了，我就想做做看。简单来说我想早些出人头地。因此，我需要手下有优秀的员工。"

小都两眼圆睁。

"与野，请不要在这时候辞职，请成为正式员工留在这里。"

仁科的话语对小都来说如同刮来一阵狂风，她来不及消化，只能慢慢揣摩了一会儿。

"我很明白。刚才听了你的野心，立刻下定决心了。请一定要推荐我为正式员工。"

"欸？"

"如果可能的话，我想转正。即便将来可能会跳槽，但我还是决定继续在这里工作一段时间。"

"真的？"

"我会努力不负你的期望的。"

小都如此爽快地答应了，这让仁科反倒有些摸不着头脑了。

"其实我将不得不离开父母家了。"

"哦，是嘛。"

"接下来就要自立了，还是想在工作上更上一个台阶。而且我还是第一次被人如此信任，所以真是打心眼里感到高兴。虽然我并不喜欢自家品牌的服装，但即便如此，我对我们品牌的优势了如指掌，所以我想我可以做出销售业绩的。"

仁科听后，脸上瞬间神采飞扬。

"与野你能这么说，我太高兴了，那我们赶紧开始行动起来吧。明天购销员就来了，我们三个商量商量。我对商品陈列有几个想法，但龟泽在的时候又不太好提出来。感觉干劲来了呀。"

"我也会努力的。"

马上要回岗位了，小都站了起来，和仁科并肩走着。本习以为常的购物中心，不知怎么的今天在眼中却是另一番景象。我在这儿工作，今后也会在这里干——小都还是第一次为这种想法感到如此愉快。


12月第二个周六，小都和贯一相约一起去热海旅行。

前些天她打电话给贯一说有事想见他时，贯一就提议再拾之前流产的热海旅行计划。贯一工作的门店全年无休，但因为地处四谷商务楼宇集中的街面，周末相对空闲，请假很容易。小都原本想在贯一的屋子或是那附近的店里商量的，但听贯一这么一说，觉得近期因为工作哪里都没去，而且换个环境放松下来好好谈也许更好，就答应了。

很久都没见到贯一了，这次他看上去精悍了许多，这才意识到他没工作的那阵子，身体轮廓的确不太紧致。

"阿宫，你瘦了嘛……"

小都好容易精心打理好的发型被贯一挠得乱糟糟的。

常磐道由小都负责驾驶，到了首都高速，则换成贯一。出了首都高速路，就进入了东名高速路。路上，两人一直兴致高昂地聊这聊那，可一旦换成贯一驾驶，小都就放松下来，有些犯困。睡了十分钟左右，小都睁开眼。此时因久别重逢而紧张的神经也松弛了下来，她睡眼惺忪地在一边看着贯一。虽然外表看不出，但他开车极为谨慎，即便在高速上也不狂飙，而是从容地靠着左侧行驶。

中途，贯一把车停到服务区，又去买了点东西垫垫饥。

住在关东北部，就几乎没去过神奈川县。进入服务区，发现那里像节日一样热闹，顿时一种旅行的感觉涌上心头。两人买了当地特产的炸竹荚鱼和蜜瓜包[1]吃。

从服务区出来，贯一说有些犯困了，让小都坐到了驾驶座上。虽然在陌生的地方开车有些恐惧，但想到一旦发生什么，有贯一在身边，心里就笃定许多。

从小田原厚木道路进入西湘绕线干道后，大海就出现在眼前，引得二人像孩子般齐声欢呼"大海"。于是两人就调高了车内的音响，无论是会唱的不会唱的，都胡乱地和着音乐唱了起来。

不知不觉，就到了热海，小都把车停到了大海附近的市营停车场。

面对眼前的大海，第一次见到热海风光的小都"哇——"地高声欢呼起来。12月虽然空气寒冷，但天空却蓝得透明。

---

1.形似菠萝包，呈蜜瓜状，在面包表面撒上饼干碎烘焙而成。

热海的海岸是一个大大的海湾，小都他们就在这弯弧的正中间，右边是大型的游艇码头，左边是绵延的沙滩。

海边的步道修得十分宽敞整洁，无数的观光客在那里漫步。路边种着一排棕榈树，铁栅栏上停着一溜海鸥，好像到了异域他乡。

右边海角的山上能看见像城堡一样的建筑，左边的海角和海岸则建满了房子，不知是酒店还是度假区。海湾对面有一座小岛，眼前有好几道堤防，美得像盆景。

"和茨城的海不一样啊。"

"是啊，很小巧精致啊。"

"茨城的海给人感觉只是大。"

两人边说边并肩向沙滩走去。

贯一穿着羽绒服，把手插进牛仔裤的口袋里，小都则轻轻挽着他的胳膊，漫无目的地在海边散着步。

两人走到海浪拍击的岸边。虽然海显得不大，但到了岸边仍能听到巨大的波浪声，海风吹来，裹挟着浓浓的海腥味。小都迎面沐浴着海风，贯一也一样在海风的吹拂下眯起了眼。接着，他打了个大大的哈欠。

"你好像困了。"

"毕竟每天要去四谷上班，太疲劳了。"

"可不是。"

"回不去的时候就在店里的椅子上睡觉。这样子非得考虑搬家了。"

一起住吗？——正当这句话到小都嗓子眼时，只见贯一指着前方喊道："噢，到了，贯一阿宫的雕像。"

"哈，就是这个呀。"

两人来到了雕像前。也许是因为基座很高，雕像看上去很大，都有些生锈变色了，看样子在这里有些年头了。就像在网上看到的那样，贯一学生制服外披着斗篷，抬起脚正要踢阿宫，而阿宫则跟跄地将一只手撑在地面上。

小都抬头仰视着雕像，并没有什么感慨。

"这是情侣暴力啊。"

"听说好像有人认为这雕塑有肯定暴力之嫌，就发起运动要求撤除。哦，你看这里。"

小都见贯一手指的一处小铭牌上写着这样一段文字——这座雕像忠实再现了小说中的场景，绝非在肯定或主张暴力。

一对对情侣和夫妻在雕像前拍照留念。许多人都模仿雕像的动作搞怪，而且都是男性做出被踢翻的造型，女伴则在一旁边笑边拍照。

小都茫然地望着这一幕幕，一会儿她问道：

"这里的贯一是因为阿宫拜倒在金钱面前才生气的吗？"

"你不是读了小说了吗？"

"是想读的，但读到一半实在没兴趣，就没读下去。"

"贯一啊，其实并没有真的那么生阿宫的气。"

"是嘛。"

"阿宫也并没有讨厌贯一。"

"这样啊，那两人干吗会争吵呢？"

"因为钱啊，钱。是拜金主义使他们决裂了。"贯一装腔作势地说道。

"真的？"小都笑了。

"好饿呀，我们吃点东西，逛逛土特产店，然后去酒店吧。"

贯一说着走了起来。


酒店位于国道出口，距离热海驱车15分钟左右。

去那须旅行的时候，两人住的是面向家庭的温泉酒店，所以这次小都并没抱多大的期待。可一到却发现居然是一个坐落于海边的豪华酒店。大堂装饰着现代风格的鲜花，沙发和桌子都很时尚，显得干净整洁，还有浴衣供住客挑选。贯一在办理入住手续的时候，小都则面对着眼花缭乱的浴衣，不知该挑哪件。

来到房间，见大大的窗户可以一览大海的风光。房间面积很大，住两个人都觉得浪费。

"太高级了！"

小都不由惊叹起来。哇，大海！哇，露天泡池！哇，木板露台！见小都在房间里四处开门，每到一处都兴奋地感叹，贯一满意地点着头，附和说着"不错吧，不错吧"。

"太高级了，很贵吧？其实找个普通些的就行了。"

"只有这家还有空房了。不过我有十万日元呢，没关系。"

"什么呀，全部用完可不行。"

"没事，还剩一半呢。我有些累了，我们泡澡吧。"

"啊，好。"

"阿宫你一直开车肯定累了，去那个露天泡池泡泡如何？"

"哦，我就去这个景观泡池好了，贯一你在房间的浴缸里泡吧。"

小都起身，手忙脚乱地准备起泡澡来。

泡池在最上面的那一层，窗户全开，比房间的海景更直观。弧形的海岸线、渔船和堤防，还有远方热海的酒店群，这些犹如一幅壮阔的画面。泡进池子后，疲劳感也随之溶进了水里，小都在水里泡了个够。

回到房间，只见贯一已经穿着浴衣在榻榻米上睡着了，一边放着房间冰箱里取出的啤酒罐。小都早已料到会这样，就微微叹了口气，拾起空的啤酒罐扔到了废纸篓里，又从壁橱里找出毛毯给贯一盖上。贯一把头枕在对折的坐垫上，轻声打着鼾。他一定很累吧，小都心想。

刚泡完澡，小都为了保暖披上了短褂，套上了房间备好的和式纹样的短袜。看了一会儿大海后，小都有些厌倦了，就来到洗手台镜子前稍稍补了个妆，又将头发简单扎了一下。窗外渐渐暗了下来，大海和天空都变得漆黑。

小都趴在矮桌上正要犯迷糊时，突然房间里响起了老式的电话铃声。拿起放在壁龛角落的电话，只听见电话那头有人说"晚餐准备好了，请来就座"。

"睡得真香啊。"

回头一看，见直起身子的贯一伸了个大大的懒腰。

"你这觉是睡得香啊，都到晚饭时间了。"

"噢，正好饿了呢，我们走吧。"

"你穿上这个吧，就穿一件浴衣会感冒的。"

接过小都递来的短褂，贯一轻声说了句"谢谢"，就披到了身上。见贯一不仅浴衣穿了合身，连短褂也是那么般配，让小都羡慕得都有些嫉妒了。真是适合穿和式服装的人啊，她想。心里朦朦胧胧产生一个念头——他这么适合穿和服，那和他举行婚礼的那天，也许穿和服更好呢。虽然小都也想穿婚纱，但她真的很想看看贯一穿上带有家徽的日式礼服的样子，所以自己穿一身白色的和式礼服也能接受，婚纱的话在典礼后的宴会上穿就行了。在去餐厅的路上，小都就这样边走边想。自己还是想和这个人结婚的呀，小都看着贯一瘦削的肩膀思忖着。

餐桌被摆放得十分漂亮，看着就像个正儿八经的餐馆。暖气开得很足，小都感觉脚边有风吹过，就把短褂脱了下来盖到了膝盖上。这时，贯一"噢"地喊了一声。

"这件浴衣真可爱呀。"

这件金黄色的浴衣称不上别致，和小都年龄也不算般配，但小都想反正借来泡温泉，这件还算凑合，就选了它。

"这是刚才在大堂借的。"

"太合身了，我觉得今天你可漂亮了，阿宫。"

听贯一夸得这么直白，小都不禁羞红了脸。她真想说"贯一也很适合穿浴衣，刚才还想着让你穿上和式礼服给我看看呢"，但她说不出口，只能低声说了句"谢谢"。

生啤和小菜先端上了桌，两人就轻轻碰了个杯。

小都喝了一口生啤后开口道："嗯，我有个请求。"

"嗯？"

"今天有事和你谈，所以希望你别喝太多。虽然好容易吃顿饭，不让喝酒有些对不住，但你一喝酒就会睡着的。"

小都不知贯一会有什么反应，却听见他含含糊糊地"嗯"了一声。

"那谈完了喝？"

"好的。"

精致的怀石风料理被端上了桌，两人就安静地吃了起来。

"其实，我就要从家里搬出来了。"

小都终于开了口。

"搬出来？"

"我们现在住的房子卖出去了，我父母说要出去租房子，租的房子没有我的房间。"

贯一一言不发地看着小都的脸。

"所以我就只能找地方住了，想着能不能跟你一起住。"

"啊？和我？"

"还能和谁啊？你别打岔。贯一，你不是说在四谷上班，想搬到离那里近些的地方去？我也要去奥特莱斯上班的，就在常磐线沿线找个离东京近些的房子租怎么样？"

贯一面不改色，用筷子夹起了刺身塞进了嘴里，却没有接话茬。

"你不乐意？"

"没有，有些意外。"

"为什么，有什么意外的？我可一直在考虑这个事呢。"

"嗯，没有，那就意味着要结婚？"

"结不结婚还不知道。"

"还不知道啊！"

贯一一时僵硬的表情露出了笑容，接着点了点头。

"明白，那就住一起吧。"

"欸，你这么快就答应了？"

"怎么了呀，不好吗？"

"为什么不再想想呢？"

"再怎么考虑结果也是一样的呀。"

贯一拿起已经见底的啤酒杯，才意识到里面已经空了，皱了皱眉。

"我一直想和你一起生活的，可就是有许多顾虑。"

他靠着椅背，眯起眼睛看着小都。

"即便和你合租，也不知你能负担多少房租。"

贯一微微点点头，他喊住路过的女服务员，要了两份乌龙茶。

"你住的公寓租金多少？"

"三万日元。"

好便宜啊，小都心想。

"那想得简单些，两人要是各出一半的话，就能租六万日元的房子了吧。但我希望能有两个房间……能再多五千日元吗？"

"可以啊。"

小都稍稍松了口气，如果这样的话，那应该能租个放得下浴缸和洗衣机的房子了。

"阿宫你父母同意你跟人同居吗？"

"不行吗，已经到这步了。"

"是啊。"

不知为何，贯一笑得有些怅然。

"阿宫你想结婚吗？"

"嗯，所以就不太确定了嘛。"

"都这年龄了还和不知是否要结婚的男人同居，能接受吗？"

"也是啊。"

见小都托着腮叹了口气，贯一笑着说，"你还是好好考虑考虑吧"。

小都生气地噘起了嘴。

"我已经考虑得不能再考虑了，可还是觉得考虑得不充分。但手头已经没有可供我判断的材料了，因为贯一你从不告诉我你自己的情况。"

"你想知道些什么？"

"很多很多，关于金钱方面不太好问，但既然要一起住总该有所了解啊，比如你父亲住的护理院要花多少钱？"

"啊哈！"贯一轻轻笑了一声。

"入院时的费用用卖房的钱垫付了，以后每月都是我和姐姐分摊。"

"贯一你出多少？"

"现在是六万日元吧。"

一个月六万日元是贯一现在房租的两倍，是笔不小的数目，让小都颇为吃惊。贯一一个月收入多少小都并不清楚，但她估计不会超过二十万日元。虽然他不像小都那样在服装上花销很大，但即便如此生活仍称不上宽裕，如果把那六万元用作积蓄的话，那一年能攒很多钱。护理院要花钱也是没办法，但只要他一直承担这笔费用的话，那也许就养不起孩子了。

刚才放下的心又被不安所取代了。

这时，服务员端上了下一道菜，说是该餐厅的招牌涮金眼鲷。两人把淡粉色的鱼肉浸到小锅的热水里烫过后塞进嘴里。

"哇，鱼肉好鲜嫩啊。"

小都努力装出平静的样子说道。这时贯一噗地笑出声来。

"阿宫，你别逞强啦。"

"嗯？什么逞强？"

"我呢，和你在一起很开心。虽然我交往过的女孩子不多，但和你在一起觉得最有意思。"

"我和你在一起的时候也是这种感觉。"

"但你其实心里很不安吧？我明白的。"

贯一用安慰的语气说道。

"我很清楚自己几斤几两，去拜访你父母的时候也很清楚肯定会遭反对，也觉得你父母的反对会让你受挫，所以反而没什么精神压力了。我把你父亲看作是来店的顾客，就没把他对我的态度放在心上。倒是每次和你见面，我都抱着也许这是最后一次的心理准备。"

"贯一？"

虽然他没有喝酒，但小都总觉得他的话哪里不对劲。

"我毕竟就是个初中毕业生啊。"

"这个有什么关系。"

"我知道阿宫你是不会用学历来评判他人的，我不是指这层意思。但你肯定很不安吧？不安得受不了了吧？我觉得家教好的人就会这样。"

"你在说些什么呢？"

小都从未见过贯一现在这种表情。眼前的小锅下，固体燃料冒着蓝色的火苗显得如此透明，而火苗另一边，则是贯一嘲讽般的冷笑。小都看不透那究竟算是达观，还是怒火。

"我提到过自己去做志愿者吧，一开始就是帮忙清理阿胜的家，后来就和聚集到那里的人一起清理起了附近的房屋。后来又加入了邻镇的消防队队长临时组建的志愿者小队，一点点北上。越往北，情况越糟。被毁坏的车子房子惨不忍睹，死鱼散发的腐臭让我吃什么都会吐。当我目睹之前还在使用的房屋家具就这么化为了泥泞的废墟，忽然感觉看到的世界不一样了。我们刨着土，清理着瓦砾，连着几天和衣而睡。半夜余震来时，从心底里恐惧得发抖，担心会不会有海啸，但是当地的居民却眼泪汪汪地感激我们。当然我并不是为了得到别人的感谢才这么做的，只是觉得这样很欣慰。然后就和当地的大叔混熟了，晚上还一起喝酒呢。"

贯一突然说起了这事，让小都摸不着头脑。

"然后就聊到我的职业了，我就老老实实地告诉他我初中毕业，在日料店工作，现在没去上班。那大叔突然就说这样不行，他紧张地一会儿说让我至少考个高中文凭，一会儿又叫我第二天就回店里工作。可他刚才还在那里感激得泪流满面呢，我都觉得好笑。"

"贯一？"

"那可是素不相识的大叔啊，居然叫我别管他。但这就是个普通的建议而已，我意识到素不相识的大叔都为我担心了。不仅是不相识的大叔，阿胜的父亲也一样。就在我和阿胜的姐姐一起清洗满是泥污的餐具时，阿胜的爸爸笑着说：'喂，贯一，你别动我女儿的主意啊。你是个好小子，但我可想让我女儿过得好些。'虽然像是在开玩笑，但那可是他的真实想法。不过我很理解他。我要是为人父，的确不太愿意让女儿和我这种男人结婚。"

这时，贯一突然闭了嘴。他长长地叹了口气，又做了个深呼吸。"如果阿宫你终有一天打算定心结婚生子的话，那还是打消和我一起生活的念头为妙，你说呢？"

贯一冷笑着说。小都想不出该如何回答他。

这时，服务员端上了主食和风牛排，小都定定地望着她在面前刮着芥末。

小都和贯一一言不发地吃起了起来，可本该是美味的牛排，吃在嘴里却味同嚼蜡。

"那你意思是不想和我结婚？"

他没有回答。

出了餐厅，贯一说要买烟，问小都借些零钱。小都给了他一张千元纸币，可贯一又问她要了一张。

"一千日元够了吧？"

"还要买避孕套。"

小都一时语塞，她红着脸又从钱包里抽出一张来交给贯一，贯一就晃晃悠悠朝大堂走去。

想来今天遇到贯一以后，他还没抽过一次烟，无论是在高速的服务区还是在午饭后，他都没去找过烟灰缸。

回到房间后，那张大矮桌已经搬到了房间一角，榻榻米上已经铺好了被子，小都瞟了一眼紧挨的两床被子，就打开了冰箱的冷藏柜。

不知怎么的，小都感到内心烦躁不安，餐厅过热的暖气烤得自己口干舌燥。她看到一瓶烧酒兑苏打，可考虑到一会儿还有话要和贯一好好谈，只能克制住想喝的欲望，转而拿起了一瓶可乐。

宽宽的檐廊下，小都在藤椅上蜷成一团。

脑海里回想起贯一冷笑着说他让素不相识的大叔都感到不安的画面。

想来，这还是第一次从他口中听到这种丧气话。虽然她很想说自己会待在他身边，和他一起幸福度日，甚至更想安慰他说自己会让贯一幸福，但这和她的真实想法还有些微妙的不同。

小都把头埋在蜷着的身子里，可怎么等，贯一就是没回来。她拿起手机看了看时间，已经过了30分钟了。他就穿身浴衣，连钱包都没带，会去哪里呢？小都给贯一发了条短信。这时，房间的角落里立刻响起了一阵短信提示音。小都站起来循声望去，见贯一脱下的牛仔裤被随意地叠在那里，上面放着他的手机，不禁咂起了舌头。

小都既担心又焦躁，去大堂吧吸烟区和土特产区兜了个遍，也不见他的身影。回到屋子后，小都坐立不安，不久，门忽然开了。"抱歉抱歉。"贯一笑着赔不是。小都能从他身上嗅出烟草和淡淡的酒气。

"你去哪儿了？"

"去喝了一杯。"

贯一说去找便利店买烟的路上，正好路过烤鸡店，问了出来休息的店员，他说便利店要走很久，七星牌要是可以的话他们店里有。贯一就进店顺便喝了一杯。

"难以置信！我可担心得一直在这儿等着！"

"哎，真的就只喝了一杯。只有两千日元，就喝了杯酸味鸡尾酒。"

"你喝了就会要睡的！今天是想好好和你谈谈的！"

"不睡不睡。"

贯一歪着嘴笑着说，似乎一点都没有愧疚之意。他在小都刚才坐过的藤椅上懒洋洋地坐了下来，小都强忍着想要继续向他抱怨的冲动和他面对面坐下。

"刚才话还没聊完吗？聊了些什么了？"

"你别打岔，你不愿意和我同住吗？"

"没有这么想啊，要是和你住的话会很开心的。"

"那你为什么还说些让我断念之类的话？"

"我就是不想事后再被你说三道四。"

小都听后怔住了。

"说三道四是个什么话！你意思是想给我打好预防针，以免我到时缠着你要登记结婚，要孩子之类的？"

"我没说到这份上。"

"那到底说到哪个份上了！这不很狡猾吗？你的意思是，既然是我提出同住的那你就满足我，但将来也别对你抱任何期待？还是想提醒我和你同居是我一厢情愿，结果概不负责？然后到头来发现你只是想和我随便谈谈而已？还是发现你就是个吃软饭的？"

小都不禁嚷嚷起来，贯一倦怠地挠着脖子。

"如果你这样想的话还不如打消同居的念头？就是这个意思。"

贯一靠在椅子上，脸上依然挂着方才淡淡的冷笑。

即便是在这样的气氛中，在晚上酒店淡淡的灯光下，穿着浴衣双脚交叉的贯一竟让人感到一丝风流。方才餐厅里流露出的那么一点点脆弱现在已消失得无影无踪。

"我还有其他的事想问。"

"哦，那趁这个机会随便问。"

"此前去居酒屋，偶然遇上了你的初中同学，从他那里听说的。"

"啊？是谁？"

"说来我连他叫什么都不知道。就是和你开始交往前，我汽车发动不了一筹莫展时，帮我启动引擎的那个。和你一起的那个戴着奇怪圆眼镜的男子，很会打扮，在购物中心服装店上班。"

"哦，是平井啊。"

"原来叫这个名字，不过他叫什么无所谓。"

"你见到他了？"

"我一个人去喝酒的时候，他正在和别人一起喝，快离开的时候来和我聊了几句。"

贯一皱起了眉。

"阿宫，你还一个人去喝酒？"

"有时会去啊，不说这个了，那个圆眼镜说了些奇怪的话。"

小都咬着嘴唇，犹豫了一会儿。虽然她觉得这种话也许不说更好，但她已经再也无法装作无所谓了。

"我听他说你初中的时候很不好，他说你还对他进行过殴打和恐吓。然后还说你没上高中并不是因为先找到了日料店的工作，而是在入学考试前一天接受了训导。这都是真的吗？"

贯一面不改色地看着小都。

"我还听说了你受训导的原因，是因为你的同伙对女孩子……那个……

施暴，而你也是被怀疑对象……"

"都是真的。"

见贯一爽快地承认了，小都感到深受打击。虽然她并没有期望他会否认，但本以为至少他会有所动摇，却没想到是这副麻木的表情。贯一慢慢伸出手去拿起桌上的可乐，把嘴对准瓶口一饮而尽。

"那是我最无法无天的一段时间。"

贯一放下瓶子，懒洋洋地地靠在椅子上。

"很震惊？害怕了？"

小都低下头，用颤抖的声音费力地说着。

"我从你的打扮和言行，已经能隐隐猜测到你糟糕的过去。但那都是过去的事了，事到如今也不必重提。但还不止这些，那个圆眼镜还对我说……"

"嗯？"

"他还说你说起我。他说不光是你，男人们关注的都是我的身体，不是我的脸。叫我别误以为自己有魅力。"

听到这里，贯一木然的脸到底还是痉挛了起来。他把头歪向一边，低声吼道："我揍扁他。"

"你真的对圆眼镜说过这种话？你就是这么看我的？"

贯一一言不发地把目光躲开，接着叹了口气。

"也许说过吧。"

"……你说过啊。"

"也许你会觉得我在找借口，但其实我喜欢的并不只是你这一点。"

"你这明摆着是在找借口。"

小都显然是怒了，贯一压低了声音。

"一般来说，女人一个人去喝酒才会被这种怪人缠上的。"

"啊？"

小都不由得大喊起来。

"我是不是一个人去喝酒,用不着你来指手画脚。"

"既然你这么说,那我也不想去喝一杯就被你说三道四的。"

"这完全是两码事,压根就不一样!"

"唉……"贯一装模作样地叹着气。

"总之!也许我是说过那些话,但那些都是男人间吹吹牛。也许有部分是真心话,但至少请你明白我对你感兴趣的真的不止这一点!"

贯一竭力克制住情绪,但能听出他语气中渐渐积聚起来的烦躁。停顿了一会儿,他放低了嗓门。

"这种下流的话你没必要当回事。"

小都低着头盯着遮在膝盖上的金黄色浴衣。就在刚才,贯一还在夸自己浴衣可爱,可她却感觉那是很久以前的事了。为什么气氛会变成这样呢?小都想,要是自己不提出要一起住之类的话,没准现在还是开开心心的。但她又微微摇了摇头,感到两人间对未来没有任何展望的暧昧状态已经无法再拖拖拉拉地持续下去了。

"……我明白,因为你一直对我都很照顾。如果只是出于情欲的话你是不会那么体贴的,即使当初你接近我的初衷是那样。"

"哈?初衷?初衷有那么重要吗?还是幻想着在路上偶然撞见后一见钟情的少女情怀高尚啊,是我这落魄的初中毕业的好色混混不好。"

贯一毫不客气地冷冷说道,那怄着气的侧脸让小都感到似曾相识。贯一虽然平时并不太热情,但很少看到他这种表情,因而小都既惊讶,又困惑。对了,小都想起第一次见到他的时候,在回转寿司店的吧台里,他就是这副臭脸。

"我……在公司碰到了性骚扰。"

"啊?"

听小都冷不防地道出这件事,原本看向他处的贯一转过头来。

"我之所以提起圆眼镜说的糟心话，就是想说这个。那是在半年前吧，在公司的欢迎酒会上，我被男上司摸了胸。"

贯一微微张着嘴，呆呆地看着小都。

"其实不是被摸。而是被他一把抓住，后来胸口还留下了很深的印记。那名上司原本品质恶劣，一直会盯着人家的胸看，或者会不经意地碰你一下，甚至还对店长下手。最后我终于向公司投诉了这件事，那家伙也被调走了。"

"为什么？"

一直仰着身子靠在椅背上的贯一这时向前探出了身子，一拳砸在桌子上。

"你为什么一直瞒着我？"

"说了又怎么样？你能做些什么？"

这出其不意的一句话让贯一怔住了。

"看到女人的大胸就蠢蠢欲动地想去摸这点上，很难说你们俩是一样的出发点。可是我作为女性，有义务去辨别其中的差异，去区分善恶吗？"

小都看着桌上贯一微微颤抖的拳头，她意识到自己也许伤了贯一的自尊了。

"刚才你说自己就是个初中毕业生，带着初中文凭步入社会的话，想必会遭遇许许多多的偏见。就连我，说实话，刚听说你是初中毕业时的确很意外，也很不安。"小都已经打算破罐子破摔了，她继续道，"不过这和我带着比普通女人大点的胸活着有什么区别呢？作为大胸女人，我也会遇到种种不便，遭遇种种不快。但我并不想因此就在胸上缠块布，弓着背生活啊。我也不愿就此穿着肥大的衣服，而是希望穿上合身的衣服。贯一你也这么做吧，而且，既然你对自己的学历那么在意的话，那现在开始就努力去争取高中文凭啊。我已经没法把胸变小了，但贯一你要是想摆脱自卑的话，还是有办法的呀。我也会帮助你的。"

贯一把拳头从桌上放了下来，垂下了头。过了一会儿，他使劲地挠了挠头，突然站起身说去抽支烟。

"你别想逃避。"

"我没想逃，就去抽支烟。"

"我就觉得你是在逃避。"

小都堵到准备起身离开的贯一前面，双手抓住他短褂的衣襟摇晃了起来。

"比起我，贯一你才更加不安吧？觉得我父母会反对也好，担心每次见面都可能是最后一面也罢，这些都是因为你觉得自己没价值，一直战战兢兢地怕自己被抛弃不是？你怕同居后我对你说三道四，不也是担心我对你的期望落空吗？别看你一副对将来满不在乎的样子，事实上不正好相反吗？"

"你在说些什么呢？"

贯一不耐烦地甩开了小都的手。虽然并没太用力，但小都因为站在榻榻米边缘，失去了平衡滑倒了，身体向檐廊倒去。就在这一瞬间，椅子也一起倒了下去，弄出了很大的动静。桌上的可乐也被撞翻了，眼看着在地上湿了一摊。

"对不起，没事吧？"

见小都摔得不轻，贯一急了，慌忙蹲下身去扶她，可这回却被小都甩开了手。她狠狠地瞪着贯一，眼前的景物被泪水扭曲了。

"我害怕！我很害怕！"

见贯一眼神里流露出了胆怯，小都感到自己的情绪决堤了。她紧紧抱住贯一哭诉起来。

"我还因为生理期推迟担心过是不是怀孕了，那时特别害怕，我害怕万一有了你的孩子，自己有没有能力抚养长大。我还找朋友商量过，对于怎样才能幸福，大家意见都不同，让我更加不知所措了。我害怕，不知道该怎么走下去！"

"……"

"我爸爸得了癌症，妈妈的病也是个未知数。我自己也好，贯一你也好，都不知道什么时候会得病。若是不能再工作了，生活会怎样？这年头，连年金都是个未知数，更别指望能轻易拿到生活保障。我们俩都攒不下积蓄，有多少积蓄才能安心呢？我担心呀！我没法装作那么淡定！"

小都的眼泪像决了堤一般涌了出来，贯一双手捧着她的脸，慢慢用拇指拭去她的眼泪。

"现在的日本，每两人里就有一个得癌症。"

贯一用平静的语气说道，小都听了瞪大了眼睛。

"癌症从80年代起一直占据日本人死因的第一位，现在比例还在增加。而每年自杀的人超两万，这在发达国家也位列第一，大约是死于交通事故人数的六倍。高龄少子化进程在全世界也是遥遥领先，社会保障费用逐年增加，估计退休金支付年龄线也将不断提高，支付的数额也会逐步减少吧。没有一个日本人可以高枕无忧。"

贯一用开导孩子般的表情对小都说道。

小都用双手哆哆嗦嗦地撑在榻榻米上，她感到身体从里到外都在发抖。贯一忽然站起了身，穿过房间。只听见他打开了门，不一会儿又回到小都身边，把她的衣服放在她身边的榻榻米上。

"阿宫，换衣服吧，出去透透气。"

小都穿上了原本应是第二天早晨穿的衬衫和针织开衫，情绪非常低落，觉得好容易出来旅行一次，就这么被糟蹋了。

见小都慢慢吞吞地穿上外套，早已换完衣服的贯一嘀咕了句"觉得你这身会冷"，就脱下了自己的羽绒服递给小都。小都已无力拒绝，就脱下了自己中意的白色大衣，穿上了贯一的黑色羽绒服。那件羽绒服又大又暖和，带着灰蒙蒙的气息。

贯一拉着小都的手出了酒店。白天还挺暖的，可到了夜里空气变得凛冽刺骨。贯一在毛衣外又套了件酒店的短褂，脖子上围上了小都之前戴的红色格子围巾。

两人横穿过车辆零星穿梭的国道，向海边步道走去。路灯间距很宽，周遭晦暗不明。黑茫茫的大海不见半点渔火，只有撞击着防波块的白花花的海浪在夜色中显得格外醒目。

黑暗中，视觉以外的感官变得极其敏锐——波涛的巨响和扑鼻而来的海腥味，右手中贯一手的触觉。也许是因为在屋子里把所有的不安和盘托出的缘故，小都的心情冷静了许多。

贯一突然停下了脚步，把手伸进小都穿着的羽绒服口袋里取出了一支烟点上，点烟的火柴显得那么怀旧。

"喂，你是不是已经戒烟了？"

"嗯，算是吧。"

"都已经戒了，现在聊的话题就让你那么想抽？"

贯一嘴里吐着烟，面无表情。

"……阿宫你希望能够幸福对吧？"

"是啊。我找朋友商量过，冥思苦想着怎样才能幸福。"

"那你就是幸福主义的信奉者喽？"

贯一歪嘴笑道。

"结婚然后安心生子就是你追求的幸福？"

"我也没那么说，不过……"

"不过？"

"我并不排除这种可能性。"

贯一丢下烟蒂，一言不发地用脚踹碎，又牵起小都的手走了起来。用水泥和防波块筑起的海岸线远远地向前方延伸，两人沿着海岸漫无目的地闲逛着。

嘴里哈出的气都是白色的。无论走多久，身体就是热乎不起来，寒气从脚底直逼上身。

见贯一始终不吭一声，小都忍不住开口了。

"我一直都在思考你是不是我命里注定的另一半，你就完全没考虑过这个问题吗？"

"命运？"

他突然驻足，审视着小都的脸。"命运？"他又一次问道。

"阿宫，你相信命运吗？"

对自己不经意间脱口而出的"命运"一词，贯一竟莫名其妙地抠起了字眼。这让小都惊恐得皱起了眉头。

"你相信拉普拉斯妖吗？"

"什么？"

"拉普拉斯妖，你没听说过？"

"不知道。那是什么？"

"'拉普拉斯妖'是19世纪法国数学家拉普拉斯侯爵所设想出的理论，就是假设人类的历史都是事先已决定好的剧本。他设想有个超能生物，能知晓世界上一切的原子位置和动量。嗯，你可以认为它是神。他设想那个神可以计算出原子随时间的发展，所以就能完全掌握世界的发展轨迹。不过能知晓世界万物进程的，比起神，不更应该像是妖怪吗？于是不知不觉人们就把这个假说称为'拉普拉斯妖'了。20世纪量子力学登上舞台后，原子的位置和动量是不可知的这点才成为常识，在那以前，'拉普拉斯妖'着实让物理学家头疼不已。"

"够了！"

小都甩开了贯一的手，打断了贯一滔滔不绝的长篇大论。贯一一愣住了。

"是阿宫你提到命运的。"

贯一突然笑了笑，就背过身去走开了。小都望着他渐渐远去的背影，紧握的拳头颤抖起来。

她感到一团怒火渐渐向上逼来。

水泥地上，小都一蹬脚追上了五米开外的贯一，边跑边顺势对着他膝盖后方伸腿就来了一脚。

"好疼！"

贯一应声倒在原地。他蒙了，弄不清发生了什么，仰头看着小都。小都平生第一次踹人，竟如此轻而易举地得逞了，连自己都觉得不可思议。

曾经和东马在购物中心擦肩而过的时候，自己还能忍住使用暴力的冲动，却没想到面对自己的恋人，自己就失控了。一想到刚才就是不折不扣的情侣暴力，小都竟感到有种酣畅淋漓的兴奋。

"你就卖弄你那点学问吧。"

小都的话让贯一一皱起了眉。"怎么了呀！"他嘴里念叨着想要站起身。小都想也没想就强行按住了他的肩膀，使得他再度一屁股坐倒在了地上。

"你干什么？"

小都俯视着倒地的贯一，被他这么一吼，心中的怒火烧得更旺了。

"你别每次见到事态发展对你不利时，就拿这些大道理来唬弄我，烦透了！"

小都气得边说，边在叉开腿单肘撑地的贯一面前右脚一跺。接着她发现贯一身边落着盒香烟，又伸出另一只脚使劲将烟踩碎了。见那只穿着短靴的脚就落在自己脸的咫尺之地，贯一浑身一激灵。

"我也懂这世上没有什么命运！"

小都感觉喉咙深处像是梗着什么东西，堵得慌。每当她想要说出自己真实想法的时候，就感到肺部有种压迫感。

"我说的是想和你一起生活。再这样下去我们俩的关系没有任何变化，烦恼的内容也不会有什么改变。我只是提议我们往前发展一步，不管结果如何。不是要消除不安和烦恼，而是改变一下烦恼的内容。"

小都气势汹汹的样子让贯一张口结舌。

"你就回答可以，或者不可以，二选一！贯一你曾经是混混也好，是个初中毕业生也罢，经济上靠不住也行，这些我都知道。即便如此我仍然觉得你是好人，也是经过深思熟虑后才跟你提出这个建议的。可你为什么要跟我打岔呢！你这又是什么态度！"

贯一惊讶得说不出一句话。

"你要是打起退堂鼓的话，那现在就在这里告诉我你不愿意，告诉我想和阿官你分手，不就可以了吗？"

"……我没这么说。"

"你就是在这么说！你不就是害怕变化吗！缩头乌龟说的是你才对呢！你内心不想和我一起生活，也不想和我结婚，更不用说生孩子。但又怕把心里话说出来我就会离开，你满口牢骚不就是要回避这两种选择吗！"

小都再次激动地跺起了脚。

"如果你拒绝和我一起生活，我就彻底死了这份心，把精力投入到工作和婚活中去。我也不知道自己会不会结婚，但总还是希望和什么人抱着一种连带感相伴度日。我这就会去找那样的伴侣！"

小都已顾不上思考，在倾泻而出的感情驱使下撂下了这句话。

就在这一瞬间，她产生了一种不可思议的感觉，就好像身体里某个地方迸发出了火化，这也许只是因为她对贯一失望透顶而发泄了怒气的缘故。但就和之前在购物中心救护室睡醒时一样，她感到那么神清气爽，犹如清泉从裂成两半的心间汨汨涌出。

原来没有贯一，自己也能活得下去！小都像是受到了神启一般头脑变得异常清晰。不仅如此，她还第一次感到即便将来没能遇上投缘的人，自己也能一个人过下去。她忽然意识到，自己没有必要仅仅为了消除不安而和意趣不相投的人凑合在一起，甚至她还不可思议地怀疑之前自己到底在担心什么。

"你别再掰扯道理了，你就说分手好了，你根本没意识到自己的真实想法。你之所以这么跟我打岔，归根结底就是想逃避。"

贯一坐在水泥地上，嚅动着嘴唇。小都则蹲在他面前。

那平日里一直淡定从容的脸庞现在一片苍白。沉默中，时间一点一滴地流逝，夜色中，波浪拍打出了巨大的声响。

"我不会自己提出分手的，要是提出的话，你肯定会把这解释为自己是被抛弃了的，又会认为自己是因为初中毕业挣不了钱而被甩了的，并且还会在这种想法中心安理得地躲着不出来的。"

贯一恐惧地凝视着小都。

"说不出口？"

贯一看似在奋力地搜罗语句。

"我无所谓。和你在一起的日子我很开心，和你一起没正形地说些无关痛痒的话很快乐。分手了也不会忘怀，也没觉得你对我做过过分的事。你是个好恋人，即便将来可能再也见不到你了，我仍然不会忘记感谢你给我的幸福和体贴。"

贯一听后缓慢地摇着头，接着越摇越厉害。

"不要。"

贯一哽咽着，艰难地说道。

"不要什么？"

"不要分手。"

真的？真的是真的？小都强忍着想要抓紧他的冲动，她感到那样一来主动权又会转移到他那边。小都不慌不忙地望着他的脸。

"那一起住吗？"

他微微地点点头。

小都叹了口气，一下子感到耗尽了精力，蹲着抱紧膝盖，把头埋在了胳膊里。

贯一伸出手，诚惶诚恐地搂住了小都的头。

小都也把手臂揽住了他的背，感觉终于有个温暖的身体能落在自己的臂膀中了。小都感到贯一的背在微微地颤抖，这是她最爱的贯一的身体，她不想对这身体又踢又撞，而是像现在这样一直去触摸。

回到房间后，两人有些不好意思地脱去衣服，终于钻到了被子里。

小都说："今天衣服穿穿脱脱多少次了，好傻呀。"贯一笑着说："还真是。"

上了许多层浆的酒店床单挺括得有些冰凉，但因为两人紧紧地抱在了一起，不愿再分开，所以不一会儿就暖和得有些发热了。

小都陶醉地闭上了眼睛。

贯一裸露的肌肤光滑而温暖，再高级的毛毯都无法比拟。他胳膊和双腿的肌肉紧实又柔软，他的手臂，他的腿，他的嘴唇，无论触摸到哪部分，都会被深深地吸引。

到今天这步，究竟经历了多么漫长的时光啊——小都尽情地品味着这份来之不易的甜蜜。

贯一的一举一动都很温柔，小都绝不用担心会受到伤害。自从孩提时代以来，小都还从没能像现在这样安心过。

不用继续再遣词造句让小都感到无比放松。

二人世界终于开始了。小都感到，这下可以在外拼命工作了，即便偶尔会遇到不公平，但只要每天都能回到这安全又安心的港湾，自己都能坚持得下去。

激情平静下来以后，贯一轻轻抚摸了一会儿小都的头发，接着悄悄地移开手臂钻出了被窝，内衣也没穿就披上浴衣，打开拉门去了屋外。

半梦半醒中，小都听到走廊尽头马桶冲水的声音。一起生活的话，这种充满生活气息的声音就会变成日常的一部分了吧，小都迷迷糊糊地想着。她闭着眼，倾听着贯一回屋的脚步声，只听见他打开了房间里的冰箱。

"阿宫，你睡着了吗？"贯一小声问道。"嗯？"小都闭着眼含含糊糊地回答。"我能喝一杯吗？"贯一小心翼翼地问。

"你今天酒瘾很大嘛。"小都回过头惊讶地说。

"知道了。我不喝了。"他关上了冰箱。小都感到他的语气无精打采，就遮着裸露的胸坐了起来。

"我随便说说的，想喝的话就喝吧。你晚饭的时候就一直忍着吧，虽然后来你喝了一杯。"

"不，是我不好。我那时候不知道该怎么办，想逃避。"

贯一拿出瓶啤酒，放在靠墙的矮桌上。

"阿宫你也喝吗？"

"我就不了，喝了怪冷的。"

"那我给你泡杯茶吧。"

小都穿上了浴衣和棉袍，在矮桌前坐了下来。贯一拿来茶壶和茶杯，坐在一边。两人光着的脚尖碰到了一起，这让小都想起了方才两人还在亲热，心中不免躁动不安起来。

两人分别拿了啤酒杯和茶杯互相轻轻碰了一下。

"回去以后就要找房子了啊。阿宫，你最迟什么时候得搬出来？"

"我爸妈说让我最好在1月中旬搬出去。"

"那在今年或者明年初就要把住处定下了。"

"我已经基本搜过了，心中有数，交给我好了。"

"是嘛。"贯一眯起了眼。

"抱歉，我啰唆了那么多。"

小都双手捧着热乎乎的茶杯笑了。

"你有没有感觉是我强迫让你答应一起住的？"

"没有，别提了。谢谢。"

贯一语气听上去异常平静，小都看着贯一，屋内只有和纸做的夜灯闪烁着光亮，在贯一的侧脸上投下了阴影。

"的确如你所说，我对初中学历非常自卑。"

"……"

"我也查过取得高中文凭的方法。可是我生活捉襟见肘，觉得自己做不到，更重要的是自己没有精力。"

"嗯。"

"不过现在工作的店铺排班比较灵活，公司也看上去愿意倾听员工意见，我决定试试看。"

听到他说出这么率直积极的话，小都内心无比惊讶。

"阿宫，刚才你提到了有连带感的伴侣，这种说法我能接受。结婚这个词牵扯了太多东西，说实话，就像你刚才说的，让我想逃避。不过有连带感的伴侣我懂。"

"你以前做混混的时候是不是'连带责任'这个词听多了？"

小都为了掩饰羞怯，本能地开起了玩笑。贯一听后并没有放在心上，摇着头嘀咕："我倒是联想到了劳动组合，觉得和这个意思更接近。"

"啊？"

"就是……"

贯一话到一半突然住了嘴。

"不行，我又开始卖弄学问了。"

"哈哈哈。"

"我以前不会求人帮助，但刚才我觉得这也无所谓。"

"请求别人帮助当然没问题啦。"

贯一喝了口啤酒。

"我刚才在想。"

"嗯。"

"你和我不一样。不过，如果要结婚……不，是抱着连带感共同生活的话，那两人若是都擅长或不擅长同一领域，不就过不下去了吗？只有各有所长，才可以互相弥补不足。"

他佩服得睁大了眼睛，笑着说：

"不是有句谚语吗——破锅配破盖。"

"啊，是嘛，我听说过。"

"你好歹也去读点书吧。"

"哎，学问什么的还是交给你吧。"

小都歪着头，向上端详着贯一。

"还有，这世上没有命运吧？也没有什么神仙和魔鬼吧？"

"？"

"没有命运的话不就意味着没有正确答案不是。既然没有正确答案，那也就意味着没有什么是绝对错误的，也就不存在什么失败了。"

"噢，阿宫，你很有洞见嘛……"

两人高举双手响亮地击了个掌。


也不知睡了多久，小都在低沉的振动声中睁开了眼睛，是自己熟悉的手机振动。她在枕边摸索到了自己的手机，却发现没有任何来电提示。时间刚到凌晨3点。

贯一从身后抱住小都，睡得正酣。振动中断了一会儿后，手机又重新振动了起来。小都第一反应是贯一住在护理院的父亲是不是出了什么事。她见坐垫上贯一的手机屏幕一闪一闪的，就挪开贯一的手爬出了被子。拿起电话，见屏幕上显示的是"优"这个名字。

小都拿着手机，摇了摇贯一。

"电话铃响了！刚才都响过好几次了，你是不是应该接一下？"

睡眼惺忪的贯一拿来手机，一看屏幕诧异得皱起了眉。

"喂，什么事，这时候来电话？"

他边接电话边起身，光着身子披上了浴衣，拉开移门向洗手台走去。

优，是什么人？是他姐姐吗？拉门另一头声音叽叽咕咕的，听不清在说些什么。

电话持续了有一会儿，小都焦急地盯着拉门。大约过了十分钟，说话声中断了，可却怎么也不见贯一回来。小都等不及了，也站起了身。打开拉门，只见黑暗中，贯一一动不动地坐在通向露天泡池的门前，低垂着头。

"发生什么了？"

他看了一眼小都，又一言不发地耷拉下了头。小都悄悄地蹲到他面前。

"发生什么了？谁来的电话？"

"阿胜。"

阿胜是谁？小都冥思苦想着。

"就是那须酒店里工作的那个。"贯一嗓音沙哑地说道。小都才想起那个崇拜贯一，长着一口乱牙的男孩子。

"阿胜的父亲病倒了，现在在急救医院。"

"啊……"

小都得知不是贯一的父亲，内心松了口气。但眼前的贯一却一脸凝重，就好像是听说父亲病危了一般。

"阿胜惊慌失措，说话找不着要领，打了一半他姐姐替他听了电话，据说是急性心肌梗死，好像非常危重。"

"……在哪个医院？"

"北茨城。"

那么远，现在是赶不过去的。贯一好像受到了很大的打击，小都不知该如何是好，只能揽过贯一的头紧紧抱住。

"我马上要过去。"

小都只听见怀中贯一闷闷地说着。他从小都怀中直起头来，面对着小都。

"现在……现在是深更半夜啊。"

"我喝了酒，不能开车，我现在就打车到电车站，然后乘电车去。"

"等等。"

小都慌了，不知道这人在说些什么。

"头班车不是要等两三个小时才发车吗？"

"等不下去了。要是可以的话，想趁他还活着的时候见他一面。"

听贯一这么斩钉截铁，小都惊慌失措起来。

"鞠子听上去也很慌张，还是想尽快赶到他们身边。"贯一眼神涣散地说道。

"鞠子"这个名字从他嘴里不经意间脱口而出，喊得那么亲切，但贯一似乎并没有意识到自己不经意的举动。小都本能地觉察到，这个名叫鞠子的姐姐和贯一之间过去一定发生过什么。

这算什么，小都半张着嘴想着。

自己好容易才把想浑水摸鱼溜走的贯一揪了回来，小都感到这亲密无间的二人之夜似乎因为那始料未及的第三者的闯入，没到天亮就结束了。

"阿胜一家人真的把我当家人一样看待。我最叛逆的时候，他们还宽容地接纳我。老爷子是个乡下种地的大叔，没什么学历，但喜欢看书，看到有我喜欢的书，就一本接一本地买来给我读，还教会我去图书馆借书。日料店的工作也是老爷子托熟人介绍给我的。阿宫，好容易出来旅行一次，真的很抱歉，但他们真的对我有恩。"

贯一带着说服的口吻，不知不觉中，抓住小都的双肩摇晃了起来。

这算什么，小都又在心里犯起了嘀咕。

小都也明白贯一和那老爷子亲如父子，是他们把贯一在父母那里缺失的爱和教育给了贯一。但贯一吃晚餐的时候不是提起过，那老爷子让他别动他女儿的主意吗？不过，小都还是放弃了旧话重提。

"明白了。"小都边叹着气边说。

小都觉得对方又不是亲生父亲，这半夜三更的硬要出门实在不妥，但所谓"有连带感的伴侣"就应该接受这些。各人有各人的想法，小都觉得既然贯一想要见他最后一面，自己就不该阻拦他。

"坐出租车的话不知要花多少钱呢，我开车送你去。"

"不行，这太让你为难了，不用。"

"开到茨城或许办不到，但至少我可以开车把你送到东京。到那时电车也该开始营运了，从东京乘特快去怎么样？"

贯一目不转睛地看着小都，接着低下头说了声"抱歉"。

没办法。小都脱下浴衣，再次穿上了衣服。她又想起之前说过的话——今天衣服穿穿脱脱多少次了，但不同于刚才，现在她完全笑不出来。

两人着急慌忙地给当班的前台付了住宿费，随后就出发了。

夜色中，小都开着车。虽然开的是昨天开过的道路，但路上比想象的要黑，只要略有些弧度，她就开始紧张，幸亏黎明时分路上没车。

可是出了热海的街镇进入小田原后木道路后，车辆就渐渐多了，而且多是重型卡车。透过后视镜，一辆卡车紧随其后，司机对小都车速的焦躁一看便知。瞬间小都头上冷汗直冒。

卡车和大型SUV一辆接一辆从小都右侧超过，小都感到自己的小汽车一碰就会被挤扁，就死死握住了方向盘。也不知是不是因为柴油车的黑色尾气钻进了车里，空气开始变得呛人。

"阿宫，你只要靠左慢慢开就没事的。"

一直闷声不响的贯一终于也看不下去了，在一旁提醒道。

"……嗯。"

"抱歉不能开车。"

　　贯一垂头丧气的样子让小都微微有些诧异，虽然之前大多都是让他坐在副驾驶座上的，但贯一还是第一次这么坦率地为此道歉。

　　"没事，这也是没办法。"

　　"我要是不喝酒就好了。"也许是觉得自己太不中用，贯一咂着舌头，又接着说，"到了海老名，换我来开吧。酒已经醒了。"

　　小都虽然笑着说"没关系的"，但其实内心一块大石头已落地。原本她就不擅长开夜路，而且还是第一次夜里在高速道路上驾驶，实在害怕得不行，说实话她恨不得现在就让给贯一开。

　　小都脊背僵直，眼见着前方视野范围越来越狭窄，只能死死注视着前方和仪表盘，踩着油门。

　　虽然小都把车速保持在法定速度之内，但周围的车辆速度快得惊人，好几辆大型车呼啸着从小都轻飘飘的小汽车边上擦身而过。每当听到别人按喇叭，小都就会心头一紧，不论那喇叭是不是针对自己。

　　自己的车被撞得面目全非的幻象在脑海中逐渐膨胀，太恐怖了。小都感觉快不行了，心想为什么会在这种地方弄到这种地步。

　　酒店里贯一说打车去的时候，随他去不就可以了吗？即便花上几万日元，那也是从贯一口袋里出，干吗自己要去装好人呢？

　　"轻型卡车，就一直跟在那辆轻型卡车后面。"

　　贯一突然提醒。小都回过神来再次注视向前方，她注意到有一辆小型卡车从虚线并入自己所在的车道。也许是因为载了许多货物的缘故，车速比其他车辆要慢。

　　"看着那辆卡车的尾灯向前开，这样肯定没问题。"

　　贯一用鼓励小孩子一般的语气说道。小都微微点了点头，她已经紧张得话都说不出来了。

　　好容易到了服务区，停下车，紧张的情绪一下子得到释放，小都掩面哭了起来。

　　这个服务区上次来的时候还是那么轻松愉快，没想到再次来这儿时，自己居然如此憔悴不堪。

　　"阿宫，对不起啊。"

　　贯一抱紧小都，反反复复道着歉。

　　交给贯一驾驶后，小都从心底里松了口气。

　　他左右变着道，一辆一辆地超着大型集卡，似乎要把之前被超车的份额全给夺回来似的。贯一一反平时谨慎驾驶的作风，在超车道上飞驰着，小都不敢相信自己这辆小汽车还能开这么快，对交通事故的恐惧再度爬上心头。

　　一开始，这车速让小都浑身僵硬，但困意却也在和紧张的情绪作对，渐渐犯起了迷糊。想来自己只睡了两个小时，不知不觉，小都就睡着了。

　　途中小都一度醒来，迎面而来的绿色道路指示牌正好映入眼帘，这才意识到已经过了东京。她想让贯一把她放下车，但不可抗拒的睡意让她说不出话来，再度陷入了睡梦中。

　　再度睁开眼时，车子已经驶入了圈央道，马上要到茨城的牛九匝道了。天色已亮，周遭一片淡蓝。

　　"我送你到家，然后我再乘电车去。"贯一说道，此时他已两眼充血。

　　"不用到家，到车站就可以了。"

　　"是嘛，谢谢你。"

　　"或者我把车借给你，你就这么开着去好了。"

　　贯一稍稍思索。

　　"不了，还是乘电车去，我也困了。"

　　汽车减速向匝道拐去。出了收费站就进入了普通道路，熟悉的景色映入了眼帘。啊，终于回到自己住的街镇了，小都安心了。

　　沿街店铺的招牌飞速地向后退去。都下了高速了，这车速是不是太快了些呢，小都心里有些担心。

　　"贯一，我知道你很急，但能不能开慢点？"

"好啊。"他爱搭不理地应了一声。可他边说，边还在信号灯由黄转红的前一刻踩下油门过了十字路口。

行驶了一会儿，贯一不停地瞥着后视镜，放慢了车速。小都正庆幸，以为他听从了自己的意见，可没想到在这时，她听到响亮的扩音喇叭声——前面的小汽车！小都吓了一跳。她扭过头往后一看，只见闪烁着红色灯光的巡逻车紧随在后，心里咯噔一下。

前面的小汽车，停下！——这次她听清了。

贯一一言不发地减慢了车速，打开双闪灯，把车停到了道路左侧。

"怎么回事？是叫我们的车？"

受惊的小都理不清事态。贯一镇定地看着小都，那似哭似笑的表情是那么反常。小都这时才意识到他们因为超速行驶被逮住了。

"和他们解释会没事的！"

小都不由大声说道。

"你和他们解释说因为亲人病危开得太着急了，会没事的！"

见贯一万念俱灰地摇着头，小都越说越激动。

"开罚单可能要花些时间，在那之后我来开车，我会一直把你送到北茨城的！"

"不用了，阿宫。"

"你没有肇事，不要紧的！别哭丧着脸啊。"

"小都。"

贯一性格腼腆，一般不太会看小都的眼睛，可这次，他却正视着小都，轻轻地抚摸着她的脸颊。他竟然破天荒地叫自己"小都"，这让小都有种不祥的预感。

"和你在一起很开心，谢谢你对我这样的人那么好。"

"你这是什么话，为什么说得像是要永别了似的，别那么夸张。"

小都勉强挤出一丝笑容，像是要驱散那不祥的阴云。这时，警官敲了敲驾驶座边的车窗。贯一从小都脸上抽回了手，摇下了车窗。

"你严重超速了。请出示一下驾驶证。"

警官礼貌地说。小都看不出他隐藏在警帽下的表情。贯一缓缓地从牛仔裤的后袋里掏出钱包，抽出驾驶证交给了警官。

那名警官看了看驾驶证，又看了看贯一的脸，然后再看看驾驶证，这时，他的目光停住了。他伸长了脖子看了看小都的脸，又回过头去挥手召唤他的同事。

"麻烦你们二位都下车。"

贯一老老实实地解开安全带，又用下巴示意小都也下车，小都无奈只能跟着下了车。

"抱歉请来这边。"

另一名警官迅速跑来，把小都引导至警车。

"欸？要做什么？"

"请坐进后排。"

"嗯，我们有急事。"

"一会儿会在车里听你说的，请先上车。"

警官打开警车后门，带着不容分辩的威严让她坐进了后座。而那警官并没有进车，而是"嘭"的一声关上了车门。

第一次坐警车的小都环顾着四周，想想也知道，这和普通的汽车没什么大的区别。只是有些灰蒙蒙的，可以说疏于打扫。从车窗张望自己的车，只见贯一背朝着小都的车，夹在两名警员中间站着。

贯一像是在接受什么检查，是酒精测试吗？小都慌乱地在头脑中计算着距离半夜贯一喝啤酒的时间，那大概是在12点吧，这样一来已经过了六个多小时了，而且贯一离开酒店的时候已经完全没有醉意了，可小都完全不清楚体内残留的酒精要过多久才能被代谢到不影响开车的数值。

小都焦急地感到自己必须向警员解释清楚，贯一平时从来不酒驾，开车也一直很谨慎，今天因为事态紧急，才稍稍超速了。

她试图去开车门，可怎么也打不开，在车内四处摸索着解锁按钮，却怎么也找不到。

这时，警员回来坐进了车后座。

刚才小都只是觉得那名警员很高大，但坐在身边才发现那种威慑力就像是眼前坐着头熊，小都这才惊讶地认识到警服是多么坚固结实。厚重的马甲上挂着的无线对讲机，腰间别着的警棍，给人的不是一种依靠感，而是一种威严的震慑力。

"开车的是你先生？"

那名警官严肃地问。小都摇了摇头。

"是恋人？"

小都说不出话，只是默默地点点头。

"那辆车是你的？"

"……是的"

"你没有喝酒？"

这质问的语气惹怒了小都。

"没喝。嗯，他也是昨晚喝的，应该已经酒醒了。但为了以防万一，我开车到到中途才换他驾驶的。从热海回来的路上，知道他完全酒醒了，才让他开的车。那个，他亲人病危，所以就急忙……"

"出示一下你的驾照。"

警员打断了语无伦次的小都。小都焦急地从包里取出驾照交给了警官。

"嗯，所以就很急，也许稍稍开得快了些。开罚单也是必要程序，但麻烦您尽快，他有急事。"

警官从警帽下一动不动地注视着小都的眼睛。他不仅身板结实，脸也板得像块铁，看上去好像天生就没有配备笑容似的。

"你，知道他是无证驾驶吗？"

"啊?"

"他的驾照六年前就失效了。"

小都不知道他在说什么,一脸茫然。

"你是知道的吧?"

在警员强势的追问下,小都咽了一下口水。她脑子一片混乱,根本说不出话来。

"如果你明知他没有驾照还让他开车的话,那就是无证驾驶的帮凶了!"

听语气,他好像从根本上就在怀疑小都似的。

"不知道!"

"此前已经让他开过好几次了?"

小都答不上来。

为什么,为什么会弄成这样?

这不是在做梦吧。

就在刚才,在热海的酒店里,两人还依偎着沉醉在幸福中。是不是就那么睡着了,而现在这些都是在做梦呢?

"跟我去一趟警署。"

警官毫不客气地命令道。

就这样,小都和贯一分别被带到了警署,接受盘问。

小都手指沾上红色印泥,所有的手指被采集了指纹。

她被要求交代出认识贯一后都有哪几次让他开车。即便自己累得精疲力竭,也不让休息。根本就不像电视里和漫画上看到的那样,没人给自己送盒饭,没人会对自己柔声细语地讲话。当然也不让小都见贯一,也不告诉她现在贯一在哪儿,都交代了些什么。

警察怀疑小都知道贯一没有驾照,不论小都怎么否认都不相信。小都自己都想去问问贯一,问问他为什么驾照都到期了,还隐瞒着去开自己的车。

然而，在警察的追问下，小都才回忆起了许多可疑的细节。

比如在确认小都开车没有危险的情况下，他从不主动开车。他还在副驾驶座上喝过烧酒兑苏打。去热海的路上，只有首都高速那段是他驾驶的，后来的路都让小都来开。原来他一直都在竭力回避开车。

为什么他不老老实实说呢？

愤怒涌上了心头，化成了泪水溢出了眼眶。

小都在警署被扣留到了天黑，直到很晚父亲来警署领小都前，她都不被允许回家。

父亲好像从警方那里了解到了事情的大致经过，什么也没说，就把憔悴不堪的小都带回了家。在家等候的母亲焦急得都快哭了，而小都只能勉强地对她挤出一句"对不起"。明明腹中空空，却什么也不想吃，回到自己的床上倒头就睡了。


第二天早晨醒来时，小都一时半会儿都回想不起自己到底在哪儿，都发生了什么。在床上发了会儿呆，才一点一点回忆起了昨天发生的点点滴滴。

但不管怎样，都必须去上班了。可起了床正想着今天该穿哪件衣服时，却一时连现在是什么季节都想不起来。

她习惯性地拿起手机。

没有一封邮件，也没有一条短信。

小都冲了个澡，吹干了头发，回到自己房间打开衣柜，嫌麻烦，就索性找了件黑色高领毛衣套上。

她打开手机，拉黑了贯一的账号，删去了他的电话号码。

这回，她真的对贯一彻底失望了。

都结束了，小都想。

# 第十一章

那年冬天很冷。

小都搬入的一居室看着还挺漂亮，但空调制热效果不佳。也许是因为落地窗的窗框陈旧了，寒气直往屋里钻。小都冻得实在难以忍受，只能用搬家时的纸箱糊在窗子的下半部分，再用厚厚的窗帘遮住，一个冬天都窗门紧闭。

自己曾经那么渴望独自生活，可现在根本高兴不起来。她曾经梦想着把房间布置得漂漂亮亮的，再请朋友来家里喝茶聚餐，可现在连做饭都提不起兴致。晚上就吃些便利店买来的东西填饱肚子，在网上看看韩剧和偶像视频来打发时间。休息日就去父母家，在被炉边无所事事。父母也了解小都的情况，却也只字未提。

小都记得那年冬天，自己什么都没想。对自己的处境，小都也只能一笑置之，心情反倒开朗起来。

冬末，公司决定从春天开始录用小都为正式员工。不仅是仁科，其他同事都为她高兴，小都也很高兴。再次成为正式员工，小都竟意外地产生了一种归属感。她开始觉得自己也是店铺的一分子了。

春天的脚步渐渐临近。

最近小都感觉电热毯有些太热了，就在一个休息日剥去了糊在窗上的瓦楞纸，仔仔细细地用吸尘器打扫起洒满阳光的屋子来。就这样，她像是给自己按下了大扫除的启动键，从厨卫到衣柜的角角落落，小都都擦了个遍。

她把冬季的大衣、毛衣拿去洗衣店，并委托保管至明年冬天。

接着，她又在清清爽爽的壁橱里挂上了春夏的薄衣。风从敞开的窗子吹进屋里，吹得脖子凉飕飕的。

那么寒冷的冬天，小都却没感冒。她忽然笑笑，觉得自己还挺强壮的。

小都甚至连告别的话都没对贯一说。虽然她删除了贯一的电话号码，但并没有把他的号码设置为拒接模式。可贯一没打来过一个电话。小都猜测，依贯一的性格，他或许已经把短信账号被拉黑看作是小都发出的分手信号了。

小都边在小小的晒台上晾晒着抹布，边仰望着樱花季阴沉的天空。

和贯一间交谈过的那么多话语，令人心力交瘁的争论，还有那最终达成的结论，这些都成了枉然。

为什么贯一没有更新自己的驾照呢？

警官说贯一的驾照失效于六年前，也许是因为当时他忙于做赈灾志愿者，根本无暇考虑这个，也或许纯粹是因为他懒散，没注意到驾照到期。虽然小都在内心做着各种猜测，但她却并不想去求证。

比起这些，小都觉得那台风之夜，两人明明交谈了那么多，他却没告诉小都自己没有驾照，这本身就很有问题，这点就注定了两人没戏。小都想明白了，他就是个光会卖弄学问，却对关键问题闭口不谈的男人。

没有贯一，小都也能活得下去。而对贯一来说，没小都大概生活也能继续吧。

光这些就足够了。


黄金周的繁忙对想放空大脑的小都来说真是场及时雨。

成为正式员工后，肩上多了责任和指标。但能毫无顾虑地为提升销售业绩出谋划策，让小都反倒觉得轻松。

小都所在的店铺，在规模巨大的销售中心地理位置不算太好，门面也不宽敞。但听说自家店的销售额和正价门店差不多时，她的想法就改变了。这家购物中心针对的不是顺道光顾的观光客，而是当地的常住居民。所以她决定和正价门店一样，采取重视回头客的销售方针。她比以前更勤快地更新店铺博客，对登记注册为会员的顾客会认真地一对一发送私信。平日里空闲的时候，会积极地和来店客人聊天，尽量记住他们的脸和名字。此外，小都还会注意给打工的姑娘们营造一个愉快的工作环境。

现在的工作真可谓是雪中送炭，让心力交瘁的小都能重新振作起来。

可是，小都的笑脸后，藏着的却是一派荒凉的景色。

黄金周里，每晚回到家都是深夜，自己的精力还能被忙碌所分散，可当繁忙结束，小都又不得不独自面对那漫漫长夜。于是夜里下班后，她偶尔会和早阳花去喝酒。

那天夜里，小都也约了早阳花，两人在烤鸡店面对面坐着。

那家店是茨城县范围内的连锁店，除了便宜和营业至深夜，其他也没什么优点。但因为座位间用隔断分开，像一个个包厢，可以不被其他顾客的存在所打扰。又因为没有合适的店可以去，出于惰性，也为图方便，两人去那里聚了好几次。不知不觉中，和早阳花在那里见面就成了理所当然。

一开始，两人还聊聊各自的工作，唠唠别的家常。但每当醉意袭来，小都就开始反复唠叨起同样的牢骚。

比如自从决定和贯一同住后，她花费了多少精力去说服他。又比如想当初和他无牵无挂地玩乐，现在想来这人有多卑劣。说他浪费了自己的诚意和努力，让自己多么生气。小都不自觉地瞥着桌上装小菜的小碗，滔滔不绝地说着。

忽然，小都意识到早阳花一直没什么反应。抬头一看，发现她根本没在看自己，而是望着别处，嘬着酸味鸡尾酒，这才意识到自己又在重复同一个话题。早阳花再怎么善解人意，也经不起她这么唠叨。

为了讨好早阳花，小都故作欢快地继续道："最近真觉得不能再这么悠闲下去了，得趁早找对象了。要是一直在现在的店铺工作的话，是没机会遇到合适的对象的，就想着是不是要尝试一下婚恋软件，我同事里有好几个都在用这个。有些害怕，但毕竟大家都在用。"

说到这里，只听见早阳花"砰"的一声把啤酒杯搁到了桌上，把小都吓了一跳。

"小都，你根本没有放下他啊。"

"啊？"

"你能不能不要再想着贯一了。"

早阳花冷冷地说。小都说不出话来。

"没有想他啊，我对他没有任何留恋了。"

"可你看上去并不是这样的哟。"

早阳花厌倦的语气让小都有些生气，但她还是克制住情绪露出了微笑。

"明白了，我不再发牢骚了。是我不好，老是啰唆地重复同样的话。对不起啊，你都听腻了吧。"

"小都，你能不能稍稍正视一下自己的内心呢。"

"别这样，怪伤和气的。"

虽然小都感到早阳花有挑拨之嫌，但她还是咽下了怒气打起了哈哈。

"能让我今天说两句吗？"

早阳花一脸严肃地说道，并不让步。小都这才想起早阳花虽然平时非常温柔，但关键时候说话往往不留情面。

"那位贯一干了坏事了吗？"

早阳花面无表情地继续道。

"无证驾驶的确不好，话是这么说，但贯一最初应该是为了逞英雄才为你开的车，当时不是说不出口吗？可后来随着你们交往的深入，你可是越来越感觉出他为人的善良了呀，甚至还产生过想和他共同生活下去的念头。既然这样，你难道不能也接受他的弱点吗？贯一也说了他要去考取高中文凭，说明他肯定也在考虑更新驾照的事。然而这次不走运，贯一一直以来视作依靠的大叔病倒了，才冒险破例开了车，被抓住了。这是各种不巧叠加导致的，而你连申辩的机会都不给他，这不公平。我觉得你该联系一次贯一，和他谈谈。"

"不可能，他来联系我也就罢了，凭什么我去联系他。"

"所以我就说，既然你觉得这不可能，那不如索性换一个人交往。可你却没完没了地说着贯一。既然你那么放不下他，就该下定决心和他好好告个别。"

"我们已经分手了。"

"没有，你其实还在焦急地等着他来联系你。可是没如你所愿，所以才会又失望又悲伤。你就承认了吧。"

她俩互相瞪着对方，两人间的气氛还是第一次变得那么紧张。

"你真能讲道理啊。"

小都嘟哝道。

"对，我净会讲道理。"

早阳花一脸凄凉地说道。

"他也常常这么说我——你净会讲道理。此前他也提醒过我，说净讲道理的人往往自大地以为自己是个完美无缺没有矛盾的存在。可是啊，黄金周期间他和孩子出去旅游了，后来才知道他前妻也在一起，这不就变成家庭出游了嘛。他自觉理亏，对我说了谎。你说，是不是也因为我是个喜欢掰扯道理的人，才会为这件事生气呢。"

早阳花眼圈红了。话题突然转到她的男友，让小都诧异得直瞪眼。

"……啊，还有这事？"

"对不起，今天迁怒于你了。"

早阳花咬了咬嘴唇，露出让人心疼的笑容。

小都隐隐感到，今年早阳花之所以能常常和自己一起出来，也许就和她跟男友进展得不顺利有关。但和小都不同，早阳花几乎不会发牢骚，而小都又满脑子尽是自己的事，因而没注意到这点异样。

"喂，两位姐姐，一起喝一杯嘛……"

就在这时，一名过路男子探过来和她们搭话。他染着茶色头发，眉毛弄得很细，一看就是个混混，浑身散发着酒气和发胶的气味。正当两人张口结舌之际，他的两个同伴急忙赶了过来，说了声："对不起，这家伙喝醉了。"就把那混混拽回自己那桌去了。

那名男子离开后，两人尴尬地叹着气。

小都突然感到，深夜两人在这潦倒的酒馆里争执是那么虚空。吸烟区飘来了阵阵烟味，打工的店员们则在毫无顾忌地大声聊天。这里充斥着廉价酒和劣质油的气味，既不利于健康，也颓废至极。

小都回想起之前两人去过的汤菜馆，就在那家梦幻般精致的店里，两人兴致勃勃地聊着各自刚开始的恋爱。身边放着装有新衣的簇新的购物袋，在对美味的食物、漂亮的衣服和体贴的恋人的评头论足中，两人尽情享受着那美妙的高光时刻。然而，不知不觉中，却落到今天在这种污浊的场所互相抱怨的地步。

"……对不起，早阳花，我满脑子装的尽是自己的事了。"

"该道歉的是我，我明白自己总是做出一副乖乖女的样子，弄得别人那么焦躁。"

"没有的事。我还要谢谢你一直都愿意倾听我没完没了的牢骚。要是可以的话，你能说说你男友的事吗？"

早阳花想了一会儿后摇了摇头说："今天不提了，下次再说吧。"

饮料喝完了，两人就夹起冷掉的鸡肉吃了起来。

"小都，要再来点饮料吗？"

"嗯，对了，要不要叫点甜品？"

早阳花愣了一会儿，接着微笑着说："好呀。"

家庭餐馆厚重菜单的最后几页登着好几种甜品，两人挑着挑着，心情开朗了许多。早阳花神情也柔和了些，说："小都，下次我们白天聚吧。"她接着又提议道："我们去活动活动怎样，乒乓网球保龄球都行。还可以去一日游，泡泡温泉。"

"说起来最近我妈妈迷上了登山。"

"这也不错呀，是筑波山吗？"

"嗯，这样好这样好。"

"我的事今后再说，不来这里。"

"嗯，那当然。"

服务员端上了巨大的芭菲，小都发出异常兴奋的欢呼声，脸上的阴云一扫而光，挖了一大勺鲜奶油送进了嘴里。

小都明白自己不仅对朋友，对父母也相当依赖。好容易从家搬了出来，一周两天休息中仍有一天会去父母家，并已养成了习惯。

冬天还有理由说自己的一居室太冷，冻得快感冒了，可眼见夏季都快到了，没有什么理由就去父母家有些说不过去。可就在那天，母亲说有人送了许多梅子，要小都帮忙做梅干，就不客气地欣然前往了。

父母搬去的新家比小都的出租屋离东京还要近，是昭和时代建造的巨大居民区。房间被重新装修一新，时尚得颇具现代感，但小区整体的氛围却类似于小都出生成长的小区，让人有种穿越时空的错觉。

小都在居民小区入口偶然撞上了自己的母亲。母亲化了妆，穿了件整洁的衬衫。

"啊，小都，来得正好。"

"怎么，你出去吗？"

"突然被叫去上班。同事突然病了，店里已经手忙脚乱了。"

母亲不满地噘着嘴，但却看得出来内心实则很开心。

"你爸爸一个人在处理那批梅子，你去帮帮忙吧！"

"咦？今天工作日，爸爸怎么在家？"

"此前休息日去上了班，今天调休。那就拜托你啦。"

说完，母亲就背上手提包，迈着轻快的步伐健步如飞地走了。小都目送着她远去的背影。母亲搬家后，就在浅草的店里找到了兼职，负责给外国游客穿和服。虽然小都为她能找到发挥自己专长的工作感到高兴，可毕竟母亲更年期症状还没完全消失，她担心这种情况下母亲能否胜任这项工作。不过，看这样子她好像还在坚持。

和父亲单独相处让小都有些压力，可既然都走到这儿了又不好回去，小都只能乘上了老旧的电梯来到五楼。进了父母家，只见客厅的桌子被移走了，地上铺着报纸，而父亲则正把梅子一个一个地在报纸上排列好。

"噢，你来啦。"

"我在楼下碰到妈妈了。"

"你来了太好了，我正犯愁呢，以为要一个人把这些全干完。"

父亲穿着围裙说道。水灵灵的梅子铺了满地，散发着悠悠清凉的香气。敞开的窗户外，远远传来了小孩子的啼哭声。

"这么厉害，买这么多干什么？"

"本来樫山给了些，可后来隔壁住的老太太又送了不少。"

"嘿——"

小都感到像这样送来送去的，还真有阿姨妈妈间人情往来的特色。她小时候住的居民小区，这些曾都是家常便饭。比起在独栋小楼里闭门不出，小都觉得也许这里的生活更适合母亲。

"妈妈以前常常做梅干的呀。"

"她以前一直嫌麻烦，但现在好像又来劲了。"

"那这些都该怎么弄？"

"我也不太清楚。"

父亲拿起了放在一边的智能手机，边看边念："嗯，洗净后将梅子一个个擦干。"

"啊！爸爸，你换智能手机啦？"

"嗯，上周买的。搞不明白该怎么操作，急得不行。"

父亲笑着说道。

"你接着念。"

小都接过手机，读起了题为《梅子的处理加工方法》的页面。

"嗯，擦干后，用竹扦将梅子的蒂小心去除。"

"蒂？"

"不就是柄嘛，就是这儿，凹下去的地方。"

两人就手拿着母亲准备好的竹扦，坐在地上，小心翼翼地开始挖除梅子的果蒂。才挖了四个肩就酸了，小都停下手问父亲："妈妈经常被突然叫去店里干活吗？"

"不能说经常，但偶尔也会。"

"呵，还挺行。"

"虽然有时也会累得趴下，不过生活好像有了干劲，挺好的。"

说来父亲的气色也好得超出预期，和去年简直没法比，不论是说话语气还是态度，都变得柔和了。虽然白发增多，有些衰老，但少了戾气。

小都听说父亲卖了车，转而乘电车上下班了。由于上班朝地方方向，下班朝东京方向，正好和多数人相反，所以电车很空，也没什么压力。以前一直用的翻盖手机也换成了智能手机。这让小都认识到人不论多大年纪，都是可以改变的。

父母这是重新优化了生存战略啊。一起待久了有时会遇到瓶颈，但要是稍稍改变的话，或许就能找到突破口。自己和贯一要是能这样该多好啊，小都想着，略有些伤感。

两人正埋头干活的时候，父亲突然开口。

"小都你怎么样了？"

"哪方面？"

"生活，或者工作？"

小都苦笑起来，心想父亲还真是操心。

"工作还算顺利，被录用为正式员工了，所以很多想做的事也可以付诸实践了。而且现在职场上的人际关系也挺融洽，工作虽然忙，但心里挺轻松。生活上也就那样，一个人过，又不是第一次了，也有一个人过的快活吧。"

小都平静地回答。

"你啊，也不用勉强凑合着结婚。"

听父亲这么一说，小都瞪大了眼睛。

"啊？你这是在说什么？"

"如果结婚没什么指望的话，你还是可以和我们一起住的。这儿的话是有点挤，但我们可以搬到宽敞些的地方去。"

父亲低着头，边干活边说。

父亲还是那么疼爱自己，娇纵自己，也许这是桩幸运的事。

"我可不要。"小都说。

"你们俩要是到了老态龙钟的地步，我倒是有可能和你们住一起。趁你们现在还硬朗，就让我自由一段时间吧。"

小都表面故作坚强，但其实内心都快哭了。

父亲允许自己靠着他们，这比让自己别指望他们更让小都揪心。

就在前阵子，天气还冷得令人瑟瑟发抖，但等回过神来，却已进入了酷热难耐的夏季。连续多日最高气温都不断被刷新，热得让人没精打采。

就在这7月的一天，太阳终于躲进了云层，降了些雨露，稍稍缓解了暑热。虽说是缓解，但气温还是高得让人不得不开空调。小都在局促的一居室内，把空调温度调至最低，站在镜子前。

巨大的穿衣镜是小都在东京第一次过单身生活时狠下心买的，十分气派。多年来，她都在这面镜子前吹头发、化妆、穿搭。

今天，自己该穿什么出门呢？

这是小都对着这面镜子问了无数遍的问题，但果断拍板的只有极少数情况，大多数时候，小都都有些拿不定主意。

今天是休息日，接下来小都要去和婚恋软件上认识的男性见面。昨晚，她没有冲澡，而是泡了澡，还给身体、面部都做了保湿和按摩。

小都几乎不太了解傍晚要见的男子，只知道他是个美容师。见过他挂在软件上的照片和简介，有过几通短信交流，因而小都吃不准该穿什么样的衣服去见他。她想过穿自己风格的衣服，但事到如今，她也弄不清什么才是自己的风格了。

这已经不是小都第一次和婚恋软件上的人见面了。从6月中旬开始，她已经见了两个，今天是第三个。

店里的同事已经详细地给小都传授了婚恋软件的操作方法，教会她如何去识别不宜沾边的那类人。一开始，小都还很紧张，担心和网上认识的人见面是不是安全，但至少之前见的两人看上去都普普通通，没什么危险。想来自己和贯一开始交往时，也只知道他在购物中心的寿司店工作，因而觉得网上交友和这也没什么区别。

小都见的第一个人比自己年长，后一个又比自己小，今天要见的和自己同年。此前见的两人和照片差别很大，但小都不是那种挑长相的人，只要交流顺利就可以接受。

每次见面都去类似的店，说些类似的话。她不想弄得太一本正经，就尽量用日常的态度和人交流。但是虽然见面的时候感觉聊得还挺愉快，但回到家中已是精疲力竭。年长的男子虽然看上去人不坏，但一上来就表明态度说自己要找结婚对象，让小都有些避之不及。而和那个年轻的在店里还聊得挺投缘，回到家后一看就发现自己的账号被对方删了。

要遇到个合适的人真是太难了，但小都告诫自己现在气馁为时尚早。

小都为了今晚的见面，精心地为自己化了个裸妆。由于天太热，穿着上讲究不起来，就挑了件自家公司今年大受欢迎的手感清凉的无袖连衣裙，上面印着薄荷绿色的条纹。本以为柔和的浅色调已经不适合自己的年龄了，但穿上后却发现出乎意料的合适。虽然小都并不想和初次见面的人之间发生些什么，但为了振作精神，她还是选择了件新的内衣穿上。

虽然出门时里里外外一身新，感觉还不错，但在浓重的湿气下才走了几分钟的路便大汗淋漓了。小都几乎是带着修行般的心情走到了电车站，再坐上了电车。

不是高峰，常磐线很空。反正有的是时间，小都就打开了婚恋软件，一个接一个地浏览起男性的头像来。

这款婚恋软件就像是大型的购物网站，上面登着的肖像照数量惊人。小都像挑衣服一样一个个地扫过，见到了中意的照片就停下来，去读这个人的简介。身高、体重、兴趣爱好，不一而足。觉得有不错的人选，就会在边上点赞。就这样，小都重复着这些操作。

看婚恋网站累了，小都叹了口气，把手机放在膝盖上，低下头闭起了眼。耳畔是站站停的电车有规律的车轮声，小都听着听着，又想起了贯一。

早阳花建议自己要么放弃，要么和贯一见面给两人的关系来个了断，但小都却无法抉择。

她想起早阳花说过，自己其实是在焦急地等着贯一联系自己，而事与愿违，所以又失望又悲伤。

是这样吗？小都既觉得不对，又觉得也许被她说中了。

每当自己想要回忆起和贯一在一起愉快美好的点点滴滴时，脑海中在警署的情景就会跳出来阻挠。

虽然时隔半年之久，许多事情都模糊了，可那段记忆却依然清晰地横亘在自己的心头。

被警察当作犯人对待的经历给小都带来的不仅仅是打击，也是屈辱。自己的品行虽然算不上特别端正，但至少不出格，从没想到会受到这样的对待。不仅被采了指纹，还被限制了行动，甚至受到了近似恫吓的盘问。被东马性骚扰时，小都为自己没被当作人一样尊重感到气恼，而那段在警署的经历带来的创伤也并不亚于此。

早阳花似乎对贯一的无证驾驶抱以宽容的态度，认为是事出有因。但小都却怎么也不敢苟同。贯一驾驶技术稳健娴熟，肯定有着很长的驾龄。但无证驾驶这件事在小都看来，无论有什么理由，都跨越了红线。这和醉酒驾车是同样严重的犯罪，小都难以原谅他心中抱着不被发现就好的天真想法。

好人究竟是指什么样的人呢？小都茫然地思考着。

她并不认为只要遵纪守法的人就是好人。

此前，小都的头脑都被自己的事塞得满满当当，虽然没做什么违法的事，但也自认为没做什么善事。

而贯一一方面能不惜牺牲自己的时间帮助身处困境的人，但另一方面，也公然地会犯下无证驾驶的恶行。

贯一在那之后怎么样了呢？被逮捕了吗？受到了什么惩罚了呢？被工作的寿司店开除了吗？

小都打开了手机，在检索栏里输入了"无证驾驶处罚条例"几个字。此前虽然几次想要查，但都因为害怕而打消了这个念头。这是她第一次将有关这方面的检索的念头付诸实践，就把跳出来的页面从头开始读了起来。

这时，手机嗡地振动了一下，短信来了。

——抱歉这么突然，今天我来不了了。老家广岛遭受暴雨，家里联系我说家中被水淹了，我马上要回家一趟。很抱歉临时取消！今后一定补偿！

接着对方又发来了一个劲道歉的动画表情，小都一时间都没反应过来是谁发来的短信，愣了几秒后，才意识到是婚恋网上结识的男子，这会儿自己正要去见的那个人。

暴雨？小都想着就打开天气预报，的确，上面报告说西日本遭遇了强降水，看样子他没有撒谎。可不管是真的还是找借口，临时取消这是事实。

好容易精心打扮了一番。

小都非常泄气，一把将手机塞进了包里。她呆呆地望着车窗前掠过的风景，百无聊赖，心想就这么回去了也太可惜，要不就一个人去瞎逛逛散散心？

这时，包中的手机又振动了起来。取出一看，是条信息，点开发现是小任发来的。

——我上周回日本了，会在这儿待上一阵子，方便的话我们一起吃个饭吧！

小都一动不动地盯着这条信息。

说实话，她早就把小任给忘了。去年还偶尔会互通邮件，可不知不觉就没了联系。

看到小任久违的消息，小都稍稍思考，就老老实实地回信说："约好和人见面的，突然取消了，所以今晚正好有空，时间上是有些仓促。"没过两分钟，就收到了回信，说："8点以后你要是可以的话，我想见见你。"

小任约定的见面地点是在东京站边的酒店休息室。时间还早，小都就在自己从未去过的日本桥周围的商业大厦间转悠。

虽然小都没去过那家酒店，但既然是在车站边，就觉得应该不会高档到哪里去，于是淡定地向那里走去。可一踏进位于高层的休息室，就被那地毯柔软的触感所惊到了，天花板上造型复杂的巨大照明灯绚丽夺目，让小都倒吸一口冷气。

小都说自己约了人，穿着黑衣的接待员就把她引导至了酒吧。由于很久都没去那么高级的地方了，小都有些紧张。服务员毕恭毕敬地递来菜单，小都兴奋起来，忐忑不安地点了服务员推荐的蜜桃鸡尾酒，这款季节限定的饮料要近两千日元。

巨大玻璃窗外闪烁着东京的夜景，平日里难得一见的璀璨令小都着迷。看着看着，鸡尾酒就端了上来。品了一口，发现美味得惊人。小都终于平静了下来，在吧台上轻轻托着腮，心中庆幸自己今天做了精心的打扮。要是穿着随意的话，没准就会对这里望而却步，急着想回家了吧。

虽然今天的约会被临时取消了，但偶然间又和小任取得了联系，还逛了街，又到这么高档的酒店吧台品尝到了如此美味的鸡尾酒，收获了意外的充实。小都甚至觉得今天就这么回去了也没什么遗憾了。

这时她感到有人拍了拍自己的肩，回头一看，见身后站着小任。

"咪丫，好久不见！"

小任说着露出了灿烂的笑容。"啊！"小都吃惊地地喊出了声。以前见到他的时候，他留着前刘海，今天却是一头利落的短发，完全像是变了个人。他身穿一套正式的夹克，耳朵上小小的耳钉炫目地闪着光。小都感到他比以前胖了些。小任在小都身边坐下，脱下了夹克。里面那件黑色T恤带着光泽，一看就知道是高级面料。近看才发现他手臂和胸板上多了肌肉，身材显得魁梧了些，并不是胖了。

小任亲切地向走来的调酒师要了份黑啤，接着高兴地看着小都的脸。

"我们去牛久大佛是什么时候的事了？再见到你真高兴。"

他那原本生硬的日语也变得流畅了，让小都不敢相信。

"……小任，感觉你成熟了许多啊。"

"是吗？"

"你几岁了？"

"二十二岁了。"

原来他比自己小了一轮啊！小都内心吃了一惊，看了看他身边凳子上的包。那是个皮制的公文包，虽然不张扬，但小都知道那是高端品牌。脚上穿的虽然是胶底鞋，但属于比较正式的类型。这身打扮绝对不像个学生。

"小任你已经工作了吗？"

小都禁不住问，小任点了点头。

"我哥哥的生意比预期的进展要快，就交给我许多工作，今天就是在这里洽谈的。"

"是这样啊。"

"明年春天就要在东京开越南料理主题的咖啡厅了，那里留给百货和服装销售的区域也不少。咪丫，非常欢迎你去那里工作。"

"嘿，你又来了。"

"我说真的。"

见小任一脸认真，小都慌乱地低下了头。小任的耳钉在华丽吊灯的照射下闪闪烁烁，看样子是钻石做的。小都有种在做梦的感觉。

"咪丫，你吃晚饭了吗？肚子饿吗？"

"哦，说实话，吃过午饭后就没再吃东西，能稍微再吃点吗？"

"当然。"

小任潇洒地右手一挥，微笑着向走来的服务员提出要移到餐桌去用餐，服务员立刻就把他们带到了窗边的座位上。和吧台座相比，这里的灯光稍稍昏暗些，坐在自己斜前方的小任在烛光中显得特别精悍。

小都所在的位子上正好能看到直插云霄的晴空塔。就在她看得出神的当口，小任向服务员点了许多菜。这时，她突然想到自己刚开始喝的鸡尾酒的价钱，就开始担心最后的买单来。也许小任是打算请客的，但考虑到两人的年龄，小都感到让他太破费不合适。

看着小任和服务员就菜单交谈得那么热烈，小都觉得小任虽然看上去很纯朴，但其实是个非常通晓人情的人。最初和他相识时感到的那份大大咧咧，也许是一直以来优渥的成长环境赋予的。

但说来这样的确让小都感到轻松。在如此高级的酒店，被如此老成的男子百般关照，这公主般的待遇让小都觉得很享受。比起和APP上认识的男人第一次碰面，和知根知底的小任讲话自然让小都更加安心，而且小任对自己的好感也满足了小都的自尊心。

"贯一还好吗？"

小都刚要伸手去拿玻璃杯，听小任随口这么一问，就停住了手。

"嗯，其实我们分手了，有半年多了吧。"

"欸！"

小任露出了异常诧异的表情。

"为什么？"

"要说原因嘛，唉，一言难尽。"

"啊，太意外了！"

"有这么吃惊吗？"

"因为我原本还隐隐约约猜想你们会不会结婚呢。"

"我原本也这么以为。"

小任情绪平复后，就端详起了小都的脸，露出了灿烂的笑容，黝黑的皮肤衬托出了一口洁白整齐的牙齿。

"那也就是说我有机会啦。"

"你又来了，真会说话，不过说来你日语明显进步了许多嘛。"

"是嘛，我啊，学语言可在行了。"

"小任你好像什么都很在行。"

"头脑算是灵光吧。但在日语里，我这种人应该被称为'身通百艺，一事无成'吧。"

小任叫住路过的服务员，又要了两杯香槟，可眼前的饮料其实并没喝完。

"咦，干吗还要香槟？"

"我们得干杯庆祝一下吧！虽然和恋人分手让人难过，但也意味着小都你将开启新的恋爱，这当然得庆祝一下。"

"哇——！这台词你是从哪里学的吧？"

小都大笑起来。小任这话听起来就像之前自己迷上的韩剧里的台词，让小都心里痒痒的。不过小都暗暗觉得，虽然这话从剧里的男主人公口中说出来听着傻傻的，但被他这个外国人一说感觉还挺像回事。

上了香槟，两人边笑边干了杯。小都在小任的追问下开始讲述起和贯一分手的始末。杯里的香槟空了后，他又要了两份鸡尾酒，不知不觉中，小都就喝了许多。小都把为蒂芙尼项链吵架的事、贯一的身世以及他住进护理院的父亲的事都说了出来。说起热海那夜到第二天发生的事时，小都已经差不多酩酊大醉了。

"是嘛，那真是糟心啊。"

当小都说到贯一因为无证驾驶被抓住时，小任皱起眉点着头。

"这人不行吧……"

"哎，也算是他的风格。"

"啊呀……你还为他说话？"

见小都噘着嘴争辩，小任交叉起双腿背靠着椅子，忽然嘲讽地笑了笑。

"贯一明明还很年轻，作风却像是老派的日本男儿啊。我感觉在日本地方上生活的年轻人里，不少人思想还挺守旧的，当然这只是我的印象，越南也是这样。日本男性自杀率之所以那么高，也许就是因为被日本男儿的思想所束缚，认为遇到事得一个人扛着，不愿意寻求他人帮助。"

小任一改刚才的热情，冷漠的语气让小都说不出话来。

"他们觉得自己不可以像女人一样发牢骚，和朋友聚在一起交心，自以为凭一己之力可以解决一切。就因为男人这种毫无根据的自尊心在作祟，所以即便遇到什么困难，也不会找别人商量，然后自取灭亡。不就是这样吗？"

见小都一句也答不上来，小任再次右手一挥，服务员像被施了魔法一般悄无声息地到了跟前。小都本以为他又要加酒水，却听见小任要了咖啡。

小都高亢的情绪这才冷静了下来，她看了看表，已近11点了。

"已经这么晚了！我得回去了，要赶不上末班车了。"

小任仍然交叉着双腿，一动不动地微笑着。

"咖啡马上就要到了，你还是喝点吧。"

"可是电车……"

小都边说着，边想起要是乘坐常磐线的末班车，还能回父母家。她正想用手机搜索，小任伸出手来，用食指轻轻戳了戳小都的手背。

"我住在这里，你就在我房间过夜吧？"

小都怔怔地看着小任的脸，本想用一句"你又来了"糊弄过去，正巧咖啡被端了上来，小都没笑出来。

"有两张床，你可以安心地睡到天亮。"

小任用开玩笑般的表情说道。

小任的房间是较为宽敞的双床房。

果然如他所说，房间里放着两张单人床。但小都感到小任不会因为有两张床就不会对她动什么心思。她站在房间门口，而小任则穿过她身旁来到窗边，拉开了合上的窗帘。窗很大，似乎和餐厅朝向相反，能望到东京塔。

正当小都对夜景看得入迷时，小任回到了小都身边，想当然地顺势就吻了上来。小都下意识地把身体向后缩，小任见状苦笑起来。

"别这么害怕呀。我不会做你不喜欢的事情的，放心吧。"

小任邀请她坐到窗边的沙发上，小都只能忐忑不忑地照做了。

"啊——，今天出了好多汗。和胡志明相比东京算是凉快的了，但毕竟不能只穿一件T恤啊。我大概是一身的汗味吧，能先去冲个澡吗？"

"可以。"

"冰箱里的东西随便喝，好好放松放松。"

说完，小任便消失在了浴室里，小都总算舒了口气。

虽然不是套房，但有一组大沙发，显然比小都的一居室要大上一倍多。桌子上摊着的文件像是资料，衣服随意地挂在椅子上，看样子已经住了好几天了。小都这下真的见识到了小任的富有。

自己是因为他有钱才若无其事地跟他来到了房间的吗？小都不安地思索着。是因为自己被他的甜言蜜语说得飘飘然了，还是因为自己感到受到了重视呢？或者说是命运的安排？不对不对，没这么荒唐，没准只是因为情欲的驱使——小都醉意尚存的头脑混乱起来。

刚才小都也在想，自己其实已经忘了小任的存在了。而他最近也不再来联系自己，是不是也把自己给忘了呢？

就在小都坐立不安的时候，小任穿着浴袍出了浴室。

"啊，你还在啊。"

"啊？"

"我还想你会不会在我冲澡的时候离开呢。"

他把小都揽到自己身边，小都被他身上蒸腾起的湿气和洗发水的香气包围了。接着，不同于刚才浅浅一吻，小都被他深深地吻住了。虽然她并没感到厌恶，但头脑中的一隅却非常冷静，完全没有陶醉的感觉。小都摸着他湿润的头发，笨拙地回应着他的吻。当吻着的脸交换位置的时候，小任的耳钉划过了小都的脸颊。这冰凉的触感让小都猛然惊醒，她一把推开小任的胸，向后退了几步。

"你喜欢我吗？"

他不假思索地回答："喜欢啊！"

"你应该不是一直喜欢的吧？"

"我本以为你会和贯一结婚的，而且前阵子一直很忙。当然也不是一直没忘记你，不过和你重逢后，我还是觉得你很可爱。你愿意嫁给我吗？"

"嫁给你……和一个自己都快忘掉的人突然结婚正常吗？"

"我不是日本人，所以不懂日本人所谓的正常。"

见小任笑眯眯的样子，小都真想说："你是不是只想和我干而已？"但这句话卡在了喉咙口。难道不是因为他只是想和我干一次，才随口一说要我嫁给他吗——小都心头升腾起猜忌的疑云。

这难道是魔咒吗？小都惊愕地想。

圆眼镜那不吉利的话语再次浮现在小都的脑海中——男人一般都关注的是你的胸，而不是你的脸，难道你还把这当作是自己有魅力？

见小都哑口无言，小任用拇指轻轻摸着小都的嘴唇。

"我啊，要是有条件的话，尽量想和日本女孩结婚。

"就像我哥哥一样，因为那样会对我在日本做生意有帮助。"

小都感到自己第一次触及了他的心声，呼吸都快停滞了。

"只要是个日本人，谁都可以？"

"怎么可能，肯定是要找咪丫你这样既有品味又可爱的女孩。"

小都还没来得及开口，嘴唇又被小任吻住了，接着又一下子被抱到了床上。她感到小任肌肉发达的沉重躯体上升腾起了欲望。小都渐渐放弃了抵抗，心想要不就任由事态这么发展吧。可当小任娴熟地拉下了小都连衣裙的拉链时，小都还是按住了他的手。

"等等，我去冲个澡。"

"不洗也无所谓。"

"今天出了好多汗，求你了。"

小任无奈只得松手。小都急忙理了理乱糟糟的裙摆，朝浴室走去。也许是因为醉意尚存的缘故，她脚下发软，进浴室前几乎都撞到了门上。猛地回过头，发现小任仍旧趴在床上，也许是因为不好意思。看着小任的后背，小都内心第一次涌起一阵对他的怜爱，轻轻问他："嗯，我比你大许多，真的没关系？"

"嗯，我知道你比我大。"

"大概要比你大上一轮了。"

"一轮？"

小任愣住了。

"……一轮是干支吗？"

"是啊，就是一轮干支的一轮。越南有干支这个说法吗？"

小任惊呆了。

"也就是说，嗯，我跟你相差十二岁……"

"啊！"

小任猛地直起身子。

"那咪丫你今年几岁了？"

"快要三十四了。"

"啊！"

小任的呼声中除了震惊还是震惊，比刚才在酒吧台听说小都和贯一分手时还要震惊不知多少倍。

小任对自己的年龄反应得如此夸张让小都有些怒了。他从床上起身，直勾勾地注视着小都。浴袍下裸露出了富有光泽的双腿，腿上覆盖着一层薄薄的腿毛。

"这是真的？"

见小都点头，小任用一只手捂住了嘴。

"咪丫，等等。"

小都没想到他会惊讶到这般地步，有些不知所措了。小任低下头，一脸为难地左思右想着。

"对不起。"过了良久，小任就挤出这一句话。

"啊？"小都把手搭在浴室的门上，反问道。

"我没想到你比我大这么多。"

"什么？什么？"

"对不起，我也许不能……"

小都仍然摸不着头脑小任想要说什么。

"对不起，真的抱歉。嗯，我本以为你就比我大个五岁左右，可大这么多就不太好办了。比我姐姐年龄还大，不行，这有些……"

他平日的沉稳老练此时已被窘迫冲击得无影无踪，小都也被这意想不到的情况弄得哑口无言，大约沉默了一分钟后，才好容易明白了小任的意思。

这真叫急转直下——一想到这儿，小都不禁哈哈哈地假装笑了起来。阿姨妈妈就是这么笑的吧，她边笑心里边想着。办坏了事时，中年女性一般都会发出这样的大笑声来掩饰尴尬。

"咪丫。"

"哈哈哈哈，别，应该是我说对不起。"

小都边捧腹，边一路小跑至沙发，手忙脚乱地拿起自己的随身物品，随后向门走去。

"那，我就回去啦！还赶得上常磐线！"

"咪丫！嗯，别……"

"可以了！别介意！谢谢你的晚餐！"

小都来到走廊，奔向电梯。正好来了部电梯，就跳了上去，冲出酒店后，就向车站跑去，进了车站，径直奔上了通往站台的台阶。

事情不可能这么顺利的，要是太顺利的话，那就奇怪了，不，应该是恐怖。

夜里电车的车窗里，小都看见了自己的身影——拉着拉手，不知何故地忍着笑意。

自己既没有受伤，也不感到悲伤。

不经意地抬头仰望，天花板上的荧光灯炫目得耀眼。


健身俱乐部的跑步机上，小都埋头迈着双腿。

自从高中毕业以来，小都就没跑过步了。这回一跑起来，就感到自己的身体比想象的要笨重很多，让她吃惊不小。

小都还是第一次来健身俱乐部，也是第一次使用跑步机。一开始双腿都不听使唤，但过了五分钟就习惯了，还能有闲工夫左顾右盼起来。

健身房的整面墙都被镜子占据，镜子前就放着一排跑步机，不管你愿不愿意，都在镜中能看见自己和周围人的形象。健身服是之前在奥特莱斯店仓促买下的，小都发现自己裸露在健身服外的手臂双腿，比在家里镜子前看上去肌肉要松弛得多，这让她再度真切感受到自己逐渐增长的年岁。

今天早阳花请了带薪休假，邀请小都来这家附近新开的健身俱乐部免费体验。

听早阳花说，为了加入健身俱乐部，她四处看了很多地方。小都原本只是出于好奇想来看看，但慢慢觉得自己也可以加入试试。

一开始，工作人员带领她们参观了泳池和浴场。浴场规模很大，还设有桑拿房，休息区域还有按摩椅。健身房从一大早营业到深夜，听介绍说有许多会员入会就是为了来这里洗澡。如果是平日会员的话，费用还在小都的承受范围之内。小都开始觉得，没准这是个消磨时间的绝佳方式。

前几天，自己过了三十四岁生日。她请了半天假，换了使用了三年的智能手机。小都并没有把保存在原手机里的照片转移到新手机里。和贯一拍的照片也好，存着的服装搭配照片也罢，删除这些都需要勇气。但真的这么做了，反倒觉得神清气爽。小都还删了婚恋软件，软件上结识的人的联系方式也一并删除了。

自从和小任见面的那夜起，小都感到一种不可思议的变化，就好像身上的附体消失了一般，那种一定要尽快找到幸福的强迫观念一片片地从身上掉落。

小任得知自己的年龄后，就轻易地打起了退堂鼓。这原本是件多么令人气愤的事情，但令她意外的是，她既没感到失望，也并没有感到气愤，而是带着一种释然。

第二天他打来电话，频频道歉。小都并没感到他有必要道歉，可又不知该如何收场，就用一句"下次再请我吃饭啊"来一笑置之了。

小任表示让她到自己的店里来工作是真心话，希望她能考虑考虑。对此，小都仍旧用阿姨一般的笑声回答说"你又说漂亮话了"，没把它当回事。

虽然小都并没把小任的话当真，但她想到或许自己可以跟他学习越南语。购物中心最近多了许多来自包括中国等亚洲国家的客人。她心里隐隐觉得自己可以学学英语或中文，或者也可以向小任学学越南语。若是有时间的话，也可以去考一些证书，为将来做打算。仁科说下次准备参加商品装饰展示技能师的国家资格考试，小都也开始考虑为自己充电了。

正当这些从未考虑过的念头冒出来时，早阳花就带着小都来到了健身俱乐部。也许现在可以先活动活动身体，要把衣服穿得好看得具备好的身材。健身房里，小都边跑边想自己应该来这儿试试，哪怕半年也好。跑完自己设定的时间后，收获的满足感大大超出了自己的想象。

小都在墙边的长凳上坐下，用挂在脖子上的毛巾擦起了汗。她望着健身房里练肌肉的人们，沉浸在运动后心旷神怡的倦怠感中。

在窗边巨大的健身器上，小都发现了早阳花的身影。那是个模拟爬楼梯的器材，需要两腿交互抬起。在用跑步机前，工作人员建议小都试试看这个，小都尝试后发现太辛苦，直喊投降。

而早阳花则默默地在上面做着运动，头上的汗水闪着光。她的表情认真得让人害怕——运动那么辛苦，表情当然不会太愉悦，但早阳花的神情可以称得上痛苦了。

最后早阳花终于从那台机器上下来，蹲下身调整了一下呼吸后，擦拭着汗水回头看向小都。见小都向自己挥手，就绽放出了笑容。

"好厉害呀，早阳。"

"你在看，太难为情了。"

"我累坏了，就来休息了。早阳，你还挺适合运动的嘛。"

早阳花个子很高，运动起来充满活力和劲道。

"是啊，我觉得比起晚上去喝酒，我更适合来这儿。"早阳花笑眯眯地说。

"你会加入会员吗？"

"嗯，先把这里作为备选吧。"

"哦，是吗？"

"游泳池比想象的要小。平时又不能来，这样一来就只能是普通会员了不是？费用有些贵。"

"我工作日可以来，就想来试试。我租的房子浴缸又小又旧，哪怕用用这里的浴场也满足了。"

"那个大浴场的确很诱人啊……"

两人望着那一个个运动着的人，有一句没一句地聊着天。她们穿着短裤和运动鞋，伸长着腿坐着，似乎又回到了高中时代的社团活动，光这种感觉就足以让人愉快。

"我以前对健身俱乐部总抱着些许反感，但今天体验了一下，发现不错。"

"些许反感指什么？"早阳花笑着问。

"嗯，因为专门出钱去锻炼，感觉就像是吃饱了没事干。"

"吃饱了没事干！没有的事……"

早阳花大笑着，可小都并没觉得自己在开玩笑。换成贯一，即便他经济宽裕，也不会专门去健身俱乐部锻炼身体吧。

"最近好像真有时间啊。"

小都嘀咕了一句，早阳花听后微笑地看着小都。

"不恋爱的话自然有的是时间。"

"是啊，我最近都没和他见面，比起以前空很多呢。"

"你们没再见面啊。"

"虽然没有分手，但我想和他保持点距离。"

"这样啊。"

有那么一会儿，两人就这么坐在长凳上，望着窗外日光下闪耀着的行道树，户外看上去非常炎热。

"我们去冲个澡，接着去绘里家吧。"

"嗯。"

两人起了身，朝更衣室走去，她们计划黄昏去绘里家看她的宝宝。

在更衣室脱下吸饱汗水的健身服时，小都笑了起来。

"绘里听说我们这么有时间，估计会生气的吧。"

"是啊，这真叫吃饱了没事干。"

脱得只剩件内衣的早阳花也狡黠地笑了起来。

绘里的宝宝躺在客厅巨大的藤制摇篮里，睁着水灵灵的大眼睛，面无表情地盯着小都的脸，看得小都一脸困惑。

身后，早阳花正把贺礼和伴手礼递给绘里和她丈夫，几个人热闹地谈笑着。

"……小宝宝都这么严肃吗？"

也许没人听见小都的喃喃自语，谁也没有回答。婴儿的眼睛和大人完全不一样，清澈透明，眼白还带着点蓝色。手小得和娃娃似的，却还都长着小得一丁点的指甲，耳朵形状也复杂得和成年人一样，而且黑黑的头发竟然还那么浓密。

"你好呀，初次见面。我叫小都，叫我咪丫就可以了。"

小都用指尖轻轻戳着宝宝小小的手背，柔声细语地说道。小宝宝没有任何反应，只是呆呆地盯着小都。

"你心情怎么样？舒服吗？幸福吗？"

"你在问些什么呢？"

绘里在背后拍了拍小都的背。

"没什么，因为宝宝面无表情啊。"

"现在还看不见什么东西呢。"

"是嘛。"

这时，绘里的丈夫在厨房问："小都你也来点冰咖啡吗？"小都慌忙转过头回答说："好的！"结果宝宝突然皱起眉头哭了起来。

"啊，对、对不起，吓到你了。"

"没关系的。"

绘里笑着抱起小宝宝，边左右轻柔地摇晃着，边轻轻拍着被尿布包得胖鼓鼓的小屁股。绘里朝厨房里的丈夫喊道："给我来杯煎茶吧。还有你把昨天妈妈拿来的点心也拿出来吧。"语气像在命令部下。

绘里还是有些憔悴，再加上没化妆，脸色看上去有些睡眠不足。但绘里并没有在强颜欢笑，而是一脸充实。

他们的房间比上次来的时候多了许多东西，有了生活气息，四处散落着鲜艳得亮眼的宝宝用品。

真好啊，小都想，看上去真幸福，多好啊。

小都很羡慕，但不是从前刺痛她内心的羡慕，而更像是憧憬。

宝宝停止了哭泣，小都站在绘里身边，端详着小家伙的脸。"你要不要抱抱？"绘里问。"不行，我害怕。"小都摇着头。绘里说没关系，小都就战战兢兢地把宝宝抱到了怀里。

宝宝很重，还热乎乎的。虽然小都觉得很可爱，但也没有特别想要自己也生一个的欲望。

宝宝再次抽抽搭搭起来，绘里就接了过去，坐到沙发上给宝宝喂起了奶，她穿着件前胸部分可以分开的哺乳T恤。绘里的丈夫端来了四份饮料，绘里就边喂奶，边自然地和大家聊着天。

　　小都聊到两人刚才从健身俱乐部体验了一下，正犹豫要不要去办会员。早阳花还补充说这就像是吃饱了没事干。结果绘里大笑起来说："真的是吃饱了没事干！你们就趁没事干的时候好好玩玩吧！"

　　绘里丈夫说让她们吃完晚餐再走，可早阳花却回答说会给他们添麻烦。绘里立马说："怎么会觉得麻烦呢。好久都没和朋友这么聊天了，别提有多高兴了。"

　　绘里丈夫问要不要煮意面，绘里主张还是叫比萨。早阳花自告奋勇说两个都吃，意面由她来煮。待早阳花和绘里丈夫去了厨房后，小都就在平板电脑上打开了比萨外卖的网站。

　　"明天也会很热吧，听说好像要刮台风了？"

　　绘里边说边用遥控器打开了电视。

　　点的比萨很快就送到了，早阳花也很麻利地做好了意面，再把冰箱里的一些东西端上桌凑了几个菜，几个人热热闹闹地吃了起来。

　　天气预报结束后，就开始播放新闻，小都不经意地抬头瞟了一眼电视。

　　新闻正在报道7月的强降雨。西日本各地都发生了泥石流和内涝，损失惨重。虽然距灾害发生已经过了两个月，但重建工作进展缓慢，仍需大量的志愿者前去支援。

　　小都出神地注视着新闻画面。

　　志愿者接待中心排着的队列中，小都忽然注意到了一个背着黑色背包的男子。

　　这人真像贯一。背影神似，这人不是贯一吗？小都屏住呼吸，瞪大了眼睛。镜头转到了这个人的侧脸时，画面就被切换了。

　　不是贯一，是个完全不认识的人。

　　"咪丫？"

　　绘里注意到小都仰着头，独自一人认真地盯着电视屏幕。

　　"怎么了？"

小都慢慢转过头来。三个人的视线都集中到了她的脸上。

一滴眼泪噗地掉到了桌子上，小都也弄不明白，自己为什么会哭。

# 第十二章

第二周，小都乘上了前往西日本的新干线。

吃完了在东京站买的便当后，才到横滨。离目的地广岛约有四个小时，平日里没有阅读听音乐习惯的小都都不知该如何打发这段时间。

上周在绘里家哭的时候，小都无法向他们解释原因，只能说听了新闻很悲伤来搪塞过去。

回家后，她不知该如何面对自己混乱的心绪，就冲了个澡早早上了床。

然而，她怎么也难以入睡，翻来覆去地辗转难眠，最后竟"啊！"地喊出了声。她起了床，从冰箱里取出一罐烧酒兑苏打，站着一口气喝掉了一半。

喝完后，她蜷起身子靠在床边坐着。

小都原本已把贯一的存在锁进了记忆抽屉的深处，但现在满脑子又充满了他的影子。

但现在对他的情感不是单纯的怀恋或思念，小都也在思索这到底是什么。她窒息地感到自己必须鼓起勇气打开紧锁的情感之盒，进去一窥究竟。

小都抱着膝盖，蜷缩着思索了大约十分钟。

接着，拿起放在一边的手机，开始疯狂地检索起来。

一小时后，小都预约了广岛站出发的志愿者大巴，预订了广岛市内的商务酒店，又买了新干线的车票。做完这些后，她立刻就感到了困意，睡死过去。

上班后，小都申请了休假。因为最近店里不忙，很轻松地就得到了批准。如果店长仁科问起她去哪里，小都也许会询问她的意见，问问她自己这样的人适不适合去做赈灾志愿者。但仁科什么也没问，小都就没提这件事。

结果，小都向所有人都隐瞒了自己要去关西当志愿者的事，包括自己的父母、绘里和早阳花。因为她觉得这不像是自己的行事风格，无法跟人解释明白。而且自己也不是单纯地抱着想要帮助别人的想法去的，因而并不希望受到他人的钦佩或赞扬。

小都望着车窗外倒退着的风景，意识到自己万分紧张。

自己这样没什么力量的人去当志愿者，会不会只会给人添麻烦呢？小都后悔得想回去了。到了名古屋就回去吧——正当她萌生这个念头的时候，餐车正好从身边经过，小都就买了咖啡和巧克力吃，内心也稍稍平复下来。

当小都忽然产生做志愿者的念头时，好似混沌的内心忽然冒出了一个清晰的泡泡。

她没想到，绘里家的电视机上出现的形似贯一的男子会在她的内心激起如此大的波澜。

小都几乎不太看电视新闻，在父母家的时候，也从不会去瞟一眼放在餐桌上的报纸。虽然平时会扫一眼网上跳出来的新闻标题，但她对那些和自己生活没有直接关联的新闻一向都不太感兴趣。

小都觉得这和自己狭隘而幼稚的视野有关，但同时也因为深知一旦关注起来，就会深刻认识到自己是多么的无能为力，所以多半都是有意在回避这些新闻。

有时当自己触碰到了平日里尽量回避的那部分，心中就会异常聒噪。听说贯一在东日本大地震时辞去工作投身做志愿者时，自己就是这般心情。那时，比起钦佩，小都感到的更是一种畏惧。

自己的前男友在那次地震时只身逃跑，而贯一却成了一名逆行者，这的确让小都心生赞叹。但同时，她也感觉这是对自己毫无行动的一种指责。当然小都明白，贯一并不会因为这点指责自己，但小都却无法消除内心由此产生的负罪感。

　　自己不曾对社会上处于困境的人伸出过援手，所有的金钱和时间都用在了使自己快活的事上。在母亲得更年期综合征的时候，小都痛切地感到了自己的这个弱点。所以面对贯一，自己总有些不敢接近。贯一不仅负担父亲护理院的开支，还一勺一勺地亲自给他喂饭。在他面前，小都有种深深的自卑。

　　当婚恋软件上认识的男子联系自己说广岛父母家被水淹了时，自己也只是想着，"啊，这样啊"。然后紧接着自己就去见了小任，在豪华的酒店享受了愉快的晚餐。第二天听到新闻时，虽然被灾害的严重程度所震惊，但也并没有想起前一天原本要和自己见面的那个男人。或许自己就是缺乏对他人痛楚的关怀之心。一想到这，小都就不寒而栗。

　　贯一现在在什么地方？在做些什么呢？

　　如果他因为无证驾驶被抓，从而丢了工作的话，那也有可能现在就在西日本做志愿者。

　　小都静静地想。

　　贯一的出现打破了小都内心的平衡。他的善行也好恶行也罢，都搅乱了她内心的平静。他会毫不犹豫地去做小都不会做的事。对于小都来说，他的存在是多么难以理解，多么让她不愿去承认，又多么让她向往。

　　小都也想去尝试一下贯一所做的事，去腾出自己的一部分时间、精力和金钱，尝试一下行善，兴许这样就能稍稍理解贯一的内心。正好小都有时间、精力和闲钱去加入健身俱乐部，只要匀出其中的一小部分用去做志愿者就行了。虽然也许这也算是吃饱了没事干，但小都认为错过了这次机会，就不会有下次了。

　　小都想去理解贯一，虽然她觉得自己无法做到，但小都渴望接近他的内心，哪怕一点也好。

广岛站比自己想象的要大，站前有好几路公交车，道路两旁楼房林立，比自己想象的要城市化得多，这让小都有些畏怯。

傍晚时分，小都在交织的人流中寻找着市营电车车站。当三节车厢的电车驶进车站，从没乘坐过市营电车的小都既好奇又忐忑。

车窗外是自己陌生的街景，一派清洁的地方都市景象，两个月前的强降水似乎并未对这个城市产生影响。看着看着，紧张中又涌起了欢愉。但她随即又绷起了脸，提醒自己不是来玩的。

乘了三站后，小都下了车，空气闷热得令人窒息。小都都不用拿起手机查看地图，自己预订的酒店招牌就出现在了眼前。到酒店的这段路上有好几家便利店和餐饮店。小都想着等晚了就到外面走走，吃些御好烧之类的。

办完入住手续后，小都就进了房间。虽然是间普普通通的单人间，但比想象的要宽敞。关上门，小都就没了精神，叹了口气倒在了床上。

明明自己只乘了趟新干线，但现在已是精疲力竭，没了那份兴致再去陌生城市的街道做任何探险。望着白白的墙壁和天花板，小都后悔没选家便宜些的酒店。自己因为心里没底，就选了家价位适中的酒店。想到这家酒店两晚的住宿费，再加上来回新干线的交通费，小都脑海中一闪念，觉得倒不如把这些钱直接捐了更合适。

最后，小都去了离酒店最近的一家便利店，买了便当，回到房间里解决了晚饭。

想到第二天的行程，小都就再度紧张起来。考虑到明早还要早起，小都就关灯钻到了床上，紧紧闭起了双眼。

终于等到了天亮，小都混在商务人士中简单吃了点早餐，就向广岛站走去。

小都边走边担心自己能否找到集合地点，就在这时，她看见往来的上班族中，有几个穿着随意的人排着队，立刻就找到了方向。小都见到一名男子举着一张纸，上面写着"志愿者集合点"，就向他报上了姓名，排到了队伍的后方。

　　小都前面并排坐着十来个人，好像都是独自来做志愿者的，互相之间都不说话。席地而坐都是小时候的事了，光这点就和日常生活相去甚远，让小都感到心里没底。

　　参加的大多数是男性，但也有女性的身影。几名工作人员中也有女性，让小都松了口气。聚在一起的志愿者都衣着朴素，身边放着的大型背囊都看上去用了些年头了。相形之下，小都忽然为自己崭新的衣帽背包惭愧起来。

　　小都是在网上搜到了这次志愿者的招募信息，看着好像是当地的民间组织发起的。由于能在网上预约，还清楚地写明了行程和建议携带的物品，甚至还有咨询服务，会耐心地解答参加者的疑问，所以小都就报名了。毕竟这是自己第一次参加志愿者活动，小都还是希望能在经验丰富的组织者那里报名，按指示去执行任务。

　　小都的背包中放着网站上列出的物品。有饮料、午餐和防止扎脚的长靴。还装了毛巾和劳动手套。化了个最简洁的妆，把头发在脑后扎成一束。

　　终于到了出发时间，大家排着队，陆陆续续向上车点走去。工作人员在大型观光车前停下了脚步，"今天我们乘坐这辆车。因为是工作日，人很少，大家分开坐也没关系"。

　　听到这，小都放心了些，就坐到了后排。一名比她稍大些的女性在隔着走道的同排坐下。小都向她点了点头，那人也向自己笑了笑。

　　"嗯，那我们就出发了。感谢大家在工作日抽出时间来到这里。今天由我来带队，拜托各位了。"

　　那名带队的男性用麦克风向大家做起了介绍。他看上去和小都差不多大，声音洪亮，相当干练。

　　他说接下来要去的是吴市，大约有两小时车程，在那里下了车后就要徒步前往目的地。预报说中午气温会大幅上升，他关照大家要注意预防中暑和受伤，安全第一。小都一直担心有自我介绍的环节，所幸的是，接下来他只说明了一下当地的受灾情况就结束了。

大巴驶出了城镇，窗外的绿意渐浓。可以看到田野、杂树林、零星的民居和几处小型工厂。这地方上的景象普通得在日本随处可见，沿途并没有看到受灾严重的痕迹。大巴车厢内鸦雀无声，小都分明很紧张，但还是感到睡意的袭来。也许是因为昨晚睡得不熟，她感到眼皮沉重起来。

也不知车开了多久，当小都睁开眼时，车窗外的风景完全变了样，让小都惊愕不已：道路两旁一路都堆积着瓦砾。

惊讶的小都探出身体，贴着车窗向外张望。折断的薄板、自行车、柜子、椅子、电风扇、小学生书包……还有好些东西都已面目全非，让人难以辨认，堆得有人那么高。这满目疮痍的景象无尽地延伸着。小都又转过头看看道路另一边，那里的景象也别无二致，被毁坏的物品胡乱地堆积在路旁。

车里的人一个个都皱着眉看着窗外。

东日本大地震的时候，小都在新闻里目睹过这样的景象。但她万万没想到，大雨也会造成这样严重的破坏。而且过了两个月，还有这么多的瓦砾没有被清理干净，这让小都惊讶得说不出一句话。

对向车道驶过了好几辆大卡车，扬起了阵阵尘埃。这样的景象绵延了数公里。

不久，汽车离开了主干道，驶向平缓的山丘，路边的景色又恢复了平和。但仔细一看，就会发现道路四处东倒西歪着道路反光镜，重型机械正拆毁着建筑。

小都感到口渴难耐，就从背包里拿出水瓶喝了一口，怎么也难以抑制加速的心跳。

斑驳的住宅又渐渐增多起来。最后，巴士停在类似公民馆[1]的地方。

---

1.日本在市町村设立的公共文化设施，社区民众的聚会场所。

　　大家陆陆续续下了车。这时，从公民馆中走出一名穿着作业服的男子，手拿一本活页夹，和负责组织志愿者的工作人员商谈起来。这里像是当地的集会场所，贴着的墙壁纸上手书着"重建中心"几个字。

　　只见穿着满身泥污的作业服的人忙乱地进进出出。建筑物边上堆着纸箱，里面好像装着救援物资，纸箱那里有几名女子正在干活。

　　不久，领队对大家说："接下来我们要去灾害现场。这里有洗手间，大家可以轮流去一下。"

　　听这话，小都意识到，到了现场就不能随心所欲地去上洗手间了。因为当地还没恢复供水供电，而且在灾区，一般也不太可能使用当地人家的卫生间。小都想起来这儿之前，自己查找过资料，看到过志愿者不得借用或收取受灾地物品的规定。她于是决定尽量不要喝过多的水。

　　出发前，志愿者每人都被分发到了一件红马甲，男性志愿者还拿到了借来的铁锹。

　　在烈日的暴晒下，气温迅速走高，大家在酷热中排着队出发了。这里是农田和住宅混杂的地区，有的民居已经被清理干净，而有的庭院里还堆着沙袋。受灾地尘土飞扬，小都后悔忘了备口罩。

　　不久，道路就开始变成斜坡。虽说步行二十分钟左右就能到，但小都开始对这持续的爬坡感到焦虑。虽然平日里自己的工作要一直站着，体力本该不成问题，但现在，汗水顺着额头不停地往下淌，小都越发感到不安。

　　经过民宅，就是杂树林，穿过那里，眼前又出现了民宅。这时，志愿者们不由得停下脚步，被眼前的惨状震惊得无法呼吸。

　　道路两旁堆满了瓦砾，窄得仅能容纳一辆车通过。这里像是遭遇了从坡上而来的洪水，泥土和漂浮的木头都冲进了民宅里，满是泥污的小汽车侧翻在路边。有的民宅乍一眼看上去并没有遭灾，但仔细一看，会发现窗户全没了，里面似乎没有人住。房子的瓦掉落一地，外墙沾着的泥污已经变干发硬，庭院里堆着从房间里搬出的沙发等家具。空气里散发着闻所未闻的恶臭。领队说这一带大型车辆无法进入，住着许多高龄老人，因而重建工作进展缓慢。

目睹着当地人平凡的生活就这样被破坏了，小都的内心受到了很大的冲击。

她想象着若是在自己身上发生了同样的事，嗓子眼就像被卡住了似的透不过气来。全日本没有一个地方不会遭遇暴雨或地震的袭击，不，应该说世界上并没有一个地方可以免受灾害的袭击。往日的宁静毁于一瞬间的事可能发生在任何一个人身上，没有谁可以保证将来自己可以一直安心度日。

小都感到不寒而栗，她深感人是多么渺小。

"太惨了。"

听见身边有人说话，小都吓了一跳。

原来是大巴车上自己点头致意的女子，她正满面愁云地嘀咕着。小都认同地点点头，有人能和她搭话，让她很高兴。

那名女子个子高挑，体格结实，看上去没化妆，脸上散布着雀斑。

"我叫与野，是第一次来做志愿者，从没见到过这样的景象。您一直做赈灾志愿者吗？"

那名女子听见小都一连串说了那么多，惊讶得瞪大了眼睛，"并不是一直做"。她困惑地回答。

"我叫近藤，平时住在国外，父母家在广岛，正好这次回家探亲。"

"啊，是这样。"

"我现在住在洛杉矶，你呢？"

"我住在茨城。"

"从那么远过来？"

"没有啦，洛杉矶才叫远呢。"

"哦，也是啊。"

这时吹来一阵风，小都迎面被尘土呛得直咳嗽。那名女子从背包里拿出口罩戴上。

"你要口罩吗？"

"嗯，我可以拿一个吗？"

"给你。"

那名女子递给小都一个口罩后，就一下转过头先走了。小都感觉自己的话还没说完，那女子就已经径直上了坡。也许是自己太冒昧了，她不禁有些沮丧。

小都追在那女子身后上了坡。坡度渐渐陡峭起来，弄得她上气不接下气。难耐的酷暑让小都满脸通红，本想去喝口水，但一想到喝太多想上洗手间就麻烦了，只能作罢。

当天志愿者要负责清理受灾者的住宅。没多久，一行人就到了那户人家。走出来的男子比小都的父亲要年长许多。

见领队和他打招呼，那男子露出了灿烂的笑容，还向志愿者们深深鞠了一躬，说自己和老伴在暴雨后身体都出了状况，一直躺在避难所。眼见暑热就要过去，就想处理受灾的宅子，但发现许多东西自己一个人根本搬不动，志愿者能来真是太帮忙了。说话时，他脸上始终笑盈盈的。

然而，他皱巴巴的T恤衣领却难掩那憔悴的胸膛，看得小都十分揪心。

这栋两层小房从外面看不出受过灾，但一进屋，里面的惨状就让小都止步不前。

地板上满是泥浆，巨大的沙发倒在房间的一个角落，倾侧的佛坛压在沙发上。房间里各种各样的生活用品散了一地，就像是经过了一场大地震，拉门也残破不堪。

被破坏到这个程度，小都觉得凭户主一己之力根本收拾不过来。男子说他还在避难所生活。这酷热的天气，晚上连个好好休息的地方都没有，非得逼着他把面目全非的宅子收拾出来。小都不敢想象居然还有如此让身心备受煎熬的境遇。

她感到自己能理解受灾者的处境，又似乎什么也不懂，只是切身地感到他们真的需要别人帮助。今天即便来的志愿者一起帮忙，估计也没法收拾完，想到自己还预订了今晚的酒店，小都就决定明天还要来。

工作人员和户主看了一圈家里的情况，商量后就把任务分配给各志愿者。男性负责一楼起居室及周边，女性负责二楼。女性一共四人，除了刚才给自己口罩的那人以外，还有一个大约六十五岁，另一名是工作人员。二楼有两间屋子，窗户都没了玻璃，窗下还能看见散落着的碎片。一间屋子是个宽敞些的和室，还有一间有个书桌，看起来像是孩子的房间。

女工作人员进入和室，朝拉门敞开的壁橱里张望。下层排列着塑料衣物收纳箱，把它拉出来后，黑色的污水忽地溅了出来，把她吓了一跳。

"可能从窗户那里进了水啊。"

她自言自语道，其他三人都默不作声。距暴雨袭击已经过了两个月，她们万万没想到房间里居然还积着水。塑料箱中的衣服已经被水泡得黏黏糊糊的了，上层放着的被子也沾满了泥斑。小都看着窗户，想象着水从那里破窗而入的场景，浑身起了鸡皮疙瘩。

在工作人员的指示下，小都和年长的妇女负责整理小孩的房间。据户主说，他已经把贵重物品搬了出去，房间里剩的都要清理掉。

小都先将窗边掉落的玻璃碎片小心地捡起来，接着扶起了倒在地上的小书架。上面堆满了弄湿后又干了的书籍，一本本都被泡得涨了起来。她把变了形的书叠好，用绳子捆扎起来。里面有许多绘本和小孩的图鉴，看得叫人心痛。

不过，这些书看上去有些年代了，墙上贴着的海报也是过去的偶像，现在已成了文艺名人。这家的孩子也许已经长大成人，自己在外独立生活了吧。小都边擦着额头的汗水，边纳闷那孩子怎么不来帮忙。但又一转念，觉得如果是个普通上班族的话，有自己的工作，怎么可能抽出时间回来呢。

费了好大的劲把书架周围清理干净后，小都又开始清理书桌。打开抽屉，里面好像没有浸水，许多东西还干干净净，其中还有老旧的信件和照片。

"嗯，这些扔了好吗？还有贺年卡和照片呢。"

年长的女性正在整理衣柜，听到小都问自己，就回过了头。

"这个嘛，户主说没什么重要的东西了，扔了应该不要紧吧？我家孩子也不会要这些东西的。"她冷淡地说。

小都点了点头，对了，自己也早已把小时候的信件给扔了。

小都一闭眼就把记事笺和书信扔到了垃圾袋里，但是对那些照片，她怎么也下不去手，就把它们塞到了裤子的后袋里。

小都埋头干了好一阵子。一开始还戴着劳动手套，但毕竟那样干精细的活不方便，就脱去了手套，等回过神，发现双手都发黑了。

不一会儿，她们就理出了好几袋沉重的垃圾。女工作人员说书桌和书架由男性负责搬到楼下，其他的东西要求搬到庭院里。小都先来回了好几次，把垃圾袋从二楼搬下去。大热天里干着平时不干的活，在楼梯上上上下下，累得气也喘不上来，但热情却很高涨，她感到自己终于可以正正经经地为别人做些什么了。

"疼疼疼疼……"

听见有人在叫，小都回过头，只见一起干活的年长女性正按着腰蹲在地上。

"你没事吧？"

"嗯，刚才想把这个搬起来，结果扭到了。"

她脚下放着被炉的桌板。

"别勉强，大的东西我来搬，你稍稍休息一下。"

小都蹲在她跟前。仔细一看，发现她年纪应该很大了，或许都超过七十了。但因为身板很直，自己都没注意到。

"啊，果然还是上了年纪。我出生在农民家，从前这些都是小菜一碟。"

"没有没有，刚才你比我都还干得利索呢。"

"哈哈哈哈，你也很卖力啊。"

"哦，我还从来没干过这些，都快趴下了。这么热的天也很不适应。"

"是嘛，你是白领？"

"不，我是服装销售，平时工作一直站着，不过一年到头都在空调房里，所以很怕热。"

那名老年妇女瞪大了眼睛注视着小都。

"哦，难怪我怎么觉得你怎么这么漂亮会打扮呢。你从哪儿来？"

"茨城。"

"是在大阪？"

"哦，那是茨木市[1]，我说的是关东的茨城，就是有筑波山和霞浦的地方。"

"哇，这么远来这里，真不容易。我是从彦根[2]来的。"

"噢，那里有彦根喵[3]是吧。"

"对对，那里因为彦根喵出名了。"

因为和洛杉矶来的女子冒昧地说话被人嫌弃了，小都就留心着不和这名老年女性说太多。可一旦聊起来，两人就变得融洽了，让小都放下了心。

老年妇女对来看情况的女工作人员说自己闪了腰。工作人员说马上要午休了，就扶她先去一楼休息。

小都决定努力干到午休，就站起身抱着被炉桌板下楼去了。庭院里污损的家具堆得到处都是。门外停着辆小卡车，男人们正把损坏的家具全到载货

---

1.大阪有茨木市，日语中发音和茨城一样，读作"ibaraki"。

2.位于滋贺县。

3.彦根的吉祥物，以和江户时代彦根藩二代藩主井伊直孝有缘的白猫为原型。

架上。

等小都再次上楼时，脚下一软，赶紧扶住扶手，这才意识到自己累了。她小心翼翼地上了楼，从角落里放着的背包中拿出水瓶喝了一口。

她感到脸发烫，头也沉重起来，肚子还有些不舒服。

她告诉自己这是心理作用，自己只是累了。这时，楼下传来了"大家休息吧"的喊声。

一楼起居室的榻榻米已经被全部揭除，只剩下了地板。地板上铺了蓝色防灾塑料布，几个人坐在那里吃起了各自带来的东西。一名年轻男子瞟了小都一眼，女工作人员看到小都后示意她在身边坐下。小都坐下后，从包里取出了夹心面包。

她稍稍吃了几口，但只觉得嘴里干巴巴的，一点食欲也没有，后悔自己没买些水分多的食物。吃了一半后，小都就把剩下的一半放回了背包里，说了句"到外面透透气"，就向屋外走去。

她想躲避人的视线，就来到了屋子的后面，找到一块干净些的水泥地坐了下来。她头疼得越来越厉害，下腹也隐隐作痛，就抱着膝盖蜷缩起来。

正担心自己接下来会怎样时，只听见头上响起一个声音，"你怎么啦？"小都一惊，抬头一看，只见那名户主正端详着自己。

"你肚子疼吗？"

小都说着试图笑笑，但是却怎么也笑不出来，只能用沙哑的声音说了句"没事"。

户主稍稍想了一会儿，说道："往下走我亲戚家有洗手间可以用，来吧。"

"可我得问问工作人员。"

"我会跟他们说的。你先跟我来吧。"

户主说罢就走了起来。回头见小都不知所措地愣在原地，就向她招了招手。小都只得慢慢吞吞地站起了身。说实话，能用洗手间真是帮了她大忙了。

小都跟着户主下了坡，灼热的太阳晒得她头晕。中途穿过一个有横道线的宽敞些的马路，接下来收拾干净的房屋就多了起来。

户主走进了一个有大大石制门柱的房子，铃也不按就打开了玄关的拉门。

"喂，阿冬，这儿有个孩子身体不舒服，给她借用一下卫生间吧。"

"来了！"一名身穿围裙的白发女性走了出来。

"她是来我家做志愿者的，能让她在这儿歇会儿不？咱家连个能躺的地方都没有哩。"

"哦哟哦哟！"小个子的老奶奶瞪大了眼睛，她请小都进屋，小都惶恐起来。

"真对不起，可以吗？"

"没问题，这里供电供水都恢复啦，进来别客气。"

老奶奶把小都带到洗手间。虽然是老式的和式洗手间，但非常干净。

小都晕晕乎乎办完事后，一拧开关，水就猛地冲了出来，用冷水洗了洗手后，小都感觉舒服多了。

在洗手间，小都得以一个人待着，打心底里感到轻松。来到陌生的地方，和陌生人打交道，干自己不熟悉的活，怎么可能不累呢。

出了洗手间，小都缓缓地在走廊上走着。走廊虽然很旧，但木头被精心打磨得很光亮，清凉幽寂得如同置身于古寺。小都真想在这里待会儿休息休息，但她还是打消了这个念头，走到玄关，穿上了脏兮兮的运动鞋。

"啊呀，小妹妹，你没事吗？"

刚才那位老太太从里面出来，担心地抬头看着小都。她里面穿一件白色开襟衬衫，外面套一件小碎花的围裙。很旧但十分挺括，穿着很得体。在这种时候，小都仍考虑着等自己老了也要穿成这样。

"不休息休息再走吗？"

"嗯，能用洗手间真是太及时了。真谢谢您。"

"没事没事。你和其他志愿者也说说，让他们想用就来用啊。"

小都频频弯腰致谢后，离开了那栋屋子。

外面闷热依旧，好容易收干的汗水又转眼间湿透了全身。小都步履沉重地一步步向坡上走去。

载着大量瓦砾的轻型卡车晃晃悠悠地驶了下来，小都驻足步避让。她用余光瞥见汗流浃背的两名男子正抱着个巨大的按摩椅从一户人家走了出来，看样子那家也在收拾。小都用围在脖子上的毛巾擦了擦嘴巴，闭上了眼睛。

上了洗手间后凉快了一下，本以为没事了，但现在肚子又钝痛起来，头也很沉重，还想吐。小都犹豫是不是该和工作人员说说，可又担心在这当口说自己不舒服，会给人添麻烦。她听说下午4点今天的工作就结束了，想着要不就忍一忍。不行，这种状态自己还能做些什么呢。

小都边走边思前想后地纠结着，走着走着就回到了原来自己干活的那户人家。

房子前堆着沾满泥巴的日式茶具柜，柜子上叠着小书桌，小书桌上还堆着不知从哪里卸下的复合板。堆得这么高，小都怕有危险，就稍稍绕道。正准备进屋，只听见玄关那里传来了几个人的谈笑声。

"那个可爱的女孩子去哪儿了？"

是一名男性的声音。小都停下脚步，立刻躲到了堆着的家具后面。

"刚才好像听谁说去下面的一户人家借用厕所了。"

"还能用厕所？我也想去啊。"

"男人嘛，就在房子后面的空地里解决好了。"

小都感觉这时进屋不好，就待在原地观察观察。

"你去问问领队？随便找个空地解决，怎么对得起这家人呢？"

响起了一名女性低沉的声音。从语气判断，应该是那名从洛杉矶来的女性。

"挖个洞埋起来不就可以了吗？我当东日本大地震志愿者的时候就这么干的，那时候可没有卫生间。"

"非常情况下也是没有办法，但这里不一样。总之你先去问问。"

"好好，等那名可爱的女孩子回来以后去问问她。"

除小都之外，这里没有其他年轻女性了，那他口中的"可爱女孩"说的一定就是自己。虽然自己不舒服，但被别人评价说可爱还是让她挺开心。

"那女孩从哪里来的，那样的女孩也来当志愿者了呀。"

"外表看上去和志愿者没什么关系吧。"

"是啊，不过很少见不是。"

"好像是服装企业人体模特[1]，刚才听彦根来的阿姨说的。"

"服装企业人体模特！好久都没听到这个词了！"

男人们哄堂大笑。

"这么可爱吗？我没仔细看她的脸。"

"称不上是美人，但圆圆的脸配上滴溜溜的眼睛，我就喜欢那样有些丑的女孩子。"

"嘿——"

"我是不是要问问她联系方式呢。"

"没你说的那么可爱啦，只不过用化妆来掩饰缺点罢了。"这时，洛杉矶来的女性插嘴道。

"明明是来做志愿者的，还化了这么浓的妆，穿这么漂亮。一会儿一个劲啰里啰唆地讲话，一会儿又偷懒。真不知道来干什么的。"

---

1.该词是将英语"house"和法语"mannequin（时装模特）"混合而成的和制外来语，意为穿着自家品牌服装接待顾客的女店员，从20世纪80年代开始在日本流行，现在已废弃不用。

听她说得那么强硬，男人们都默不作声了。

"上个厕所也不和工作人员打个招呼就自说自话地去了。她就是带着来玩玩的心态满足好奇心的，像她这种人就是来添麻烦的。"

"……你是不是说得有些过分了？"

"就是因为有她这样的人在，志愿者才会被人嫌麻烦的。你们这些人该不会也是为了调情来这里的吧？"

"嘿，你这人说的什么话！"

小都感到头晕目眩，摇摇晃晃地蹲了下去。争吵声似乎变得很遥远，她想当作没听见这些背后的议论，想立刻逃走。

她决定先站起来，就伸出手在空中挥舞着想抓住件什么东西。但是脚下发软，身体剧烈地一晃，手臂就撞上了什么硬邦邦的东西。

一瞬间，茶柜向自己倒来，小都失去平衡，腰直接撞到了地面上。接着不知什么东西掉了下来，一声巨响的同时，周遭扬起了一阵尘埃，她不禁闭上了眼睛。就在这时，她右脸突然感到一阵灼热。

"喂！你没事吧！"

"别动！她有可能撞到头了！"

小都耳畔回响着众人的骚动，感觉自己渐渐失去了意识。


一阵阵清凉的微风拂过脸庞。小都微微睁开眼睛，意识到有什么人坐在身边，正给自己扇着扇子。

"你醒啦？"

听到这声音，小都一下清醒了。睁大眼睛一看，只见有个男人正注视着自己。那男子身后亮着圆圆的荧光灯，背着光看不清他的脸。

是贯一？一瞬间，小都脑海里出现的是他。可再定睛一看，发现是一个根本不认识的年轻男子，短发染成了金色。

"哇！"

小都吓了一跳，向后缩去。

"奶奶！她醒啦！"

那名年轻男子转过头大喊道。小都这才意识到自己正躺在一间和室里，身上盖着被子。不久，拉门另一边走来了戴着围裙的白发女性。男子离开了小都，在房间一角伸直腿坐了下来。

"小妹妹，你没事吧？"

哦，是刚才见过的优雅的老太太，小都一点点回忆起来了。

刚才，自己撞倒了堆在房子前的家具，家具又转而砸到了自己。她还记得有人把自己送到了这里，让自己躺在个什么地方。

"脸还疼吗？帮你紧急处理了一下。"

"哦，嗯——"

"木板的角砸到了你的脸，都出血了。"

小都摸了摸脸，发现右边脸颊上贴着纱布。老奶奶递来了镜子，小都一看，只见纱布边缘还露出擦伤的痕迹。她颤抖着双手稍稍揭开了点纱布，发现那里斜着几道伤痕，还渗着血。虽然伤口不深，但脸部受伤还是给她造成了打击，指尖眼见着变得冰凉。

老奶奶递给她一个塑料瓶，让她喝水。喝了水后，小都才意识到自己已是口干舌燥，就禁不住一口气喝了半瓶子。

这时，女工作人员出现了，担心地询问她的头部和身上是否还痛。小都站起身，稍稍走了几步，原地跳了跳，只是觉得手臂和腰部有轻微的疼痛，但并不影响行动。也许是因为自己睡了一会儿的缘故，头痛也消失了。

小都鞠了一躬说："给你们添麻烦了。"

"没有。把家具摆放得那么不稳定是我们的责任，真对不起。今天你就干到这里，快回家吧。"

"可是……"

"这家的孙子住在广岛市内，说正好一会儿要回去，你可以搭他的车走。"

看样子在小都昏迷的时候，他们都已经做好了让她回家的安排。想到自己就像个无能为力的孩子似的，重要的事都交由大人做了决定，小都羞愧地咬起了嘴唇。

"我身体已经没事了，可以和大家一起干到预定的时间了。"

"你这样说我很感动，不过万一你出个什么问题，我们会承担责任的。"

听她这么一说，小都哑口无言。的确是这样，如果小都站在她这个位子，肯定也会这么说的吧。

"……如果是这样的话，那我自己回去好了。"

"到车站有很长一段路，而且公交车也不一定按时会来，吴线也还没恢复运营。"

小都能从女工作人员的语气里感觉出些许的焦躁，她意识到不能再给他们添麻烦了，就垂下头答应了。

"嗯，我今晚也住在广岛，明天还想来。"

"不用了。你从很远的地方过来的吧，别勉强，早些回家吧。要是来得及的话，今天最好去一下医院，我担心你可能有轻微的中暑。估计你这种情况可以适用志愿者活动保险理赔，希望你到时候把医院开具的发票寄过来。"

"保险？"

"是的，都包含在缴纳的活动费里了，我觉得这次应该可以得到赔偿的。与野，你带了保险凭证了吗？"

小都带了驾驶证，觉得可以用作身份证明，但没带保险证。她曾那么担心自己会因缺乏能力而给人添麻烦，却根本没想到自己会落到需要去就医的地步。

小都低下头，努力让自己不要哭，在这里哭了又会给人添麻烦的。但眼泪还是不争气地掉了下来，她为自己的没出息没本事，为自己的幼稚惭愧得无地自容。

"啊呀，别哭，别哭。"

在一旁的老奶奶用长满皱纹的手轻轻摩挲着小都的背。

老奶奶的孙子，就是刚才注视着小都的那名金发男孩。虽然他稚气未脱，但已剃去了发际和眉毛，耳朵和鼻翼上都钉了金属环，穿着脏兮兮的灯笼裤。这身混混的打扮是多年前的风格，在小都家乡已经不多见了。"别看他这样，他是个好孩子，你放心。"老奶奶说着，有些不悦地把头转向一边。

他的车是个小型的箱型汽车，伤痕累累，布满了尘埃。他把后座调平，铺上毛毯，让小都在那里躺下。"快点啊。"见小都犹豫不决，他暴躁起来。

他草草地打了个招呼就出发了。小都则把毛巾毯裹在身上蜷成了一团。

路况似乎不太好，车子摇摇晃晃的，但不论是按喇叭还是踩刹车时都显得挺温和，并不像是混混的做派，也许他是顾及到了躺在车后的小都。

小都心情平静下来以后，就回忆起了今天发生的事情，眼泪再次涌了出来。

自己到底是来干什么的呢。还是不来当志愿者的好，就因为自己本不是干这个的料，到头来给人添了麻烦。

洛杉矶来的女子说的话把小都内心涂抹得一片漆黑，小都也明白她其实一定程度上是在拿自己出气，并不一定是针对自己，但就内容来说其实还算是说到了点子上。小都穿着新买的休闲服，住在舒适的酒店，要说带着旅游的心态来做志愿者这点并不假。

自己太弱小了，身体也好心灵也罢，要行善必须具备顽强的身心。弱者就该尽弱者的本分，至少该安于自己的生活，不要去惹事给人添麻烦。被陌生男子说可爱让她有那么一瞬间还洋洋得意，但之后又被他说长得有些丑，这也给小都造成了意想不到的打击。

小都情绪激动，不由得抽泣起来，这时，车里放的音乐突然被调高了分贝。

流行的J-POP[1]的爆破音在车内回荡着。驾驶座上的混混和着音乐，时而小声哼哼，时而大声唱起来，他肯定是觉得比自己大的女人在车里哭很煞风景吧。

小都只能用毛巾捂住嘴，强忍着呜咽，紧闭着双眼。

不知不觉，小都有些犯迷糊了，忽然睁开眼坐起身的时候，窗外已是街镇的风景了。

"马上要到了。"混混看着前方说道。

"欸，已经要到了？"

去的时候感觉开了好远的路，回来却快得惊人。

"你在哪儿下？"混混生硬地问。

"哪里都行。"小都回答。

他回过头瞪着小都。"哪儿行的话我可就吃不准啦。"

"那，就在广岛站好了。"

"对了，阿姐，你不去看医生不要紧？"

"……我没带保险证明。"

"自付的话，此后再申请，也可以退还的。"

他不假思索地说。小都不知该如何回答。

"我住的地方附近有个外科诊所，带你去看看？"

"嗯——"

"去吧。"

"……好的，那谢谢你了。"

他调转方向盘，向自家方向驶去。他一会儿左转一会儿右转，最后把车停在了便利店前的大型停车场里。下了车，他并没有进便利店，而是努了努

---

1.和制外来语，Japanese Pop，日本流行音乐。

下巴示意后，就走了起来。天空开始变得微红，暑热散去，微风送爽。小都在这陌生的街道，跟在陌生的男子身后走着。为什么混混走路都迈着O型腿呢，小都边纳闷，边追赶着他那瘦削的肩膀。

不一会儿就来到了商业街，他推开了位于街角的一家小医院的门。"你好！"他和前台打了个招呼。身穿白衬衣的女性笑着回答，"啊，你好"。

"这儿有个人受伤了。喂，你自己跟她说。"

"对，对不起。"

"哎呀哎呀，脸怎么了？"

小都对前台的女子说明了自己做志愿者时受了伤，没带保险证明的原委。女子给了她一张表，让她填写完毕后稍稍等待。这时，那名混混冷不防从身后探过头来。

"我去买些东西，你在这儿等着。"

"嗯，我已经没事了。"

"行了，你等好，看完医生后我送你去车站。"

小都望着他纤瘦的背影消失在了门外，她坐在候诊室的长椅上叹着气。虽然他说话语气粗鲁又不客气，但风格和贯一有些类似，因而小都对他并没太大反感。她内心不得不承认，自己也许对那种风格还挺有好感。

没过十分钟，他就回来了。手里提着个小小的白色盒子，怎么看都像是蛋糕盒。

"我在便利店买了布丁。"

"布丁？"

他在小都身边一屁股坐下，打开盒子，拿出瓶装的布丁，并递给了小都一个。小都瞪大眼睛不知该如何是好——他为什么买布丁呢。

"不喜欢？"

"喜欢吃……"

他默默地吃起了自己的布丁。无奈，小都也拿起了小小的塑料勺挖起了布丁吃。布丁一如既往地有些硬，一入口，甜丝丝的味道就在味蕾上传递开来。

他一眨眼工夫就把布丁吃完了，还把盒子里的冷却剂丢到小都的膝盖上。

"脸上的伤，是撞到什么了吧。明天可能会肿，把这冷敷一下。我要了个大的，应该还能挺好几个小时。我刚开始做高空建筑工的时候心不在焉，总是受伤，动不动脸就肿了。"

小都愣住了，这才明白他是为了给自己找冷却剂才买来了布丁。

"……这真是，太感谢你了。"

小都感动得低头致谢。

"没什么。你从东京来？"

"从茨城。"

"啊，在哪儿？"

"在千叶县和埼玉县的上面。"

"哦，不知道。我小时候去过迪士尼乐园，只知道那儿。"

不知为何，小都笑了起来，感到很有意思，没想到他竟然这么爱讲话。

"你做高空建筑工多久了？"

"我初中毕业就做了，有四年了吧。"

啊，是初中毕业啊，小都想。

"太累了，好几次都想不干了，但像现在，因为台风之后的暴雨，这里的情况太惨了。连我这种吊儿郎当的人都那么抢手。休息天我就帮奶奶收拾屋子，毕竟老太太一个人，连块蓝塑料布都不会铺。"

他得意地说。

"谢谢你，还帮了我的忙。"

他"嘿嘿"笑了笑，接着还用安慰的语气说："别介意。你从很远来我们这儿帮忙的吧，没人会觉得你是来添麻烦的。话说回来，喂，怎么又哭了，别动不动就哭哭啼啼的嘛，烦不烦呐。"

小都不由得破涕为笑，急忙擦去了夺眶而出的眼泪，同时也后悔自己不该怀疑来这儿做志愿者的决定。

小都取消了当晚酒店的预约，乘上了回家的新干线。

她用毛巾包住冷却剂，轻轻地敷在脸上。也许是吃了医院开的药的缘故，新干线一开动，她就立刻打起了瞌睡。

虽然路上醒了好几次，但又立刻睡着了。一开始车厢还空空荡荡的，每次醒来人就会多一些，到新大阪的时候，座位几乎被出差回来的上班族给填满了。虽然有人会毫不客气地盯着小都脸上那一大块纱布，但小都已经没有心思去难为情了。去的时候大脑还思前想后地纠结个没完，但回程时或许是因为疲惫，已无力去做任何思考了。

到了东京站，小都背着包下到了站台。

她拖着沉重的脚步，走进了站内的洗手间，站在镜子前精疲力竭地望着度过了漫长一天的自己。脸上贴着的大块纱布固然醒目，可头发也乱蓬蓬的，衣服背包脏得让她难以置信，T恤衫的领口还沾着血迹。抬起手臂闻了闻，一股烟熏的气味直冲鼻子。

时间刚过8点半。也许是因为好好睡了的缘故，小都感到了强烈的饥饿。还好伤口不疼，就决定垫垫肚子再回家。她想吃些爽口的食物，比如荞麦面或者寿司。

小都正准备拿手帕，却发现后袋里装着什么东西。拿出一看，发现是从今天整理的那户人家家里拿出来的照片。

老照片的边缘已经泛黄，上面印着自己不认识的孩子，不认识的一家人。

也许是因为最近几乎没碰过洗出来的实体照片，因而小都很容易就联想到以前贯一放在上衣口袋里和志愿者伙伴拍的照。

虽然今天是抱着想要理解贯一的初衷去做志愿者的，可在遇到混混男孩前这漫长的一天里，小都几乎都没想起过贯一——她根本没工夫去想。

她遇到了各种各样的人，做了各种各样的交谈，还受了伤给人添麻烦，但也最终收获了满满的充实。

下次再请个假去把这些照片还给人家吧，再向他们好好表达谢意，为他们做些力所能及的事吧。小都极其自然地想着。

小都只想和一个人分享今天所经历的、眼见的、耳闻的种种，而他体会到的定比自己深切好几十倍。小都真想听听他的故事。

此前，小都问过贯一工作的四谷立食寿司店的地址。她乘上中央线，在四谷站下车，按图索骥地寻觅了起来。虽然小都知道他也许已经不在那里工作了，但她并不介意。

很快，她就找到了那家店。门面很窄，但长长的吧台座一直延伸至深处。没有椅子，大家都站着吃着寿司，喝着酒，名副其实的立食。

料理台那边站着一排寿司工，却没见到形似贯一的人，也许他真的被开除了。小都伸长脖子向里张望哪里有空位，这时，她听见面前的寿司工跟自己打招呼。

"欢迎光临，最里面那个位子空着，请进。"

那人把她带到了L形吧台深处的位子。

小都经过就位的客人身后，忽然抬起头，目光和一名寿司工的眼神相遇了——是贯一。

他张大了嘴巴凝视着小都。

"这位顾客，您一位吗？请这边来。"贯一身边一名过了中年的寿司工招呼起小都。小都只能笨拙地点点头，站到了最里面的位子，她卸下包放到了脚边。白木的吧台是放有食材的冷藏柜，除了没有椅子，这家店和普通寿司店别无二致。醋的酸味勾起了小都的食欲。

"您喝什么饮料？"

"茶……不，给我份生啤吧，最小份的。"

"好嘞。您挑喜欢的，我为您捏。有套餐，菜单在那里，您慢慢看。"

小都扫了一眼菜单后，偷偷瞟了一眼贯一。贯一也时不时看看小都，但因为太忙，没有要和她打招呼的意思。

他究竟是瘦了些，还是因为好久没见，心里感觉他瘦了呢？

一名寿司工看似要应付三到四名顾客。贯一跟前站着几名烂醉的上班族，他时不时对他们笑笑，捏完寿司递给他们。小都听不清那几个上班族在说些什么。

见贯一没有被开除，而是在干劲十足地工作，小都内心涌动着暖流。太好了，她想。虽然自己无法想象见到贯一自己会是什么样的心情，但现在，小都内心只有一个单纯的想法——只要他活着，过得好好的就足够了。

小都点了份当季的套餐。身边的一行三个人像是公司职员，两名女性看上去有四十五岁多，都穿着灰色朴素的西装裤；另一名男性看着像是上司，身穿黑色礼服，戴着黑色领带。三人估计刚参加完葬礼。

"欸，小妹，你脸怎么了？"

三人里的那名男性好像忽然发现了什么似的端详着小都的脸。

"白天稍微摔了一跤。"

小都微笑着回答。

"这哪是稍微？没事吧？女孩子年纪轻轻的脸受伤了可要命了。"

"喂，铃木，别这样，弄得人家女孩子怪难堪的。"

他的女同伴过来阻止道。

"对不起啊，这人喝醉了。"

"没事，不要紧的。"小都笑了笑。

另一名女同伴也微笑着打招呼说："抱歉，这人太啰唆。"

"这两个家伙才啰唆呢……"那名上司也笑了。就这样紧张的气氛缓和了下来，小都松了口气。

料理台上，一贯寿司被放到了绿油油的竹叶上，小都拿起来就往嘴里送。

嚼着寿司，脸颊上的伤隐隐作痛，但寿司却美味得像是在做梦。寿司的饭团比较小，生鱼片凉丝丝的口感和微微的芥末风味在齿颊间漫布开来。小都越吃越有食欲，埋头一个接一个地把做好的寿司往嘴里塞。

边吃，小都边望望贯一。而贯一也同样边做寿司边用余光瞟着小都，不知是不是在为自己的突然出现而生气，他瞪着小都的眼神里带着怒气。

"套餐就这些了。"寿司工把鳗鱼寿司放在小都面前说道。

"那再加几份。"小都看着黑板上的推荐菜品，点了头两种。

"真的，我也到了死了也不让人惊讶的年纪啦。"

站在小都身边的黑领带男子忽然抬高嗓门叹气道。

"你在说什么呢，才五十多岁而已。"

"是啊，你就比我们大个三岁不是。"

"哎，这不最近净参加些葬礼了，折腾得都怀疑下个会不会轮到我了。"

小都无意间在一旁听着，好像三个人在谈论他们突然去世的熟人。

"灾害也很多啊，南海海沟大地震[1]也不知道什么时候会发生。"

"是啊。"

"不过啊，我年轻的时候一直觉得人到八十就是终点了，但现在人人不都轻轻松松地活到九十或一百岁了吗。"

"是啊是啊，我之前还想计算一下等退休后到死要花多少钱。可一想到自己能活多少岁，就懒得算了。"

---

1.南海海沟是位于静冈县骏河湾至九州以东大海中的海槽，在太平洋板块和亚欧板块的交界处，该区域每隔约100至200年发生一次地震，上一次南海海沟地震发生在1946年。每次地震强度都在里氏八级以上，并多伴有大规模海啸。

"我觉得靠眼下这些钱要活到一百岁挺难的，光靠退休金可不够啊。"

"所以啊！"上司大声说道，醉得舌头都转不过弯来。

"不管是为了明天死而无憾，还是为了有钱能活到一百岁，都必须努力工作！"

听到这句话，小都不由得看向了那名男子。

"话是这么说，可我觉得难办啊。如果觉得明天也许会死，就会想去吃海胆或者金枪鱼大鱼腩之类的。可要是觉得可能会活到一百岁，就不会去吃价钱又贵、胆固醇又高的食物了。"

"能接受这个矛盾的事实才可以称之为成熟！"

"说了叫你不要这么大声的嘛。"

这时，三个人都大笑起来。

不多久，他们就结了账，还和小都打招呼说"先走了""晚安"，就离了店。小都面前的寿司工送那三人出门，就留下小都一个人孤零零地站在那里。

时间已过了晚上10点。啤酒也喝完了，寿司也吃饱了。

忽然小都感觉眼前有个人影，抬头一看，就见贯一站在自己面前。他伸出长长的胳膊，"哐当"一声把一个大大的茶杯放在小都面前。青筋暴起的手臂比印象中要白。

小都和贯一对视着。

"点完这单就结束了。"贯一神色不悦地说道，眼眶红红的。

"……我最后还想吃一贯寿司，有什么推荐的吗？"

"幼鲦吃过了吗？"

"没有。"

贯一用闪着暗淡银光的菜刀一刀把鱼肉切下，麻利地捏好了寿司放到小都面前。

小都夹起寿司送到嘴里。他捏的寿司饭团松松软软，比刚才那名寿司工捏的还小。寿司在嘴中散开，小都嚼了几口后吞了下去。"好吃！"小都说。

"怎么回事？"贯一用颤抖的嗓音问，"脸，怎么回事？"

"摔了一跤。"

"别这么不小心啊。"

他轻声说着，低下头，藏起了表情。

"你想听听是怎么摔的吗？"

贯一低着头，没有回答。

小都伸出手去，想要触摸他。不论是明天就会死，还是活到一百岁，今生想触碰的人，只有他。

# 尾声

婚礼结束后，我们来到了会场，派对已经开始了。从安静肃穆的教堂一下来到这喧闹无比的派对，我感到有些畏怯。

派对地点位于西贡河岸，在模拟古代帆船的大型观光船上举行。平时船上面向外国游客提供高级餐食和西贡河观光服务，但今天船停靠在栈桥处。

虽说是结婚派对，但不同于在日本，既没有致辞也没有余兴节目，只有乐队演奏。每个人都按各自的时间来参加，大口喝酒，大快朵颐着山珍海味，想什么时候离开就什么时候离开。

丈夫都没工夫坐下一分钟，被朋友招呼着在会场里四处赔笑。

小小的舞台在演奏着钢琴三重奏，可没见一个人在倾听，一个个都在大声说笑。

坐在我身边的母亲被这架势吓得目瞪口呆，嘴里嘀咕着"好厉害啊"。

"听说以前他们在家里就这么开派对的。"

"这种派对？"母亲瞪大了眼睛。虽然她嘴上没说，但脸上分明写着"难以置信，我绝对不这么干"。

这时，身穿开领运动衫的年轻男子来和我打招呼，他自我介绍说是丈夫学生时期的朋友。他英语说得很快，祝贺了我们结婚，还赞美了我的礼服和母亲的奥黛[1]，没多说别的就离开了。

---

1.奥黛是越南的国服，由上衣和裤子组成。上衣的上半段酷似中国的旗袍，长及脚踝。奥黛里面配一条白色或是同花色的长达腰际的阔腿长裤。

"刚才是哪里的工作人员吗？"

"你怎么会这么想？是他的大学同学。"

"因为穿着开领T恤和棉裤子嘛。"

在国外，怎么还对人家的着装那么在意呢，我都感到不耐烦了。

"他夸你的奥黛很漂亮。"

"是嘛。"

"我和他说是我妈妈。结果他大吃一惊，说看上去不像妈妈，像姐姐。"

"啊哈，真会恭维。"

母亲虽嘴上这么说，神情却还有些得意。

这人真是——我苦笑起来。她平时就喜欢打扮，只要穿上好看的衣服，然后受到别人的赞扬，就心满意足了。

的确，母亲看上去异常年轻，在日本，我们俩都常会被人误以为是年龄差距较大的姐妹。虽然到了这年纪，体形却保持得很好，皮肤和头发都焕发着光泽。

这次派对，母亲本打算接着穿教堂仪式时的黑留袖。但是我丈夫的叔父任先生却执意要她穿上奥黛出席派对，说两天就能做出来。母亲虽然嘴上说难为情，可照样选了花哨的布料让人做了这件越南民族服装，还若无其事地穿来参加派对。任叔叔说要给我也做一件的，但我以要和丈夫商量为由婉言拒绝了。

"小都！"

见有人大声喊妈妈的名字，我们俩都抬起了头。只见任叔叔身穿黑色西装，带着灿烂的笑容向我们走来。

"太棒了！真漂亮！"

"真的吗？"

"当然你穿和服也很优雅，但能看到你穿奥黛，我真的很高兴。"

"是吗？都一把年纪了真是不好意思。"

"后面是什么样子的？你转个身给我看看。"

母亲害羞地笑着转了个圈。在日本可见不到色彩如此艳丽的花卉图案丝绸面料。

这件奥黛裙摆两侧开衩至腰上部位，虽然下身还穿了白色裤子，但还是会露出一点腹部两侧的皮肤。虽然母亲腰并不粗，但这肉感还是很夺人眼球。

"嗯，尺寸和颜色都与你正合适。"

任叔叔这语气里听不出任何客套的成分。

"不好意思，我选的面料高档了些。对不起啊。"

"说什么呢，奥黛的生命就在于面料啊。"

两人谈笑风生。这时，任叔叔忽然注意到了我的目光，猛地回过神面向了我。

"祝你新婚快乐。抱歉没赶上你们的仪式。"

说什么呢，明明你眼里除了妈妈没有别人。

我还是把这心里话咽回了肚子里。

虽然好久没见，但任叔叔还是那么有风度，让人误以为是曾经的香港电影里的明星，一边耳朵上戴着的小耳钉也不算扎眼。

任叔叔经营的公司负责食材和室内陈设物件的进出口，在日本和越南，名下还有好几家餐吧，里面设有服装销售区域。此外，几年前还收购了这艘观光船所属的老牌公司。

母亲就在这公司服装部的日本分公司工作。我从高中时期就开始在他经营的餐厅打工，后来被录用为那家餐厅的正式员工，担任厨师。可以说，任叔叔是支援我们家庭经济的恩人。

然而，我到现在都还没放下对任叔叔的戒备。

刚开始母亲把任叔叔介绍给我的时候，我就本能地对两人过分亲密的关系抱着抵触。我还怀疑过这两人是不是有一腿，怀疑过自己可能不是父亲亲生的，而是任叔叔的孩子。

　　但后来马上认识到没这种可能。我没从母亲那里继承一丁点娃娃脸的可爱特质，而是和父亲一样，长着长长的脸和睡眼蒙眬的厚重的单眼皮。胸部臀部都很平坦，跟父亲一样，像根细细的棍子。另外，比起打扮，和对食物的喜爱也遗传了父亲。

　　而且，即便母亲和任叔叔有过那么一两次的不伦关系，我觉得也轮不上我说三道四。我的洁癖也没到那个地步。只不过若是两人的关系伤害到了父亲，让他不开心的话，那就另当别论了。不过，在我订婚的那天，我父母、我和我恋人，再加上任叔叔一共五人一起吃饭的时候，父亲毫不介意地和任叔叔聊着天。两人就像是老相识一样叙着旧，他对母亲和任叔叔的关系没表现出一丝一毫的怀疑。

　　可即便如此，我内心也并没有放松对任叔叔的警惕。

　　我将目光从欢谈的母亲和任叔叔身上转移到了派对会场，发现父亲正在一个角落捏着寿司。

　　他身穿白色工作服，默默地动手忙碌着。也许来参加派对的人中，一半以上都没有注意到他就是新娘的父亲吧。

　　虽然越南也有数不清的寿司店，但都不便宜。因而父亲面前排起了大长队，等着吃他做出来的寿司。父亲今早和任叔叔店里的厨师长一起去了集市买鱼，能买到少见的白色鱼肉似乎让他很高兴。

　　我发现那些边聊天边吃寿司的人有那么一瞬间忽然停住了，大家都惊呆了，对寿司口味的赞美都写在了脸上。

　　我远远地目睹着这一切。

　　父亲或许是个手艺不错的寿司工，但他既没有自己的店，也没在高级寿司店任过职。

　　我从过世的外祖母那里听说了父母的事。

　　我出生的时候，父母都很贫穷。虽然两人都拼命地工作，可生活就是不见好转。即使是送去托育机构也有时间限制，幼小的我大多都是在外祖父母家过的夜。

我上小学的时候，母亲失业了。由于失去了经济来源，她就托任叔叔在他经营的服装公司给自己谋个职。据说任叔叔很爽快地就答应了，还破格支付给她不错的薪水。

母亲收入增长后，父亲就辞去了寿司店的工作。因为那时外祖父病倒了，外祖母为了照顾他忙得没有工夫再照看我。我小时候因为哮喘和过敏，经常会发高烧。仰仗不了外祖母，收入相对较低的父亲就成了专职主夫，因为这样对家庭经济的影响较小。

据说外祖母对父亲依靠妻子的收入抱有反感。我听到这些的时候大约在上高中，说实话，那时觉得外祖母的反感都过时了。

对我而言，父亲性情愉悦，不拘小节，并不是外祖母说的那种男人。他情绪稳定，一直都很欢乐，不过也有严厉的时候。他对我玩游戏和上网都做出了时间规定，超过时间坚决不让我玩，还要求我成绩必须保持在上游。他一直说自己受学历所累，希望我能上个大学。

不过，学校放假的时候，父亲会毫不吝惜时间地陪我玩。我此生第一次去海水浴场，去露营，去迪士尼乐园，都是和父亲两个人。晚上，我会和他并排站在厨房料理台前做饭。父亲不仅教我拿菜刀的方法，还教我如何巧用蔬菜的边角料。我最喜爱和父亲一起度过的时光。

和父亲相反，母亲几乎不太管我。我也明白她一个人要养活一家三口，工作非常辛苦。但另外，她却总是说为了缓解压力，搜罗各种衣服首饰和一些没用的物件，把家里搞得乱糟糟的。她还总想让我穿她喜欢的衣服。我不喜欢母亲自说自话为我买的衣服，觉得那都是赶时髦，小学的时候还勉强穿穿，但到了初中，就扬言说坚决不穿母亲给我挑的衣服了。

上高中的时候，我的哮喘和过敏大有改善，体力也增强了不少。那时父亲不用在我身上花太大心思了，就开始做起了自由寿司工。

当宴会派对或者庆典会场有需要，他就会去那里现场做寿司。父亲很喜欢这个工作，因为可以根据预订的量去市场进货，不会造成食材的浪费，而且比开店有更多的自由度。

一开始一个月只能接两单，但随着渐渐做出了名气，预订就变得火爆起来。但父亲并不喜欢太忙碌，一周他只接三单，说只要挣的钱够生活就行了。

以前，母亲虽然对父亲表现得不满，但都没有说出口，可这回见到父亲并不热衷于接活，就把怨气发泄了出来。她开始不停地唠叨说好容易有人来预订，就应该多干些，让她一个人挣钱太狡猾了。这加深了我对母亲的失望，觉得母亲的真实想法和外祖母落后的观念也许如出一辙。

母亲总能给人留下不错的印象。对外人，她十分热情周到，好像工作干得也很不错，不太会招人厌恶。

但在我看来，她就是个过了时的极繁主义者，浑身上下只有衣服是新的，想法却很落后，既不理性又很保守。而父亲本质上要进步、现实得多，懂得如何用不多的金钱去过丰富的生活。

但母亲会偶尔叫上我一起去吃饭购物，不得不承认，那时我内心还是很愉快的。我也知道自己是自相矛盾，可毕竟母女血脉相连。

父亲不太喜欢去别致的店铺，所以母亲一见到自己想去的咖啡店和餐厅，就会叫上我。虽然我知道和她去又免不了听她抱怨父亲，但我明白她在努力改善我和她的关系。

我就是在十六岁的时候被母亲带到了任叔叔的店里，而那次就是改变了我人生轨迹的神秘契机。

任叔叔在东京已经拥有好几家店，母亲带我去的那家是东南亚料理店，位于隅田川沿岸的再开发土地上，主推越南菜。

在那里，我生平第一次吃到了东南亚系的风味料理，被不为自己所知的味觉所打动了。父亲只做日本菜和普通的家常菜，因而我还是第一次尝到东南亚风味的调味料和米粉做的米线，美味得让我说不出话来。

　　我渴望再尝一次那种味道，就搜索了菜谱，自己试着做了出来，忐忑不安地端给父亲。结果他边喊着好吃边一扫而空。我松了口气，原来他并不讨厌东南亚菜。

　　为了再尝试些新的口味，我就把搜索到的越南菜、泰国菜、印度尼西亚菜一个一个地尝试过来，可因为有些原料没有购买渠道，而且都是些自己从来没吃过的菜，也不知到底做得地不地道。我手头的零用钱根本无法支持我去尝遍这些美味佳肴，就忽然心生一计。

　　我去那家店打工不就可以了嘛，这样不仅可以尝到那里的菜，还可以挣钱。

　　虽然我不太想去求母亲，但还是抵不住想去打工的冲动，我就拜托母亲去让我和任叔叔见上一面，后来就开始在那家店打起了工。

　　我从洗盘子做起，后来成了厨房助理。虽然别人劝我去当服务员，但我说想学做菜，就申请去了厨房。因为和父亲保证过，如果成绩下滑，就辞了这份工，因而学习上我也铆足了劲。

　　我简直着了魔。对越南菜了解越深入，越觉得它博大精深。越南深受中国和法国的影响，兼收并蓄了两国的饮食文化，最终形成了别具一格的风味。我不仅为那里的越南菜所倾倒，还深深沉浸到了混杂着各个国籍人员共同工作的职场氛围中。对于一个只知道家和学校的孩子来说，那里是我接触的第一个成人世界。好几次，我都因为办坏了事而被责骂，还因为复杂的人际关系哭过好几回。

　　不过，所有的这些，包括难受的事情在内，都焕发着充实的光芒。从家庭围墙的保护中解放出来，我不顾一切地扎进了那个自己眷恋的新鲜而刺激的世界里。

　　父亲劝我去上大学，但我已经没了那份心思，就决定在那家店工作了。

　　于是，我就邂逅了后来成为我丈夫的男人。他是任叔叔的侄子，此前在胡志明市的一家店工作，后来到我工作的东京门店来研修。据说那两年间，他要辅助经理工作的同时还要学习日语。我和他自然而然地交往起来，直到今天结婚。

后来，任叔叔在胡志明市郊外的一家新开的店交由他负责，于是我决定和他结婚后就跟他一同去那家店工作。我到现在还记得母亲得知这一消息时那苍白的表情。

母亲反对得尤为激烈。她唉声叹气地说，自己怎么也无法理解我会在二十五岁前结婚，而且对方还是个外国人。结婚的对象是我的初恋这点也让她绝倒。

她大声嚷嚷，质问我为什么这么着急。说和初恋头脑发热结婚的肯定没什么好结果，还说选择伴侣就应该多花些时间积累经验，然后做出决定。

母亲哭了好几个小时，想要我打消结婚的念头。当我问她为什么这么害怕失败时，母亲只是一个劲地叹气。最后，我只能认为她也许只是不希望我离开罢了。

忽然，母亲变得像个小女孩，或者说像个干瘪的老太，肩不住地颤抖。

我用轻柔的声音对她说，胡志明市不远。乘最先进的超音速客机只要三个小时，如果嫌它贵，那乘坐普通的喷气式客机也就六个小时。我可以随时回日本，妈妈也可以来胡志明市。

母亲激烈地摇着头。

"为什么突然要结婚呢？现在的孩子不都会在结婚前设定试婚期的吗？"

我被她问得哑口无言。

为什么要结婚呢，其实我自己也无法准确地理解自己的想法。

我知道也许是因为自己年轻无知，当然也因为我十分喜欢我的恋人。还有就是因为趁现在国籍不同，正式缔结婚约的话会有诸多便利。希望通过在越南工作来向周围人表明我的决心也是原因之一。不过说实话，我也想过即便正式结了婚，过不下去了还可以离婚。

但最重要的是，比起待在这个静静地枯萎并失去色彩的国度，我更想投入这个像龙卷风一般直冲云霄的地方。

在两年前的2040年，越南人口终于超过了日本。我四岁的时候，日本已经进入了超老龄化社会，平均每三个人里就有一名老人。随后，大多数地方自治体就像山体滑坡似的崩溃了，养老院和医院都十分紧张。放眼世界，福利状况恶化都成了普遍的难题，人口稀少、土地荒废、劳动力不足之类的词汇频频见诸新闻。

我们这代人从学校毕业后，班里同学一半以上都计划去海外工作，许多人把在中国和印度工作视作合适的谋生方式。我在邂逅越南菜以前，也想过去海外某个国家工作。在日本，除了精英，其他人几乎找不到正经的工作。收入很低，却要上缴高额的社会保险费用，生孩子更是想都不敢想。

当我毫不客气地放话说要是他们再反对的话，我就不再见他们时，母亲总算是屈服了。

父亲听完我的话后静静地点了点头。

他说，趁现在还有地方想去就去吧。

派对也快临近尾声。

爵士乐队已经离开了，舞台上只有一位身穿民族服装的老人，正从容地演奏着类似二胡的弦乐器。

我和丈夫站在出口处，向离开的人们行礼致谢。几乎所有的客人都回去了，只有他的兄弟和亲戚还在笃定地喝着酒，也许他们打算在这里待到明天早上。我松了口气，环视四周，却没见到父母的身影。

他们肯定不会一声不吭地就回去，但我总感到有些不安，就去甲板那里找他们。

　　在甲板上，我看见父亲和任叔叔正站着聊天，身后是比东京更为绚丽夺目的群楼。

　　两人靠在扶手上谈笑风生，抽的是卷烟，而不是电子烟。在日本，抽个纸烟都会遭人白眼，而在这个国家，只要在郊外，烟灰缸随处可见。

　　我打了声招呼，任叔叔就张开双手迎了上来，又重复起了已经不知说了多少遍的祝福。"你和你爸爸单独待会儿吧。"说完就离开了。

　　白天超过四十摄氏度的炎热到了深夜终于稍稍缓解了些，西贡河上吹来的风舒适地抚摸着脸颊。

　　父亲眯着眼，望着夜色中沿河林立的高楼、楼顶四角闪烁着的红色灯光，还有河湾处排列着的巨大起重机边缘的点点金光。我在一边看着父亲的脸，不知道他在想些什么。

　　"妈妈呢？"

　　"在换衣服，快来了吧。"

　　父亲看了眼手表说。

　　"再住一晚走不挺好。"

　　"担心家里那些猫呢。还会再来的。"

　　父亲笑了起来，眼角挤出了皱纹。

　　父母要乘坐今晚的红眼航班回日本，回到那独栋的破旧房子里，家里还有三只猫等着。那房子除了租金便宜，其他一无是处。

　　"爸爸。"

　　"嗯？"

　　"爸爸你怀疑过任叔叔和妈妈之间的关系吗？"

　　父亲瞪大了眼睛。

　　"我还以为你会问什么。"

　　"可是……"

　　"你觉得妈妈看上去像那种人吗？"

我一时语塞，低下头去，接着摇了摇头。

我和母亲或许是不太合得来，但我很清楚她是多么重视这个家。

"而且男女关系应该不仅限于恋爱关系一种吧。"

听父亲这么说，我惊讶地抬起头来。

"严格地来说，我感觉和你妈妈以前也并不是恋爱。"

"是吗？"

从为人粗糙的父亲那里听到"恋爱"两个字，我感到心跳加速，不知该如何回答。感觉"并没有恋爱"是什么意思呢？正想问，父亲接着说：

"对你妈妈来说你任叔叔是个很重要的人，你对她来说也一样对吧。"

我点点头，接着问："那对爸爸你来说呢？"

父亲稍做考虑。

"是个好人，就是看着不顺眼。"

父亲的话让我扑哧一声笑了出来。是嘛，果然父亲还是看他不顺眼啊。

"小绿！"听到有人喊我，我回过头。

母亲推着大大的手推车，笑盈盈地向我们走来。难得她今天穿件T恤和牛仔裤，也不知是不是有意如此，父亲今天也是一身白色T恤打扮，两人简直就像是一对年轻的恋人。

父亲说去上个洗手间，就离开了。我和母亲目送着他单薄的背影消失在门背后。

"马上要喊出租车去机场了。"母亲自言自语般说道。不知是因为疲劳的缘故，还是因为我以前都没好好看她的缘故，那张脸和往日不同，起了明显的皱纹和色斑，就是一张老去的女人的脸。

"……你们再住一晚不挺好。"

"嗯，不过还是担心家里的猫啊。"

母亲说的和父亲如出一辙。

"啊，到了晚上还这么热呢。"

"妈妈——"

"嗯？"

"你和爸爸结婚感到幸福吗？"

"啊？"

母亲发出了一声刺耳的反问，好像不明白我在说什么。

接着，她并没有正面回答我的问题。

"你不用一心想着要幸福。若是太纠结于幸福，稍有些不如意就会无法忍受了。有那么点不如意也挺好的，毕竟人生不会事事顺心的。"母亲按住被风吹乱的头发笑道。往来的货船鸣着汽笛，河面上霓虹灯的倒影摇曳着斑斓的色彩。

"婚礼很棒，小绿你今天很漂亮，这里的人也很友好，你爸爸的寿司也大受好评，我们非常开心。"

"……你们还会来吗？"

"嗯，怎么说呢，这里衣服既漂亮又便宜，但机票费用啊……而且还那么热。"

我含着泪问她，可她竟然给我的就是这么个现实的答复。

母亲眼眸中已经没了伤感，有的只是倒映在其中的璀璨夜色。

该小说最初发表在月刊《小说新潮》2016年1月刊——6月刊、8月刊、9月刊、12月刊，2017年1月刊、3月刊——2019年5月刊上，序章和尾声为后加，经大幅修改后作为单册发行。